HEYNE <

W0310140

JOHANNA
MO

DUNKELWALD

KRIMINALROMAN

AUS DEM SCHWEDISCHEN
VON ULRIKE BRAUNS

WILHELM HEYNE VERLAG
MÜNCHEN

Die Originalausgabe *Mittlandet*
erschien erstmals 2022 bei Romanus & Selling, Stockholm.

MIX
Papier | Fördert
gute Waldnutzung
FSC® C014496

Penguin Random House Verlagsgruppe FSC® N001967

Deutsche Erstausgabe 03/2023

Redaktion: Sibylle Klöcker
Printed in Germany
Umschlaggestaltung: www.buerosued.de
unter Verwendung von © www.buerosued.de
Satz: Leingärtner, Nabburg
Druck und Bindung: GGP Media GmbH, Pößneck
ISBN: 978-3-453-42582-8

www.heyne.de

Der letzte Tag

Sein Mund ist voller Blut. Er spuckt aus, zwingt seine Beine, sich schneller zu bewegen. Die Schritte kommen immer näher. Der keuchende Atem. Die Bäume sind in der Dunkelheit kaum zu erkennen, aber wenn er auf dem Kiesweg bleibt, wird er automatisch zur Straße kommen. Muss er einfach. Schon bald sollte er Asphalt unter den Füßen haben.

Aber plötzlich liegt er auf dem Rücken. Was ist passiert? Er begreift nicht, wogegen er gelaufen ist, denn ein Baum war es nicht. Er rollt auf die Seite, um sich wieder aufzurichten, doch dann ist der keuchende Atem über ihm. Hände reißen ihn zurück, umklammern seinen Hals. Er bekommt keine Luft.

Aufhören! Er will flehen, um Entschuldigung bitten, erklären, dass das alles nur ein Missverständnis ist, aber er kann weder atmen noch sprechen. Wut und Hass pressen ihn zu Boden. Dringen in ihn ein. Aus dem Zorn, der in ihm aufkeimt, versucht er, Kraft zu schöpfen, doch sie versiegt schnell, sickert in den Boden. Etwas Feuchtes trifft auf sein Gesicht. Speichel, Tränen oder Regen? Er sieht nichts mehr und spürt auch die Hände nicht länger – nur die laue

Sommerluft. Es ist wohl eine dieser tropischen Nächte oder wie die heißen.

Ich habe den Schulabschluss. Ich bin frei. Er will so gern lachen, wie so oft schon an diesem Tag, doch er kann nicht. Sein Körper zuckt. Protestiert, wehrt sich gegen die Lähmung. Irgendwie gelingt es ihm, den Kopf so zu drehen, dass ein bisschen Luft an den Händen vorbeifindet. Er kämpft mit seinem Körper, zwängt die Augen auf. Es leuchtet im Wald. Jemand hockt neben einem der Bäume. Erst ist er verwirrt. Dann erinnert er sich, und jetzt erst versteht er, was er da sieht, aber es ist zu spät. Der Griff an seinem Hals ist unerbittlich. Er versucht zu treten, zu schlagen, aber weder Arme noch Beine gehorchen ihm. Nichts gehorcht mehr. Die Hände an seinem Hals löschen alles aus.

FREITAG, 13. DEZEMBER

1

Im Bett war es wärmer als auf dem Sofa im Erdgeschoss, also war Hanna Duncker unter die Daunendecke gekrochen und lag nun gegen einen Haufen großer Kissen gelehnt, das Tablet auf dem Schoß. Sie war im Frühling nach Kleva gezogen. Jetzt herrschten Winter und Minusgrade, im Haus war es kalt und zugig, obwohl das Thermometer behauptete, es seien zwanzig Grad.

Hanna gähnte und startete eine neue Folge von *Downton Abbey*. Eigentlich war sie heute Abend mit Isak verabredet gewesen, schließlich war Luciatag. Aber Isak hatte ihr gleich morgens geschrieben, dass er Hals- und Kopfschmerzen hatte. Statt eines aufwendigen Drei-Gänge-Menüs hatte es also Reste aus dem Tiefkühler gegeben, gefolgt von Süßigkeiten und einem Serienmarathon im Bett. Bald hatte sie die dritte Staffel durch, und ihr war völlig schleierhaft, wie ihr die Serie bisher hatte entgehen können. Am besten war Maggie Smith in der Rolle der Lady Violet, dem bissigen Oberhaupt der britischen Oberklassefamilie.

Während des Vorspanns schweiften Hannas Gedanken

ab. Ihr Bedürfnis nach fiktiver Liebe in schönem Umfeld hatte abgenommen, seit Isak in ihr Leben getreten war. Vorgestern waren sie zum Essen bei Rebecka und Petri gewesen. Rebecka hatte sie beide zum ersten Mal als Paar erlebt, und ihre Freundin schien sich sehr für sie zu freuen. Trotz ihres großen Verlusts tastete sich Rebecka im Leben voran. Der Tod ihres Sohnes Joel lag nun sieben Monate zurück. Rebecka meldete sich oft und wollte sich häufig treffen. Ihre Freundin brauchte sie, und eigentlich wollte Hanna nichts mehr, als für sie da zu sein. Trotzdem lehnte sie oft ab. Denn das, was sie Rebecka erzählen sollte, stand im Weg. Das, was sie im Herbst erfahren hatte, als ihr Bruder Kristoffer plötzlich bei ihr aufgetaucht war.

Hanna tippte auf Pause und reckte sich nach dem Handy. Suchte Rebeckas Nummer heraus. Starrte lange aufs Display. Aber um diese Uhrzeit konnte sie unmöglich anrufen. Es war fast zehn, sie wollte Molly nicht wecken. Also suchte sie das Foto heraus, das Rebecka ihr heute geschickt hatte. Es zeigte Molly in ihrem Lucia-Kleid mit Lichterkrone im Haar, die glücklich in die Kamera lächelte. Das Foto war vor der Grundschule in Gårdby entstanden, auf die Rebecka und sie als Kinder ebenfalls gegangen waren.

Sehnsucht nach Isak überkam sie, aber ihn konnte sie auch nicht anrufen. Er schlief sicher längst, wenn es ihm so schlecht ging. *Bist du noch wach?*, schrieb sie. Als sie nach mehreren Minuten noch keine Antwort bekommen hatte, schickte sie ein klopfendes Herz hinterher und legte dann das Telefon weg. Ein heftiger Gähnanfall veranlasste sie, auch das Tablet auf dem Nachttisch zu deponieren. So müde, wie sie war, konnte sie ja vielleicht doch schlafen. Sie schob die großen Zierkissen vom Bett und sank in die weiche Daune. Hoffentlich ging es Isak morgen schon besser.

Isak … Er lehnte an einer der Säulen vor dem Polizeirevier. Was will er bei mir auf der Arbeit?, dachte Hanna. Freudig überrascht lief sie zu ihm. Ihre Füße berührten kaum den Boden, aber als sie sein Gesicht sah, blieb sie wie angewurzelt stehen. Seine Augen waren vor Wut ganz schmal.

Isaks Gesicht wandelte sich in Kristoffers. Ihr Bruder öffnete den Mund, und sie wusste, was er sagen würde. Sie konnte das Gespräch auswendig. Das Gespräch, das sie geführt hatten, nachdem sie ihn widerwillig hereingelassen hatte.

Ich war dabei, als Ester Jensen starb.

Ihr Körper zeigte dieselbe Schockreaktion wie bei seinem tatsächlichen Besuch. Sonderbarerweise wusste Hanna, dass sie träumte, und irgendwie nahm der Traum alle Hemmungen. Sie konnte sich nicht wehren und wollte nur weg. Im Traum kniff sie die Augen fest zu. Als sie sie wieder öffnete, saß sie noch immer mit Kristoffer auf dem Sofa. Genau, wie es wirklich gewesen war. Selbst das halb leere Wasserglas stand auf dem Hocker, der ihr als Couchtisch diente.

Wie, dabei?, fragte sie. *Hast du sie getötet?*

Kristoffer verbarg das Gesicht in den Händen. Seine Erzählung wurde von Schluchzern unterbrochen. Wieso war es so warm? Ihre Sachen klebten schweißdurchtränkt an ihr. Das passte nicht. So warm war es nicht gewesen, als Kristoffer bei ihr saß. Hanna wollte gleichzeitig, dass sie aufwachte und dass der Traum weiterging. Sie hoffte, dass seine Schilderung sich ändern, sich zu einer wandeln würde, die leichter zu ertragen wäre.

Doch der Traum war weg. Sie lag da und starrte zur Decke hinauf, die nicht sichtbar war. Ihr müdes Hirn versuchte, die Eindrücke zu verarbeiten, die in der Wirklichkeit auf sie einströmten: die Hitze, das Knistern, den beißenden Geruch.

Verdammt. Das Haus brennt.

Hanna rammte sich den Kopf an der Dachschräge, als sie aufsprang. Alles drehte sich um sie, trotzdem erreichte sie die Tür. Sie war nicht ganz geschlossen, und so konnte sie sie mit dem Ellbogen aufschieben. Dichter Rauch drang aus dem Erdgeschoss herauf. Über die Treppe konnte sie also nicht entkommen. Sie drehte sich um und stürzte zum Nachttisch, um das Handy an sich zu reißen. Brauchte sie sonst noch etwas? Der Boden unter ihren Füßen war warm, sie konnte keinen klaren Gedanken fassen. Sie wusste nur, dass sie dringend wegmusste. Sie schob das Fenster auf, das zum Garten hinausging. Die kalte Luft erinnerte sie daran, dass sie nur Unterwäsche trug, also griff sie nach dem Bademantel. Während sie ihn anzog, schaute sie hinunter. Die Flammen züngelten an der Hauswand. Sie konnte sich also nicht am Fensterrahmen festhalten, um die Fallhöhe zu verringern. Sie musste springen.

Die Zeit drängte, reichte nicht, um vorher noch die Matratze oder etwas anderes aus dem Fenster zu schieben, das ihren Fall dämpfen könnte. Hanna steckte das Handy in die Manteltasche, schob dann den Stuhl ans Fenster und warf alle Kleider, die darüber hingen, hinaus. Dann stieg sie darauf, setzte einen Fuß auf die Fensterbank und klammerte sich an den Rahmen. Der Boden war schneebedeckt, aber die Schneedecke war nicht höher als dreißig Zentimeter. Direkt unter ihr war die hintere Veranda, die ein paar Meter breit war. Dahinter begann die Wiese. Die musste sie erreichen.

Hanna schluckte und sprang.

Noch im Flug wurde ihr klar, dass sie es nicht bis zur Wiese schaffen würde. Immerhin war ihre Veranda aus Holz, nicht aus Stein wie die ihrer Nachbarin Ingrid. Hanna versuchte, sich möglichst klein und locker zu machen. Ihr Bademantel ging auf, als sie auf der Veranda aufschlug und abrollte. Überall war Schnee. Eine eiskalte Umarmung, die ihr einmal komplett die Luft aus der Lunge presste, aber auch den Schmerz dämpfte. Ihr Sturz war vom Schnee abgefedert worden, und sie ging erst mal davon aus, dass sie sich nichts gebrochen hatte.

Hanna schaute zum Haus. Die Flammen reichten jetzt bis zu ihrem Fenster. Viel Zeit wäre ihr nicht mehr geblieben. Schnell griff sie nach ihrer Jeans. Ein Windstoß musste ihren dünnen Pullover zum Haus geblasen haben, denn er wurde gerade vom Feuer verschlungen. Die Hitze war unerträglich. Als sie sich weit genug entfernt hatte, zog sie die Jeans über, fischte das Handy aus der Tasche und wählte den Notruf.

Die Flammen trafen über dem Dach aufeinander und schienen sich dort freudig zu vereinigen. Das Haus war nicht mehr zu retten. Dann werde ich nicht länger darin frieren müssen, dachte sie noch, da kamen ihr auch schon die Tränen.

Das Haus in Kleva war ihre Rettung gewesen, als sie nach den vielen Jahren in Stockholm zurück nach Öland gezogen war. In der Woche nach ihrem Schulabschluss war ihr Vater wegen Mordes verhaftet worden, woraufhin sie geflohen war. Die Sehnsucht und der Zweifel hatten sie zurückgetrieben, und sie hatte recht gehabt: Ihr Vater war zwar verurteilt worden, schuldig aber war er nicht gewesen. Zumindest nicht am Mord.

Hanna starrte in die Flammen, aber sie sah nicht länger das Feuer, das ihr Haus auffraß, vor ihrem inneren Auge war ihr Vater Lars. Sein gequälter Gesichtsausdruck, als er ihr im Besuchszimmer des Gefängnisses gegenübersaß. Statt auf ihr Bauchgefühl zu vertrauen, hatte sie ihn mit Fragen bedrängt.

Wieso hast du Ester Jensen getötet?

Die Antwort hatte sie so wütend gemacht:

Das war keine Absicht.

Sie wünschte, sie hätte ihn damals in die Arme geschlossen, ihm so die Möglichkeit gegeben, sich zu öffnen. Aber stattdessen war sie aufgestanden und gegangen.

2

Kurz vor der Abzweigung nach Kleva sah Erik Lindgren schon die Flammen vor dem dunklen Winterhimmel. Offenbar war es der Feuerwehr noch nicht gelungen, den Brand zu löschen. Sein Chef Ove Hultmark hatte ihn mit einem Anruf aus dem Bett geholt, um ihm mitzuteilen, was vor sich ging. Hanna war angeblich in Ordnung. Zumindest körperlich. Sie selbst hatte den Notruf abgesetzt.

Erik bog in den Ort. In den meisten Fenstern brannte trotz der späten Uhrzeit Licht. Vermutlich waren die Anwohnerinnen und Anwohner durch die Sirenen geweckt worden und hatten dann nicht wieder einschlafen können. Immerhin war aufgrund der Jahreszeit die Gefahr gering, dass das Feuer auf die Nachbarhäuser übersprang. Die Straße war so schmal, dass er an den Feuerwehrwagen nicht vorbeikam. Der Schnee knirschte unter den Reifen, als er an den Straßenrand fuhr, um zu parken. Hannas Haus lag ein gutes Stück zurückversetzt, direkt am Feldrand. Trotz der Entfernung konnte er die Wärme des Feuers spüren, als er ausstieg. Der Rauch biss in der Lunge. Er zeigte dem nächstbesten Feuerwehrmann seinen Ausweis.

»Ich bin Hanna Dunckers Kollege«, sagte er. »Wo ist sie?«

Der Feuerwehrmann deutete zu einem Rettungswagen. Er musste aus der anderen Richtung gekommen sein, denn er stand mit der Motorhaube zu ihnen. Erik eilte hin und einmal um den Wagen herum. Hanna saß mit einer Decke um die Schultern auf der Trage. Sie trug eine Jeans und einen Bademantel. Eine Rettungssanitäterin stand daneben und suchte etwas aus einer Schublade. Hanna hatte eine Sauerstoffmaske über Nase und Mund, zog sie aber sofort ab, als sie sah, dass er in den Wagen kam.

»Was machst du denn hier?«

»Na, ich war doch noch nie bei dir zu Besuch«, antwortete er. »Dachte, es wäre mal Zeit.«

Hanna lachte, aber das Lachen ging sofort in einen Hustenanfall über. Also hielt sie sich die Sauerstoffmaske schnell wieder über Nase und Mund und holte ein paarmal tief Luft.

»Das klingt ja schrecklich«, sagte er.

»Ach, halb so wild«, sagte sie. »Wärst du mal besser gestern gekommen. Da hätte ich dir einen Kaffee anbieten können.«

Erik lag ein Scherz mit Supriya auf der Zunge, dass sie gern mitgekommen wäre, aber er schluckte ihn lieber runter, weil es nicht länger witzig war.

Dann musste er plötzlich daran denken, wie er einmal mit dem Kran aus seinem Wohnheimzimmer evakuiert worden war. Damals war er noch zur Polizeischule gegangen; ein Mitstudent hatte gemeint, mitten in der Nacht kochen zu müssen, und war darüber eingeschlafen. Am Fenster zu stehen und auf die Rettung zu warten, gehörte noch immer zu dem Schlimmsten, was er je erleben musste, und das, obwohl er nun schon eine Weile Polizist war. Nachdem sich der Rauch verzogen hatte, hatte er sich damals problemlos in sein Zimmer zurückziehen können, aber Hannas Haus stand dermaßen in Flammen, da war vermutlich nichts mehr zu retten. Die Sanitäterin bat ihn, ein bisschen aus dem Weg zu gehen, und wies Hanna an, das Bein hochzulegen. Dann verband sie ihren Fuß.

»Wie bist du rausgekommen?«, fragte Erik.

»Ich habe geschlafen, als das Feuer ausbrach«, sagte Hanna. »Mit anderen Worten: Ich bin aus dem Fenster im ersten Stock gesprungen. Aber das ist sicher nur eine Verstauchung.«

»Zum Glück bist du noch rechtzeitig aufgewacht.«

»Ja.«

Hanna zögerte, als wollte sie noch etwas sagen. Aber dann presste sie sich doch erst mal wieder die Maske ins Gesicht. Sie wusste genauso gut wie er, dass sie hätte sterben können. Oft war es just der Rauch, der verhinderte, dass die Leute bei einem Brand überhaupt aufwachten. Er hatte damals am Schreibtisch gesessen und gebüffelt, weil er für eine Prüfung spät dran war. Als der Rauchmelder zu piepen anfing, war der Flur schon so verqualmt gewesen, dass er die Tür lieber wieder zugemacht und in seinem Zimmer ausgeharrt hatte.

»Hast du keine Rauchmelder?«, fragte er.

»Doch, klar«, sagte sie, als sie die Maske wieder abnahm. »Aber die haben keinen Piep von sich gegeben. Wahrscheinlich waren die Batterien leer.«

»Hast du eine Ahnung, wie das Feuer ausgebrochen sein könnte?«, fragte er.

»Nein.«

Die Sanitäterin war fertig mit dem Fuß, und Erik hatte das Gefühl, im Weg zu sein.

»Ich sprech mal mit dem Einsatzleiter«, sagte er. »Vielleicht wissen sie schon was.«

Er ignorierte ihren Protest und sprang aus dem Rettungswagen. Dann blieb er einen Moment davor stehen und beobachtete die Feuerwehrleute. Sie bewegten sich konzentriert, aber nicht gestresst. Nicht zu übersehen, dass sie die Lage unter Kontrolle hatten.

Er ging zu dem Mann, der den Einsatz leitete. Der Schnee knirschte unter den Schuhen. Erik liebte diese Jahreszeit. Zu Weihnachten wollte er Nila ein paar Langlaufski schenken, damit sie gemeinsam die Gegend unsicher machen konnten. Eigentlich fuhr er lieber Abfahrtski, aber dafür fehlten hier einfach die Berge. Supriya hatte für den Wintersport rein gar nichts übrig. Er hatte sie nicht einmal davon überzeugen können, es auszuprobieren. Weihnachten liebte sie allerdings. Ihr erstes gemeinsames Weihnachtsfest hatten sie in Mumbai gefeiert, und er hatte versucht, ihr ein traditionelles schwedisches Festessen zu kochen, allerdings mit indischen und vegetarischen Zutaten. Sein Scheitern in der Küche hatte er wettzumachen versucht, indem er ihr Weihnachtslieder vorsang, und Supriya waren vor Lachen die Tränen gekommen.

Wir haben immer zusammen lachen können, dachte er. Die Angst, dass sie wieder nach Indien zurückziehen wollte, hatte sich gelegt. Vor knapp zwei Monaten hatten sie das indische Lichterfest Diwali gefeiert, und er hatte sich die größte Mühe gegeben, ihr Heimweh zu lindern. Hatte in der ganzen Wohnung Kerzen verteilt, allerlei Leckereien gebacken, ihr schöne Kleinigkeiten gekauft und mehrfach Videoanrufe bei den Schwiegereltern angeleiert.

Zum zweiten Mal zeigte Erik seinen Ausweis.

»Sie sind ja flott«, kommentierte der Mann.

»Was meinen Sie?«

»Ich habe gerade erst vor ein paar Minuten durchgegeben, dass es sich um Brandstiftung handelt.«

»Sicher?«

»Sehr«, sagte der Mann. »Dafür spricht die schnelle Brandausbreitung.«

»Ich bin nur als Kollege hier«, sagte Erik. »Das Ermittlungsteam ist aber bestimmt unterwegs.«

Er eilte zurück zum Rettungswagen.

»Brandstiftung«, sagte er.

Hanna nickte, als wäre sie kein bisschen überrascht.

»Weißt du, wer dahinterstecken könnte?«, fragte er.

Vielleicht hatte Ester Jensens Tochter Maria den Brand ja gelegt. Erst vor wenigen Monaten hatte sie Hanna Drohnachrichten geschickt, außerdem hatte seine Kollegin Drohanrufe bekommen, die niemandem zugeordnet werden konnten. Hanna öffnete den Mund, doch bevor sie etwas sagen konnte, krachte es ohrenbetäubend.

3

Wahrscheinlich hat das Dach nachgegeben, dachte Hanna. Alles, was sie besaß, war nur noch Schutt und Asche, und sie hatte kein Zuhause mehr. Schnell presste sie sich die Sauerstoffmaske ins Gesicht, damit sie nicht sprechen musste.

»Weißt du, wer dahinterstecken könnte?«, fragte Erik noch einmal.

Hanna schüttelte heftig den Kopf. Sie konnte es ihm nicht sagen. Nicht hier, nicht jetzt. Aber es gab nur einen Menschen, der infrage kam.

Sie schloss die Augen, aber dann hatte sie sofort wieder Kristoffer vor Augen. Begleitet von den Gefühlen des Traums, aus dem der Brand sie gerissen, die sie aber dennoch nicht hatte auslöschen können. *Ich war dabei, als Ester Jensen starb.* Wie hatte Kristoffer sie all die Jahre anlügen können? Seinetwegen hatte sie alles angezweifelt, was ihr Vater ihr je bedeutet hatte. Sie schlug die Augen wieder auf.

»Ich schätze, Sie gehen jetzt besser«, sagte die Sanitäterin.

»Ich ruf dich morgen früh an«, sagte Erik.

Hanna nickte. Kaum war er fort, nahm sie die Sauerstoffmaske ab. Die Sanitäterin war vielleicht dreißig. Sie hatte die

Haare zu einem Dutt hochgesteckt, an der Halsseite waren ein paar chinesische Zeichen eintätowiert. Hanna legte die Hand auf ihre eigene Tätowierung. Die Nachtigall an ihrem linken Unterarm.

»Haben Sie Schmerzen?«, fragte die Sanitäterin.

»Nein«, sagte Hanna und ließ die Hand wieder sinken.

Ihre Großmutter hatte ihr eine Nachtigall aus Holz geschenkt und ihr erzählt, dass der Vogel sie vor Albträumen schützen würde. Hannas Nächte waren davon geprägt gewesen, nachdem sie mit zwölf ihre Mutter an den Krebs verloren hatte. Die Nachtigall hatte im Schlafzimmer auf der Fensterbank gestanden. Wieso hatte sie die nicht mitgenommen, bevor sie gesprungen war? Jetzt war auch sie verloren.

»Wie geht es Ihnen denn insgesamt?«

»Ging schon mal besser«, sagte Hanna.

»Untertreibung des Tages«, sagte die Frau und grinste.

»Nur des Tages?«

»Gestern war ich bei einem Autounfall. Der Typ ist von einem Verkehrsschild durchbohrt worden und meinte, ihm geht es hervorragend.«

»Hat er alles gut überstanden?«

»Ja, keine wichtigen Organe wurden beschädigt.«

»Und wie lautet mein Urteil?«, fragte Hanna.

»Die Lunge ist gereizt«, sagte die Sanitäterin. »Aber die Werte sind so weit zufriedenstellend. Trotzdem würde ich Ihnen raten, eine Nacht zur Beobachtung ins Krankenhaus zu gehen.«

»Nein danke.«

»Es könnte Komplikationen geben«, versuchte es die Sanitäterin.

»Nein danke«, wiederholte Hanna.

Die Lunge fühlte sich bereits besser an. So viel Rauch hatte sie gar nicht eingeatmet. Der verstauchte Fuß schmerzte, und sie hatte eine ordentliche Beule, weil sie so heftig gegen die Dachschräge gestoßen war, aber mehr auch nicht. *Ich hätte sterben können.* Hanna verdrängte den Gedanken.

»Aber wo wollen Sie dann hin?«, fragte die Frau. »Ihr Haus ist …«

»Meine Nachbarin hat mir bereits ein Nachtlager angeboten.«

Ingrid war wenige Minuten, nachdem Hanna die Feuerwehr verständigt hatte, angelaufen gekommen. Hanna hatte ihre verzweifelten Rufe von der anderen Seite des Hauses gehört, aber nicht antworten können. Stattdessen war sie zu ihr gehumpelt. Sie hatten es fast bis zu Ingrid geschafft, als die ersten Rettungsfahrzeuge eintrafen. Hanna war offenbar nicht die Einzige gewesen, die Hilfe gerufen hatte. Ingrid hatte zu sehr gefroren, also war sie wieder in ihr warmes Haus gegangen, während Hanna der Sanitäterin gefolgt war.

Sie zog das Handy aus der Tasche. Ihr Handy, eine Jeans, ein Unterhemd, eine Unterhose und ein Bademantel – das war alles, was sie mitgenommen hatte. Bei Isak war noch eine Zahnbürste und einmal Wechselkleidung.

Beim Gedanken an Isak kamen ihr die Tränen. Das war ein Telefonat, das sie gerade nicht bewältigen konnte. Beim Klang seiner Stimme würde sie garantiert zusammenbrechen. Sie rief lieber bei Ingrid an.

»Die freundliche Sanitäterin ist fertig mit mir. Aber du musst mich abholen, wenn sie mich denn gehen lässt.«

Die Frau lachte und schüttelte den Kopf.

»Mach ich«, sagte Ingrid.

»Welche Schuhgröße hast du?«, fragte Hanna.

»Siebenunddreißig.«

Hanna hatte zweiundvierzig. Eigentlich nicht weiter erstaunlich, sie war ja schließlich einen Meter fünfundachtzig groß.

»Wie schade. Aber hättest du vielleicht ein Paar Pantoffeln oder Socken für mich?«

Hanna wollte ungern barfuß in den Schnee hinaus.

»Ich schau mal, was ich finden kann«, sagte Ingrid.

Wenige Minuten später tauchte sie mit einer großen Wolldecke und einem Paar Badelatschen auf, die ihrem Mann oder Sohn gehört haben mussten. Ihr Sohn hatte den Hof übernommen, nachdem ihr Mann vor fast zwanzig Jahren gestorben war.

»Tut mir leid, was Besseres kann ich nicht bieten«, sagte Ingrid.

»Reicht doch.«

Hanna steckte die Füße in die Latschen und hängte sich die Decke um die Schultern. Die Sanitäterin half ihr aus dem Rettungswagen.

»Alles Gute«, sagte sie.

»Danke«, erwiderte Hanna.

Der Fuß ließ sich so verbunden schon besser belasten. Zwar wurden die Füße in den Badelatschen schnell kalt, aber immerhin musste sie nicht barfuß gehen. Der Einsatzleiter der Feuerwehr holte sie ein.

»Das Ermittlungsteam wird mit Ihnen sprechen wollen«, sagte er.

»Ich bin im Nachbarhaus«, antwortete sie. »Aber ich wäre wirklich froh, wenn das bis morgen warten könnte.«

Jemand rief nach ihm, also ließ er sie gehen. Langsam näherten sie sich Ingrids Haus. Der Nachbarin fiel das Gehen schwerer als Hanna. Einer der Nachbarn, die ein paar Nummern weiter wohnten, war vor die Haustür getreten und schaute neugierig herüber, aber immerhin kam er nicht zu ihnen. Hanna zog die Badelatschen in Ingrids Flur aus, die Decke behielt sie jedoch um die Schultern. Ihre Nachbarin hatte bereits das Sofa im Wohnzimmer in ein Behelfsbett umgewandelt.

»Mit meiner Hüfte ist es gerade wieder schlimmer«, sagte sie. »Leider kann ich dir nicht das Bett überlassen.«

»Das Sofa ist perfekt.«

Hanna verkroch sich unter die Daunendecke, während Ingrid in der Küche verschwand, um Tee und Whisky zu holen.

»Soll ich Isak anrufen?«, fragte sie, als sie gerade das Tablett auf den Couchtisch gestellt hatte.

»Das mach ich morgen früh, sobald ich wach bin.«

»Wenn du meinst, dass du überhaupt schlafen kannst.« Ingrid schnaubte. »Aber er muss es wissen.«

»Wird er ja auch«, sagte Hanna. »Nur nicht jetzt sofort. Wir haben uns nicht getroffen, weil er krank ist.«

»Es wird ihn verletzen, dass du ihn nicht gleich verständigst«, beharrte Ingrid.

»Ingrid«, begann Hanna. »Ich kann einfach nicht …«

Sie reckte sich nach einer der Tassen. Umschloss sie mit beiden Händen und führte sie zum Mund. Die Bilder von dem Gespräch mit Kristoffer überlagerten sich mit denen ihres brennenden Hauses. Ihre Hände fingen an zu zittern. Nichts war ihr geblieben. Ihr Portemonnaie hatte in der Jackentasche im Erdgeschoss gesteckt.

»Das war so schrecklich«, sagte Ingrid. »Die Flammen zu sehen und nicht zu wissen, ob du noch im Haus bist. Weißt du, wer den Brand gelegt hat?«

»Wieso fragst du das so?«

»Weil das Feuer nicht einfach so ausgebrochen ist. Es roch nach Benzin.«

Hanna versuchte, noch einen Schluck zu trinken, aber ihre Hände zitterten zu stark. *Ich hätte sterben können.* Diesmal ließ sich der Gedanke nicht so leicht verdrängen. Irgendwie gelang es ihr, die Tasse wegzustellen. Sie öffnete den Mund, wollte eigentlich nichts preisgeben, Ingrid gegenüber genauso wenig wie vor Erik.

»Es war Axel Sandsten«, platzte es aus ihr heraus.

Ingrid starrte sie fassungslos an, und Hanna hätte das Gesagte liebend gern wieder zurückgezogen. Was stimmte denn nicht mit ihr? Das musste der Schock sein. Sie war dabei gewesen, als ihre Mutter starb und als ihr Vater verhaftet wurde, aber soweit sie sich erinnern konnte, hatte sie dabei nicht komplett die Kontrolle verloren. Ihr Körper schlotterte vor Kälte, und sie schlang die Wolldecke und das Federbett noch enger um sich.

»Vielleicht hat er es nicht selbst angezündet«, fügte sie hinzu. »Aber dann hat er jemanden geschickt.«

Sie musste an die Silhouette unten am Strandweg denken. Was, wenn das nun doch kein Nachbar gewesen war?

»Wieso sollte Axel Sandsten dich töten wollen?«, fragte Ingrid.

»Weil er Ester Jensen ermordet hat.«

Ein weiteres Mal musste Hanna durchleben, was Kristoffer ihr erzählt hatte, weil sie es nun Ingrid wiedergab. Hanna hatte ihn gezwungen, es mehrmals zu wiederholen. So, wie sie es bei Vernehmungen machte, damit Verdächtige sich in Widersprüchen verstrickten. Kristoffer hatte ihr jedoch nur bei jedem Mal weitere Details geliefert. Er, Robin und Axel waren bei Ester Jensen eingebrochen. Sie hatten ihr einen Kissenbezug über den Kopf gezogen, sie an einen Stuhl gefesselt und nach Geld gesucht. Sie hatten nur ein paar Hunderter gefunden, weshalb Axel rasend vor Wut zu Ester gerannt war. Er hatte sie samt Stuhl umgekippt und angefangen, sie zu treten. Kristoffer und Robin waren zu schockiert gewesen, um einzugreifen. Zumindest in Kristoffers Version. Als sie Axel endlich stoppten, war es schon zu spät.

Ester war tot.

Ingrid schwieg sehr lange. Ihr Gesicht war völlig unbewegt, aber dass sie verarbeitete, was sie da gerade erfahren hatte, war trotzdem nicht zu übersehen. Hanna streckte sich diesmal nach dem Whisky. Es gelang ihr, die Hände still genug zu halten, um einen Schluck zu trinken. Sie hustete und presste sich die Hand gegen den Brustkorb. Vielleicht hätte sie doch ins Krankenhaus mitfahren sollen. Dann wäre ihr zumindest das hier erspart geblieben.

»Und wer hat Esters Haus angezündet?«, fragte Ingrid schließlich.

»Mein Vater«, sagte Hanna. »Um Kristoffer zu schützen. Er dachte, Kristoffer wäre der Mörder.«

Dieser Teil der Geschichte war unzusammenhängend gewesen. Laut Kristoffer hatte Axel Robin gezwungen, mit ihm zu kommen, aber Kristoffer bei der Toten zurückgelassen, der panisch Papa angerufen hatte, welcher sofort zu ihm geeilt war. Papa hatte er erzählt, dass er Ester erschlagen hätte, das aber keine Absicht gewesen sei.

»Hast du das bisher noch jemand anderem erzählt?«, fragte Ingrid.

»Nein.«

Und sie hätte es auch jetzt nicht erzählen sollen. Nicht in diesem Zustand.

»Esters Tochter muss das erfahren.«

»Ich weiß«, sagte Hanna.

Alle Verluste drängten sich in ihr Bewusstsein. Ihre Mutter, die an Krebs gestorben war. Ihr Vater, der das Trinken anfing und wegen Mordes verurteilt wurde. Kristoffer, der sie jahrelang in dem Glauben gelassen hatte, dass ihr Vater ein Mörder war. Ihr Vater, der aus der Haft entlassen wurde und sich zu Tode soff. Das Haus, das es nicht länger gab.

Nachdem Kristoffer ihr das alles erzählt hatte, hatte sie ihn rausgeworfen. Hatte mehrere Wochen lang nicht mit ihm sprechen können. Seine Version ergab einfach keinen Sinn. Wieso sollten Axel und Robin ihn dort allein zurückgelassen haben?

Schließlich hatte sich die größte Wut gelegt, sodass sie Kristoffers Entschuldigungsversuche ertragen konnte. Außerdem hatte sie angefangen, ihn übers Telefon zu bearbeiten. Sie wollte sich nicht ohne Kristoffer an ihren Chef Ove Hultmark wenden. Ove hatte vor sechzehn Jahren in dem Mordfall ermittelt. Wenn die Ermittlungen erneut aufgenommen würden, käme hoffentlich die ganze Wahrheit ans Licht.

Aber jetzt? Rational betrachtet wusste sie, dass sie nicht länger warten konnte. Was würde Axel als Nächstes versuchen, wenn er erfuhr, dass sie noch lebte? Vielleicht wusste er das ja sogar schon. Vielleicht hatte er wirklich da unten am Strandweg gestanden. Am liebsten wäre sie hinausgerannt, um nachzusehen, aber sie sollte gar nicht erst anfangen, einer solchen Paranoia nachzugeben.

»Ich habe nicht vor, Axel mit auch nur einer seiner Taten davonkommen zu lassen«, sagte sie.

»Davon bin ich überzeugt«, sagte Ingrid. »Aber schätzungsweise ist es nicht besonders klug, ihn allein zu konfrontieren.«

Darauf erwiderte Hanna nichts. Sie wusste, dass Ingrid recht hatte. Trotzdem zögerte sie noch, sich an Ove zu wenden. Sie kannte nur Kristoffers Version der Geschichte, und sie brauchte wenigstens einen Menschen, der seine Aussage stützen konnte.

Hanna trank noch einen Schluck Whisky. Ihre Hände zitterten nicht mehr ganz so stark. Langsam kam auch ihr Ermittlerinnenhirn wieder in Gang. Wo sollte sie ansetzen? Vielleicht bei Robins Schwester Klara. Klara hatte sich während der Suchaktion von *Missing People* an sie gewandt. Dann hatte sie angerufen, und Hanna war kurz vor Kristoffers Besuch bei ihr gewesen. Klara ging davon aus, dass Robin und Kristoffer in irgendetwas verwickelt gewesen waren und dass ihr Bruder sich deshalb das Leben genommen hatte, indem er seinen Wagen vor einen Baum setzte. Bloß hatte Klara noch immer keine Ahnung, was genau dahintersteckte. Allein beim Gedanken an das drohende Gespräch bekam Hanna Magenschmerzen.

Ingrid stand und auf verließ das Wohnzimmer. Vermutlich war diese Offenbarung zu viel für sie gewesen. Als Hanna begriff, dass sie telefonierte, eilte sie ihr hinterher.

»Ja, keine Eile«, sagte Ingrid. »Bis gleich.«

»Mit wem hast du gesprochen?«, fragte Hanna.

»Es tut mir sehr leid, dass ich mich einmische, aber das hier schaffst du nicht allein.«

»Mit wem hast du gesprochen, verdammt?«

»Isak. Er ist unterwegs.«

4

Der Schlaf wollte einfach nicht kommen. Therese Cedergren drehte sich auf die Seite und schaute zu Kasper, der auf dem Rücken lag und mit offenem Mund schnarchte. Sie waren seit zweiundzwanzig Jahren zusammen. Länger als ihr halbes Leben.

Ein besonders lautes Schnarchen ließ sie zusammenzucken. Seit ein paar Jahren arbeitete Kasper bei der Schutzpolizei. Heute war er nach einer besonders harten Schicht nach Hause gekommen, hatte das Essen in sich hineingeschaufelt und sich dann vor den Fernseher gesetzt. Hatte sie gebeten, ihm die Schultern zu massieren. Natürlich hatte sie das getan. Sie hatte massiert und seine Tirade über die Jugendlichen und ihr unmögliches Verhalten angehört. Sie wusste, dass er übertrieb. Das Luciafest war längst nicht mehr so ein Besäufnis wie früher. Aber vielleicht hatte sie auch einfach keine Ahnung.

Therese drehte sich auf die andere Seite und starrte die Wand an. Der Luciatag deprimierte sie jedes Mal. Während der Schulzeit war sie oft unterwegs gewesen und hatte gefeiert, aber es war gar nicht so sehr das Feiern, das ihr fehlte, sondern die ruhigeren Jahre nach der Schulzeit. Als sie sich mit den Mädels aus dem Stall auf ein Bier getroffen hatte. Den Mädels, die nicht weggezogen waren. Aber es war zehn Jahre her, seit sie zuletzt dabei gewesen war. Vor Lucas, als sie nur Wilma gehabt hatte. Sie fragten sie nicht mal mehr. Waren ihre ewigen Ausflüchte leid.

Kommendes Jahr würde Wilma ihren dreizehnten Geburtstag feiern, da wollte sie sicher mit Freunden losziehen. Heute Abend war sie noch mit ihrer Mutter und dem kleinen Bruder zufrieden gewesen. Sie hatten Popcorn gemacht und zusammen den ersten *Harry Potter* geschaut. Lucas war erst sieben, behauptete aber felsenfest, dass alle aus seiner Klasse den Film bereits kannten. Wilma hatte die Filme schon so oft gesehen, eigentlich hätte sie sich langweilen müssen, aber es hatte ihr gefallen, ihn mit ihrem Bruder anzuschauen.

Hoffentlich bekam Lucas keine Albträume. Therese lauschte nach Geräuschen aus seinem Zimmer, konnte aber keine hören.

Nach einem weiteren lauten Schnarchen von Kasper schlug sie die Decke zurück und stand auf. Sie freute sich nicht gerade auf den kommenden Tag. Ein riesiger Wäscheberg erwartete sie, außerdem musste das Haus geputzt werden, und überhaupt würde alles unfassbar viel anstrengender, wenn sie nicht ordentlich geschlafen hatte. Vielleicht würde sie ja noch einmal in den Schlaf finden, wenn sie jetzt in die Küche ging, eine Banane aß und sich eine warme Milch machte.

Therese blieb vor Lucas' Tür stehen und öffnete sie einen Spaltbreit. Lucas lag in seinem Bett und umklammerte seine

Supermannbettdecke, als wäre sie ein Monster, das er besiegt hatte. Sein Gesichtsausdruck war entspannt und selbstsicher. Therese lächelte, ging an Wilmas Tür vorbei und weiter zur Küche.

Es war nur noch eine Banane da, die Kasper fürs Frühstücksmüsli brauchte. Sie öffnete den Kühlschrank, füllte ein Glas zur Hälfte mit Milch und stellte es in die Mikrowelle. Wenn sie zu viel trank, würde sie doch nur mitten in der Nacht aufwachen, weil sie aufs Klo musste. Auf der Fensterbank stand die Weihnachtspyramide, die ihre Mutter ihr gegeben hatte. Als Mikael fünf oder sechs gewesen war, hatte er darauf bestanden, sie allein aufzustellen. Es war ihm nicht gelungen, und vor lauter Frust hatte er sie umgestoßen. Mama hatte übernommen und ihm zum Trost erlaubt, die kleinen Kerzen anzuzünden. Er hatte mit großen Augen die Figuren angestarrt und begeistert in die Hände geklatscht, als sie anfingen, sich zu drehen. Wie von Geisterhand bewegt.

Therese blinzelte die Tränen weg. Zwanzig Jahre waren seit Mikaels Verschwinden vergangen, es überraschte sie, wie sehr sie ihn noch immer vermisste.

Die Mikrowelle piepste, und Therese fluchte, weil sie sie nicht rechtzeitig gestoppt hatte. Kurz lauschte sie ins stille Haus, doch nichts regte sich. Sie holte das Glas heraus, rührte einmal um und trank die Milch. Nach einem kurzen Toilettenbesuch kehrte sie ins Bett zurück.

Mitternacht rückte immer näher, trotzdem musste Therese aufs Handy schauen. Keine Nachricht, kein verpasster Anruf von ihrer Mutter. Sie lebte noch in dem Haus in Rälla, in dem Therese und Mikael aufgewachsen waren, und ihr war es zu verdanken, dass Therese nicht weiter als bis nach Kalmar gekommen war. Therese hätte sie unmöglich vollkommen allein lassen können.

Therese hatte sie angerufen, nachdem sie Lucas ins Bett gebracht hatte, um zu fragen, ob sie schon etwas von der Polizei gehört habe. Hatte sie nicht, obwohl schon zwei Wochen vergangen waren, seit menschliche Knochen im Mittlandwald gefunden worden waren.

Ich glaube nicht, dass das Mikael ist, hatte ihre Mutter gesagt, so wie bei all ihren Telefonaten in den letzten Tagen. Sie war überzeugt, dass er noch lebte. Therese nicht. Und sie hoffte, dass sie jetzt endlich Antworten bekämen. Es konnte kein Zufall sein, dass die Überreste ausgerechnet im Mittlandwald entdeckt worden waren, denn genau dort hatten Mikael und seine Clique nach dem Schulabschluss übernachtet. Mikael wäre niemals untergetaucht und hätte sich so viele Jahre nicht bei ihnen gemeldet. Vielleicht hätte er sie, Therese, ohne einen Blick zurücklassen können, aber niemals Mama.

5

Es klingelte, aber im selben Augenblick wurde die Tür auch schon aufgerissen. Hanna schaute zum Whiskyglas und unterdrückte den Impuls, den Rest zu exen. Isak stürzte ins Wohnzimmer. Er hatte nicht mal die Schuhe ausgezogen, die nun nasse Spuren auf dem Holzboden hinterließen. Eine leise Stimme in ihrem Kopf riet ihr, das nicht zu kommentieren, sondern aufzustehen. Mit ausdruckslosem Gesicht gehorchte sie, ließ sich von Isak in den Arm nehmen.

»Das ist so schrecklich«, sagte er mit dem Mund an ihrer Schläfe. »Mir tut das so wahnsinnig leid für dich.«

Hanna erwiderte seine Umarmung, und dann konnte sie die Tränen nicht länger zurückhalten. Aus dem Augenwinkel sah sie, dass Ingrid das Zimmer verließ. Hanna wollte Isak am liebsten nie wieder loslassen. Er war das Floß, an das sie sich klammerte, um nicht in ihrer Trauer zu ertrinken. Schlussendlich löste Isak sich von ihr.

»Was kann ich tun?«, fragte er.

»Bring mich hier weg«, sagte Hanna. »Ich kann nicht länger hierbleiben.«

Hanna wollte fort von allem, was Ingrid jetzt wusste.

Wenn sie blieben, würde Hanna auch Isak davon erzählen müssen, und sie war felsenfest davon überzeugt, dass sie das nicht überleben würde. Noch nicht. Ihr erstes Date war kurz vor Kristoffers Besuch gewesen, ihr zweites kurz danach. Die Zeit mit ihm hatte ihr gezeigt, dass Glück auch für sie möglich war. Am liebsten hätte sie Kristoffers Enthüllungen einfach vergessen, die Vergangenheit für immer ruhen lassen.

Isak ging zu Ingrid in die Küche, aber Hanna konnte nicht hören, was gesagt wurde. Sollte sie ihm folgen? Ihn zurückrufen? Nach ein paar Minuten kam Isak zurück. Sie suchte in seinem Gesicht nach Zeichen, dass sich alles geändert hatte, aber sie fand keine. Sein Blick war derselbe. Bevor sie das Haus verließen, umarmte Ingrid sie schnell und flüsterte ihr zu, dass sie mit Isak reden müsse.

Isak hatte ihr Schuhe und eine Jacke mitgebracht, die er im Flur hatte fallen lassen, also konnte Hanna sowohl Decke als auch Badelatschen ablegen. Sie warf einen Blick die Straße hinunter, aber dort stand niemand mehr. Sie versuchte, nicht zur Feuerwehr zu schauen, die noch immer arbeitete, doch das war unmöglich. Von ihrem Haus waren nur noch ein paar qualmende schwarze Wände übrig. Das hätte niemand überlebt. Der Verlust des Hauses stellte trotz allem ein geringeres Problem dar als Axel Sandsten. Was würde er als Nächstes machen? Er hatte sie doch sicher umbringen wollen, und das war ihm nicht gelungen.

»Dir scheint es besser zu gehen«, sagte Hanna, als Isak sie aus Kleva steuerte.

»Ich habe mich gesund geschlafen.«

Viel mehr sprachen sie nicht auf der Fahrt nach Södra

Näsby. Hanna drohte immer noch zu ertrinken, und jetzt war sie allein. Isak saß am Steuer, aber selbst wenn sie sich an ihn hätte klammern können, hätte das nicht geholfen. Dann hätte sie ihn nur mit sich runtergerissen.

Isak parkte vor dem Haus in Södra Näsby. Hier lag mehr Schnee, und der Wind hatte ihn vor den roten Häusern zusammengeschoben. Als Isak den Motor abstellte, wurde es dunkel.

»Ich habe offenbar vergessen, das Nachtlicht einzuschalten«, sagte Isak.

Die Erinnerung an ihren ersten Besuch bei Isak überwältigte sie. Damals hatte er genau diesen Satz gesagt, und sie waren kichernd vor Vorfreude aus dem Wagen gepurzelt. Jetzt stieg er aus und kam zu ihrer Seite, um ihr die Tür zu öffnen. Stützte sie auf dem Weg zwischen den Gebäuden hindurch bis ins Haus. Hanna schluckte die Tränen, die ihr schon wieder kamen. Das hier würde ihre Beziehung nicht überstehen.

»Willst du duschen?«, fragte Isak.

Erst da begriff sie, wie sehr sie nach Rauch stank und wie gut ihr eine lange, warme Dusche tun würde.

»Gern«, sagte sie. »Machst du mir in der Zwischenzeit einen Tee?«

Gerade ertrug sie Isaks Blick nicht und wollte nichts lieber als allein sein. Nach kurzem Zögern nickte Isak.

Das warme Wasser umschmeichelte ihr Gesicht, und ein paar Sekunden lang konnte sie es genießen, aber dann kehrte die Angst zurück. Die Angst, die sie von Anfang an daran gehindert hatte, ihm alles zu sagen: dass sie Isak mit all ihren Sorgen und Problemen verschrecken würde. Die Angst teilte und vergrößerte sich. Alles war zerstört. Die Zukunft mit Isak, die Arbeit, das Leben, alles. Sie musste sich gegen die hellblauen Fliesen stützen, damit sie nicht zusammenklappte.

»Gut jetzt«, schluchzte sie. »Reiß dich gefälligst zusammen.«

Langsam nahm die Panik ab. Verzweifelt suchte sie nach einem Strohhalm, an den sie sich klammern konnte, und letzten Endes waren es die Gedanken an Axel Sandsten, die ihr den gesuchten Halt boten. Irgendwie musste sie an weitere Beweise kommen, ehe er noch einmal versuchen konnte, sie zu töten. Nur wie? Und dann wusste sie plötzlich, wen sie zuallererst kontaktieren sollte. Nicht Robins Schwester, sondern Henning Larsson.

Henning Larsson war Kriminalreporter beim *Barometern*. Im Herbst hatte er Kontakt zu ihr aufgenommen und ihr gesagt, er habe eine eigene Theorie zum Fall Ester Jensen. Wie so oft war sie vor ihm geflohen, aber sie hatte vorgehabt, ihn zu treffen, sobald die kräftezehrenden Ermittlungen vorbei waren. Dass Kristoffer bei ihr aufgetaucht war, hatte alle Vorhaben auf den Kopf gestellt, und die Beziehung zu Isak hatte in ihr den Wunsch ausgelöst, das alles zu vergessen. Nein: Sie hatte ihr geholfen, das alles zu vergessen. Aber Hanna konnte die Vergangenheit nicht für alle Zeit ausblenden. Sie musste herausfinden, was genau dieser Henning wusste und was nicht. Was, wenn er mehr Informationen hatte als sie? Den Eindruck hatte er zumindest erweckt.

Hanna stieg aus der Dusche und schickte ihm eine SMS, bevor sie sich umentscheiden konnte. Obwohl es so spät war, antwortete er sofort:

Ich bin übers Wochenende beruflich unterwegs, aber wir können uns gern Montagabend treffen.

Hanna bedauerte die SMS bereits, trotzdem antwortete sie mit: *Passt.* Langsam trocknete sie sich ab, und nachdem sie an ihrem Bademantel geschnüffelt hatte, schlang sie sich lieber in Isaks. Er roch leicht nach dem Aftershave, das er manchmal benutzte, dem mit Moschus. Sie eilte hinaus aus dem Bad, wollte dringend zu ihm, brauchte seine Nähe, um nicht länger an den Journalisten denken zu müssen.

»Ich hätte gedacht, du würdest länger duschen«, sagte Isak.

»Ich auch«, sagte sie. »Aber du hast mir gefehlt.«

Sie sank neben ihm aufs Sofa und starrte die Tasse an, die auf dem Tisch stand. Konnte sich einfach nicht danach recken. Stattdessen unterdrückte sie ihre Angst und lehnte sich an Isak. Er legte ihr einen Arm um die Schultern und strich ihr das nasse Haar aus dem Gesicht.

Alles würde gut werden. Das musste es einfach.

»Was hältst du davon, zu mir zu ziehen?«, fragte Isak.

MONTAG, 16. DEZEMBER

6

Mit einem Seufzer stieg Hanna aus dem Wagen und steuerte das Polizeirevier an. Ihr Fuß tat weh, war aber keine große Behinderung. Wesentlich schlimmer war die körperliche Erschöpfung: Jedes Gelenk, jeder Muskel schmerzte. Der Regen, der den Schnee in dreckig grauen Matsch verwandelte, hob ihre Laune nicht gerade.

Doch dann tauchte Isaks Gesicht fast beschwörend vor ihrem inneren Auge auf und verscheuchte alles Graue. Sie hatte dankend sein Angebot angenommen, bei ihm einzuziehen. In einem Hotel unterzukommen, war alles andere als verlockend. Sie hatte fast den gesamten Samstag im Bett verbracht und Isak hatte sie mit gutem Essen verwöhnt. Ihr einziger Ausflug war zur Werkstatt gewesen, um sich einen neuen Autoschlüssel zu besorgen. Isak hatte den Wagen abgeholt, weil Hanna sich noch nicht bereit gefühlt hatte, zum Haus zurückzukehren. Gestern waren sie zum Einkaufszentrum *Giraffen* nach Kalmar gefahren, um das Nötigste an Kleidung und Schuhen zu besorgen. Der Winter war die schlimmste Jahreszeit, um vom einen auf den anderen Tag alles zu verlieren. Dabei stellte das Finanzielle kein Problem dar: Für alles, was sie verloren hatte, kam die Versicherung auf, genauso für den Neubau. Aber eine ganze Reihe von Dingen konnte durch Geld einfach nicht ersetzt werden. Außer der Nachtigall hatte sie auch das wenige verloren, was ihr noch von ihren Eltern geblieben war: eine Angelrute, ein abgegriffenes Märchenbuch.

Hanna zog die Tür zum Revier auf und nahm die Treppe in den ersten Stock. Immerhin ihren Polizeiausweis hatte sie Freitag hiergelassen. Am nervigsten war eigentlich der Verlust der Kreditkarte. Die Shoppingtour am Samstag hatte Isak zahlen müssen, wofür sie ihm gleich den entsprechenden Betrag überwiesen hatte. Er hatte gesagt, dass das nicht nötig sei, aber es war viel Geld, und sie wollte ihm nichts schuldig sein. Eine neue Kreditkarte war unterwegs, und sie hatte gemeldet, dass ihr Führerschein zerstört war. Gefühlt hatte sie eine Million kleiner praktischer Dinge zu regeln. Am Samstag hatte sie mit der Versicherung telefoniert, und sofort war ihr ein sogenannter Schadenberater zugeteilt worden, den sie hatte kontaktieren sollen.

Brauchen Sie eine Therapie?, hatte er gefragt, und Hanna hatte nur geschnaubt.

Es ist traumatisch, sein Zuhause auf eine solche Art zu verlieren, hatte er beharrt.

Danke, aber eine Therapie ist nicht nötig.

Die würde das Problem Axel Sandsten auch nicht lösen. Heute Abend würde sie sich mit dem Kriminalreporter Henning Larsson treffen, und damit hatte sie vor sich selbst gerechtfertigt, noch keinen Kontakt zu Ester Jensens Tochter Maria oder Robin Svenssons Schwester Klara aufgenommen zu haben. Oder zu Rebecka. Was, wenn Henning etwas wusste, das alles verändern würde? Der Brand hatte sie erschüttert. Sie war nicht sie selbst gewesen, als sie Ingrid alles erzählt und Kontakt zu Henning aufgenommen hatte, aber gerade fühlte sich beides gut an. Sie konnte nicht länger auf Kristoffer warten. Vielleicht war seine ewige Verzögerungstaktik ja ein Zeichen dafür, dass er ihr doch nicht die ganze Wahrheit gesagt hatte.

Amer Moghadan war als Einziger schon am Platz. Wahrscheinlich hatte ihn das Nesthäkchen bereits früh geweckt. Seine jüngste Tochter würde im Januar ihren ersten Geburtstag feiern und schlief noch nicht so viel, wie ihre Eltern sich das gewünscht hätten. Kaum hatte Hanna das Dienstzimmer betreten, stand er auf und kam zu ihr. Umarmte sie erst mal lang und fest. Sie konnte sich nicht erinnern, dass er das je zuvor getan hätte.

»Ich habe von deinem Haus gehört«, sagte er. »Das tut mir wirklich leid.«

»Danke.«

»Was, meinst du, steckt dahinter?«

Hanna zuckte nur verlegen mit den Schultern.

»Entschuldige, ich wollte nicht indiskret sein, aber ich weiß ja, dass es Brandstiftung war.«

»Schon okay.«

Hanna setzte sich an ihren Platz und startete den Computer. Sie mochte Amer, wirklich. Meist trug er Anzug, und sein kleiner Bart war immer gepflegt. Niemand aus dem Team konnte sie so zum Lachen bringen wie Amer, und es war nicht zu übersehen, wie sehr ihm an seinen Kolleginnen und Kollegen lag. Nacheinander trafen auch sie ein: Daniel Lilja, Erik Lindgren und Carina Hansson. Nicht mal ein abgebranntes Haus konnte Carina dazu bewegen, freiwillig ein Wort mit Hanna zu wechseln. Carinas Vater war Maria Jensens Onkel, und sie hatte bereits für die Polizei in Kalmar gearbeitet, als Ester ermordet worden war. Daniel drückte Hanna sein Mitgefühl aus, und Erik hatte nicht mehr viel hinzuzufügen. Er hatte sie am Samstag angerufen und versucht, sie auszuquetschen. Offenbar war er davon überzeugt, dass sie mehr wusste, als sie zugeben wollte. Auch Ove hatte sich Samstag gemeldet, aber sich einfach nur erkundigt, wie es ihr ging.

Als es halb neun wurde, fanden sich alle im Besprechungszimmer ein. Die Morgenbesprechung machten sie meist hier, sonst blieben sie überwiegend im Dienstzimmer, in dem es außer den fünf Arbeitstischen noch einen großen, ovalen Tisch gab.

»An und für sich ein recht gewöhnliches Lucia-Wochenende«, sagte Ove. »Ein paar Trunkenheitsfahrten, aber eigentlich nicht mehr als an anderen Wochenenden auch. Ein paar Fälle von Körperverletzung und eine Vergewaltigung.«

Dann schaute er zu Hanna und rückte die schwarze Brille zurecht.

»Und einen Fall von Brandstiftung. Die Ermittlungen können wir aus offensichtlichen Gründen nicht übernehmen. Ein Kollege wird sich mit dir in Verbindung setzen, sofern wir den Fall nicht gleich an Växjö übergeben. Das ist noch nicht abschließend geklärt, aber unsere Kriminaltechnik wird im Laufe des Tages den Tatort untersuchen. Sofern er schon begehbar ist.«

Hanna wäre froh, wenn Växjö die Ermittlungen übernähme, damit sie so wenig wie möglich damit zu tun bekäme.

Aber das sagte sie nicht, denn die Gefahr bestand, dass Ove dann genau das Gegenteil veranlasste.

»Wir konzentrieren uns hierauf«, sagte Ove und projizierte ein Foto an die Wand.

Hanna betrachtete den dunkelhaarigen Neunzehnjährigen. Der Pony fiel ihm bis über die Augen, und er trug einen grünen Kapuzenpulli. Sie hatte in den letzten Tagen vermehrt Bilder von ihm in der Tageszeitung gesehen, aber auch in den letzten Jahren immer mal wieder. Vor einem halben Jahr hatte Bo Tapper eine Dokumentation über ihn gemacht. Oder vielmehr über das Versagen der Polizei.

»Die Knochen, die im Mittlandwald gefunden wurden, sind identifiziert. Es handelt sich um Mikael Fransson, der 1999 verschwunden ist.«

»Dann hatte Bo Tapper recht«, sagte Carina.

»Es scheint so«, sagte Ove. »Die Rechtsmedizin hat die Knochen untersucht. Eine Fraktur des Zungenbeins legt nahe, dass er erwürgt wurde. Ein Wadenbein war ebenfalls gebrochen. Außerdem hat er sich wohl kaum selbst vergraben, wir müssen also von einem Mord ausgehen.«

Hanna hatte die Dokumentation noch nicht gesehen, aber mitbekommen, wie die Kollegen darüber sprachen. Viele hatten sich über die Kritik aufgeregt. Bo Tapper war ehemaliger Polizist und mittlerweile Krimiautor, der zu allem, was das Thema Verbrechen betraf, eine lautstarke Meinung hatte. In seiner Doku hatte er beschrieben, dass die gesamten Ermittlungen einem Desaster glichen und dass Mikael Öland vermutlich nie verlassen hatte.

Als Mikael Fransson verschwand, war Hanna fünfzehn gewesen. Sie erinnerte sich nur dunkel daran, weil so viel anderes wichtiger gewesen war. Sie hatte alle Hände voll zu tun gehabt, ihren Vater daran zu hindern, das Loch, das ihre Mutter hinterlassen hatte, mit Alkohol zu füllen. Mikael und ein paar aus seiner Clique hatten, um ihren Schulabschluss zu feiern, in der Nähe der Wallburg Ismantorp in einem verlassenen Haus übernachtet. Morgens war er weg. Trotzdem war die vorherrschende Meinung gewesen, dass er freiwillig verschwunden war. Zumindest anfangs. Als nach einem Jahr noch jede Spur von ihm fehlte, hatten die Theorien in den Zeitungen sich überschlagen – bis sie von einem anderen Thema abgelöst wurden. Schon bald quollen die Zeitungen über von Artikeln zu Ester Jensen und Lars Duncker. Trotzdem war zwischendurch immer mal wieder die Frage aufgetaucht: Was war mit Mikael Fransson passiert?

»Wieso ging man damals nicht von einem Verbrechen aus?«, fragte Daniel.

»Er hatte gerade die Schule abgeschlossen und eine Tasche gepackt, weil er tags drauf nach Deutschland fahren wollte«, sagte Ove. »Die Tasche war weg. Genau wie sein Pass, sein Portemonnaie und sein Handy. Außerdem kam eine SMS, dass er in Travemünde angekommen sei und sich später wieder melden würde, was er aber nie tat. Kanntest du ihn eigentlich, Amer?«

Erst da fiel Hanna ein, dass Amer 1980 geboren war, er also im gleichen Jahr wie das Opfer mit der Schule fertig geworden sein musste: 1999.

»Ich hatte auch den Schwerpunkt Sozialwissenschaft«, sagte Amer, »aber wir waren nicht im gleichen Kurs. Und ich muss zugeben, dass Mikael im Gegensatz zu mir zu den coolen Kids gehörte.«

»Was? Heißt das etwa, du warst zu Schulzeiten eher einer der Nerds?«

Hanna riss gespielt überrascht die Augen auf. Amer grinste sie an.

»Sind noch mehr Überreste gefunden worden?«, sagte Daniel.

»Kleidungsfasern, die sind schon zur Analyse im Labor«, sagte Ove. »Aber da gibt es noch keine Ergebnisse. Überprüfst du bitte die anderen, die mit ihm in dem verlassenen Haus übernachtet haben? Ich will wissen, was die seit 1999 getrieben haben.«

Daniel nickte.

»Das sind die Akten der Ermittlungen«, fuhr Ove fort und hielt einen braunen Papphefter hoch. »Ich setze einen der Analytiker auf die Passagierliste der Deutschlandfähre an, ansonsten gibt es leider nichts, was wir weiterverfolgen könnten. Erik und Hanna, fahrt ihr bitte und informiert die Mutter? Sie hat jeden Tag seit dem Fund angerufen, weil sie unbedingt Mikaels Zwillingsschwester sagen will, dass es nicht seine Überreste sind.«

»Wie, nicht seine?«, fragte Amer.

»Die Mutter ist immer noch davon überzeugt, dass ihr Sohn lebt.«

Der letzte Tag

Kaum öffnen sich die gewaltigen weißen Türen, fängt Mikael an zu schreien. Die Masse treibt ihn vorwärts. Endlich sind sie an der Reihe. Die Mädchen tragen weiße Kleider, die Jungs schwarze Anzüge, nur er nicht, der einen hellen wollte. Das ist schließlich keine Beerdigung, oder? Musik dröhnt aus den Lautsprechern, und die Sonne strahlt ihm ins Gesicht. Schreien reicht nicht, also fängt Mikael an zu hüpfen, und Sara wirft ihm Konfetti direkt ins Gesicht. Er lacht mit ihr.

So fühlt sich Freiheit an.

Sein Rucksack ist gepackt. Den hat er, seit er letzten Sommer durch Griechenland gereist ist. Heute will er feiern, als wäre es sein letztes Mal. Morgen fährt er nach Berlin, wo er machen wird, wozu er Lust hat. Nichts anderes. Dann will er weiter Richtung Süden, seinen Vater suchen oder bleiben. Das Geld wird eine Weile reichen, aber dann will er sich vielleicht einen Job in einer Bar suchen oder so. Mit Leuten ins Gespräch kommen, das kann er gut. Und den Rest kann er lernen.

Elvira und Torsten halten Händchen. Sie sind so ziemlich

seit dem ersten Schultag zusammen. Während die Anwesenheit abgefragt wurde, saßen die beiden auch nebeneinander, und Torsten war so nervös, dass er nicht mal ein Ja herausbekam, als die Lehrerin seinen Namen sagte. Elvira zeigte auf ihn und sagte so laut, dass alle es hörten: *Ich glaub, das ist der hier.* Als jemand aus der Reihe hinter ihr lachte, drehte sie sich um und stauchte ihn zusammen. Mit einem Kreischen lässt Elvira jetzt Torsten los und boxt mit den Fäusten in die Luft. Sie fassen sich alle an den Händen und hüpfen im Kreis. Sara, Elvira, Torsten, Nosse und er.

Nie wieder Schule, nie wieder Schule, hurra, hurra, hurra!

Sie werden ihm fehlen. Wie oft sie zusammen gelacht und geweint haben. Aber wie schön, endlich nicht mehr in die Schule zu müssen. Sich nicht mehr mit so idiotischen Lehrern wie Paul abgeben zu müssen, die schlechtere Noten geben, nur weil sie im Englischunterricht mal kritisiert werden. Oder dem Musiklehrer, der lieber mit seiner beschissenen Rockband spielt, als zu unterrichten. Nur Loser werden Lehrer. Aber am allermeisten freut er sich drauf, morgens so lange schlafen zu können, wie er will.

Nie wieder Schule, nie wieder Schule, hurra, hurra, hurra!

Noch eine Runde, dann lösen sie den Kreis. Rennen über den Schulhof zu ihren Verwandten und Freunden. Ihn erwarten nur Mama, Oma und Opa. Seine Schwester wird erst in einer Stunde entlassen, sie werden sie noch in Empfang nehmen und dann nach Hause fahren und feiern.

Mama lächelt ihn an, hält den Holzstock in beiden Händen, an dem oben ein großes Kinderfoto angebracht ist. Er durfte es aussuchen. Darauf ist er vielleicht vier Jahre alt und trägt die Sonnenbrille seiner Mutter. Er ist ziemlich aufgebrezelt, trägt eine Jeans und ein T-Shirt, darüber eine winzige Lederweste. Er sieht ziemlich cool aus. Zur Abwechslung ist seine Schwester mal nicht mit auf dem Bild. Seine Schwester, die zehn Minuten älter ist als er, worauf sie ständig hinweist.

Mama hängt ihm einen Teddy um den Hals und einen blauen und einen gelben Ballon. Oma und Opa hängen jeder eine Blume dazu. Ein paar Leute von seinem Hallenhockeyteam tauchen auf und ein paar Mädels aus Rälla, aber die meisten seiner Leute feiern auch heute ihren Schulabschluss.

Mikael schaut sich Nosses Plakat an und muss lachen. Nosse kann das unmöglich selbst ausgesucht haben. Das Foto zeigt ihn in einem Planschbecken im Garten, und er trägt die volle Sicherheitsmontur: Badeanzug, Taucherbrille, Schwimmflügelchen und Schwimmreifen. Das sieht nicht normal aus, aber das ist halt Nosse. Immer Helm, Sicherheitsgurt, Gürtel. Der Badeanzug musste von einer seiner Schwestern sein. Nosse hat zwei große Schwestern und noch zwei jüngere Geschwister. Torstens Plakat ist nur minimal besser: Er sitzt im Kinderstuhl und ist von Kopf bis Fuß mit orangem Brei beschmiert. Dazu hält er die grüne Plastikgabel und den grünen Plastiklöffel in die Luft, als wäre er der King. Dieses Selbstbewusstsein könnte ihm heute nicht schaden. Sara war natürlich schon als Kind ebenso taff wie niedlich. Ihr Bild zeigt sie in Karatemontur, die Haare zu langen Zöpfen geflochten. Eine riesige Zahnlücke ist sichtbar, während sie Richtung Kamera tritt. Elvira ist eine glitzerrosa Ballerina, ein Bein in der Luft gebeugt, dazu eine hoch konzentrierte Miene. Es sieht aus, als wäre sie kurz vorm Umkippen.

Er schaut zur Elvira von heute hinüber. Ein echter Muskelprotz steht neben ihr und sieht ziemlich glücklich aus. Hat Torsten etwa Konkurrenz bekommen? Aber dann begreift er: Das muss ihr großer Bruder sein, extra aus Lund angereist, um mitzufeiern. Er hat ziemlich viel an Muskelmasse zugelegt und nicht länger diesen hässlichen Schnurrbart, deshalb hat Mikael ihn nicht gleich erkannt. Elvira macht einen guten Eindruck. Mikael betastet seine Oberlippe. Die Schwellung ist fast weg. Dann lacht er und lässt sich noch einmal von Mama umarmen. Er hat keine Lust auf schlechtes Gewissen, nicht heute.

7

Erik Lindgren schnallte sich an und schlug dann den dünnen braunen Papphefter auf, den Ove ihm gegeben hatte. Viel war nicht darin. Vernehmungsprotokolle der Mutter und der Zwillingsschwester, außerdem der Leute, mit denen Mikael zum Übernachten in dem verlassenen Haus gewesen war: Sara Jonsson, Oskar Holmberg (genannt Nosse) und Elvira Pavic. Niemandem war etwas Außergewöhnliches aufgefallen – weder in der Nacht noch bei den Feierlichkeiten. Alle waren überzeugt gewesen, dass Mikael die anderen zurückgelassen und sich auf den Heimweg nach Rälla gemacht hatte. Sein Rucksack fehlte ja, und später hatte er die Nachricht aus Travemünde geschickt. Die Passagierliste war angefordert und auch das Handy war geortet worden. Beides zeigte, dass Mikael nach Deutschland gefahren war. Im Vorjahr war er allein durch Griechenland gereist und hatte sich wochenlang nicht gemeldet. Die Polizei hatte das verlassene Haus durchsucht und weder Blutspuren noch sonst irgendwas gefunden, das darauf hindeutete, dass es dort zu einer Gewalttat gekommen war. Also wurden die Ermittlungen eingestellt.

»Hast du die Doku gesehen?«, fragte er.

»Noch nicht«, antwortete Hanna. »Du?«

»Nein, aber ich sehe auch nicht, wo die Polizei großartig versagt haben soll. Es deutete wesentlich mehr darauf hin, dass Mikael wirklich klammheimlich abgereist ist, als dass ihm etwas zugestoßen war.«

»Ich glaube, der zentrale Kritikpunkt ist, dass Mikael seit dieser Nacht nie wieder gesehen wurde«, sagte Hanna. »Und dass es zu wenige Vernehmungen waren und sie nicht gründlich genug geführt wurden. Außerdem war sein Schlafsack ja noch da. Wurden die Mutter und die Schwester nach dem Rucksack gefragt?«

»Ja. Der Mutter fiel erst am Vormittag auf, dass er nicht mehr da war. Den muss also jemand anders geholt haben, aber nach all den Jahren, die seither vergangen sind, wird man ja unmöglich noch Zeugen finden.«

Erik starrte auf die Scheibenwischer, die hin und her schnellten. Der Schneeregen hatte so gut wie aufgehört, und Hanna schaltete auf eine langsamere Frequenz. Was würde Mikaels Familie jetzt sagen, was seine Freunde, so viele Jahre später? Konnten sie sich überhaupt erinnern?

»Weißt du noch, was du vor zwanzig Jahren gemacht hast?«, fragte er.

Hanna wechselte auf die äußerste Spur der Ölandbrücke, bevor sie antwortete.

»Ja, da war ich in der Achten«, sagte sie. »Ich würde also behaupten, dass ich noch eine Menge weiß. Wieso? Du etwa nicht?«

Erik war 1979 geboren, ein Jahr vor Mikael und Amer – und im Gegensatz zu den beiden war er in Malmö aufgewachsen. Wenn er es sich recht überlegte, erinnerte er sich noch an ziemlich viel, was während seines Abschlussjahrs passiert war. An die vielen Partys in den letzten Wochen, daran, wie verknallt er in eine Mitschülerin gewesen war, in deren Anwesenheit er mächtig geschwitzt und nichts als gestammelt hatte. Aber er erinnerte sich auch noch daran, dass ein Mädchen erstochen worden war. Sein Vater hatte ermittelt. Gewisse Ereignisse vergaß man nicht.

Mikaels Verschwinden war also – entgegen der allgemeinen Annahme – nicht freiwillig gewesen. Vielleicht hatten einer oder mehrere der Befragten nicht die Wahrheit gesagt, als sie von der Polizei vernommen wurden. Es gab noch zwei weitere Gesprächsprotokolle mit der Mutter. Eins wurde wenige Wochen nach Mikaels Verschwinden geführt. Sie verlangte, dass die Polizei weiter nach Mikael suchte. Sie war davon überzeugt, dass er irgendwo in Europa war und Hilfe brauchte. Das dritte war am Jahrestag seines Verschwindens geführt worden, und darin hatte sie exakt das Gleiche gefordert. Augenscheinlich hatte sie seither jedes Jahr im Juni bei der Polizei angerufen. Nach der Veröffentlichung der Dokumentation hatte sie Bo Tapper anzeigen wollen, aber das konnte ihr ausgeredet werden.

»Wie weit ist die Stelle, wo die Überreste gefunden wurden, von diesem verlassenen Haus entfernt?«, fragte Hanna.

Erik musste Google Maps zurate ziehen, um das auszurechnen.

»Vierzehn Kilometer.«

»Wir sollten uns beide Orte mal ansehen«, sagte Hanna.

»Gibt's das verlassene Haus noch?«, fragte er.

»Glaub schon.«

Sie verließen die Brücke und bogen in nördlicher Richtung

nach Rälla ab. Die Mutter lebte noch im selben Haus. Die Schwester war nach Kalmar gezogen, mit der würden sie später auch noch sprechen.

Erik schaute in den grauen Himmel. Der Schneeregen war in reinen Regen übergegangen und heftiger geworden. Alles war matschig und trostlos, und er hoffte, dass der Regen den Schnee komplett auflöste. Und dass die Temperatur dann ordentlich fiel, damit es noch einmal richtig schneien konnte. Bis zu einem gewissen Grad verstand er Supriya. Sie verabscheute den schwedischen Winter. Die Kälte und den Schnee, aber vor allem die grauen Matschtage – an denen sich das Wetter wohl nicht für eine Jahreszeit entscheiden konnte. Vielleicht war sie deshalb so besessen von Weihnachten. Ganz wie Diwali war Weihnachten ein Fest des Lichts für sie.

Erik trommelte mit den Fingern auf den Papphefter, der auf seinem Schoß lag. Eigentlich sollten Hanna und er weiter über die Ermittlungen sprechen, doch der kühle Ton zwischen ihnen störte ihn.

»Und du weißt wirklich nichts über das Feuer?«, fragte er.

Ihm wollte einfach nicht in den Kopf, wieso Hanna nicht über das abgebrannte Haus sprechen wollte. Er war sicher, dass sie mehr wusste. Dass das irgendwie mit ihrem Vater zu tun hatte. Sie war noch nicht lange genug wieder auf Öland, um sich durch die Arbeit schon so krasse Feinde gemacht zu haben. Oder? Er ging die letzten Ermittlungen durch. Ein paar Vergewaltigungen und ein Totschlag. Dann der Makler, der tot aufgefunden worden war und nach dessen Sohn sie so lange gesucht hatten. Nein, er konnte sich nicht vorstellen, dass der Brandanschlag mit einem dieser Fälle in Verbindung stehen könnte.

»Nein«, sagte Hanna.

Erik seufzte und starrte weiter aus dem Fenster auf den dunklen, nassen Wald, der draußen vorbeisauste. Er konnte einfach nicht anders.

»Wenn du …«

»Nein«, fiel Hanna ihm ins Wort.

Aber es war zu wichtig, um klein beizugeben.

»Du musst es mir erzählen«, sagte er. »Ich kann …«

»Bist du schwer von Begriff oder was?«

Die Wut in Hannas Stimme ließ Erik verstummen. Der Ton verletzte ihn. War ihr denn nicht klar, dass er ihr helfen wollte? Anfangs war ihr Verhältnis wirklich schwierig gewesen, aber eigentlich hatte er gedacht, dass sie mittlerweile richtig befreundet waren. Er würde auf eine bessere Gelegenheit warten müssen, um noch einmal darauf zurückzukommen.

Zehn Minuten später bog Hanna bei einem kleinen Lebensmittelgeschäft ab, nahm gleich die nächste Abzweigung und hielt vor einem blauen Holzhaus. Sie stiegen aus und steuerten die Haustür an. Ein Gesicht tauchte im Küchenfenster auf, verschwand aber gleich wieder. Wenige Sekunden später öffnete sich die Tür.

Birgitta Fransson nickte ihnen so heftig zu, dass ihr das graue Haar vor die Augen fiel. Erik hielt ihr seinen Polizeiausweis hin und stellte sie vor, obwohl nicht zu übersehen war, dass sie bereits wusste, wer sie waren.

»Erzählen Sie«, sagte sie.

»Lassen Sie uns doch erst reingehen und uns hinsetzen«, sagte Hanna.

Keine Frage, eine Aufforderung. Hätte sie gefragt, hätte Birgitta vermutlich verneint. Sie war so aufgedreht, sie schien fast auf Drogen. Doch dann fiel Erik wieder ein, was Ove bei der Morgenbesprechung gesagt hatte. Dies hier war ein Mensch, der mit guten Neuigkeiten rechnete, nicht mit einer Todesnachricht.

Sie nahmen in einer Achtzigerjahreküche Platz. Der Großteil war aus Kiefernholz gefertigt: die Küchenschränke, der Esstisch, die Stühle. Auf dem Tisch standen eine Salz- und eine Pfeffermühle aus Glas. Die hellgrünen Wände waren schon weihnachtlich geschmückt. *Alle Jahre wieder* hatte jemand unter einen roten Schlitten gestickt, der von einem Weihnachtswichtel gefahren wurde. Sie durften das hier nicht in die Länge ziehen.

»Die menschlichen Überreste, die im Mittlandwald gefunden wurden, konnten identifiziert werden«, sagte Erik, der wusste, dass es selten half, solcherlei Nachrichten in Watte zu packen. »Es tut mir sehr leid, Ihnen das mitteilen zu müssen, aber es handelt sich um Mikael.«

Birgitta riss die Augen auf. Sie legte sich die rechte Hand auf die gegenüberliegende Schulter, sodass ihr Arm den Brustkorb kreuzte. Schien seine Worte nicht verstehen zu können.

»Nein, das kann nicht sein.«

»Es gab einen DNA-Abgleich«, erklärte Hanna. »Es besteht kein Zweifel.«

»Nein, das kann nicht sein«, sagte Birgitta noch einmal.

Eher zu sich selbst als zu ihnen. Und dann fing sie plötzlich an, am ganzen Körper zu zittern. Birgitta stützte sich auf den Küchentisch.

»Therese«, keuchte sie. »Meine Tochter Therese muss sofort herkommen.«

8

Während sich Erik um Birgitta kümmerte, trat Hanna hinaus in den Flur, um dem verzweifelten Schluchzen zu entkommen. Sie wollte nicht vor dieser Geräuschkulisse bei Therese Cedergren anrufen. Als Hanna sie davon in Kenntnis setzte, dass es sich bei dem Fund im Mittlandwald tatsächlich um Mikael handelte, wurde sie von Schweigen begrüßt. Schweigen gefolgt von einem tiefen Seufzen. Draußen auf der Straße ging eine Frau mit einem kleinen Kind auf dem Arm vorbei, das eine rote Zipfelmütze trug. Die Wangen waren gerötet, der Blick verschleiert. Vielleicht hatte es Fieber.

»Wir sind bei Ihrer Mutter«, sagte Hanna. »Sie möchte, dass Sie herkommen.«

»Ich mache mich sofort auf den Weg.«

»Können Sie fahren?«

»Ja.«

Hanna wollte noch etwas sagen, aber das Gespräch wurde unterbrochen. Mit der Überbringung der Nachricht bis zu Theresas Ankunft in Rälla zu warten, wäre keine Alternative gewesen. Die Ungewissheit war oft viel schlimmer. Und sie hatten schon viel zu lange mit ihr leben müssen. Hanna kehrte in die Küche zurück, wo Birgitta wie ausgelaufen auf dem Tisch lag. Erik saß neben ihr, eine Hand auf ihren Rücken gelegt.

»Ihre Tochter ist unterwegs«, sagte Hanna.

Birgitta kämpfte sich in eine aufrechte Haltung.

»Gibt es sonst noch jemanden, den wir informieren sollten?«, fragte Hanna. »Mikaels Vater vielleicht?«

Sofort brach Birgitta erneut schluchzend zusammen, also stellte Hanna das Thema erst mal zurück. Auf Mikaels Geburtsurkunde stand »Vater unbekannt«, aber manchmal war das nicht die ganze Wahrheit. Sie erahnte hier etwas, eine Verletzlichkeit, der sie weiter nachgehen wollte. Birgitta war einundsechzig Jahre alt, war also zweiundzwanzig gewesen, als die Zwillinge zur Welt kamen.

»Brauchen Sie etwas?«, fragte Hanna. »Ein Glas Wasser vielleicht?«

»Es reicht, wenn Therese kommt.«

Sie versuchten gar nicht erst, weiter mit ihr zu sprechen. Miteinander sprachen sie auch kaum. Teils aus Rücksicht auf die Situation, schließlich waren sie hier, weil jemand gestorben war, aber nicht nur. Gerade fehlte Hanna einfach die Energie für Erik. Er ließ nicht locker, was den Brand anging. Begriff er denn nicht, dass er ihr Raum geben musste?

Sie warf einen Blick auf die Wanduhr. Die schwarzen Ziffern waren direkt auf die Tapete geklebt. Mit einem leisen Klicken bewegte sich der lange Zeiger eine Minute weiter. Das Warten wurde allmählich unerträglich, also griff sie zum Telefon. Die SMS von einer unbekannten Nummer ließ ihr Herz rasen, aber es war keine Drohung von Axel, sondern nur Spam, den sie sofort löschte. Sollte sie das

Treffen mit Henning heute Abend lieber absagen? Nein, das wäre nur eine Stressreaktion, also steckte Hanna das Handy wieder weg. Sie überlegte, ob sie sich ebenfalls setzen sollte, aber blieb weiter gegen die Spüle gelehnt stehen.

Sie warteten fast eine Stunde, ehe die Haustür aufgerissen wurde. Birgitta brach sofort in Tränen aus. Therese eilte zu ihrer Mutter und nahm sie in die Arme. Erik stand auf und entfernte sich vom Küchentisch.

»Es tut mir leid, dass es so lang gedauert hat«, sagte Therese. »Ich war auf der Arbeit.«

Als Therese sich zu ihnen umdrehte, sah Hanna, wie sehr sie ihrem Bruder ähnelte. Ihre Haare waren länger und der Braunton etwas heller, aber die blauen Augen und die gerade Nase waren gleich.

»Wo arbeiten Sie?«, fragte Hanna.

»In einer Kita.«

Birgittas Weinen ebbte ab, bis es nur noch ein leises Wimmern war. Nach wenigen Minuten hörte auch dies auf.

»Wie ist Mikael gestorben?«, fragte Therese.

»Das wissen wir nicht«, sagte Erik. »Noch nicht. Aber wir behandeln dies jetzt als Mordfall.«

Hanna wusste, wieso er die Fraktur des Zungenbeins nicht erwähnte, trotzdem musste sie sich zurückhalten, ihm nicht zu widersprechen. Die Irritation über ihn wollte sich einfach nicht legen.

»Dann hatte Bo Tapper also recht«, sagte Therese. »Mikael hat die Insel nie verlassen.«

»Bo Tapper ist und bleibt ein Idiot«, sagte Birgitta.

Sie massierte die Haut zwischen Daumen und Zeigefinger, als säße dort der Schmerz.

»Ich kann einfach nicht fassen, dass Mikael tot sein soll«, fuhr sie fort. »Und dass er im Mittlandwald gefunden wurde, am wenigsten. Die ganze Zeit habe ich …«

Weiter kam sie nicht. Ihre Worte ließen Therese den Blick abwenden. Offenbar hatte sie nicht die Überzeugung ihrer Mutter geteilt, dass Mikael noch lebte. Hanna wiederholte ihre Frage, ob es einen Vater gebe, der informiert werden müsse. Birgitta verbarg das Gesicht in den Händen.

»Mein Vater ist ein Italiener, der Valentino heißt«, sagte Therese. »Mehr weiß ich nicht über ihn. Mama?«

»Wir haben uns im Urlaub kennengelernt«, schluchzte Birgitta. »Seinen Nachnamen weiß ich nicht mehr.«

»Dann weiß er nicht, dass Sie schwanger wurden?«

Birgitta schüttelte heftig den Kopf.

»Ist es in Ordnung, wenn ich Ihre Tochter kurz entführe?«, fragte Hanna.

»Was meinen Sie?«, fragte Birgitta verwirrt.

»Ich muss mit ihr über Mikael sprechen. In der Zwischenzeit bleibt mein Kollege Erik bei Ihnen und spricht mit Ihnen.«

Hoffentlich bekam er mehr aus ihr heraus, jetzt, wo ihre Tochter da war und die Nachricht zumindest ein wenig hatte sacken können.

»Können Sie nicht mit uns beiden zusammen sprechen?«, fragte Birgitta.

»Es geht schneller, wenn wir uns einzeln mit Ihnen unterhalten.«

Schneller. Als würde Zeit noch eine Rolle spielen, jetzt, zwanzig Jahre später. Aber in den Augen seiner Eltern wurde man nie richtig erwachsen, und Hanna war sicher, dass sie andere Antworten von Therese bekäme, wenn sie allein mit ihr spräche. Vermutlich hatte die Schwester ein besseres Verständnis davon, wie Mikael gewesen war. Oder vielleicht hatte keine der beiden ihn wirklich gekannt. Bis vor drei Monaten hatte sie selbst schließlich auch geglaubt, Kristoffer zu kennen.

»Ist schon in Ordnung, Mama«, sagte Therese.

Ihr Ton glich einer warmen Umarmung, und Birgitta nickte.

Das Wetter ließ eine entspannte Unterhaltung draußen nicht zu, also schloss Hanna erst einmal die Küchentür hinter ihnen. Sie setzten sich auf das abgenutzte schwarze Ledersofa im Wohnzimmer. Dicht nebeneinander, damit sie nicht so laut reden mussten. Überall standen Wichtel: auf dem Couchtisch, den Fensterbänken, im Bücherregal. Die schiere Menge an Weihnachtsdeko kündete deutlich von einer tiefen Verzweiflung. Hanna selbst hatte nur einen Stern im Küchenfenster hängen gehabt, und der war jetzt fort.

»Was ist Ihnen von der Entlassungsfeier noch im Gedächtnis geblieben?«, setzte sie an.

»Eine ganze Menge«, sagte Therese. »Aber das sind eher so Erinnerungsblitze, die sich nicht richtig zusammenfügen lassen.«

»Was ist Ihre letzte Erinnerung an Mikael?«

»Ich war mit meinem Freund auf einer Party in Gärdslösa. Mikael tauchte auch dort auf, aber ich habe keine Ahnung mehr, wie spät es da war oder wie lange er blieb.«

»War er allein?«

»Ich glaube, Sara war bei ihm.«

Die Sofakissen hatten schwarze Knöpfe, und Therese drehte an einem von ihnen.

»Was ist passiert, als Mikael auftauchte?«, fragte Hanna.

»Er hat sich mit so einem Typen gestritten. Ich habe nie erfahren, worum es ging. Ich wollte Mikael tags drauf danach fragen, aber dazu kam es ja nie. Vermutlich erinnere ich mich deshalb daran.«

»Wer war es?«

»Ich kannte ihn vom Sehen«, sagte Therese. »Aber seinen Namen wusste ich auch damals nicht.«

»Haben Sie Mikael im Lauf des Tages gesehen?«

»Nach der Zeugnisvergabe hatten wir hier im Garten eine kleine Feier, da waren wir natürlich beide. Und später hab ich ihn im Park gesehen, das war schon abends. Aber ich weiß nicht, ob wir da überhaupt ein Wort gewechselt haben.«

»Ist Ihnen noch irgendetwas besonders im Gedächtnis geblieben von diesem Tag, was Mikael betrifft?«

»Nein, nichts. Ich war ziemlich mit mir selbst beschäftigt.«

Der Knopf löste sich vom Kissen, und Therese starrte ihn überrascht an. Versuchte, ihn wieder ins Kissen zu drücken, legte ihn dann weg, als das nicht half.

»Hatte Mikael eine Freundin?«, fragte Hanna.

»Soweit ich weiß nicht. Ich glaube, er war in Sara verliebt, aber sie war schon mit jemandem zusammen.«

»Mit wem denn?«

»Ihr Freund war schon etwas älter und an dem Tag nicht da.«

»Mit wem war Mikael unterwegs?«

»Mit seiner Clique. Den Mädels und Jungs, mit denen er im Park war und dann in dem verlassenen Haus übernachtete.«

Therese schaute zur Veranda, und Hanna folgte ihrem Blick. Auf der Holzterrasse lag eine einsame Schneewehe. Der Rasen hatte sich in ein Matschfeld verwandelt.

»Es ist so sonderbar, an diesen Tag zurückzudenken – mit dem Wissen, dass er vermutlich da schon gestorben ist«, sagte Therese. »Die Jahre danach waren so schrecklich.«

Jetzt schaute Therese zu der geschlossenen Küchentür. Man hörte nicht mehr als leises Gemurmel.

»Wann sind Sie an dem Samstag aufgewacht?«, fragte Hanna.

»Spät. Aber an die Uhrzeit erinnere ich mich nicht. Mama kam rein und brüllte, dass Mikaels Gepäck weg war.«

»Haben Sie eine Ahnung, ob Mikael vielleicht auf jemanden wütend war?«, fragte Hanna weiter.

»Ich war nicht so sauer wegen dieser Doku wie Mama«, sagte Therese. »Ich war von Anfang an überzeugt, dass was passiert sein musste, aber keine Sekunde lang habe ich gedacht, dass … dass … Es kann ja eine Menge passieren, wenn man allein reist. Er war immer so sorglos, richtig leichtsinnig. Bei seiner Griechenlandtour hatte er kein Geld mehr für die Rückfahrt. Er musste trampen.«

Therese lehnte sich vor und verbarg das Gesicht in den Händen. Nach einer Weile wiederholte Hanna die Frage, ob Mikael vielleicht auf jemanden wütend gewesen war.

»Seit ich von diesem Fund im Mittlandwald gehört habe, dachte ich, das ist Mikael«, sagte Therese. »Seither muss ich ständig an diese Woche rund um den Schulabschluss denken. Aber das Einzige, was mir als Antwort auf Ihre Frage einfallen würde, ist, dass er extrem stinkig auf einen seiner Lehrer war. Ich bin nicht sicher, aber ich glaube, es ging um die Note.«

»Auf wen genau war er wütend?«

»Auf den Englischlehrer.«

9

Die Polizistin hörte nicht auf zu fragen. Wieso war es denn interessant, ob Mikael wütend auf seinen Lehrer gewesen war? Therese wollte einfach nur mit Mama allein sein. Seit Mikael verschwunden war, hatten sich die gelegentlichen Streits zwischen ihnen immer an derselben Frage entzündet: Lebte er noch oder nicht? Meist hatte sie ihre Mutter einfach reden lassen, aber in den dunkelsten Stunden hatte es sich angefühlt, als würde sie am Trauern gehindert.

Mikael war tot. Es war sein Skelett gewesen, das dort im Mittlandwald gelegen hatte. Ganz wie sie gleich im ersten Moment gedacht hatte, als die erste Meldung von dem Fund im Radio gelaufen war. Trotzdem musste sie sich eingestehen, dass die Überzeugung ihrer Mutter, es könne sich unmöglich um Mikael handeln, doch nicht spurlos an ihr vorübergegangen war. *Willst du etwa nicht, dass er zurückkommt?*, hatte sie geschrien.

Mikael war tot. Ihr kleiner Bruder. Therese hatte ihn immer als ihren kleinen Bruder gesehen, obwohl sie ja Zwillinge waren. Ihr wilder, fröhlicher, verdammt anstrengender kleiner Bruder. Sie musste daran denken, wie er mit fünf einmal ihren Monchhichi beim Fahren aus dem Auto geworfen hatte, nachdem er seinen eigenen irgendwo verbummelt hatte. Sie waren auf der Autobahn gewesen, weshalb ihre Mutter sich geweigert hatte anzuhalten. Therese hatte über den verlorenen Affen endlose Fluten an Tränen vergossen.

»Wissen Sie noch, wie der Englischlehrer hieß?«, fragte die Polizistin.

»Nein.«

Es wäre sicher die leichteste Sache der Welt, den Namen über die Schule herauszubekommen, aber das sagte sie nicht. Das durfte gern etwas dauern. Würde sie sie loswerden, wenn sie einfach behauptete, nicht mehr zu können? Sie hatte Angst, das Falsche zu sagen. Sie war es gewesen, die der Polizei von Griechenland erzählt hatte, als sie sie zum ersten Mal befragt hatten. Dass Mikael mit zu wenig Geld losgefahren war und wochenlang nichts von sich hatte hören lassen. Das hatte ganz klar ihre Annahme bestätigt, dass er einfach heimlich aufgebrochen war. Aber das mit Griechenland war anders gewesen, da hatte er sich vor der Abfahrt verabschiedet.

Mikael war tot. Wieder und wieder ging ihr dieser Gedanke durch den Kopf, und sie wusste nicht, was sie damit anfangen sollte.

»Wie war das Verhältnis zwischen Ihnen und Mikael?«, fragte die Polizistin.

Das konnte sie unmöglich beantworten. Therese hatte keine Ahnung, wo sie ansetzen sollte. Mit neun hatte sie Pfeiffersches Drüsenfieber gehabt, und er hatte sich geweigert, ohne sie zur Schule zu gehen. Erst gegen Ende der sechsten Klasse hatten sie sich allmählich auseinandergelebt.

»Wir waren uns nicht sehr ähnlich«, sagte sie. »Obwohl wir Zwillinge waren. Er hatte seinen Freundeskreis, ich meinen.«

Sie musste daran denken, wie Mikael ausgesehen hatte, als sie im Park an ihm vorbeigegangen war. Er hatte auf einer Picknickdecke gesessen, Bier getrunken, geredet und gelacht. Sofort war sie eifersüchtig geworden. Weil Mikael so coole Freunde hatte und sie nicht. Klar, sie hatte ihre Stallmädels, allen voran Kim. Aber da und dort, am Tag des Schulabschlusses, hatte es ihr einen Stich versetzt, weil das eben nicht das Gleiche war. Kim war erst ein Jahr nach ihr mit der Schule fertig geworden, war zum Studieren nach Kanada gegangen und geblieben.

»Haben Sie noch Kontakt zu einem seiner Freunde?«

Oskar begegnete sie manchmal. Wie hatten sie ihn noch gleich genannt? Nosse. Der hat eigentlich immer am Marktplatz in Kalmar rumgehangen. Elvira arbeitete im Krankenhaus. Nach ein paar Jahren in Stockholm war sie nach Öland zurückgekehrt und hatte einen alten Hof gekauft. Ihr Mann war Fotograf und hatte eine der Scheunen in eine Galerie und ein Geschäft verwandelt. Therese war einmal dort gewesen und hätte eigentlich auch gern etwas gekauft, wenn nur nicht alles so teuer gewesen wäre. Schwarz-Weiß-Aufnahmen von Öland. Einfach, aber dramatisch. Etwas seltener sah sie Sara, obwohl Saras Eltern ganz in der Nähe in Funkabo wohnten. Sie war ziemlich sicher, dass Sara als Journalistin in London arbeitete. Zum ersten Mal ließ sie ihre Gedanken zaghaft in diese Richtung laufen: Was, wenn eine oder einer von ihnen Mikael getötet hatte? Auch wenn Bo Tapper nicht so deutlich geworden war, angedeutet hatte er es.

»Was ist?«, fragte die Polizistin.

»Was meinen Sie?«

»Sie sahen gerade so aus, als wäre Ihnen etwas eingefallen.«

»Ich versuche nur, mich zu erinnern«, sagte Therese. »Elvira und Oskar wohnen noch oder wieder hier, die sehe ich manchmal. Sara viel seltener. Aber wirklich gesprochen habe ich seit Jahren nicht mit ihnen.«

»Und Sie sind sicher, dass Ihnen nicht noch etwas eingefallen ist?«

Therese nickte. Außerdem musste sie dringend ihre Mutter trösten und wollte, dass die Polizistin und ihr Kollege keine Sekunde länger blieben als nötig. Es war ihre Aufgabe herauszufinden, was passiert war. Das hätten sie schon vor Ewigkeiten tun sollen. Bestimmt würden sie sich als Nächstes Mikaels engsten Freundeskreis vornehmen, die alle mit ihm in diesem Haus gewesen waren. Sara war die Einzige gewesen, die sich danach noch gemeldet hatte. Anfangs sicher einmal im Monat, dann immer seltener. Immer mit derselben Frage: Habt ihr was rausgefunden? Vielleicht sollte sie Sara anrufen.

»Wie war Mikael so?«, fragte die Polizistin.

Anstrengend war das erste Wort, das Therese einfiel, aber das konnte sie ja schlecht antworten. Nosse, Elvira und Torsten waren alle zu der kleinen Feier im Garten gekommen, und obwohl sie nur drei gewesen waren, hatten sie so viel Lärm gemacht, dass Therese Kopfschmerzen bekam.

»Immer auf dem Sprung«, sagte sie also. »Bei ihm gab es

keinen ruhigen Moment, er hatte immer tausend Sachen gleichzeitig am Laufen. Und sportlich war er. Hallenhockey. Eine Zeit lang hat er auch Fußball und Frisbee gespielt.«

»Waren Sie in derselben Klasse?«

»Bis zur Neunten. Er hat die Schule nie gemocht. Da musste man ja stillsitzen. Und gelernt hat er eigentlich nie, dafür ist er ziemlich gut zurechtgekommen.«

Vermutlich war ihr Pfeiffersches Drüsenfieber nur ein guter Grund für ihn gewesen, nicht in die Schule zu müssen, aber damals hatte es sich dennoch angefühlt, als wären sie unzertrennlich. Sofort fielen ihr wieder die tausend Gelegenheiten ein, die er genutzt hatte, um sie beim Lernen zu stören. Sogar die Seite von ihm fehlte ihr. Wie er mit seinem MP3-Player ins Wohnzimmer gekommen war und, sobald er sie erblickte, anfing, laut mitzugrölen. Wie er sie ausgelacht und Streberin genannt hatte, wenn sie sagte, er solle aufhören.

Mikael war tot, und irgendwie verstand sie erst jetzt so richtig, was das bedeutete. Dass sie ihn nie wiedersehen würde. Sie musste wimmern.

»Vielen Dank für Ihre Hilfe, das reicht erst mal«, sagte die Polizistin und stand auf. »Wissen Sie, ob noch ein paar seiner Sachen irgendwo sind?«

»Ein paar?«, erwiderte Therese. »Sein gesamtes Zimmer wurde seit seinem Verschwinden nicht angerührt.«

10

Die Luft in Mikaels Zimmer war abgestanden, und Hanna hätte liebend gern das Fenster geöffnet, aber ließ es bleiben. Draußen regnete es mittlerweile ordentlich, und auch der Wind hatte zugenommen. Birgitta Fransson hatte gesagt, dass sie das Bett wenige Tage nach Mikaels Verschwinden frisch bezogen, die dreckige Wäsche vom Boden gesammelt, den Mülleimer geleert und sämtliches Geschirr aus dem Zimmer geholt hatte. Davon abgesehen war alles noch genau so, wie er es zurückgelassen hatte. Über die Jahre hatten sie und Therese immer mal wieder ins Zimmer geschaut, und Birgitta hatte sich in sein Bett gelegt, wenn die Sehnsucht zu groß geworden war.

Hanna hatte das Gefühl, im Museum zu sein, in einer Ausstellung zum Thema »Jugendzimmer im Wandel der Zeiten«. Dies hier war das Beispiel für die Jahre um die Jahrtausendwende. Das Bett in der Mitte, der Schreibtisch überladen von Comicheften, aber es gab auch einen sehr klobigen Computer und einen Discman. Über dem Schreibtischstuhl hingen eine hellblaue Jeans und ein Sweatshirt. Die Wände waren hellgelb, die Vorhänge bunt. Außerdem gab es einen weißen Kleiderschrank und ein Regal, in dem noch mehr Comichefte standen sowie Pokale, die Mikael für sportliche Leistungen bekommen hatte.

»Wie geht's jetzt weiter?«, fragte Erik.

Hanna hatte ein Paar Handschuhe übergezogen und trat an den Schreibtisch, um die oberste Schublade zu öffnen. Darin befand sich offenbar eine wilde Mischung aus Schulunterlagen, Quittungen und Müll. Unter anderem eine alte Kaugummiverpackung.

»Wir sollten trotz allem die Kriminaltechnik herkommen lassen«, sagte Hanna.

Während der ursprünglichen Ermittlungen war fast nichts getan worden, das wollte sie gern wiedergutmachen. Gleichzeitig war das so gut wie unberührte Zimmer auch eine Chance. Vielleicht ließ sich auf dem Computer oder in all den Unterlagen etwas finden, was ihnen Anhaltspunkte für das lieferte, was Mikael zugestoßen sein könnte. Wie verbreitet war eigentlich Cybergrooming Ende der Neunziger? Hanna hatte keine Ahnung, aber das Internet hatte es definitiv schon gegeben.

Sie rief Ove an, der ihrem Vorschlag zustimmte, direkt die Kriminaltechnik herzuschicken. Sie berichtete, was Therese über Mikaels Englischlehrer erzählt hatte, und Ove wollte sich mit dessen Kontaktdaten zurückmelden, sobald sie ihn identifizieren konnten.

»Sonst noch was?«

»Es gab wohl Streit bei einer Party, aber dazu wissen wir bisher noch zu wenig. Außerdem soll Mikael in Sara aus seinem direkten Freundeskreis verliebt gewesen sein, die aber wiederum einen festen Freund hatte.«

»Gut«, sagte Ove.

Sie ärgerte sich über seinen Tonfall. Es fühlte sich an, als hätte der Brand sie in ein Kleinkind verwandelt, das ermutigt werden musste.

»Wenn wir hier fertig sind, fahren wir zum Fundort und dann zu diesem verlassenen Haus«, sagte sie.

»Gut«, wiederholte Ove. »Je nachdem, wie es dort aussieht, können wir auch dort eine sorgfältige Spurensuche anleiern.«

Hanna schluckte ihre Irritation hinunter und beendete das Gespräch. Dann ging sie in die Küche zu Birgitta und Therese, die flüsternd am Tisch saßen, und erklärte ihnen, dass die Kriminaltechnik unterwegs sei und warum.

»Machen Sie, was Sie wollen«, sagte Birgitta.

Nur ihre Tochter sah unzufrieden aus. Obwohl sie sich an vieles erinnert und das auch mitgeteilt hatte, war Hannas Eindruck gewesen, dass sie etwas verschwieg. Aber vielleicht lag es am Schock, dass sie so dringend mit ihrer Mutter allein sein wollte. Um ihnen Raum zu geben, kehrte Hanna zu Erik zurück. Sie konnten genauso gut in Mikaels Zimmer auf die Ankunft der Kriminaltechnik warten. Hanna durchsuchte die verbliebenen Schreibtischschubladen, fand aber nichts Ungewöhnliches.

»Schau mal«, sagte Erik.

Er stand am Kleiderschrank und hatte ein paar T-Shirts angehoben, unter denen Disketten lagen. Es war Jahre her, dass sie zuletzt Disketten gesehen hatte. Erik legte die T-Shirts zurück. Es war Aufgabe der Technikerinnen und Techniker, die Sachen zu fotografieren, zu katalogisieren und einzupacken. Aber der Ort machte die Disketten trotzdem interessant. Sie waren versteckt und lagen nicht einfach auf dem Tisch. Jemand aus der IT würde sich des Computers annehmen und dann schauen müssen, was sich darauf und auf den Datenträgern finden ließ.

Hannas Blick blieb an einem dunkelblauen, glänzenden Stoff hängen, also trat auch sie an den Kleiderschrank.

»Könnte das der Schlafsack sein, den Mikael mit in dem verlassenen Haus hatte?«

»Möglich«, sagte Erik. »Sara Jonsson hat ihn hier bei seiner Mutter abgegeben. Das war der Grund dafür gewesen, dass sie erst rumtelefoniert und ihn dann vermisst gemeldet hatte.«

Es dauerte fünfundvierzig Minuten, bis die Kriminaltechnik eintraf. Mit diesen Entfernungen hatte Hanna das größte Problem, seit sie zur Polizei in Kalmar gestoßen war. Die Entfernungen und die Zeit, die sie kosteten. In Stockholm hatten sie nie so lange warten müssen.

Sie und Erik rannten zum Wagen, um nicht zu nass zu werden. Ihr Fußgelenk beschwerte sich, aber Hanna ignorierte den Schmerz. Nach einem kurzen Blick auf die Karte beschlossen sie, zuerst zum verlassenen Haus zu fahren, weil es näher lag. Davon abgesehen war der Fundort im Gegensatz zum verlassenen Haus bereits gründlich untersucht worden.

»Ich glaube, Birgitta weiß trotz allem mehr über den Vater«, sagte Hanna, kurz nachdem sie losgefahren waren.

»Wie kommst du darauf?«

»Ihre Reaktion«, sagte Hanna. »Sie war direkt so betroffen, als ich nach ihm fragte.«

»Ist das denn wirklich so überraschend?«

»Nein, eigentlich nicht. Aber es lohnt sicher trotzdem, da noch ein bisschen weiterzuforschen.«

»Okay.«

Erik klang nicht gerade überzeugt, aber Hanna würde bei nächster Gelegenheit einfach noch einmal nachhaken. In Mikaels Zimmer hatte sie vergessen, dass sie auf Erik wütend war, aber das Gefühl kehrte sogleich zurück. Glücklicherweise hatte sie sich den Weg zum verlassenen Haus gemerkt, musste sich also nicht von ihm leiten lassen. Es war dieselbe Abfahrt wie zur Wallburg Ismantorp. Kaum hatten sie die Hauptstraße verlassen, wurde sie langsamer und spähte in den Wald. Zwar hatte es aufgehört zu regnen, die Sicht war trotzdem miserabel. Der Himmel war grau, und die Bäume schienen miteinander zu verschmelzen. Nach wenigen hundert Metern entdeckte Hanna den Kiesweg. Ob der wohl auch schon so schmal gewesen war, als Mikael und die anderen hier übernachtet hatten? Oder eroberte der Wald sich den Ort zurück? Kahle Zweige kratzten an den Fenstern entlang, während sie im Schritttempo zur Lichtung fuhr. Dort hielt sie an und stieg aus.

Überrascht starrte sie das Haus an. Ja, es stand noch, aber es sah aus, als wäre jemand mit einem Hammer darauf losgegangen. Alle Fenster waren kaputt, und die Tür hing nur noch an einer Angel. Vor dem Haus lag ein Holzstuhl, dem ein Bein fehlte.

»Hübsch«, sagte Erik.

Hanna ignorierte diesen Versuch, witzig zu sein. Sie ging zur Tür und schaute vorsichtig hinein, entdeckte eine zerfledderte Matratze und einen weiteren kaputten Stuhl. Es stank nach Urin. Im Polizeibericht der Kollegen, die das Haus nach Mikaels Verschwinden einer schnellen Untersuchung unterzogen hatten, war der Zustand völlig anders beschrieben worden.

»Hier noch die Kriminaltechnik herzuschicken, halte ich für Zeitverschwendung«, sagte sie.

Erik nickte. »Ganz deiner Meinung.«

Sie gingen einmal um das kleine Haus. Auf der Rückseite erschwerte ihnen dichtes Gestrüpp das Durchkommen, aber hier schien es nicht geregnet zu haben, sie wurden nicht nass. In einem der Büsche hing ein zerrissenes Laken. In einem anderen ein Fahrradreifen ohne Mantel. Einige Speichen standen heraus, weshalb sie Erik vorwarnte. Er schauderte. Es war ziemlich kalt und ungemütlich, aber Hanna selbst fror nicht. Bei dem gestrigen Einkaufsausflug hatte sie sich eine Daunenjacke gekauft, die für den Winter reichen musste. Eine einzige Jacke. Wie beängstigend es noch immer war, sich vor Augen zu führen, wie wenig sie gerade besaß.

Wieder beim Auto angelangt, drehte sie sich noch einmal um. Ließ den Blick über das Haus und die Bäume wandern, die an die kleine Lichtung grenzten. Sie meinte, irgendwo gelesen zu haben, dass sich der Mittlandwald über vierzehntausend Hektar erstreckte, aber aus weit mehr als nur Bäumen bestand. Vereinzelt gab es auch felsige Gebiete mit karger Vegetation, außerdem Sümpfe und archäologische Fundstätten. Im Sommer war der Wald ein fantastisches Ausflugsziel. Als Kind war sie hier oft mit ihrem Vater und Kristoffer wandern gewesen. Jetzt sahen die Bäume grau und nackt aus, in der Luft hing schwer der Geruch vermodernden Laubs. Ein Baum erregte ihr Interesse. Er war dunkler als die anderen und stand ein bisschen abseits. Sah aus wie eine Ulme. Im Frühling würde er keine neuen Blätter tragen.

Es war still im Wald, zu hören war einzig ein leises Knarzen.

Bist du hier gestorben, Mikael?

Der letzte Tag

»Bring das mal eben raus«, sagt Mama und hält ihm ein Tablett mit Krug und Gläsern hin.

In dem Krug ist Fruchtpunsch, und Mikael würde supergern Schnaps hineinkippen. Das würde die ganze Veranstaltung ein bisschen auflockern. Wie sehr er hofft, dass seine Kumpels bald aufkreuzen. Gerade sitzen Oma und Opa sich auf der Terrasse gegenüber und streiten sich über den Millennium-Bug. Opa ist davon überzeugt, dass an Silvester um Mitternacht alles zusammenbricht. Oma hält das für Quatsch.

»Was sagst du dazu?«, fragt Opa ihn, als Mikael herauskommt.

»Dass alles genauso weiterlaufen wird wie immer.«

Mikael stellt das Tablett auf den Holztisch und setzt sich neben Opa, der sofort nach einem der Gläser greift.

»Siehst du«, sagt Oma. »Diese ganze Hysterie ist doch nur dafür gut, dass die IT-Firmen eine Menge Stunden abrechnen können.«

»Professionelle Gehirnwäsche«, sagt Opa. »Und ihr geht dem auf den Leim.«

Opa schenkt sich ein Glas Sangria ein, aber als er davon probiert, verstärkt sich seine Irritation nur. Sofort holt er einen Flachmann aus der Innentasche seines Jacketts und kippt einen ordentlichen Schuss ins Glas. Oma starrt ihn an, sagt aber nichts. Mikael füllt ebenfalls schnell ein Glas und hält es dann Opa hin. Der Flachmann kommt erneut zum Vorschein. Opa lacht Omas Einwände weg.

»Er ist neunzehn und hat heute was zu feiern.«

»Ich weiß. Aber er wird heute noch genug trinken, da sollte er vielleicht nicht jetzt schon anfangen.«

»Prost, Oma«, sagt Mikael und hebt das Glas in ihre Richtung.

Mehr ist nicht nötig, um den Widerstand zu brechen. Sie lächelt und stößt mit ihm an. Dabei hat sie recht, er hat ja schon zwei Gläser Sekt intus, er sollte einen Gang runterschalten. Beim Trinken hängt viel vom richtigen Timing ab. Man darf es nicht zu früh übertreiben.

Therese kommt auf die Veranda, ihren nervigen Freund im Schlepptau. Sie bringen Teller und Besteck. Ihr Freund hat ein paar Jahre lang im Jugendzentrum gearbeitet, im Herbst wird er aber nach Stockholm zur Polizeischule gehen. Seine Schwester will in Lund Architektur studieren, und Mikael hofft, dass sie ihre Pläne nicht wegen dieses Idioten ändert. Er fährt alle Geschütze auf, damit sie auch in Stockholm studiert, weil die KTH die beste Wahl sein soll, was Architektur angeht. Seine Schwester hat sicher ausreichend gute Noten, um an der KTH genommen zu werden, aber Mikael ist sich ziemlich sicher, dass sie sich dort gar nicht um einen Studienplatz beworben hat. Vielleicht hat sie ja allmählich genug von Kasper.

Mama erscheint kurz nach ihnen und hält die Smörgåstårta hoch in die Luft. Sie strahlt, als wäre die herzhafte Torte ein Pokal, den sie gewonnen hat.

»Endlich gibt's was zu essen«, murmelt Opa, wofür er noch einen missbilligenden Blick von Oma erntet.

»Was denn? Ich hab halt Hunger«, sagt er.

Mikael hätte lieber Hamburger gegrillt, aber weil Mama und Therese sich bei der Torte einig waren, wurde er überstimmt. Das passiert nicht zum ersten Mal und wird ganz sicher auch nicht das letzte Mal bleiben. Die beiden sind ein bisschen zu abhängig voneinander. Er hat versucht, Therese klarzumachen, dass sie sich losreißen und anfangen soll, ihr Leben so zu leben, wie sie will, aber sie glaubt sicher, dass er sie nur verarscht. Und auch wenn sie sagt, dass sie nach Lund gehen möchte und das alles, kann er sich nicht vorstellen, dass sie wirklich je wegziehen wird. Und Architektur! Er hat den Eindruck, Oma hat ihr das eingeredet, indem sie immer wieder betonen musste, wie sehr ihrem Vater das gefallen hätte.

Trotz allem ist die Smörgåstårta gar nicht so schlecht, und Mama strubbelt ihm durchs Haar, als er sich nachnimmt.

»Hör auf«, sagt er. »Ich bin ja wohl keine zwölf mehr!«

Vorm Haus hält ein Wagen, und Mikael erkennt am Geräusch, dass das endlich Nosse ist. Seine Eltern haben ein altes blaues Dieseltaxi mit zwei Rückbänken, weil sie so viele Kinder bekommen haben.

Nosse kommt mit Elvira und Torsten in den Garten. Das sind alle seine Kumpels, die ebenfalls auf Öland wohnen. Mikael hat versucht, auch Sara zum Kommen zu überreden, aber sie meinte, sie könne nicht. Und dass sie sich ja so oder so am Abend sähen.

»Jetzt sag bloß nicht, dass du schon was getrunken hast«, will Mama wissen, als sie begreift, dass Nosse gefahren ist.

»Selbstverständlich nicht«, versichert der.

Mikael glaubt ihm das sogar. Klar, er hat mit allen anderen ein Gläschen zum Sektfrühstück getrunken, aber das ist ja schon ein paar Stunden her. Nosse achtet sehr darauf, nüchtern zu sein, wenn er fährt. Sein einer Onkel hat sich besoffen totgefahren. Mama holt mehr Stühle, sodass die drei sich dazusetzen können.

»Ich darf den Wagen bis morgen Nachmittag haben«, sagt Nosse. »Dann braucht Mama ihn, um meinen kleinen Bruder zu einem Freund zu bringen.«

»Perfekt!«, jubelt Mikael und hebt das Glas.

Ihm hat Nosse seinen Spitznamen zu verdanken. Wenn die Spanischlehrerin ihn etwas fragt, sagt er immer sofort *no sé*, weiß ich nicht. Mit *Ich heiße Oskar* hat er es anfangs noch versucht, aber dann recht schnell aufgegeben.

Seine Schwester reibt sich demonstrativ das Ohr, und Mikael dreht sich zu ihr und jubelt noch mal.

»Sei nicht so kindisch«, sagt sie.

»Sei nicht so 'ne Spaßbremse«, gibt Mikael grinsend zurück.

Seine Schwester und ihr Freund verabschieden sich, als sie aufgegessen haben. Der Einzige, der gar nichts von der Torte nimmt, ist Torsten. Er behauptet, dass er schon gegessen hat, aber Mikael glaubt ihm nicht. Bei ihm zu Hause ist gerade die Hölle los, weil sein Vater rausgefunden hat, dass die Mutter untreu war. Die Pension läuft auch nicht.

Mikael wollte auch für ihn einen Spitznamen finden: Oldie, Opi oder so was. Seine Eltern waren offenbar nicht ganz klar im Kopf, als sie ihm diesen Namen gegeben haben. Aber keiner der Spitznamen setzte sich durch. Torsten ist der Einzige von ihnen, der keine Geschwister hat. Vielleicht ist er deshalb so wohlerzogen und vorsichtig. Seine Schwester sollte sich einen wie ihn suchen.

Oma fragt alle über ihre Zukunftspläne aus. Torsten sagt, er will die Pension seiner Eltern übernehmen, aber das ist kaum wahrscheinlich. Elvira, die Bekloppte, erzählt, dass sie Tennisprofi werden will, dabei spielt sie nicht mal. Vorher hat sie mal gesagt, dass sie Krankenschwester werden will. Weder er noch Nosse noch Sara haben eine Ahnung, was sie mal machen wollen.

»Was würde denn zu mir passen?«, fragt Mikael.

»Clown«, sagt Elvira.

»Reiseleiter«, sagt Mama.

Das ist an sich gar keine so blöde Idee, aber wie soll er denn eine Horde aufgedrehter Touris bändigen?

»Das klingt eher wie was für Nosse«, sagt er.

Mama steht auf und räumt den Tisch ab. Oma hilft ihr. Opa scheint eingeschlafen zu sein.

»Wohin geht's eigentlich nach dem Park?«, fragt Elvira.

Heute treffen sich alle im Park. Also, zumindest alle, die wissen, wie man feiert. Mikael bezweifelt, dass seine Schwester dort aufkreuzen wird.

»Ich hab die abgefahrenste Übernachtungsmöglichkeit für uns aufgetrieben«, sagt Nosse.

»Wo denn?«, fragt Torsten.

»Das verrate ich noch nicht. Aber einen Schlafsack müsst

ihr mitbringen. Und eine Isomatte wäre keine schlechte Idee, kommt drauf an, wie hardcore ihr drauf seid. Essen und Trinken hab ich organisiert. Aber Taschenlampen solltet ihr vielleicht einpacken.«

Nosse kann ganz schön nervig sein, aber wenn es drauf ankommt, reißt er sich meist zusammen. Mikael weiß jetzt schon, dass der Rest des Tages ganz fantastisch werden wird, und er hebt noch einmal das Glas zum Prosten.

»Auf ein großartiges letztes Fest«, sagt er. »Und dann heißt es *adiós amigos*. Weißt du, was das bedeutet, Nosse?«

11

Jemand hat den Fundort mit einer Pylone am Straßenrand markiert. Hanna parkte dahinter, und dann schlugen sie und Erik sich in den Wald. Sie befanden sich vierzehn Kilometer nordöstlich des verlassenen Hauses. Hier gab es keinen Weg, und der Wald war dicht. Ganz offensichtlich war dieser Ort eben wegen seiner Unzugänglichkeit gewählt worden. Ihr Fuß protestierte mit einem dumpfen Schmerz gegen den unebenen Boden. Der Regen musste frisch vorübergezogen sein, ihre Jeans fühlte sich ziemlich schnell klamm an.

»Bist du sicher, dass wir hier richtig sind?«, fragte Erik nach wenigen Minuten.

Die rohe, feuchte Dezemberkälte ließ seine Stimme zittern. Hanna nickte und zog sich die Kapuze über den Kopf. Sofort wurde es noch stiller. Vereinzelte Tropfen, die auf ihrer Jacke landeten, waren das Einzige, was sie hörte. Sie stieg über einen umgestürzten Baum. Ein gutes Stück vor ihnen konnte sie den Fundort erahnen. Langsam näherten sie sich.

Hanna blieb vor der Absperrung stehen, und Erik stellte sich neben sie. Der Boden fiel vor ihnen ab. Die menschlichen

Überreste hatten in einer Senke gelegen, die nun einmal umgegraben worden war, als die Kriminaltechnik nach Skelettteilen und anderen Spuren gesucht hatte. Auf der gegenüberliegenden Seite lag ein Stock.

Hanna griff zu ihrem Handy und las den Bericht der Kriminaltechnik und gleich noch die Aussage des älteren Mannes, der die Überreste entdeckt hatte. Wobei genau genommen sein Hund der eigentliche Finder gewesen war. Er kam mit einem Knochen im Maul angerannt, und weil der Mann Jäger war, hatte er gleich begriffen, dass es sich um einen Menschenknochen handelte. Der gut ausgebildete Hund hatte ihn an den Ort geleitet, an dem er den Knochen gefunden hatte.

Hanna umkreiste den abgesperrten Bereich langsam. Überall kahle dunkle Bäume. Mikael Fransson war vermutlich von jemandem hierhergebracht worden, der wollte, dass er nie gefunden würde, aber dieser Jemand hatte ihn nicht tief genug vergraben. Vielleicht aus Unwissenheit. Vielleicht aus Erschöpfung. Vielleicht aus Mangel an entsprechendem Werkzeug. Die wilden Bewohner des Waldes hatten das Grab gefunden und mehrere Knochen verschleppt. Mikael Fransson hätte genauso gut schon vor Jahren gefunden werden können. Oder nie. In einem Punkt war Hanna sich jedoch vollkommen sicher: Mikael war nicht hier gestorben. Dieser Ort war viel zu schwierig zu erreichen.

»Wollen wir zurück?«, fragte Erik.

Hanna antwortete, indem sie sich umdrehte und zum Auto stapfte.

»Wie lange willst du eigentlich noch sauer auf mich sein?«, fuhr ihr Kollege fort.

»Ich bin nicht sauer«, sagte Hanna.

»Ach so, dann ist ja gut.«

Ein paar Sekunden gelang es Erik, den Mund zu halten.

»Ich mache mir einfach Sorgen«, sagte er.

»Dann hör auf damit.«

»Okay.«

Hanna entriegelte den Wagen. Sie sollte noch etwas sagen. Dass sie sich auch Sorgen machte – nein, dass sie Angst hatte. Vor dem, was als Nächstes passieren würde. Denn irgendwo war ihr bewusst, dass sie zu hart zu ihm war.

»Essen?«, fragte sie und schaltete die Autoheizung an.

»Gern, ich verhungere schon.«

Er grinste.

»Was ist los?«, fragte sie.

»Das hat fast was von einer Entschuldigung.«

»Ich hab keine Ahnung, was du meinst.«

Hanna trat aufs Gas und nahm einfach den Weg zurück, den sie gekommen waren.

»Wir könnten im Rällapaviljongen was essen«, sagte sie.

Sie hatte gesehen, dass es dort in dieser Woche ein Mittagsangebot gab. In der Nebensaison hatte das Lokal sonst meist nur am Wochenende geöffnet. Sie machten auch immer mal wieder Veranstaltungen, vergangenen Herbst hatte Ingrid sie zum Mitkommen überreden wollten, aber Hanna hatte abgelehnt.

»Klingt super«, sagte Erik sofort.

Hanna biss sich auf die Zunge, um nichts Gemeines zu erwidern. Musste er so übertrieben enthusiastisch reagieren? Gerade hatte sie eine ungewöhnlich niedrige Toleranz für sein Verhalten.

Beim Betreten des Restaurants bewegten sie sich noch ein paar Jahrzehnte weiter in die Vergangenheit, als sie es in Mikaels Jugendzimmer getan hatten: Die Ausstattung erinnerte mit den rot-weißen Ledersitzen und weißen Tischen an ein amerikanisches Diner der Fünfziger. An den Wänden hingen Schallplattenhüllen und amerikanische Straßenschilder. Manche waren mit Weihnachtsgirlanden geschmückt. In der Ecke stand ein Weihnachtsbaum und aus den Lautsprechern sang Elvis Presley leise Weihnachtslieder.

Nur vereinzelte Gäste saßen an den Tischen und aßen, sodass sie direkt zur Kasse gehen und bestellen konnten. Diese Leere war typisch für den Winter auf Öland, überfüllt war die Insel höchstens in den Sommermonaten. Nach kurzem Überlegen entschied Hanna sich für Kartoffelpuffer mit Speck. Erik bestellte das Gleiche, nur ohne Speck.

»Wie sehen denn deine Weihnachtspläne aus?«, fragte Hanna, als sie sich an einen der Tische gesetzt hatten.

Sie wollte unter keinen Umständen, dass Erik auf die Idee kam, hier und jetzt den Brand anzusprechen.

»Wir fahren nach Malmö und feiern bei meinen Eltern. Meine Geschwister kommen auch alle mit ihren Familien, das wird also ein ziemlicher Auflauf. Und du?«

»Wir feiern bei Isak, und seine Eltern haben sich angemeldet.«

»Und wie geht es dir damit?«

»Gut.«

Gut war vielleicht übertrieben. Sicher, Hanna hatte seine Eltern bereits ein paarmal getroffen und sie waren genauso nett und umgänglich wie Isak. Aber mal mit jemandem essen zu gehen oder zum Hafen zu spazieren, war nicht dasselbe wie Weihnachten zusammen zu feiern. Außerdem hatten sich die Umstände dramatisch verändert. Was würden Isaks Eltern dazu sagen, dass sie zusammenwohnten? Und das Schlimmste: Sie hatte nicht länger das Haus in Kleva, um sich zur Not zurückziehen zu können, falls es ihr doch zu viel wurde. Große Feste und Feiertage waren nicht Hannas Ding. Das letzte Mal hatte sie mit elf richtig Weihnachten gefeiert. In dem Jahr, bevor ihre Mutter starb. Ja, auch ihr Vater hatte versucht, ein schönes Weihnachtsfest auszurichten, als er nur noch sie und Kristoffer hatte. Zumindest anfangs. Hatte Großmutter gebeten, das Weihnachtsessen vorzubereiten, und selbst Geschenke gekauft und verpackt. Aber kaum hatten sie nach guter Weihnachtstradition Donald Duck im Fernsehen geschaut, war Großmutter aufgebrochen, und dann wurde der Schnaps hervorgeholt.

Als die Bedienung das Essen vor ihnen auf den Tisch stellte, klingelte ihr Handy. Bereits die Melodie verriet Hanna, dass es sich beim Anrufer um Ove handelte.

»Der Englischlehrer heißt Paul Lundell«, sagte er. »Ein paar Jahre, nachdem er Mikael unterrichtet hatte, wurde er wegen sexueller Belästigung entlassen. Ich will, dass ihr zu ihm fahrt und mit ihm sprecht.«

12

Krafslösa, der Ort, in dem Paul Lundell mit seiner Familie lebte, lag nördlich von Kalmar. Erik wählte seine Nummer, während Hanna in südlicher Richtung zur Brücke abbog. Obwohl Paul den Angaben zufolge gerade in Elternzeit war, hieß das ja nicht zwingend, dass sie ihn auch zu Hause antreffen würden. Kleine Tropfen übersäten die Windschutzscheibe und beim Gedanken an die feuchte Kälte im Mittlandwald erschauderte er. Seine Sachen waren noch ganz klamm, weshalb Erik die Heizung höher drehte. Nach wenigen Freitönen meldete sich Paul. Es klang, als befände er sich im Freien, aber auf die Frage, ob er zu Hause sei, antwortete er mit Ja.

»Oha, der ist ganz schön nervös geworden«, sagte Erik, nachdem er aufgelegt hatte.

»Ist das wirklich so überraschend?«, fragte Hanna und ließ die Tropfen vom Scheibenwischer einsammeln.

»Nein, aber er hat nicht mal nach seiner Frau gefragt. Ihm war wohl sofort klar, dass es um ihn geht.«

Wenn er sich als Polizist vorstellte, reagierten alle Menschen emotional. Die Angst davor, dass ein Familienmitglied gestorben sein könnte, gehörte wohl zu den gewöhnlichsten.

Hanna trat aufs Gas. Gerade war der Umgang mit ihr ein Balanceakt, und er wollte das gerade erlangte Gleichgewicht nicht durch bohrende Fragen gefährden. Jemand hatte ihr Haus mit der klaren Absicht angezündet, sie zu töten. Wieso konnte Hanna nicht einfach erzählen, was sie wusste?

Als sie auf der Hälfte der sechs Kilometer langen Ölandbrücke waren, hörte es erneut auf zu regnen. Ein Sonnenstrahl bahnte sich den Weg durch die Wolkendecke. Erik machte ein Foto und schickte es an Supriya: *Wärme ist unterwegs.*

Supriya antwortete mit einem Männchen in der Badewanne. Wie gewöhnlich hatte Erik keine Ahnung, was ihr Emoji bedeuten sollte, also konterte er einfach mit einem Herzen. Was einen Drink mit Schirmchen von ihr provozierte.

Hanna bog in den Holländarevägen und parkte vor dem roten Holzhaus, das Paul Lundell gehörte. Das Grundstück war von einem niedrigen Zaun umgeben, und im Vorgarten schienen Vater und Sohn mit irgendetwas beschäftigt zu sein. Der Kleine, gekleidet in knallgelbe Regenklamotten samt gelbem Regenhut, kam aber nun zum Zaun gerannt. Paul selbst hatte sich mit einem blauen Regenmantel und einer Strickmütze zufriedengegeben. Sein ergrauendes Haar klebte ihm an der Stirn. Eine schnelle Überprüfung hatte Erik verraten, dass der Junge bald zwei werden würde und Paul neunundvierzig war. Seine Frau war deutlich jünger.

»Er ist ein großer Fan von Autos«, sagte Paul, als sie ausgestiegen waren. »Autos und Schnee. Unser Schneemann ist geschmolzen, also sind wir draußen, um ein Schneekind zu bauen.«

Paul deutete mit einem Nicken auf die beiden grauen Schneematschhügel im Vorgarten. Aus dem größeren ragten eine Möhre und ein paar Zweige, und überall lagen Rosinen verstreut. Vermutlich waren das mal die Augen und der Mund gewesen.

»Auto fahren?«, fragte der Kleine hoffnungsvoll.

»Nein«, sagte Paul.

»Doch!«, jammerte der Junge.

Das kleine Gesicht schrumpelte zusammen, und Erik hätte ihn liebend gern auf eine kurze Tour mitgenommen, damit es sich schnell wieder glättete. Ein Teil von ihm vermisste die Kleinkindjahre, ein anderer freute sich, wie groß Nila schon war. Nächstes Jahr würde sie schon acht. Mittlerweile konnte man über alles Mögliche mit ihr reden, neulich sprachen sie über den Unterschied zwischen Puderschnee und Feuchtschnee. Und insgesamt war sie viel ausgeglichener geworden, konnte auch Rückschläge besser wegstecken als früher.

»Wir müssen mit deinem Papa sprechen«, sagte Hanna.

Sofort glätteten sich seine Gesichtszüge, aber vermutlich mehr aus Schock als allem anderen. Der Junge rührte sich nicht mehr.

»Kümmer dich doch so lang um das Schneekind«, sagte Paul.

Schon rannte der Kleine zu den Schneematschhaufen.

»Sie waren bis 2004 Englischlehrer an der Stagneliusschule«, sagte Erik.

»Ja«, sagte Paul, als wäre das eine Frage gewesen.

»Würden Sie uns erläutern, wieso Ihnen gekündigt wurde?«

Paul schielte zu seinem Sohn, der vor dem kleineren Haufen stand und ihm über den Kopf streichelte.

»Ich wurde wegen sexueller Belästigung verurteilt.«

Wie er das Wort *verurteilt* betonte, zeigte, was er davon hielt.

»Laut Verurteilung haben Sie einer Schülerin an den Po gefasst«, sagte Hanna.

»Ja, aber ich habe damit nicht angefangen. Sie hat mit mir geflirtet. Weil sie eine Schülerin war, hätte ich das natürlich ignorieren müssen, aber ich hatte wirklich das Gefühl, dass da was zwischen uns war. Und ich habe sofort aufgehört, als sie deutlich machte, dass sie das nicht wollte.«

»Wie genau hat sie denn geflirtet?«, fragte Hanna.

»Sie ist nach dem Unterricht geblieben, um mit mir zu sprechen, und hat immer sofort gelächelt, wenn wir uns auf dem Flur gesehen haben. Einmal waren wir auf ihre Initiative hin Kaffee trinken. Kurz darauf habe ich … Ja … Aber das ist alles schon fünfzehn Jahre her. Wieso interessieren Sie sich nach so langer Zeit dafür?«

Erik ignorierte die Frage.

»Gab es noch weitere unangemessene Situationen mit Schülerinnen?«

»Nein«, sagte Paul.

Er holte Luft, als wollte er noch etwas hinzufügen, aber nach einem Blick zu seinem Sohn atmete er langsam wieder aus.

»Hoch«, sagte Pauls kleiner Sohn.

Er umarmte den großen Schneematschhaufen und versuchte, ihn hochzuheben. Erik konnte nicht anders, er musste lachen.

»Wo arbeiten Sie jetzt?«, fragte Hanna.

»Bei der Parkverwaltung«, sagte Paul. »Das gefällt mir wesentlich besser als das Unterrichten. Ich bin viel an der frischen Luft, und Pflanzen sind wesentlich leichter zu verstehen als Menschen.«

Es klang mehr nach Feststellung als nach Scherz.

»Wie haben Sie und Ihre Frau sich kennengelernt?«, fragte Hanna.

»In der Kneipe«, sagte Paul. »Warum fragen Sie?«

Hanna lächelte ihn einfach nur an.

»Erinnern Sie sich an Mikael Fransson?«, fragte Erik.

Paul antwortete lange nicht. Sein Blick wanderte zwischen ihnen, dem Sohn und dem Haus hin und her. Schlussendlich wiederholte Erik die Frage.

»Natürlich erinnere ich mich an ihn«, sagte Paul. »Es wurde ja über die Jahre immer mal wieder über ihn berichtet, und zuletzt gab es diese Doku. Aber wie die meisten anderen glaube ich, dass er nach Deutschland abgehauen und ihm da irgendwas zugestoßen ist.«

»Er ist nie in Deutschland angekommen«, sagte Hanna. »Die sterblichen Überreste, die vor ein paar Wochen im Mittlandwald gefunden wurden, sind von ihm. Vermutlich wurde er in der Nacht nach der Entlassungsfeier ermordet.«

»Das ist ja schrecklich«, sagte Paul. »Aber wieso wollen Sie deshalb mit mir sprechen?«

»Wir haben gehört, dass es zwischen Ihnen einen Konflikt gab.«

»Einen Konflikt? Worüber?«

»Über seine Englischnote«, sagte Hanna.

»Das kann man wohl kaum Konflikt nennen«, schnaubte

Paul. »Mikael war sauer, dass seine Note im letzten Halbjahr gefallen ist. Aber seine Leistung war eben nur noch ausreichend.«

»Waren Sie am 11. oder 12. Juni 1999 auf Öland?«, fragte Erik.

»Ich könnte Ihnen nicht mal sagen, was ich letzte Woche gemacht habe«, sagte Paul und schielte zu seinem Sohn.

»Das ist keine Antwort.«

Paul schwieg eine Weile.

»Ich bin mir ziemlich sicher, dass ich an dem Freitagabend zu Hause war«, sagte er schließlich. »Tags drauf bin ich auf jeden Fall nach Skåne gefahren. Das weiß ich noch, weil Mikaels Mutter mich anrief. Sie hat wohl bei all seinen Freunden und Lehrern angerufen, um nachzufragen, ob ihn jemand gesehen oder etwas gehört hatte.«

»Mit wem waren Sie in Skåne?«

»Meiner damaligen Freundin.«

»Woher wissen Sie, dass Mikael mit der Note nicht zufrieden war?«, fragte Hanna.

»Er hat mich auf dem Flur abgepasst und mir gesagt, ich solle gefälligst die Note ändern. Und dass ich eine verfluchte Null sei.«

13

Leider konnten sie nicht mit einer Aussage der Freundin rechnen, mit der Paul angeblich am Samstag, den 12. Juni 1999, nach Skåne gefahren war, denn sie hatte sich 2017 das Leben genommen. Hanna klickte das Informationsfenster weg und stand von ihrem Schreibtisch auf.

Zweifel stießen ihr so übel auf wie Sodbrennen. Wie sollten sie nach so vielen Jahren rekonstruieren, was Mikael Fransson zugestoßen war? Selbst wenn Pauls Ex noch gelebt hätte, gab es keine Garantie, dass sie ihnen überhaupt hätte weiterhelfen können. Zwanzig Jahre waren eine so unfassbar lange Zeit. Vor zwanzig Jahren hatte Hanna jeden Schultag und jede Stunde, die sie bei ihrer Großmutter in Färjestaden verbringen konnte, herbeigesehnt. Oder mit Rebecka unten am Hafen von Gårdby. An die Sehnsucht erinnerte sie sich gut, an alles andere eher fragmentarisch. Nach dem Tod ihrer Mutter war es nur noch bergab gegangen, unaufhörlich waren sie auf die Katastrophe zugeschlittert, die in dieser furchtbaren Schulabschlusswoche ihren traurigen Tiefpunkt fand, in der ihr Vater wegen Mordes verhaftet wurde.

Aber Hanna wusste auch, dass es andere gab, die sich an weit mehr erinnerten als sie. Das, was sie zusammen erlebt hatten, war Rebecka um einiges deutlicher im Gedächtnis geblieben. Beim Essen mit Isak letzte Woche hatte sie ein paar Anekdoten von früher zum Besten gegeben. Als Neunjährige hatten sie einen spontanen Flohmarkt in der Auffahrt abgehalten und versehentlich einen Teller aus dem achtzehnten Jahrhundert verkauft. Als Vierzehnjährige hatten sie heimlich einen Ausflug mit dem Auto ihres Vaters gemacht. Vielleicht wusste sie ja auch noch mehr über Axel Sandsten, was sie ihr anvertrauen würde, sobald sie begriff, was er getan hatte? Hanna musste dringend mit ihr sprechen, aber in ihr war ein riesiger Widerstand. Vor allem, weil sie nicht wusste, wie Rebecka reagieren würde. Auf die Neuigkeit an sich, und auch auf die Tatsache, dass Hanna ihr nicht gleich davon erzählt hatte. Nach dem Gespräch mit Henning Larsson, das war die Frist, die sie sich selbst gesetzt hatte – und es sollte doch nicht leichter sein, mit einem Journalisten zu sprechen als mit seiner langjährigsten Freundin.

Jetzt hör aber auf mit diesem pessimistischen Gefasel, hörte sie Eriks Stimme in ihrem Kopf. Ausnahmsweise war er mal nicht an seinem Platz. Hanna setzte sich wieder an ihren Computer und suchte die Informationen zu der Frau heraus, die Paul Lundell belästigt hatte. Jasmine Yara wohnte in Umeå und arbeitete als Lehrerin. Hanna warf einen Blick auf die Uhr, während es in der Leitung tutete. Vielleicht hatte Jasmine gerade Unterricht.

Irgendwann ging sie doch ans Telefon, und Hanna stellte sich als Polizistin aus Kalmar vor.

»Was ist passiert?«, fragte Jasmine.

Ihre Stimme klang gleich schriller. Vermutlich hatte sie noch Verwandte in Kalmar. Hanna erklärte schnell, dass sie mit ihr über ihren früheren Lehrer Paul Lundell sprechen wolle.

»Wegen der Verurteilung?«

»Ja. Ich habe natürlich die Verhandlungsprotokolle gelesen, aber ich würde trotzdem gern noch einmal von Ihnen hören, was genau vorgefallen ist.«

»Damals hab ich das gar nicht für eine so große Sache gehalten«, sagte Jasmine. »Dass er mir an den Hintern gefasst hat. Ich hab mich geschmeichelt gefühlt, weil er sich ständig mit mir unterhalten wollte, über Gott und die Welt diskutieren. Er hat mir das Gefühl gegeben, gesehen zu werden. Ich bin die Jüngste von sechs Geschwistern, ich war ziemlich ausgehungert, was Aufmerksamkeit anging.«

»Warum haben Sie ihn angezeigt?«

»Meine Eltern haben mich gezwungen«, sagte Jasmine. »Aber erst seit ich selbst Lehrerin bin, habe ich so richtig verstanden, wie ekelhaft er sich eigentlich verhalten hat.«

»Könnten Sie das noch ein bisschen für mich ausführen?«, bat Hanna.

»Er hat versucht, es so hinzustellen, als wäre das alles meine Schuld. Als hätte ich mit ihm geflirtet. Was ich vielleicht getan habe, aber er hat mich dazu definitiv mehr ermuntert, als er vor Gericht zugegeben hat. Er war schließlich der Erwachsene, er hätte das gleich unterbinden sollen.«

»Wissen Sie, ob er noch mehr Mädchen ausgenutzt hat?«

»Davon bin ich fest überzeugt.«

»Wissen Sie vielleicht einen Namen?«

»Leider nicht, aber es waren auch nicht nur Mädchen.«

»Es waren nicht nur Mädchen?«

»Nein. Beim Prozess habe ich eine ganze Menge über ihn erfahren. Andere haben mir das Herz ausgeschüttet. Unter anderem erzählte mir ein Junge, dass Paul auch mal einen Schüler begrapscht hat.«

»Wissen Sie, wer dieser Schüler war?«

»Nein.«

»Und wer hat Ihnen das erzählt?«

»Es tut mir sehr leid, aber das weiß ich auch nicht mehr. Ich glaube aber, er war älter als ich.«

»Kann er Mikael Fransson gemeint haben?«

»Das glaube ich nicht, daran würde ich mich auf jeden Fall erinnern.«

Hanna bedankte sich und legte auf. Was Jasmine da gerade erzählt hatte, wirkte vage und schien nicht direkt mit Mikael in Verbindung zu stehen. Oder war es möglich, dass Paul sich an Mikael vergriffen hatte? Vielleicht war er ja gar nicht wegen der Note so wütend gewesen? Hanna schaute auf. Amers Platz war nun ebenfalls frei. Jenseits der Trennwand war Tippen zu hören. Dem Tempo nach zu urteilen, saß dort Daniel. Carina schlug sich buchstäblich mit zwei Fingern durch.

Hoffentlich war Daniel bald fertig mit der Überprüfung, damit sie anfangen konnten, die anderen zu vernehmen, die zusammen mit Mikael in dem verlassenen Haus übernachtet hatten. Bis dahin gab es nicht mehr viel zu tun, außer auf das Untersuchungsergebnis der Kleidungsreste und die neuerliche Durchsicht der Liste über die Passagiere der Deutschlandfähre zu warten. Und eventuell neue Erkenntnisse von der Spurensicherung in Mikaels Zimmer. Wäre die Tat gerade erst passiert, hätten sie eine Menge Handydaten verfolgen und Überwachungskameravideos sichten können, aber bei einem Verbrechen, das zwanzig Jahre zurücklag, war das keine Option.

Ihr vielversprechendster Ansatzpunkt waren Mikaels Freundeskreis und seine Familie. Hanna suchte Birgitta Franssons Nummer heraus, aber als sie gerade wählen wollte, summte ihr Handy. Eine SMS vom Journalisten Henning Larsson, der ihr Treffen gern um eine halbe Stunde vorziehen wollte. Die Angst in ihrem Kopf riet ihr abzusagen, aber Hanna weigerte sich, darauf zu hören. Also antwortete sie ihm, dass das passte, und dann rief sie Birgitta an. Erst nach zehn Freitönen meldete sie sich mit schwacher Stimme.

»Entschuldigen Sie die Störung«, sagte Hanna. »Wie geht es Ihnen?«

»Es ist, wie es ist«, sagte Birgitta Fransson.

Genau das hatte ihre Großmutter auch immer gesagt. Hanna schluckte, bevor sie fortfuhr.

»Ich wollte Sie um etwas bitten.«

»Worum?«

»Wenn Sie mehr über Mikaels Vater wissen, müssen Sie uns das mitteilen.«

»Ich weiß nicht mehr«, antwortete Birgitta Fransson und legte auf.

14

Wieso kam Mama nicht wieder heraus? Therese starrte die Badezimmertür an und zupfte an einem kleinen Hautfetzen, der von ihrem Daumen abstand. Sofort fing es an zu bluten, und Therese fluchte. Sie stand auf, entfernte sich vom Küchentisch und hielt die Hand unter laufendes Wasser.

Sie hatten nicht reden können, solang die Kriminaltechnik in Mikaels Zimmer zugange gewesen war. Sie hatten mehrere Kartons herausgetragen, unter anderem auch den alten Computer. Therese wusste nicht, was sie dort zu finden hofften, und erst recht nicht, wieso sie jetzt erst auf die Idee kamen, sich das alles mal genauer anzusehen. Als sie und ihre Mutter endlich allein waren, hatte ihre Mutter sich davongeschlichen und im Bad eingeschlossen.

Mamas Handy klingelte, und Therese stellte schnell das Wasser ab. Sie steckte den Daumen in den Mund, obwohl es gar nicht mehr blutete. Von dem Gespräch, das nur wenige Sekunden dauerte, war nicht mehr als ein leises Murmeln zu hören. Vielleicht war es wieder jemand von der Zeitung gewesen, der wissen wollte, wie es ihnen ging.

Trotzdem kam sie immer noch nicht heraus. Therese setzte

Kaffee auf, um einen Grund zu haben, sie zu stören. Als er fertig war, stellte sie sich vor die Badezimmertür. Von drinnen war kein Laut zu hören, sie klopfte donnernd gegen die Tür.

»Ich habe Kaffee gemacht«, sagte sie.

Keine Reaktion.

Ein paar Monate nach der letzten SMS von Mikael war ihre Mutter in eine tiefe Depression verfallen. Therese hatte jedes Mal Angst gehabt, als sie zu Besuch kam. Angst, ihre Mutter tot vorzufinden. Die Angst hatte sich über Jahre gehalten, dann aber nachgelassen, und sie wollte unter keinen Umständen, dass sie zurückkehrte.

»Mama«, flehte sie.

»Ich komme«, sagte ihre Mutter.

Doch es dauerte noch ein paar Minuten, ehe ihre Mutter aufschloss und herauskam.

»Wie geht es dir?«, fragte Therese.

»Es ist, wie es ist.«

Ihre Mutter schob sich an ihr vorbei und ging in die Küche. Schweigend tranken sie Kaffee. Therese versuchte, sie dazu zu bewegen, eins der Butterbrote zu essen, die sie gemacht hatte, doch Mama wollte nicht.

»Wer hat denn vorhin angerufen?«, fragte Therese.

»Die Polizei.«

»Gibt es was Neues?«

»Nein.«

»Was wollten sie dann?«

»Nichts Besonderes.«

Therese trank einen weiteren Schluck, um ihre Frustration zu überspielen. Die Polizei meldete sich wohl kaum ohne

Grund. Manchmal war es wahrlich unmöglich, Mama zum Reden zu bringen. Besonders, wenn es ihr nicht gut ging. Therese wollte sie wieder ins Licht zerren.

»Erinnerst du dich, wie Mikael mal die Leiter runtergefallen ist und seine Freunde ihn nach Hause geschleppt haben?«, fragte sie.

»Ja, ich erinnere mich.«

Ihr Bruder hatte eine Leiter entdeckt, die am Nachbarhaus lehnte. Neugierig, wie er nun mal war, war er über den Zaun geklettert und die Leiter hinauf, um durchs Fenster zu spähen. Entweder hatte er etwas gesehen, das ihn so verstört hatte, dass er runterfiel, oder er hatte sich einfach nur blöd angestellt. Jedenfalls war er so ungünstig auf dem Kopf gelandet, dass er das Bewusstsein verlor. Seine Freunde hatten sich nicht anders zu helfen gewusst, als ihn bei den Beinen zu packen und daran nach Hause zu ziehen.

Aber wie immer, wenn ihr Bruder Blödsinn machte, löste sich am Ende doch alles in Wohlgefallen auf. Nach einer Nacht im Krankenhaus war es einfach nur noch eine Geschichte, über die sie lachen konnten. Und davon gab es einige.

»Erinnerst du dich, wie er mal in der Garage schlief?«, fuhr Therese fort.

»Ja, ich erinnere mich.«

Mitten in der Nacht war ihre Mutter aufgewacht und hatte entdeckt, dass Mikaels Bett leer war. Der Junge war nirgendwo im Haus zu finden gewesen. Voller Panik hatte sie die Polizei verständigt, überzeugt davon, dass er weggelaufen war. Sie waren sofort gekommen, weil Mikael erst acht gewesen war. Ein Polizist hatte ihn in der Garage inmitten eines Haufens aus Kissen entdeckt. Erst hatte er nicht ins Bett zurückkehren wollen, weil er doch gerade ein Abenteuer erlebte.

Mikael hatte gerade lesen gelernt und kämpfte sich abends durch Huckleberry Finn. Die Garage war zur Höhle seines Abenteuers geworden, aber was die Höhle genau mit Huckleberry Finn zu tun hatte, wusste Therese nicht mehr.

Sie trank noch einen Schluck Kaffee. Wie oft hatte sie in den vergangenen Jahren wohl so mit ihrer Mutter zusammengesessen? In Erinnerungen an Mikael geschwelgt? Ihn am Leben gehalten. Jetzt fühlte es sich so anders an, mit der Gewissheit, dass er tot war.

Ein paar Wochen nach Mikaels letzter SMS hatte ihre Mutter sich ein Gespräch mit dem zuständigen Ermittler erbettelt, und Therese hatte sie als moralische Stütze begleitet. Der Ermittler hatte gesagt, es sei nicht auszuschließen, dass Mikael etwas zugestoßen war, aber dass er wahrscheinlich freiwillig fernblieb. Er hatte die SMS aus Travemünde geschickt. Weiter konnten sie das nicht verfolgen. Möglich, dass Mikael in Deutschland etwas zugestoßen oder er längst in einem anderen Land war. Er war als vermisste Person bei Interpol gemeldet. Mehr konnten sie gerade nicht tun.

Das hatte ihre Mutter nicht zufriedengestellt. Nach dem Gespräch hatte sie sich an die Lokalzeitungen gewandt, die nur zu gern darüber berichteten, dass etwas passiert sein musste, dass die Polizei nicht genug tat. Rückblickend verstand Therese, dass ihre Mutter nur versucht hatte, die Dunkelheit auf Abstand zu halten, aber als all ihre Bemühungen ins Leere liefen, gewann die Dunkelheit. Jedoch nur vorübergehend: *Mikael lebt.* An diese Überzeugung hatte sie sich geklammert. Damit hatte sie sich über Wasser gehalten. Bo Tappers Doku hatte sie kurzzeitig ins Wanken gebracht, vermutlich war es der dadurch aufgekommene Zweifel gewesen, der sie so wütend gemacht hatte.

Mikael war nie abgehauen, er hatte die ganze Zeit tot im Mittlandwald gelegen. Zwei Jahrzehnte hatte sie ohne ihn weitergelebt. Ihre Finger waren wieder unterwegs zum Daumen, doch Therese konnte sich noch rechtzeitig abhalten.

Das Handy klingelte und ließ sie beide zusammenzucken. Diesmal war es Thereses.

»Sind Sie unterwegs?«, fragte eine der Erzieherinnen ihres Sohnes.

Jeden Nachmittag um drei holte sie Lucas vom Hort ab, damit er nicht zu lange dort war. Kasper fand, dass ein Erstklässler groß genug war, um allein nach Hause zu gehen. Vielleicht hatte er recht. Therese selbst war in dem Alter nicht abgeholt worden und hatte ähnliche Straßen überqueren müssen wie Lucas. Aber sie war nicht allein gewesen, sie hatte einen Zwillingsbruder gehabt. Die Sorge hatte sie gepackt. Seit ihre Kinder auf der Welt waren, hatte sie Angst, dass ihnen etwas zustieß.

»Entschuldigen Sie«, sagte sie. »Wir haben hier ein akutes Familienproblem.«

»Nichts Ernstes, hoffe ich?«

Ein toter Bruder war an und für sich etwas Ernstes, aber galt das auch für einen Bruder, der bereits seit zwanzig Jahren vermisst wurde?

»Nein, nein«, sagte sie. »Ich rufe Lucas' Schwester an und bitte sie, ihn abzuholen. Wenn sie keine Zeit hat, muss er allein nach Hause gehen.«

»Okay«, sagte die Erzieherin.

Therese wollte Wilmas Stundenplan nicht einfallen. Weil ihre Tochter nicht ans Telefon ging, rief sie wieder im Hort an und bat sie, Lucas einfach nach Hause zu schicken.

»Ich muss los«, sagte Therese zu ihrer Mutter. »Ich hätte Lucas abholen müssen, außerdem habe ich versprochen, mich ums Essen zu kümmern.«

Heute genau wie an allen anderen Tagen auch.

»Kann Kasper das nicht machen?«, fragte Mama.

»Er ist auf der Arbeit.«

Eigentlich wollte sie ihre Mutter ungern allein lassen, aber ihr blieb nichts anderes übrig. Kasper wusste ja noch nicht mal, dass Mikael identifiziert worden war. Oder hatte er das auf der Arbeit mitbekommen? So oder so würde es für ihn keinen Unterschied machen. Er würde einfach sauer sein, dass das Essen nicht auf dem Tisch stand, wenn er nach Hause kam. Erst im Auto fiel Therese ein, dass Lucas ja gar keinen Hausschlüssel hatte.

Der plötzliche Stress ließ die voranfahrenden Autos vor ihren Augen verschwimmen. Vernünftig wäre es, kurz anzuhalten, stattdessen trat sie aufs Gaspedal.

Der letzte Tag

Der Computer spuckt die Diskette aus, und Mikael versteckt sie im Kleiderschrank. Er möchte so gern seinen Vater finden, sich ein Bild davon machen, wie er ist. Eigentlich ist er ganz gut ohne ihn ausgekommen, aber das Gefühl, dass etwas fehlt, war dennoch stets präsent. Therese ist eine Kopie von Mama. Die beiden hatten immer einander.

Mikael hört den Automotor, lange bevor nach ihm gehupt wird. Diese olle Dieselkarre von Nosses Familie ist wirklich leicht zu erkennen. Mikael schaut sich in seinem Zimmer um. Das Bett und der Schreibtisch, beides hatte er noch nicht aufgeräumt. All die Pokale, die er nicht mitnehmen will, wenn er auszieht. Die gelb-schwarz-karierte Gardine ist das Einzige, was er behalten will. Er ist so fertig mit allem hier. Alles, was er braucht, steckt in dem großen graugrünen Rucksack, der auf dem Boden steht. Bisher prangen darauf erst Aufnäher von Dänemark und Griechenland, aber es sollen noch viele mehr werden. Wenn er morgen nach Hause kommt, will er schnell frühstücken und sich auf den Weg machen.

Mikael schnappt sich den Schlafsack und die Tüte mit der

in einen dicken Pulli gewickelten Wodkaflasche. Dann ruft er laut Tschüss, während er eilig durch den Flur geht. Seine Mutter war nicht gerade begeistert, dass er ihr nicht mal sagen konnte, wo sie übernachten würden, aber er hat ihr versprochen, später eine SMS zu schicken.

Er schafft es nicht aus dem Haus, bevor seine Mutter ihn einholt.

»Sei vorsichtig«, sagt sie.

Sie steht vor ihm, umfasst ihre Ellbogen. Wagt sich nicht vor, um ihn zu umarmen.

»Bin ich«, sagt er und umarmt sie dann von sich aus, ohne seine Sachen abzustellen.

Sie entspannt sich spürbar. Er hat sie hartnäckig nach Papa ausgefragt. Ob er irgendwelche Besonderheiten hatte, was seine Zukunftspläne waren, aber sie erinnert sich an fast nichts. Das Einzige, was er ihr entlocken konnte, ist, dass er sich für Architektur interessierte und dass sein Nachname wahrscheinlich mit B anfing.

»Und übertreib es nicht mit dem Alkohol«, fährt sie fort, diesmal aber mit Schärfe in der Stimme.

»Mach ich doch nie«, entgegnet er.

Mama macht sich Sorgen, seit Opa mit dem Trinken angefangen hat, doch Mikael kann ihn verstehen. Er würde genauso trinken, wenn er ein so trostloses Leben führen müsste. Seit Opa in Rente ist, schaut er praktisch nur noch Fußball. Oma saß am Steuer, als sie vor ein paar Stunden gefahren sind.

Mikael lässt Mama im Flur zurück und fühlt sich noch berauschter als beim Verlassen der Schule. Freiheit! Sie ist jetzt schon spürbar. Niemand mehr, der ihm sagt, was er zu tun oder zu lassen hat. Mama hat es versucht, aber aufgehört, als sie kapiert hat, dass es keine gute Idee ist.

Die Fenster sind runtergekurbelt, heraus dröhnt Britney Spears. Torsten sitzt vorne bei Nosse, weil ihm vom Autofahren schlecht wird. Elvira sitzt auf der mittleren Rückbank. Mikael öffnet den Kofferraum und pfeift laut, als er das Bier sieht. Nosse hat eine ganze Palette besorgt. Hoffentlich will er keinen Zuschuss dafür. Mikael braucht jede Krone für seine Deutschlandreise. Eigentlich war abgemacht, dass alle was zu trinken mitbringen. Der Wodka, den er organisiert hat, ist polnisch. Soweit er weiß, hat Sara ein paar Flaschen Wein besorgen können. Mikael lässt Schlafsack und Tüte in den Kofferraum plumpsen. Auf die Isomatte hat er gepfiffen. Hoffentlich war das nur ein Täuschungsmanöver von Nosse. Er möchte heute nämlich in einem richtig weichen Bett schlafen. Abgesehen vom Bier gibt es noch eine Kühlbox und mehrere Tüten vom Supermarkt. Und eine Picknickdecke. Nosse hat sich wirklich Mühe gegeben, bloß diese Musik!

Mikael klappt den Sitz vor und nimmt die hinterste Rückbank.

»Nosse, verdammt, mach diesen Ätzscheiß aus!«

Nosse ignoriert ihn.

»Nach Funkabo!«, brüllt er und tritt aufs Gaspedal.

Elvira dreht sich zu ihm um, lächelt ihn sogar an. Sie war so wahnsinnig sauer auf ihn gewesen wegen gestern, dabei hätte ehrlich gesagt er selbst jedes Recht darauf, wütend zu sein.

Sara wohnt in Funkabo, und erst als sie sie eingesammelt haben, können sie richtig zu feiern anfangen. Ihr Freund

Fadi ist schon seit zwei Jahren mit der Schule fertig und arbeitet jetzt in London. Offenbar ist sein Job wichtiger, als mit seiner Freundin ihren Schulabschluss zu feiern, aber das kann Mikael nur recht sein. Bevor dieser Abend vorbei ist, wird Sara wissen, wie sehr er sie liebt.

15

Der Weihnachtsbaum am Larmtorget war gigantisch, sicher sechs Meter hoch. Hanna entdeckte Henning Larsson brotessend auf einer der Bänke. Instinktiv hätte sie sich zu gern umgedreht, aber egal wie anstrengend dieses Treffen werden würde, sie musste es hinter sich bringen. Sie musste herausfinden, was er über den Mord an Ester Jensen wusste. Kaum hatte er sie erkannt, kaute er schneller.

»Ich hoffe, es ist nicht schlimm, dass ich noch esse«, sagte er und hielt sich eine Hand vor den Mund. »Wir haben noch eine Krisensitzung, eine Personalgeschichte, ich muss also gleich wieder in die Redaktion. Vielen Dank, dass Sie auch eher Zeit hatten.«

Hanna nickte nur. Ihr Magen knurrte, eine Mischung aus Nervosität und Hunger. Isak wollte sie heute Abend bekochen, deshalb hatte sie nicht vor, jetzt etwas zu essen. Vermutlich hätte sie sowieso nichts runtergebracht. Aber jetzt musste sie sich konzentrieren. Sie musste das Gespräch mit Henning Larsson bestimmen, nicht umgekehrt. Ein älteres Paar ging an ihnen vorbei. Sie diskutierten, was sie ihrem Enkel zu Weihnachten schenken sollten.

»Wollen wir ein Stück gehen?«, fragte Henning Larsson.

Er musste ihren gehetzten Blick bemerkt haben. Ja, das waren ihr auch zu viele Menschen, aber wirklich gestresst hatte sie vor allem das Gespräch über Weihnachtsgeschenke. Wie alles andere waren natürlich auch die Geschenke, die sie schon hatte besorgen können, mit dem Haus verbrannt. Hanna nickte, und er stand auf. Sie überquerten den Larmtorget und bogen dann zum Hafen ab.

»Es tut mir sehr leid um Ihr Haus«, fuhr Henning fort und biss in sein Brot.

»Danke.«

Selbstverständlich wusste er, dass das abgebrannte Haus ihres war. Sie hatte ja selbst versucht, so viel wie möglich über ihn herauszufinden. Mit ihrer Suche hatte sie sich auf das Internet beschränken müssen, der Polizeicomputer war in diesem Fall ja keine legitime Ressource. So wusste sie, dass er verheiratet war, aber anscheinend keine Kinder hatte. Er war dreizehn Jahre älter als sie. Gebürtig aus Kalmar, und kaum hatte er seine Ausbildung an der Journalistenschule in Göteborg abgeschlossen, war er hierher zurückgekehrt. Über seine Interessen hatte sie nichts herausgefunden, wusste nicht, was er machte, wenn er nicht arbeitete. Die Nervosität ließ es sie fast fragen.

»Aber ich verstehe den Brand nicht«, sagte Henning.

»Was meinen Sie?«

»Der torpediert meine Theorie.«

Hanna steuerte sie in südlicher Richtung am Einkaufszentrum Baronen vorbei, weil dorthin weniger Menschen unterwegs waren. Sie hatte gehofft, dass er ihr seine Theorie unterbreiten würde, aber das tat er nicht, sondern biss noch einmal in sein Brot, bevor er das Papier um den Rest knüllte und alles in den nächsten Mülleimer warf. Dann spazierte er weiter, als hätte er plötzlich alle Zeit der Welt.

»Vielleicht hat Öland ja wieder einen Pyromanen«, sagte Hanna irritiert.

Brandstifter hatten bereits in den Fünfzigerjahren und Mitte der Nullerjahre auf Öland gewütet.

»Vielleicht«, erwiderte Henning. »Aber das glaube ich eigentlich nicht.«

»Was glauben Sie denn?«, fragte sie.

»Ich glaube, dass Ihr Bruder Ester Jensen getötet hat«, sagte Henning. »Und dass Ihr Vater den Mord auf sich genommen hat, um Kristoffer zu schützen. Aber ich kann beim besten Willen keinen Grund dafür finden, dass Ihr Bruder Sie umbringen will.«

Hannas Herz setzte aus, und ihr wurde schlecht. Sie hätte keinen Kontakt zu einem Journalisten aufnehmen sollen, man konnte ihnen nicht trauen. Aber gleichzeitig war ihr bewusst, dass sie keine Wahl gehabt hatte.

»Worauf stützen Sie Ihre Theorie?«, fragte sie.

Sie gab sich Mühe, sachlich zu klingen, was ihr aber absolut nicht gelang. Ihre Stimme zitterte, vermutlich auch ihre Beine.

»Auf nichts Konkretes«, sagte Henning. »Aber Ihre Reaktion verrät einiges.«

Verdammte Scheiße.

Henning hatte keine Informationen, die sie voranbringen konnten, sondern nur wilde Spekulationen, die sie nun bestätigt hatte. Was sollte sie jetzt tun? Sie musste eine Ausrede finden, damit sie schnell aufbrechen konnte.

»Ich habe Ihrer Mutter eine Menge zu verdanken«, sagte Henning.

Hanna blieb vor Überraschung stehen.

»Was meinen Sie?«

»Meine Mutter war Alkoholikerin. Als ich Ihre Mutter zum ersten Mal traf, war ich neun. Sie hat mir erklärt, dass meine Mutter krank war. Dass das, was geschah, nicht meine Schuld war.«

Er stockte. Hanna war bewusst, dass er ihr das erzählte, um eine Vertrauensbasis zwischen ihnen zu schaffen, und das gefiel ihr kein Stück. Ihre Mutter hatte beim Sozialdienst gearbeitet. Nach ihrem Tod war ihre eigene Familie kollabiert, war eine jener Familien geworden, für die sie immer so gekämpft hatte.

»Ich bin Ihren Eltern mal in der Stadt begegnet«, fuhr Henning fort. »Da war ich schon erwachsen, aber Ihre Mutter erinnerte sich an mich und stellte mir eine Menge Fragen. Sie hat sich ehrlich für mich gefreut, weil ich Arbeit und eine Freundin hatte. Während des gesamten Gesprächs stand Ihr Vater neben uns und hörte zu. Es war nicht zu übersehen, wie stolz er auf sie war. Sie waren so liebevoll miteinander, dass ich von Anfang an daran gezweifelt habe, dass Ihr Vater was mit dem Mord an Ester Jensen zu tun hatte.«

Hanna entfernte sich ein paar Schritte von ihm, verließ den Weg und stellte sich so, dass sie aufs Meer schauen konnte. Nach kurzem Zögern folgte er ihr.

»Es gibt Mörder, die einen lieben und einen netten Eindruck machen«, sagte sie.

»Das weiß ich«, sagte Henning. »Aber ich habe doch recht, was Ihren Vater angeht?«

Sie hätte sich gern aufgeregt. Glaubte er wirklich, es würde sie freuen, dass er von Anfang an von der Unschuld ihres Vaters überzeugt gewesen war? Schließlich hatte er fast im selben Atemzug ihren Bruder beschuldigt. Und obwohl sie genau wusste, welches Spielchen er da spielte, funktionierte es. Ihr innerer Widerstand schmolz dahin.

»Ihre Mutter hat mich gerettet«, fuhr er fort. »Deshalb möchte ich …«

»Wieso interessieren Sie sich jetzt erst dafür?«, unterbrach Hanna ihn.

»Ich habe im Sommer mit den Recherchen angefangen«, sagte Henning. »Weil Ihr Name bei einem Fall auftauchte, den ich verfolgte. Ich wusste gleich, wer Sie sind, und sofort hatte ich wieder all das vor Augen. Wäre es nicht an der Zeit, dass die Wahrheit ans Licht kommt?«

Hanna starrte aufs Wasser und schob den letzten Zweifel beiseite. Ingrid alles zu erzählen hatte etwas mit ihr gemacht. Es war nicht die Katastrophe eingetreten, die sie erwartet hatte. Außerdem war sie es ja selbst gewesen, die Kontakt mit ihm aufgenommen hatte, weil sie Hilfe brauchte.

»Mein Bruder hat Ester Jensen nicht getötet«, flüsterte sie.

Es fühlte sich komisch an, das auszusprechen. Henning war weder mit ihr befreundet noch ihr Nachbar, sondern Journalist. Er öffnete den Mund, um zu widersprechen, weshalb sie schnell hinzufügte:

»Aber er war dabei, als es passiert ist.«

Darauf erwiderte Henning nichts, aber sein Blick bohrte sich in sie. Wieder war da der Impuls wegzugehen. Aber dafür war es jetzt zu spät.

»Ich hatte auch schon immer das Gefühl, dass etwas nicht

stimmen konnte mit dem Tathergang, der zu Ester Jensens Tod geführt haben sollte«, sagte sie. »Anfangs dachte ich, dass ich das einfach nicht wahrhaben wollte, nicht wollte, dass mein Vater …«

Sie seufzte. Henning war nicht ihr Therapeut. Er war Journalist, seine Aufgabe war es, im besten Fall die Fakten zusammenzutragen und zu veröffentlichen. Im schlimmsten Fall, die Fakten zu verzerren, um den größtmöglichen Umsatz durch Zeitungsverkäufe zu erzielen. Würde sie ihn für einen Vertreter letzterer Sorte halten, hätte sie sich längst verabschiedet. Nein, sie bekam mehr und mehr das Gefühl, dass ihm wirklich was an der Auflösung lag. Dass er ihr helfen konnte.

»Wie ist Ester gestorben?«, fragte er.

Eine Blaumeise landete am betonierten Kai. Hanna seufzte noch einmal.

»Ich weiß es selbst erst seit Kurzem«, sagte sie. »Seit ich Kristoffer wegen meiner Zweifel mehr und mehr unter Druck gesetzt habe.«

»Und?«

Hennings Arm zuckte. Vielleicht hatte sie ihn doch falsch eingeschätzt. Vielleicht wollte er nach seinem Block greifen und mitschreiben. Die Blaumeise flog davon, und Hannas Hand suchte ihren Weg zu der Nachtigall, die in ihren Unterarm tätowiert war.

»Drei Personen waren anwesend«, sagte sie. »Einer lebt nicht mehr, aber der, der Ester Jensen getötet hat, tut es noch. Er wohnt noch hier, in Kalmar, hat Karriere gemacht, und wenn mein Bruder aussagt, wird Wort gegen Wort stehen. Und dann hat mein Bruder keine Chance.«

»War Ihr Vater anwesend?«

»Nein. Oder zumindest nicht während des Mordes. Aber er hat das Haus in Brand gesteckt, um Kristoffer zu schützen. Mein Bruder hat ihm gesagt, er habe Ester Jensen getötet.«

Trauer überkam sie wie ein kalter Schauer. Wegen allem, was geschehen war. Weil sie hier stand und darüber sprach. Sie bekam keine Luft.

»Wer hat Ester Jensen getötet?«, fragte Henning.

Hanna öffnete den Mund, schloss ihn wieder. Sie konnte es nicht einfach sagen. Nicht bevor sie mit Rebecka und Robins Schwester Klara gesprochen hatte. Und wenn Kristoffer gelogen hatte? An Axels Schuld zweifelte sie keine Sekunde. Wenn das nicht der Wahrheit entspräche, hätte Kristoffer es niemals gewagt, seinen Namen zu nennen. Er war viel zu feige, und genau deshalb zweifelte sie auch daran, dass er ihr die ganze Wahrheit über seine Beteiligung erzählt hatte.

»Geben Sie mir etwas Zeit«, bat sie. »Ich bearbeite Kristoffer gerade noch in der Hoffnung, etwas zu finden, das seine Aussage stützen kann. Außerdem muss ich vorher noch mit ein paar anderen sprechen.«

»Ich kann Ihnen dabei helfen, weitere Beweise zu suchen«, sagte Henning. »Das ist ganz zufällig meine Spezialität.«

Hanna schüttelte den Kopf. Sie wollte unter keinen Umständen, dass er den falschen Personen seine Fragen stellte. So blieben sie eine Weile schweigend nebeneinander stehen, und sie wagte es nicht, ihn anzusehen. Stattdessen hielt sie den Blick auf die Wasseroberfläche gerichtet, die sich leicht im Wind kräuselte.

»Okay«, sagte Henning schließlich. »Ich kann warten. Die Frage ist bloß, ob das auch für Sie gilt, schließlich hat jemand gerade erst Ihr Haus in Brand gesteckt. War es die gleiche Person, die auch Ester Jensen ermordet hat?«

16

Schon im Treppenhaus roch es gut, sodass Erik mit einem Lächeln die Wohnungstür aufschloss. Seit ihrem letzten Besuch in Indien kochte Supriya viel mehr indische Gerichte. Ihre Mutter hatte vor ihrer Pensionierung als Köchin gearbeitet und Supriya ein paar neue Rezepte mitgegeben. Laut ihrer Mutter waren sie einfacher, denn nach ihrem Herzinfarkt hatte sie nicht mehr so lange in der Küche stehen können. Erik sah das intensive Kochen als Supriyas Art, ihr Heimweh im Zaum zu halten, und vor ein paar Wochen hatte er einen Scherz darüber gemacht, der ziemlich verunglückte. Supriya hatte während der gesamten Mahlzeit kein Wort gesagt. Nachdem Nila ins Bett gegangen war, hatte Supriya ihn ausgeschimpft, ihm vorgeworfen, ihre Gefühle zu belächeln.

Gellende Schreie lockten Erik ins Wohnzimmer. Nila lag vor dem Fernseher auf dem Boden und zeichnete.

»Hallo, Papa«, sagte sie, ohne ihn anzusehen.

Ihr Blick wanderte von ihrem Blatt zum Fernseher. Die Zungenspitze schaute ihr aus dem Mund, wie immer, wenn sie sich konzentrierte. Sie war damit beschäftigt, einen Pandabären abzuzeichnen, der über den Bildschirm sprang und irgendwelche Karatebewegungen machte. Gerade waren das Zeichnen und Gitarrespielen ihre liebsten Hobbys. Als Supriya und Nila im Sommer in Indien gewesen waren, hatte Erik sich so wahnsinnig gelangweilt, dass er eine Gitarre kaufen musste. Nach ihrer Rückkehr hatte er jedoch das Interesse daran verloren und sie Nila vermacht.

»Wäre es nicht leichter, wenn du auf Pause drückst?«, fragte er.

Nila zeigte keine Reaktion, also ging er in die Küche. Er umarmte Supriya von hinten und bohrte seine Nase in ihren Hals.

»Hallo, mein Schatz! Wie gut das riecht.«

Erik mochte wirklich alles, was sie mittlerweile kochte, und das wollte er nicht mit einem weiteren dämlichen Scherz verbocken. Außerdem schien ihr Heimweh tatsächlich nachgelassen zu haben. Supriya wand sich los. Zwischen Schulter und Hals war die einzige Stelle, an der sie kitzlig war.

»Danke, das ist Palak Paneer. Ich habe den Käse verarbeitet, den ich am Wochenende gemacht habe.«

Erik reckte sich nach dem Keramikgefäß, das er direkt unter das Licht auf die Spüle gestellt hatte. Gestern hatte er einen neuen Sauerteig angesetzt, nach dem er sehen wollte. Er öffnete den Deckel und betrachtete die Oberfläche. Keine einzige Blase. Aber als er die Dose an die Nase hielt, meinte er, etwas Säuerliches riechen zu können. Sofern das nicht von Supriyas Gericht stammte. Supriya schüttelte leicht den Kopf.

»Morgen gibt's Sauerteigbrot«, sagte er.

»Das glaub ich erst, wenn ich's seh.«

Erik verschloss das Gefäß wieder und stellte es zurück. Es würden sich schon noch Blasen zeigen, und dann würde er den Teig mit Mehl und Wasser füttern.

»Wenn ich mein Wort nicht halten kann, darfst du so viele Weihnachtskerzenständer kaufen, wie du willst. Dann werde ich keinen Mucks von mir geben, egal wo ich sie finde.«

Erst gestern hatte Erik drei neue rote Kerzenständer auf dem Nachttisch entdeckt.

»Darauf freue ich mich schon«, lachte Supriya.

»Ich kann …«, setzte er an, wurde aber von seinem Privathandy unterbrochen. »Das ist Stefan.«

Stefan war sein ältester Bruder, und Erik ging ins Schlafzimmer, um das Telefonat anzunehmen. In den letzten Monaten hatten sie sich mindestens einmal pro Woche gesprochen. Nachdem er sein Leben lang Polizist gewesen war, hatte sein Bruder plötzlich gekündigt und einen Posten als Vertretungssportlehrer angetreten.

»Noch zufrieden mit deinem neuen Job?«, fragte Erik.

Über den Anblick der drei roten Kerzenständer neben den zwei gelben, die schon vorher dort gestanden hatten, musste er lächeln.

»Voll und ganz«, sagte Stefan.

Die anderen Geschwister waren überzeugt, dass es sich um eine Midlifecrisis handelte, denn Stefan würde in zwei Wochen seinen Fünfzigsten feiern, aber Erik war sich nicht ganz so sicher. Sein Bruder hatte ihm anvertraut, dass er keine Lust mehr auf den Druck hatte, den dieser Job mit sich brachte. Erik selbst war am 2. Dezember vierzig geworden, hatte aber bisher wohl Glück gehabt. Vermutlich, weil bei ihm keine größeren Lebensveränderungen anstanden.

Dann und wann hatte er mit dem Gedanken gespielt, sich einen anderen Job zu suchen, besonders als er befürchtet hatte, dass Supriya nach Indien zurückkehren wollte. Aber jedes Mal war er bei der Suche nach einer Alternative wieder bei der Erkenntnis gelandet, dass er nichts lieber machen wollte, als bei der Polizei zu arbeiten.

»Möchtest du dich am Weihnachtsgeschenk für Mama und Papa beteiligen?«, fragte sein Bruder. »Die Zwillinge sind auch dabei.«

Die Zwillinge waren alterstechnisch genau zwischen ihnen, und sofort musste er an Therese und Mikael denken. Seine Zwillingsgeschwister waren auch gemischtgeschlechtlich, und er hatte sie nie als einander besonders ähnlich oder nah wahrgenommen. Also, einander nah waren sie sich schon, aber nicht näher als den anderen Geschwistern. Trotzdem waren sie von allen anderen immer in einen Topf geworfen worden, und er hatte sich bisher noch nie Gedanken darüber gemacht, wie das wohl für sie gewesen war. Vielleicht sollte er darüber mal mit den Zwillingen sprechen, aus beruflichem Interesse.

»Klar, bin dabei«, sagte Erik. »Wohin geht die Reise diesmal?«

»Ach, diesmal plane ich was anderes. Vielleicht neues Geschirr, das alte ist allmählich ja ziemlich angeschlagen.«

»Wieso denn diesmal keine Reise?«

»Das geht ja nicht länger.«

»Wieso nicht?«

Erik gefiel nicht, wie das Schweigen sich anfühlte. Als Nesthäkchen wurde er oft erst als Letzter eingeweiht, und das störte ihn.

»Hat Papa dir nichts erzählt?«, fragte Stefan.

»Was denn erzählt?«

»Das sollte er dir selbst sagen.«

Stefan beendete das Telefonat, weil angeblich sein Abendessen fertig war, und legte auf. Erik glaubte ihm kein Wort und rief ihn sofort noch mal an, wurde aber weggedrückt. Weil auch sein Vater nicht ans Telefon ging, kehrte er zu Supriya zurück. Ein Blick in sein Gesicht reichte, sofort ließ sie die Kelle sinken und kam zu ihm.

»Was ist los?«, fragte sie.

Erik erzählte ihr von dem merkwürdigen Telefonat mit Stefan, und sie versuchte gar nicht erst, ihn mit Worten zu beruhigen. Nein, sie nahm ihn fest in die Arme. Erik musste fast weinen. Ja, sie hatten in der letzten Zeit mehr gestritten als sonst, aber Supriya war eben jemand, mit dem man sich leicht streiten konnte. Und ihre Wut verpuffte jedes Mal schnell. Erik löste sich aus der Umarmung.

»Ich versuche noch mal, ihn zu erreichen.«

17

Hanna schaute zu den Lichterketten hinauf, die über die Storgatan gespannt waren. Suchte nach Weihnachtsstimmung, fand aber keine. Im Dezember ging die Sonne immer schon um drei Uhr nachmittags unter. Der Winterhimmel über den Lichterketten war einfach nur endlose Dunkelheit in allen möglichen Nuancen.

Seit dem Treffen mit Henning Larsson war sie ziellos durch Kalmar gewandert, war noch nicht bereit gewesen, sich ans Steuer zu setzen. Henning hatte recht: Führte man sich vor Augen, was mit ihrem Haus passiert war, dann war höchste Eile geboten. Trotzdem wollte sie ihn noch nicht mehr hereinziehen. Er hatte versprochen zu warten, aber konnte sie ihm trauen? Vielleicht saß er ja längst in der Redaktion und tippte an einem Artikel zum Mord an Ester Jensen?

Hanna stieß fast mit einer älteren Frau zusammen, die stehen geblieben war, um etwas in einer ihrer vielen Tüten zu suchen. Die meisten Leute hatten Feierabend und waren auf der Jagd nach Weihnachtsgeschenken. Sofort überkam sie wieder der Stress wegen allem, was dem Brand zum

Opfer gefallen war. Hanna hatte Isak einen Pullover bei Outnorth gekauft. Sicher, eigentlich konnte sie einfach noch mal einen kaufen, aber sie wusste plötzlich nicht, ob das reichte. Sie hatte keine Ahnung, was er ihr schenken würde. Die Geschenke für seine Eltern wollte er besorgen. Für Ingrid hatte sie schon eine Flasche Whisky gekauft gehabt, auch die war in Flammen aufgegangen, aber sie konnte sich gerade nicht aufraffen, eine neue Flasche zu holen.

Hanna bog in die Kaggensgatan und blieb vor einem Spielwarenladen stehen. Es war keiner von der Sorte, die Unmengen an Plastikkram verkauften, das meiste war aus Holz und Stoff hergestellt. Sie sollte reingehen und etwas für Rebeckas Tochter Molly kaufen. Dann hätte sie wenigstens ein Weihnachtsgeschenk, was den Druck schon einmal immens senken würde. Vielleicht ein Stofftier. Molly liebte ihre Stofftiere, sie dachte sich sowohl Namen als auch richtige Persönlichkeiten für sie aus.

»Wollen Sie nicht drangehen?«, fragte der Mann neben ihr.

»Wie bitte?«

»Ihr Telefon klingelt.«

»Oh«, sagte Hanna und grub es aus der Tasche.

Anhand der Nummer konnte Hanna erkennen, dass der Anruf aus Växjö kam. Obwohl sie bereits ahnte, worum es ging, nahm sie ihn an.

»Hier spricht Hanna Duncker.«

»Hallo, mein Name ist Johannes Costa, und ich leite die Vorermittlungen zum Brand, der Ihr Haus zerstört hat. Zu diesem Zeitpunkt möchte ich mich eigentlich nur vorstellen und ein paar Fragen stellen.«

»Okay.«

»Wir gehen von Brandstiftung und versuchtem Mord aus. Haben Sie eine Ahnung, was dahinterstecken könnte?«

»Wissen Sie, wer mein Vater ist?«, konterte Hanna.

»Ja.«

»Ich denke, es geht um ihn«, sagte Hanna.

Der Mann neben ihr hatte sich ihr nun vollständig zugewandt. Als Hanna ihm direkt in die Augen blickte, eilte er in das Spielwarengeschäft.

»Wie kommen Sie darauf?«, fragte Johannes Costa.

»Ich arbeite erst seit etwa einem halben Jahr bei der Polizei in Kalmar. Da waren schon ein paar größere Fälle dabei, aber keiner, der erklären könnte, dass jemand plötzlich auf die Idee kommt, mein Haus anzuzünden.«

»Nun ist es nicht immer …«

»Sie haben mich nach meiner Einschätzung gefragt«, unterbrach Hanna ihn. »Die habe ich Ihnen gegeben. Wie Sie ermitteln, liegt natürlich ganz bei Ihnen.«

»Wer könnte Ihnen denn in Bezug auf Ihren Vater schaden wollen?«

»Ich weiß es nicht«, sagte Hanna.

Hatte Ove gegenüber den Kollegen in Växjö die Drohungen erwähnt, die sie bekommen hatte? Sie würden definitiv ans Licht kommen, aber Hanna selbst spürte einen Widerwillen, jetzt zu erwähnen, dass Ester Jensens Tochter ihr Nachrichten geschrieben hatte. Maria Jensen hatte nichts mit dem Brandanschlag zu tun, da war Hanna sicher. Und wenn sie jetzt anfing, von Axel Sandsten zu sprechen, würde sie nur für verrückt erklärt.

»Ist Ihnen sonst vielleicht etwas aufgefallen?«, fragte Johannes Costa.

Der leere Benzinkanister, der im Herbst vor ihrer Haustür gestanden hatte, lag noch immer in der Papiertüte in ihrem Kofferraum. Im Herbst hatte sogar jemand versucht, sie auf dem schmalen Kiesweg zu überfahren, als sie von einem ihrer Morgenspaziergänge am Strand von Kleva zurückgekehrt war. Der Brandanschlag war schon der zweite Mordversuch.

Würde er beim nächsten Mal Erfolg haben? Aller guten Dinge sind drei. Sie musste kooperieren, um ihrer eigenen Sicherheit willen, egal wie schwer es war, darüber zu sprechen. Aber bevor sie von dem Kanister auf ihrer Veranda und dem Volvo erzählte, der auf sie zugesteuert hatte, musste sie mit Ove reden.

»Im Frühling kamen ein paar Anrufe«, sagte Hanna. »Anrufe und SMS. Die SMS kamen von Ester Jensens Tochter Maria und machten deutlich, dass sie mich hier nicht wollte. Wer hinter den Anrufen steckte, weiß ich nicht. Unter anderem wurde mir eine Aufnahme von knisterndem Feuer vorgespielt.«

»Sie glauben nicht, dass auch die Anrufe von Maria Jensen kamen?«

Die Art, wie er die Frage stellte, verriet Hanna, dass Johannes Costa dies bereits mit Ove diskutiert hatte. Damals konnten sie die Anrufe nicht weiterverfolgen, aber vielleicht gab es ja jetzt andere Ressourcen, schließlich hatte jemand ihr Haus abgefackelt.

»Genau«, sagte sie. »Ich glaube, da steckt jemand anders hinter.«

»Okay, danke.«

Johannes Costa wollte das Telefonat beenden, aber sie ließ es nicht zu.

»Konnte irgendwas aus dem Haus gerettet werden?«, fragte sie.

»Leider nicht.«

»Da stand eine Nachtigall auf dem Fensterbrett im Schlafzimmer. Egal wie beschädigt sie auch ist, die hätte ich gern wieder.«

»Aus welchem Material ist sie?«

»Holz.«

Kaum hatte Hanna das Wort ausgesprochen, war ihr sofort klar, dass keine Hoffnung bestand. Dass die Nachtigall verloren war. Wenn sie nicht das Telefon gehalten hätte, wäre ihre Hand zu der Tätowierung gewandert. Wieso hatte sie die Nachtigall nicht mitgenommen? Die war ihr schließlich wichtiger als das Handy. Aber als sie dort am Fenster stand, war sie so sehr auf sich konzentriert gewesen, sie konnte sich nicht mal daran erinnern, die Nachtigall überhaupt gesehen zu haben.

»Ich höre mal bei der Kriminaltechnik nach«, sagte Johannes Costa. »Aber ich glaube kaum …«

»Ja, schon klar«, unterbrach Hanna ihn. »Gibt es schon Neues von der Kriminaltechnik? Haben die was gefunden?«

Kurz entstand Stille, weil der Ermittler offenbar abwog, wie viel er preisgeben wollte.

»Der Rauchmelder war nicht komplett geschmolzen«, sagte er. »Es waren offensichtlich keine Batterien darin. Den werden wir also weiter untersuchen, denn ich gehe schwer davon aus, dass Sie die Batterien nicht selbst entfernt haben?«

»Nein.«

Jetzt hatte Hanna es plötzlich eilig, das Gespräch zu beenden. Die Vorstellung, dass jemand in ihrem Haus gewesen war, fand sie sogar noch schlimmer als die Tatsache, dass er es später angezündet hatte.

Erst nach dem Auflegen wurde ihr bewusst, wie angespannt sie war. Sofort wurde sie wütend auf sich selbst. Wieso fiel es ihr so schwer, einfach mal den Mund aufzumachen? Das war doch völlig unlogisch, sie musste sich jetzt wirklich mal am Riemen reißen.

Hanna starrte auf die kleine Kaninchenfamilie im Schaufenster des Spielzeugladens und begriff, mit wem sie zuerst sprechen musste, noch vor Rebecka, Robins Schwester und Esters Tochter. Im Laufschritt kehrte sie zu ihrem Wagen zurück. Die Stimmung zwischen ihnen war den ganzen Tag angespannt gewesen, und sie hielt das einfach nicht länger aus. Außerdem wusste er genauso gut wie sie, wie diese Art Mensch tickte.

Wenige Minuten später klingelte Hanna an der Wohnungstür.

»Was machst du denn hier?«, fragte Erik, der mit dem Handy am Ohr öffnete.

»Freut mich auch, dich zu sehen.«

»Entschuldige, so war das nicht gemeint«, sagte Erik und steckte das Handy weg. »Ich versuche, meinen Vater zu erreichen, aber er geht nicht dran.«

Das Essen roch so gut, dass ihr Magen knurrte.

»Willst du reinkommen und mitessen?«, fragte Erik. »Es steht fast auf dem Tisch.«

»Nein, aber ich muss dringend mit dir sprechen.«

Erik rief laut Richtung Supriya, dass er noch schnell eine Runde drehen würde, und das war es, was sie an ihm so mochte. Sie musste sich nicht erst groß erklären, er wusste auch so, dass es wichtig war. Sie musste ihm trauen. Sonst würde sie diese neuen Ermittlungen zusätzlich zum Brand und der Sache mit ihrem Vater nicht überstehen. Sie musste aufhören, sich vorzumachen, das alles allein bewältigen zu können.

»Warte!«

Supriya kam aus der Küche und schloss Hanna fest in die Arme. Sprach ihr Bedauern über den Verlust ihres Hauses aus und lud sie ebenfalls zum Essen ein. Mit belegter Stimme lehnte Hanna ab.

»Entschuldige bitte, dass ich so bräsig bin«, sagte sie, als sie das Haus verlassen hatten und den Weg zum Ufer einschlugen. »Ich bin mir ziemlich sicher, dass ich weiß, wer hinter dem Brandanschlag steckt.«

»Wer denn?«

»Axel Sandsten.«

Erik blieb stehen und griff nach ihrem Arm.

»O Gott. Aber warum?«, fragte er.

»Weil er Ester Jensen ermordet hat.«

Zum zweiten Mal an diesem Abend sprudelte die Geschichte aus ihr heraus. Mit dem einen Unterschied, dass sie diesmal nichts aussparte. Nicht mal ihre Zweifel an Kristoffers Aussage. Erik war schließlich ebenfalls Polizist, und sie hatte lange genug mit ihm zusammengearbeitet, um zu wissen, dass er gut war in seinem Job. Ihm konnte sie trauen, und das auf einer ganz anderen Ebene als Henning Larsson. Als sie fertig war, sagte Erik eine ganze Weile lang nichts.

»Hast du …«, setzte er schließlich an, aber unterbrach sich selbst. »Was hast du jetzt vor?«

Vermutlich hatte er zuerst fragen wollen, ob sie schon mit Ove gesprochen hatte.

»Ich werde mich an Ove wenden«, sagte sie. »Aber noch nicht jetzt. Erst brauche ich noch etwas Handfestes, was Kristoffers Behauptung stützt. Seine Aussage allein reicht nicht, das weißt du selbst.«

»Hast du schon eine Ahnung, wo du ansetzen kannst, um das zu finden?«

»Leider nicht. Aber als Nächstes wollte ich mit Robins Schwester Klara sprechen.«

»Und was ist mit Rebecka?«

Durch die Ermittlungen um Joels Tod wusste Erik, dass Rebecka früher einmal mit Axel Sandsten zusammen gewesen war.

»Ja, mit der auch noch. Ich weiß nur nicht, wie ich anfangen soll. Bei allem, was sie durchgemacht hat.«

»Es wird nicht leichter, wenn du wartest.«

Hanna war kurz davor, Erik anzuschnauzen, konnte sich aber gerade noch zurückhalten. Schließlich war sie nicht auf Erik wütend, sondern auf Axel Sandsten. Sie hasste Axel, mehr als sie je zuvor einen Menschen gehasst hatte.

DIENSTAG, 17. DEZEMBER

18

Noch ein paar Minuten, dann konnte Hanna endlich Isak wecken. Viel Schlaf hatte sie nicht gefunden. Durch das Gespräch mit Erik hatte sie Isak und das Abendessen völlig vergessen. Irgendwann hatte seine Sorge ihn überwältigt und er sie angerufen, woraufhin sie ins Auto gesprungen und schnellstmöglich zu ihm gefahren war.

Sie waren ja erst vier Monate zusammen, trotzdem hatte sie nicht vor ihm verbergen können, wie es ihr ging. Isak hatte sie ganz erschrocken angesehen und gefragt, was passiert sei. Also hatte sie ein drittes Mal alles erzählt. Angefangen damit, dass Kristoffer bei ihr vor der Tür gestanden und ihr die Umstände erklärt hatte, die zu Ester Jensens Tod geführt hatten, bis hin zu dem wahren Grund für die Brandstiftung. Isak hatte sich alles schweigend angehört und dann nur gefragt: *Wieso hast du mir das nicht schon eher erzählt?*

Diese Frage hatte ihre Angst erst richtig entfacht, die sich mit tränenreichen Schluchzern ihren Weg bahnte. Dabei war es eigentlich weniger die Frage an sich gewesen, sondern eher die Art, wie er sie gestellt hatte. Hanna hatte tatsächlich damit gerechnet, dass er aufstehen und schreien würde, sich fragen, was mit ihr nicht stimmte. Dass er brüllen würde, sie solle ihre paar Sachen packen und sich eine andere Übernachtungsmöglichkeit suchen. Aber das hatte er nicht getan. Als sie versucht hatte, sich zu erklären – dass sie ihn mit ihren finsteren Themen nicht verschrecken wollte, dass sie lieber so tat, als gäbe es diese ganze Dunkelheit in ihr nicht –, hatte er sie in die Arme geschlossen. Während der gesamten Heulattacke hatte er sie umarmt und ihr liebevolle Worte ins Ohr geflüstert.

Hanna drehte sich auf die Seite und betrachtete Isak. Den Bart, der getrimmt werden musste. Das braune Haar, das ihm über die geschlossenen Augen fiel. Gott, wie sie ihn liebte. Er hatte eine Narbe am Kinn, deren Ursprung sie noch nicht kannte. Sie hatte keine Angst mehr. Zumindest nicht davor, von Isak verlassen zu werden. Axel Sandsten war da ein anderes Thema, der machte ihr immer noch Angst. Was würde er als Nächstes versuchen? Am meisten beunruhigt hatte Isak die Tatsache, dass der Brand gelegt worden war. Hanna hatte vorher nur gesagt, dass die Untersuchungen liefen und hoffentlich die Brandursache bestimmt werden könne. Dabei hatte sie gar nicht die Wahrheit vor ihm verbergen wollen, sie hatte einfach mehr Zeit gebraucht.

Hanna schob seine Haare beiseite und legte Isak eine Hand an die bärtige Wange. Ließ sie dort liegen, bis er die Augen aufschlug.

»Hallo, mein Schatz«, sagte sie.

»Hallo.«

Er lächelte und rückte näher. Küsste sie langsam und zärtlich. Sie wollte nicht sterben. Das hier nicht verlieren.

Vielleicht hätte sie es doch nicht erzählen sollen? Ingrid wusste jetzt alles, genauso Erik und Isak. Dem Journalisten hatte sie verschwiegen, dass Axel Sandsten Ester ermordet hatte. Hanna hasste es, dass ihre Zweifel nicht aufhören wollten. Sie verstärkte den Kuss. Griff in Isaks Nackenhaare und presste sich gegen ihn. Sie waren sich so nah, trotzdem war er ihr noch viel zu weit weg. Sie wollte ihn in sich spüren. Brauchte es wie als Versicherung, dass alles gut werden würde. Sie ließ die Hände an seinem Rücken hinunterwandern, packte seinen Hintern, schob ein Bein zur Seite und drückte ihn in sich.

Danach stiegen sie gemeinsam unter die Dusche. Hatte Isak ihre Verzweiflung spüren können? Plötzlich drehte sich alles um sie, und sie lehnte sich gegen seine Brust, um nicht umzufallen. Die Brust, die voller dunkler Locken war.

»Alles okay?«, fragte er und griff nach ihren Armen, vielleicht etwas zu fest.

»Mir war nur kurz schwindelig.«

Hanna löste sich von ihm und drehte sich nach dem Shampoo um. Was machte sie hier eigentlich? Sie drückte etwas Shampoo auf die Handfläche und knetete es in ihr kurzes blondes Haar. Gestern hatte sie ihre dunkelste Seite gezeigt, und trotzdem war Isak nicht schreiend weggelaufen. Aber es gab noch vieles, was sie nicht über ihn wusste. Über seine Partnerin hatte er gesprochen. Seine Partnerin, die sich vor sieben Jahren schlafen gelegt, in der Nacht einen Schlaganfall erlitten hatte und gestorben war. Seine Partnerin, die im achten Monat schwanger gewesen war. Was, wenn es noch mehr gab?

Frusttränen flossen mit dem Shampoo davon. Wieso konnte sie nicht einfach dankbar sein und das Gute annehmen? Zulassen, dass sie glücklich war? Anfangs hatte noch ein Foto von Isaks Partnerin im Wohnzimmer gehangen, aber schon bei Hannas zweitem Besuch hatte er es abgenommen. Das Foto lag in einer Schublade, und manchmal holte Hanna es hervor. Seine Partnerin war klein, niedlich und blond gewesen, ihr Name Rakel, aber Hanna fiel es leichter, sie gedanklich einfach nur Partnerin zu nennen. Isak griff an ihr vorbei zur Seife, ihre Arme berührten sich. Sofort reagierte ihr Körper, Wärme flatterte durch sie. Sie schloss die Augen und erinnerte sich an die selbstverständliche Liebe, mit der sie aufgewacht war. Mehr brauchte sie nicht. Die Angst versiegte.

Isak stieg aus der Dusche und trocknete sich ab.

»Ich mach Frühstück«, sagte er.

»Danke.«

Als Hanna wenige Minuten später in die Küche kam, war alles fertig. Sie setzte sich an den Tisch und griff nach dem Roggenbrot. Legte eine Scheibe Putenschinken darauf. Sonst startete sie eigentlich mit einer Tasse Kaffee, aber heute war sie richtig hungrig.

»Was denkst du gerade?«, fragte Isak.

»Dass ich mich hieran gewöhnen könnte«, sagte sie.

Zum ersten Mal lebte Hanna mit jemandem zusammen. Zwar erst den vierten Tag, aber es gefiel ihr. Sicher, das Haus in Kleva fehlte ihr, doch Isaks Haus war viel praktischer. Hatte ein ordentliches Bad. Eine große Küche. Ein Wohnzimmer, in das mehr als ein Sofa und Fernseher passten. Gerade konnte sie sich nicht vorstellen, das Haus neu errichten zu lassen, es wäre ja doch nicht dasselbe. Das schiefe, enge, zugige, wunderbare Haus war für immer verloren. Aber sie musste sich unbedingt bei Ingrid melden, ihr zeigen, dass sie sie nicht vergessen würde. Irgendwie fühlte es sich leer an, ohne Ingrid als Nachbarin. Hanna hatte keine Ahnung, wer hier in der Nähe wohnte.

»Ich könnte mich auch daran gewöhnen«, sagte Isak. »Du musst mir versprechen, dass du vorsichtig bist. Ich ertrage den Gedanken nicht, dass dir was zustoßen könnte.«

Die Sorge stand ihm ins Gesicht geschrieben, unverkennbar dachte er gerade an seine frühere Partnerin.

»Versprochen«, sagte sie.

Auf seine frühere Partnerin hatte es kein verrückter Mörder abgesehen gehabt, und trotzdem war sie gestorben, aber darauf musste Hanna gar nicht hinweisen. Isak war sich völlig bewusst, dass kein Mensch bestimmen konnte, was ihm zustieß. Er griff über den Tisch, um ihre Hand zu nehmen.

»Danke«, sagte er. »Übrigens, wenn du möchtest, lade ich meine Eltern aus.«

»Wieso solltest du das tun?«

»Ich dachte, das könnte vielleicht zu viel für dich werden, wenn sie uns nun auch noch besuchen.«

»Das ist nicht nötig.«

Hanna biss in ihr Brot. Ein bisschen bereute sie bereits, das Angebot nicht einfach angenommen zu haben, aber das konnte sie Isak ja schlecht antun. Nach einer Weile stand er auf.

»Ich muss noch ein bisschen was für die erste Stunde vorbereiten«, sagte er. »Könntest du das hier gleich wegräumen?«

»Klar.«

»Hab einen schönen Tag, soweit das möglich ist.«

Isak gab ihr einen Kuss auf den Mund, und sie legte ihm die Hände um den Nacken, erwiderte den Kuss.

»Jetzt hör mal«, sagte er lachend, löste vorsichtig ihre Hände und verschwand.

Im Gegensatz zu allen anderen drängte Isak sie nicht dazu, die Situation mit Axel auf bestimmte Art und Weise anzugehen, und dafür liebte sie ihn. Das Brot reichte nicht, um ihren Hunger zu stillen, also füllte Hanna eine Schale mit Müsli und Milch. Als sie aufgegessen und abgedeckt hatte, ging sie zu ihrem Wagen und rief dabei Ingrid an. Plötzlich fiel ihr auf, dass ihr Fuß kaum noch wehtat. Der Morgen war klar und kalt, mindestens ein paar Grad unter null, aber es war kein neuer Schnee gefallen, seit der Regen alles weggespült hatte.

»Guten Morgen«, begrüßte Ingrid sie. »Wie geht es dir?«

»Entschuldige, dass ich mich noch nicht eher gemeldet habe«, sagte Hanna. »Und vielen Dank noch mal für deine Hilfe nach dem Brand.«

»Bist du auch dankbar für das Gespräch mit Isak?«

Hanna lächelte, ihr gefiel Ingrids Direktheit. Auch wenn sie sich manchmal zu sehr einmischte. Diesen Charakterzug teilte sie mit Erik.

»Ja, ich habe ihm jetzt alles erzählt.«

Hanna öffnete die Autotür, stieg aber noch nicht ein, die Luft draußen war so viel besser. Obwohl sie an den Ohren fror. Sie hätte sich eine Mütze von Isak borgen sollen, bis sie sich wieder eine kaufen konnte.

»Gut«, sagte Ingrid. »Hast du schon mit Maria gesprochen?«

»Nein«, sagte Hanna. »Das mache ich aber bald, versprochen.«

Ingrid fluchte laut.

»Was ist?«

»Mir ist der Teebeutel runtergefallen«, erklärte Ingrid. »Keine Sorge, du warst nicht gemeint. Mir ist schon klar, dass das viel für dich ist gerade.«

»Danke«, sagte Hanna. »Du weißt nicht zufällig etwas über Mikael Fransson?«

»Nein, da kann ich dir leider nicht helfen. Ich habe eine Menge über ihn gehört und gelesen. Und ich weiß, dass seine Mutter fest daran glaubte, dass er noch lebte, aber das weißt du sicher auch längst.«

Nachdem sie ihr versprochen hatte, in Kontakt zu bleiben, beendete Hanna das Gespräch. Ingrid wusste viel über Öland und die Familien, die schon lange hier wohnten, aber Birgitta Fransson war erst als Erwachsene auf die Insel gezogen. Hanna stieg ins Auto und sah, dass ihr die Zeit etwas davongelaufen war. Trotzdem gab es da noch ein Telefonat, das sich nicht länger aufschieben ließ. Sie suchte die Nummer von Robins Schwester Klara heraus.

»Ich hoffe, es ist in Ordnung, dass ich so früh anrufe«, sagte Hanna.

Bei Ingrid hatte sie sich gar nicht erst entschuldigt, weil sie wusste, wie früh ihre nun ehemalige Nachbarin wach war.

»Ja, klar, ich bin schon seit zwei Stunden auf den Beinen«, sagte Klara. »Der Kleine schläft gerade nicht gut.«

»Ich muss dir was erzählen«, sagte Hanna. »Das kann leider nicht länger warten.«

Im Hintergrund schrie ein Kind, und Klara ermahnte die ältere Tochter, ihr kleines Geschwisterchen in Ruhe zu lassen.

»Worum geht es?«, fragte sie dann.

»Das würde ich ungern am Telefon sagen«, erwiderte Hanna. »Könnten wir uns heute Mittag treffen?«

19

Auf der Titelseite der Morgenzeitung prangte die Schlagzeile, dass das Skelett im Mittlandwald als Mikael Fransson identifiziert worden war. Therese starrte über den Küchentisch hinweg darauf. Sie hatte den gesamten Artikel gelesen, nachdem sie die Zeitung für Kasper geholt hatte, aber darin stand nichts, was sie noch nicht wusste. Bo Tapper war zu Wort gekommen, hatte betont, wie gut es sei, dass die Polizei jetzt endlich gezwungen sei, ordentlich zu ermitteln.

»Hör auf«, zischte Wilma.

»Was ist los?«, fragte Therese und löste widerwillig den Blick von der Titelseite.

»Lucas hat mich getreten.«

»Hab ich gar nicht«, widersprach Lucas. »Ich hab nur die Beine ausgestreckt.«

Wilma zeigte ihm die Zunge, und Lucas fing an zu weinen.

»Schluss jetzt«, sagte Therese. »Seid nett zueinander.«

Die beiden schauten sie erstaunt an, weil so viel Verzweiflung in ihrer Stimme lag. Selbst Kasper hob den Blick vom Sportteil, schüttelte leicht den Kopf und las dann weiter.

Die Kinder sahen unsicher erst sie, dann einander an.

Gestern hatte sie versucht, mit beiden über Mikael zu sprechen. Darüber, dass der Onkel, den sie nie kennengelernt hatten, tot aufgefunden worden war. Mit Lucas war es am schwierigsten gewesen. Sie hatte ihm Mikael als Erklärung dafür genannt, dass sie vergessen hatte, ihn vom Hort abzuholen. Als Therese nach Hause gekommen war, hatte er weinend auf der Treppe vorm Haus gesessen. Kaum hatte er sie entdeckt, war er aufgesprungen und auf sie losgestürzt, um ihr mit seinen kleinen Fäusten gegen die Brust zu trommeln. Sie hatte ihn festgehalten, bis er sich beruhigt hatte. Das Versprechen, dass er nun seinen eigenen Hausschlüssel bekäme, war ein kleiner Trost gewesen, trotzdem war er den Rest des Tages unruhig geblieben.

»Entschuldigung«, sagte Wilma, und da brachte Lucas ebenfalls eine sehr leise Entschuldigung heraus.

Aber Therese wollte nicht, dass sie ihretwegen nett zueinander waren, sondern füreinander.

Beide Kinder schlangen das Frühstück runter und verschwanden in ihre Zimmer.

»Ich hab mich krankschreiben lassen«, sagte Therese.

»Gute Idee«, sagte Kasper.

Therese arbeitete Teilzeit. Wenn Kasper das Sagen hätte, würde sie gar nicht arbeiten, aber sie hatte ihn davon überzeugen können, dass das eine gute Idee für die Familie war. Sonst hätten sie sich dieses Haus gar nicht leisten können und auch in anderen Dingen des Alltags den Gürtel enger schnallen müssen. Ihre Chefin war sehr verständnisvoll gewesen, als sie erklärt hatte, was passiert war. Sie konnte gerade einfach nicht arbeiten. Über Weihnachten und Neujahr hatte sie sowieso frei, also musste sie erst im Januar zurück in die Kita. Sobald sie in der Küche klar Schiff gemacht hätte, wollte sie zu ihrer Mutter fahren und so lange bleiben, wie es nötig war. Therese schluckte.

»Kannst du heute Abend kochen?«

Kasper faltete die Zeitung zusammen und schaute sie an. Die Falte zwischen seinen Augenbrauen hatte sich vertieft.

»Das wirst du doch wohl schaffen, wenn du nicht arbeiten musst?«

»Ich muss zu Mama. Wenn es spät wird, kannst du vielleicht was Fertiges holen? Wir essen ja sonst fast nie so was?«

»Und was ist mit Lucas?«

»Wilma kann ihn abholen, ich rede gleich mit ihr.«

Wenn nötig, konnte sie Wilma bestechen, indem sie ihnen erlaubte, sich ein Eis aus dem Tiefkühler zu holen, sobald sie zu Hause wären, aber das sagte sie ihm nicht. Kasper seufzte, und Therese ahnte, dass es jetzt erst richtig losgehen würde. Dass er verlangte, dass sie nicht nur Lucas abholte, sondern sich auch um das Essen kümmerte.

»Okay, aber was kriege ich dafür?«

Kasper lachte. Als würde er das witzig meinen, dabei wusste sie, dass er das nicht tat. Therese konnte ihn nicht ansehen. Die Nachricht von Mikaels Tod hatte etwas mit ihr gemacht. Sie stand auf und räumte das dreckige Geschirr in die Spülmaschine. Es war klar, was er wollte: Sex. Er stand nun ebenfalls auf, kam zu ihr und legte ihr eine Hand auf den Po. Packte zu. Therese hatte das Gefühl, ihren Körper zu verlassen, die Szene von außen zu beobachten. Sie wusste genau, wie sie sich verhalten musste, um ihn zufriedenzustellen.

»Uns wird heute Abend schon was einfallen«, sagte sie und gab sich Mühe, sanft zu klingen.

Sie drehte sich um und lächelte. Sie musste einfach fahren dürfen. Mama brauchte sie mehr als je zuvor. Jetzt lächelte Kasper auch, fuhr mit dem Finger an ihrem Ausschnitt entlang.

»Ich freu mich schon drauf«, sagte er.

Innerlich schrie sie, dass er gehen solle, aber äußerlich rang sie sich nur ein weiteres Lächeln ab. Legte ihm eine Hand an die Wange und schaute ihm in die Augen. Hasste sich dafür, so falsch zu sein. Aber es reichte. Er verschwand ins Bad, um sich für die Arbeit fertig zu machen. Wilma hatte das Gästebad in Beschlag genommen. Sie brauchte mittlerweile jeden Morgen sicher eine Stunde, um sich die Haare zu machen und sich zu schminken. Kasper stritt manchmal mit ihr, weil er fand, dass es zu viel Make-up war, dabei nutzte sie nur Kajal und Mascara. Therese verstand nicht, wieso das verboten sein sollte. Ihre Tochter war fast ein Teenager und wollte experimentieren, üben. Sie selbst schminkte sich fast gar nicht. Nur wenn Kasper und sie mal ausgingen.

Therese stellte die Spülmaschine an und die verderblichen Sachen wieder in den Kühlschrank. Kurz gab sie sich der Fantasie hin, ein ganz anderes Leben zu führen als dieses. Eins, in dem sie einen anderen Typ Mann geheiratet hätte. In dem sie in Skåne lebte und als Architektin arbeitete. Therese hatte einen Platz im Architekturstudiengang in Lund bekommen, aber als der Sommer vorbei gewesen und noch immer keine Nachricht von Mikael gekommen war, hatte sie es nicht über sich bringen können wegzuziehen. Sie hatte es nicht gewagt, ihre Mutter alleinzulassen, als es ihr so elend ging.

Als Therese an die Kinder dachte, zerplatzte ihre Fantasie. Sie konnte sich beim besten Willen nicht vorstellen, andere Kinder zu haben als Wilma und Lucas.

20

Zum sicher hundertsten Mal an diesem Morgen schaute Erik aufs Handy, dann machte er sich auf den Weg zur Morgenbesprechung. Sein Vater hatte sich nicht zurückgemeldet. Genauso wenig seine Mutter. Erik hatte gestern noch seine ältere Schwester erreicht, aber die hatte das Gleiche gesagt wie sein Bruder: Sprich besser direkt mit Papa. Sie war also auch informiert. Außerdem hatte er sie gefragt, wie es für sie gewesen sei, als Zwilling aufzuwachsen, aber da war das Gespräch seltsam steif geworden. Durch die Sorge um seinen Vater hatte Erik vergessen, vor dem Schlafengehen nach dem Sauerteig zu sehen, und heute Morgen hatte er ihn in den Müll gekippt, weil keine einzige Blase zu sehen gewesen war. Heute Abend würde er sich ein neues Rezept suchen und einen neuen ansetzen. Supriya hatte mit keinem Wort die Wette erwähnt, die er dadurch verloren hatte.

Er setzte sich neben Hanna, und sie lächelte ihn kurz an. Trotz all der Dinge, die sie gestern erzählt hatte, schien sie guter Laune zu sein. Aber was für eine krasse Situation. Vielleicht sollte er sich trotz allem direkt an Ove wenden. Wenn er das jedoch tat, würde Hanna sich weigern, weiter mit ihm zusammenzuarbeiten. Aber besser, sie war wütend auf ihn als tot.

»Die Kleidungsreste scheinen alle von Mikael Fransson zu stammen«, sagte Ove. »Das bringt uns also erst mal nicht weiter. Ich habe mittlerweile mit Bo Tapper gesprochen, aber der konnte auch nicht mehr beitragen als die Punkte, auf die sich seine Dokumentation stützt. Trotzdem war er sich nicht zu schade, uns noch ein paar Tipps mitzugeben.«

Erik war nicht der Einzige, der über den Tonfall lachen musste, mit dem Ove besagte Tipps zum Besten gab. Bo Tapper hatte sich einen Namen damit gemacht, sich zu laufenden Ermittlungen zu äußern, als hätte er durch die Tatsache, dass er Kriminalromane schrieb, exklusive Erkenntnisse, die der Polizei entgingen. Soweit Erik wusste, arbeitete er schon seit über zehn Jahren nicht mehr als Polizist.

»Da muss jemand geplaudert haben«, fuhr Ove im verfehlten Versuch fort, Bo Tappers südschwedischen Dialekt nachzuahmen, sprach dann aber mit seinem gewohnten Kalmarer Akzent weiter. »Ich habe einen unserer Analytiker gebeten, alles zu durchkämmen, was seit seinem Verschwinden über Mikael Fransson geschrieben wurde. Im Onlineforum Flashback gibt es einen ganzen Thread, in dem darüber spekuliert wird, was ihm zugestoßen sein könnte. Vielleicht steht da ja etwas von jemandem, der tatsächlich was weiß. Die Untersuchungen zur Passagierliste laufen, es gibt noch nichts Neues. Daniel, konntest du was über die anderen Jugendlichen herausfinden, die mit Mikael im Mittlandwald übernachtet haben?«

»Der Einzige, der heraussticht, ist Oskar Holmberg«, sagte Daniel. »Er hat wegen Körperverletzung sechs Monate abgesessen. Und er wurde wegen Erregung öffentlichen Ärgernisses verurteilt. Er lebt noch in Kalmar.«

»Womit hat er denn öffentliches Ärgernis erregt?«, fragte Amer.

Das war ja eine sehr weitgefasste Kategorie. Sämtliches anstößige Verhalten in der Öffentlichkeit konnte darunterfallen, nicht nur Gewalttätigkeit. Erik war überzeugt davon, dass das häufigste Delikt öffentliches Urinieren war, aber Ruhestörung und Exhibitionismus waren sicher auch ganz weit oben dabei.

»Er stand auf dem Platz vor der Domkirche und hat rumgebrüllt«, sagte Daniel. »Hat versucht, die Anwesenden davon zu überzeugen, dass es Gespenster gibt.«

Eriks Handy vibrierte, und er konnte es sich nicht verkneifen, es herauszuholen und nachzusehen. Eine SMS von seinem Vater: *Hallo, Kleiner. Ruf mich an, so schnell du kannst.* Sein erster Impuls war, aufzustehen und den Raum zu verlassen. Trotzdem legte er das Handy erst mal weg.

»Und worum ging es bei der Körperverletzung?«, fragte Carina.

»Fußball«, sagte Daniel. »Er hat vor einer Kneipe einen Fan von Djurgården zusammengeschlagen.«

»Das kann man ja an und für sich …«

Weiter kam Amer nicht, bevor Ove ihm ins Wort fiel.

»Danke«, seufzte er. »Erik und Hanna, fangt bitte mit Oskar Holmberg an. Und was ist mit den anderen beiden? Sara Jonsson und Elvira Pavic? Hast du da was rausgefunden?«

»Beide haben keine Einträge im Strafregister oder einer anderen Datenbank«, sagte Daniel. »Aber ich habe ihre

Adressen, ihren Familienstand, Beruf und sonstige Kontaktdaten aufgeschrieben. Sie leben beide noch. Elvira Pavic in Runsten auf Öland und Sara Jonsson in London.«

»Gut«, sagte Ove und stand auf. »Wenn Erik und Hanna mit Oskar fertig sind, sprechen sie auch noch mit Elvira und Sara.«

Damit verließ ihr Chef das Besprechungszimmer. Erik griff zu seinem Handy und eilte hinterher. Sein Vater ging fast sofort dran.

»Was ist passiert?«, fragte Erik.

»Ich bin krank«, war die Antwort.

»Was hast du denn?«

Krebs war seine größte Angst. Dass sein Vater sich einer aggressiven Behandlung unterziehen musste, die er vielleicht nicht überlebte. Vielleicht hatte er auch schon das Todesurteil bekommen und nur noch ein paar Wochen zu leben. Das würde erklären, warum Stefan von der sonst üblichen Reise als Weihnachtsgeschenk abgesehen hatte. Erik war noch nicht bereit, eins seiner Elternteile zu verlieren. Sein Vater war gerade mal fünfundsiebzig.

»Ich habe Alzheimer.«

Erik wollte protestieren, sagen, dass das ein Missverständnis sein musste. Ihm war nicht mal aufgefallen, dass sein Vater vergesslich geworden war. Ein bisschen, vielleicht. Aber doch nicht mehr, als in seinem Alter normal war.

»Ich weiß nicht, was ich sagen soll«, war das Einzige, was er herausbrachte.

Sein Vater seufzte nur. Eriks Großvater hatte auch Alzheimer gehabt, aber war schon über achtzig gewesen, als er die Diagnose bekam.

»Wieso hast du nichts gesagt?«, fragte Erik.

»Mach ich doch gerade.«

»Aber alle anderen wussten es schon. Und ich musste dir hinterhertelefonieren.«

Erik gefiel es gar nicht, wie jammerig er klang. Als wäre er fünf und sein Vater hätte eins seiner Legoautos kaputt gemacht.

»Entschuldige«, sagte sein Vater. »Aber ich weiß doch, wie sehr dich die Krankheit meines Vaters mitgenommen hat. Ich hab die anderen gebeten, es für sich zu behalten. Weil ich es dir selbst erzählen wollte. Hoffentlich dauert es noch viele Jahre, bis es mir so geht wie ihm. Wer weiß, vielleicht sterbe ich ja vorher an einem Herzinfarkt.«

»Und das soll mich jetzt trösten oder was?«

»Nein, aber …«

»Ich muss weiterarbeiten«, sagte Erik und beendete das Gespräch.

Eigentlich hätte er seinen Vater trösten sollen, aber er konnte nicht. Stück für Stück würde sein Vater sich verlieren, und dagegen ließ sich nicht das Geringste machen. Er presste sich das Handy gegen die Brust und fing an zu weinen. Hanna trat neben ihn.

»Was ist los?«, fragte sie.

»Mein Vater hat Alzheimer.«

21

»Komm, wir gehen zur Garage«, sagte Hanna.

Sie hatte einen Wagen reserviert, weil sie Oskar Holmberg an seinem Arbeitsplatz vernehmen wollten. Und in der Garage waren sie ungestört. Hier im Flur liefen sie Gefahr, jederzeit unterbrochen zu werden.

Erik wischte sich mit den Ärmeln über die Augen, ohne etwas zu sagen oder sich von der Stelle zu bewegen. Hanna konnte sich nicht erinnern, ob Erik schon mal erwähnt hatte, dass sein Vater bereits erste Zeichen der Verwirrung zeigte. Dafür war ihr sehr bewusst, wie sehr er seine Meinung schätzte, zu fast allem. Die Diagnose musste ein Schock gewesen sein.

»Willst du nach Hause?«, fragte sie. »Dann rede ich mit Ove.«

»Nein«, sagte Erik. »Ich komm schon klar.«

Sie holten ihre Jacken und Waffen und setzten den Weg in die Garage fort. Hanna setzte sich ans Steuer. Oskar Holmberg arbeitete bei Arla Foods. Das lag zwar nur wenige hundert Meter entfernt, doch sie durften keine Zeit verlieren, und zu Fuß gehen würde zu lange dauern. Noch dazu war nicht sicher, ob sie danach direkt zum Revier zurückkehren würden. Laut dem Menschen, mit dem Hanna telefoniert hatte, würden sie am Eingang erwartet und dann zu dem Lager gebracht, wo Oskar Holmberg Gabelstapler fuhr.

Hanna wandte sich an Erik. Es war ungewohnt, ihn so zu sehen, aber mit den Krisen anderer Menschen war sie schon immer leichter zurechtgekommen.

»Und du hast nichts geahnt?«

»Nein, gar nichts«, sagte Erik. »Mein Großvater hatte Alzheimer, aber als ich das erfuhr, war er schon ziemlich verwirrt.«

So war das auch bei Hannas Großmutter gewesen. Die hatte ihre Krankheit so lange geheim gehalten, bis sie sich nicht mehr verleugnen ließ. Bis Namen und Jahreszeiten sich vermischten. Hanna wusste noch, wie wütend sie geworden war. Wie enttäuscht sie sich gefühlt hatte. Die Begründung ihrer Großmutter war gewesen, dass sie so verhindern wollte, anders behandelt zu werden. Seit ein paar Jahren lebte ihre Großmutter in einem Heim für Demenzkranke in Färjestaden. Fast ein Monat war vergangen, seit Hanna sie zuletzt besucht hatte. Es war jedes Mal belastend, sie zu sehen. Eine Hülle, die sich bewegte wie ihre Großmutter, aber nichts mehr von ihrer Umgebung mitbekam.

»Wie immer hab ich es als Letzter erfahren«, fuhr Erik fort. »Ich bin offenbar noch immer das Baby.«

»Es gibt sicher Schlimmeres, als das Baby zu sein«, sagte Hanna. »Sie wollten dich bestimmt nur schützen.«

»Ich weiß«, sagte Erik. »Trotzdem ist es frustrierend.«

Lange herrschte Stille zwischen ihnen, und ausnahmsweise waren die Rollen mal vertauscht. Diesmal war es Hanna, die das Schweigen nicht ertrug. Schlussendlich musste sie es brechen.

»Du kannst manchmal aber auch ziemlich kindisch sein.«

Erik erwiderte nichts, aber er lächelte. Wieder senkte sich Stille über den Wagen, diesmal jedoch eine etwas angenehmere. Ein Kollege ging am Auto vorbei und hob die Hand zum Gruß.

»Danke«, sagte Erik. »Du kannst jetzt losfahren.«

Ein Metallzaun umgab die Meierei und verhinderte, dass Unbefugte das Grundstück befuhren. Hanna stellte den Wagen direkt vor dem hohen Drehkreuzausgang statt auf dem großen Parkplatz auf der anderen Straßenseite ab. Als sie sich dem Eingang näherten, öffnete ihnen ein Mann um die fünfzig die Tür.

»Sie sind von der Polizei, oder?«

Hanna nickte und zeigte ihre Polizeimarke.

»Dann haben wir telefoniert?«

»Ja«, sagte der Mann. »Kommen Sie, ich bringe Sie zu Oskar.«

Am Telefon hatte er gleich gefragt, ob was passiert wäre, woraufhin Hanna nur geantwortet hatte, dass sie mit Oskar Holmberg sprechen wollten, weil er ihnen vielleicht bei Ermittlungen behilflich sein könne.

Der Mann brachte sie in eine große Lagerhalle, in der sich Hartkäse auf Hartkäse stapelte. Hanna wandte sich an Erik.

»Hunger?«, formte sie mit den Lippen.

Er grinste und nickte. In der Halle war es kalt, aber sie trugen ja weiter ihre Jacken. Der Mann steuerte einen Gabelstapler an, der gerade ansetzte, eine Palette mit Käse zu verladen. Als der Fahrer sie sah, stellte er sofort den Motor ab und stieg aus dem Fahrzeug.

»Die beiden sind von der Polizei und möchten mit dir reden«, erklärte der Mann. »Ihr könnt euch in den Pausenraum setzen.«

Da der Mann keine Anstalten machte zu gehen, bat Hanna ihn darum.

»Geht es um Mikael?«, fragte Oskar Holmberg, als der Mann weg war.

Hanna suchte nach Anzeichen von Alkoholismus, fand aber keine. Gut, die gelbgrüne Arbeitskleidung spannte über dem Bauch, doch Oskar machte nicht den Eindruck, betrunken zu sein. Müde sah er aus, aber das konnte ja viele Gründe haben. Die Haare, die unter seiner dünnen Mütze herausschauten, waren so hell, dass sich kaum sagen ließ, ob sie blond oder weiß waren.

»Ja, da liegen Sie richtig«, sagte Hanna. »Wir möchten gern wissen, was Ihnen vom letzten Schultag noch im Gedächtnis geblieben ist. Wollen wir uns setzen?«

»Besser, wir bleiben hier«, sagte Oskar Holmberg. »Ich schätze, im Pausenraum sind wir nicht lange ungestört.«

Er zog den rechten Handschuh aus und kratzte sich im Nacken.

»Was wissen Sie noch von der Nacht in diesem verlassenen Haus?«, fragte Erik.

»Mehr als mir lieb ist«, sagte Oskar. »Ich hab wirklich geglaubt, dass Mikael einfach abgehauen ist. Zumindest am Anfang. Aber natürlich hat es auch mich nachdenklich gemacht, dass ich danach nie wieder was von ihm gehört oder gesehen habe.«

»Was haben Sie genau gedacht?«

»Dass ihm vielleicht was zugestoßen ist.«

Die Vernehmung, die die Kollegen wenige Tage nach dem letzten Schultag durchgeführt hatten, war ziemlich kurz ausgefallen.

»Erzählen Sie uns von dem Abend und der Nacht«, sagte Hanna.

»Ich hatte das alles geplant. Mir den Wagen meiner Eltern geliehen, was zu essen und Bier besorgt und dieses Haus gefunden, in dem wir übernachten konnten. Ich wollte wirklich, dass das eine unvergessliche Nacht wird.«

Ein anderer Gabelstapler zog an ihnen vorbei, und Oskar Holmberg blieb erst mal still. Sah ihm lange hinterher.

»Das ist jetzt wirklich lange her«, fuhr er fort. »Ich weiß noch, dass wir anfangs ziemlich viel Spaß hatten. Erst im Park und dann am verlassenen Haus, wo wir gegrillt haben. Aber insgesamt erinnere ich mich nur noch an sehr wenig. Was mir am meisten im Gedächtnis blieb, ist der Mist, der so nach und nach wieder hochkam.«

Bei seiner ersten Vernehmung hatte Oskar nur Positives erzählt.

»Was für Mist?«, fragte Hanna.

»Irgendwas ist zwischen Mikael und Elvira vorgefallen. Sie war wegen irgendwas wütend auf ihn, aber ich hab nie ganz verstanden, worum es eigentlich ging. Außerdem war sie supersauer auf Torsten. Vielleicht, weil er nicht zum verlassenen Haus mitgekommen ist. Sara ist mit Mikael zu irgendeiner Party verschwunden, und dann waren Elvira und ich allein, und sie hat sich elendig betrunken.«

»Sind die beiden wieder zurückgekommen?«, fragte Erik.

»Ja, aber nicht zusammen«, sagte Oskar Holmberg. »Sara erst viel später.«

»Wissen Sie, was auf der Party passiert ist?«

»Nein.«

»Wann haben Sie Mikael zuletzt gesehen?«

»Als wir uns schlafen gelegt haben.«

Oskar Holmberg zog den Handschuh wieder an und schaute auf den Sitz seines Gabelstaplers. Es war unmissverständlich, dass er lieber weiterarbeiten als mit ihnen sprechen wollte.

»Wie halten Sie es derzeit mit dem Alkohol?«, fragte Hanna.

»Ich vermute, Sie kennen meine Polizeiakte?«, erwiderte Oskar Holmberg. »Ja, ich trinke manchmal zu viel, aber seit diesem Abend am Stortorget habe ich keinen Tropfen mehr zu mir genommen.«

Oskar Holmberg lief so rot an, dass selbst seine Ohrläppchen sich verfärbten.

»Waren Sie an dem Abend in dem verlassenen Haus betrunken?«

»Ja«, sagte Oskar. »Weil ich gefahren bin, hab ich erst dort mit dem Trinken angefangen. Offenbar war es dann zu schnell zu viel. Aber ich hatte kein Problem mit dem Alkohol. Nicht wie jetzt. Am betrunkensten war definitiv Elvira. Ich war einfach nur müde.«

»Durfte Mikael den Wagen nehmen?«

»Absolut nicht. Ich hatte meinem Vater versprochen, dass ich niemand anderes fahren lasse. Aber Mikael hat nicht viel auf solche Ansagen gegeben.«

»War Mikael betrunken, als er aufgebrochen ist?«

»Nicht so, dass man es groß gemerkt hätte. Aber getrunken hatte er definitiv.«

»Wie haben Sie reagiert, als er den Wagen genommen hat?«, fragte Hanna.

»Ich war stinksauer. Aber er kam ja damit zurück, deshalb hab ich mich schnell abgeregt. Ich fand es ehrlich gesagt schlimmer, dass er Sara einfach allein gelassen hat.«

»Wieso?«

»Sie einfach auf der Party sich selbst zu überlassen, das war halt mies. Das hätte echt böse für sie enden können.«

»War Mikael in Sara verliebt?«

»Davon weiß ich nichts«, sagte Oskar Holmberg etwas zu schnell.

Ein kritischer Blick reichte, und er änderte seine Antwort.

»Oder ja, vermutlich. Aber wieso hat er Sara dann einfach auf der Party allein gelassen?«

Der letzte Tag

Kaum geht das Lied zum Refrain über, lehnt Mikael sich zwischen den Sitzen vor und singt mit. Elvira dreht sich zu ihm.

»Ich dachte, du magst Britney nicht.«

»Mag ich auch nicht, aber ich hab einfach so geile Laune!«

Er wippt mit dem Kopf, und Elvira lacht, offenbar hat sie ihm vergeben. Nosse trommelt auf das Steuer und grölt ebenfalls mit.

»He, konzentrier du dich mal aufs Fahren«, sagt Mikael, und Nosse sieht ihn im Rückspiegel an und streckt ihm die Zunge raus.

»Sehr reif«, grinst Mikael.

Nichts kann ihm heute die Laune verderben. Gleich wird sie sogar noch besser werden, denn Nosse biegt gerade in Saras Straße in Funkabo. Die Häuser hier sind definitiv schicker als in Rälla, aber drum herum sind fast nur Mietshäuser. Vor einem weißen Einfamilienhaus steht eine Unmenge an Autos. Nosse muss in zweiter Reihe neben einem schwarzen Volvo halten und blockiert so die ganze Straße. Vor dem Volvo steht ein grauer Porsche, und Mikael fragt sich, wem der wohl gehört.

»Los, hol sie schnell«, sagt Nosse zu Torsten, »ich bleib im Auto, damit ich Platz machen kann, sollte jemand durchwollen.«

Torsten reagiert nicht. So super verträgt er die Fahrt wohl nicht, er ist ganz grau im Gesicht. Oder aber die Situation zu Hause setzt ihm zu sehr zu.

»Ich hol sie«, sagt Mikael und steigt aus.

Elvira kommt mit. Sie wirkt schon wieder angespannt. Vielleicht will sie über das sprechen, was gestern vorgefallen ist. Ein Typ hat sie am Hauptbahnhof doof angemacht, hat den Hitlergruß gezeigt und gebrüllt, sie solle abhauen, zurück nach Hause. Obwohl sie Mikael angefleht hat, nichts zu sagen, hat er zurückgebrüllt, dass sie auf dem Weg nach Hause sind – nach Öland nämlich. Trotz seiner dunkelbraunen Haare wurde Mikael noch nie eine ausländische Herkunft unterstellt. Insofern hat Elvira wohl recht, dass er nicht nachvollziehen kann, wie das ist. Der Neonazi startete durch und rannte auf sie zu, blieb dann aber nach der Hälfte stehen und lachte nur schallend. Elvira war stinksauer, als Mikael und sie in den Bus stiegen. Sie schubste ihn, worauf Mikael nicht vorbereitet war: Er stolperte nach vorn und biss sich dabei auf die Lippe. Natürlich hat Elvira sich dafür entschuldigt, aber er kann immer noch nicht verstehen, wieso sie ihre Wut gegen ihn und nicht gegen den Neonazi gerichtet hat. Elvira hat sonst nicht gerade ein Problem mit Konfrontationskurs, nur in puncto Herkunft ist sie ein bisschen empfindlich.

»Willst du drüber reden?«, fragt Mikael.

Elvira schüttelt den Kopf.

»Wie läuft es mit Torsten?«, erkundigt er sich.

»Was meinst du?«

»Ist ja gerade nicht leicht für ihn. Wie läuft es bei ihm zu Hause?«

Elvira hat noch immer Fragezeichen im Gesicht, und Mikael bereut, überhaupt gefragt zu haben.

»Jetzt sag schon«, verlangt Elvira.

»Er hat sich ziemlich mit seiner Mutter gestritten, als ich ihn Dienstag abgeholt habe, und ich dachte einfach, du weißt mehr über ihren kleinen Fehltritt als ich. Aber vielleicht fragst du Torsten besser selbst danach.«

Das Letzte, was Mikael wollte, war rumzutratschen, vor allem nicht gegenüber Elvira. Mikael ist wirklich davon ausgegangen, dass sie Bescheid wusste. Er hat versucht, danach mit Torsten zu sprechen, aber es ging nicht. Normalerweise kann man super mit Torsten reden. Wenn Mikael mal Hilfe bräuchte, würde er sich als Erstes an Torsten wenden. Sogar noch vor Sara. Aber offenbar wollte Torsten nicht über seine Probleme sprechen. Nicht mal mit Elvira.

Vielleicht hat Elviras komische Laune ja einen ganz anderen Grund, aber Mikael hat keinen Bock, den Psychologen zu spielen. Er will jetzt endlich Party machen.

Hinter dem Haus ist die Familienfeier noch in vollem Gange. Saras kleine Brüder rennen kreischend durch den Garten. Der älteste ist gerade mal zehn und jagt den jüngeren mit einer Wasserpistole. Mikael kennt Saras Eltern vom Sehen, aber er hat keine Ahnung, wer all die anderen Leute sind. Er schaut sich um. Wo steckt sie nur?

Da tritt Sara mit Tasche und Schlafsack aus dem Haus. Das weiße Kleid ist einer weißen Jeans und einer Bluse gewichen. Ihr blondes Haar hat sie zu einem Pferdeschwanz zusammengefasst, und sie kommt lächelnd auf sie zu. Verdammt, sieht die gut aus. Sie will direkt zu ihnen, wird jedoch von ihrer Mutter aufgehalten, die möchte, dass sie sich zu ihnen setzen und noch einen Happen essen.

»Die haben gegessen, Mama«, sagt Sara. »Sie sind nur hier, um mich abzuholen.«

»Du willst schon los?«

»Ja, aber das weißt du doch. Und wieso ›schon‹? Ich hab doch jetzt mehrere Stunden mitgefeiert. Niemand wird merken, dass ich weg bin.«

Ihre Mutter drückt sie kurz an sich und eilt dann weg. Zwei ältere Frauen sind sich uneinig. Sie sprechen zwar Finnisch, aber die Gesten und der Tonfall sind eindeutig. Vielleicht ist eine von ihnen Saras Oma. Saras Mutter legt ihnen lachend die Hände auf die Schultern. Da könnte Elvira sich ja was abschauen, was Konfliktlösung angeht, aber Mikael weiß, dass jetzt nicht der richtige Moment für einen Scherz dieser Art ist.

»Wo sind Nosse und Torsten?«, fragt Sara.

»Vorm Haus im Auto«, sagt Mikael.

Er will lässig klingen, hört aber selbst, dass ihm das nicht gelingt. Es ist so schwer, sich normal zu verhalten, wenn Sara in der Nähe ist. Elvira funkelt ihn wütend an. Wieso ist sie in letzter Zeit immer so sauer?

»Am besten hauen wir ab, bevor wir noch festgequatscht werden«, drängt Sara.

Vorm Haus wird gehupt.

»Ja, Nosse wird wohl ungeduldig«, sagt Mikael.

Als sie nach vorn kommen, ist Nosse weg.

»Was soll denn die Scheiße?«, flucht Elvira. »Wo sind die?«

»So eine Spaßbremse«, lacht Mikael.

Die Wahrscheinlichkeit, dass Nosse sie einfach hier zurückgelassen hat, ist so winzig, dass Mikael sich fast wünscht, er wäre abgehauen. Sie bleiben auf dem Rasen stehen. Niemand greift zum Handy, obwohl sie mittlerweile alle eins haben. Gerade als Mikael doch seins rausholen will, biegt Nosse in die Straße. Elvira reißt die Tür auf und setzt sich auf die hinterste Rückbank. Nachdem sie Tasche und Schlafsack in den Kofferraum gesteckt hat, setzt Sara sich zu Elvira. Ganz bewusst hat Mikael noch draußen gewartet. Das Klügste wäre wohl, sich allein auf die mittlere Bank zu setzen, aber das will er nicht. Also klappt er den Sitz vor und zwängt sich neben Sara.

»Müssen wir uns denn zu dritt hier quetschen?«, klagt Elvira.

»So ist es doch viel gemütlicher«, sagt Mikael und legt die Füße auf den Vordersitz. »Fast wie in 'ner Stretchlimo.«

»Was war denn los, Nosse?«, fragt Sara.

»Ich musste jemanden durchlassen.«

»Ist doch egal, fahr jetzt«, sagt Elvira. »Auf zum Park!«

Nosse hupt und rutscht von der Kupplung, sodass das Auto einen Satz macht. Mikael nutzt die Gelegenheit und presst sein Bein gegen Saras.

22

Der Mann von Arla Foods, der sie reingelassen hatte, kam ihnen entgegen, als Hanna und Erik den Ausgang ansteuerten.

»Kann ich Ihnen sonst noch irgendwie helfen?«, fragte er.

»Nein danke«, sagte Hanna und lächelte ihn an.

Der Mann zögerte einen Moment, drehte sich dann um und steuerte das Lager an. Vermutlich stand Oskar Holmberg noch eine weitere Vernehmung bevor.

»Sollen wir gleich zu Elvira Pavic fahren?«, fragte Erik und schob die Tür auf.

Auch Elvira konnten sie leicht mit dem Wagen erreichen.

»Wenn das jobtechnisch bei ihr passt.«

Elvira arbeitete als Krankenschwester im Kalmarer Krankenhaus, und nachdem sie eine Weile lang verbunden worden war, legte Hanna mit der Auskunft auf, dass Elvira heute aus der Nachtschicht gekommen war. Während sie dies an Erik weitergab, warf sie einen Blick auf die Uhr. Sie würden eine halbe Stunde bis nach Runsten brauchen, wo Elvira wohnte.

»Wollen wir das lieber heute Nachmittag machen?«, fragte Hanna. »Vermutlich schläft sie gerade, außerdem bin ich gegen Mittag mit Robin Svenssons Schwester verabredet.«

»Alles klar«, sagte Erik. »Weißt du schon, was du ihr erzählen willst?«

Hanna musste offenlegen, was Kristoffer über Axel erzählt hatte, um herauszufinden, ob Klara sich an irgendwas im Zusammenhang mit ihm erinnerte, in der Hoffnung, dass es Kristoffers Aussage zu Esters Tod stützte. Trotzdem spürte sie einen inneren Widerstand, schließlich bestand die Möglichkeit, dass Klara wütend wurde. Auf Hanna. Weil sie ihr nun mehrere Monate vorenthalten hatte, was ihr Bruder Robin getan und mitangesehen hatte. Die Wut konnte sie ertragen, aber sie wollte nicht, dass Klara sich vor ihr verschloss und sich weigerte, weiter mit ihr zu sprechen. Oder weitererzählte, was Hanna ihr anvertraut hatte.

»Ich lass dich beim Polizeirevier raus«, sagte Hanna und öffnete die Autotür, ohne auf Eriks Frage zu antworten.

Sie hatte noch eine halbe Stunde, bis sie mit Klara verabredet war, aber es würde sich nicht lohnen, selbst noch mal an den Schreibtisch zurückzukehren. Erik ging zur Beifahrertür und schaute sie übers Autodach an. Hanna setzte sich ans Steuer und versuchte, den unausgesprochenen Vorwurf zu ignorieren, und doch es ging nicht.

»Nein, ich lenke nicht vom Thema ab«, sagte sie.

Erik brach in schallendes Gelächter aus. Die Stimmung zwischen ihnen hatte sich deutlich gebessert, seit sie ihm erzählt hatte, was sie über den Brand wusste. Trotzdem blieb es dabei: Er konnte ihr einfach tierisch auf die Nerven gehen.

»Entschuldige«, sagte er. »Aber das hat jetzt gut getan, ich brauchte wirklich was zum Lachen.«

Hanna wendete und trat aufs Gas. Sie wollte so schnell

wie möglich zum Revier, damit sie ihn loswerden konnte. Ein Volvo hupte sie im Kreisverkehr an, weil sie die Vorfahrt missachtet hatte. Sie hielt entschuldigend eine Hand hoch.

»Ein bisschen«, sagte sie.

»Wie bitte?«

»Ich lenke vielleicht vom Thema ab, aber nur ein bisschen.«

»Schön, dass du's zugibst«, sagte Erik. »Dann besteht also doch noch Hoffnung für dich.«

»Ha!«, machte Hanna. Dann fügte sie hinzu: »Danke.«

Eigentlich hätte sie gern noch so viel mehr gesagt – über den Brand, über Axel, über die traurige Nachricht, die Erik gerade bekommen hatte, aber sie stand einfach unter viel zu viel Druck. Im nächsten Kreisverkehr nahm sie die Abfahrt zum Revier und hielt an der Bordsteinkante.

»Lass uns später weiterreden.«

»Gern«, sagte Erik und stieg aus. Er beugte sich noch einmal ins Fahrzeuginnere. »Ich rufe Sara Jonsson an und befrage sie über die Nacht im verlassenen Haus.«

Als Hanna im Restaurant Magasinet ankam, war es Viertel nach elf. Sie bestellte sich Huhn mit Reis und suchte sich einen Tisch in einer der hinteren Ecken, wo sie ungestört mit Klara sprechen konnte. Sie hatte etwas mehr als die Hälfte gegessen, als Klara durch die Tür rauschte und sich umsah, bis sie Hanna erblickte. Ihr braunes Haar war lang gewesen, als Hanna sie im August bei sich zu Hause besucht hatte, jetzt trug sie einen kurzen Pagenschnitt.

»Entschuldige, dass ich zu spät bin«, sagte sie. »Meine

Schwiegermutter passt auf den Knirps auf, und die Übergabe hat länger gedauert als gedacht.«

»Kein Problem«, sagte Hanna.

»Ich muss nur eben was bestellen«, sagte Klara. »Ich verhungere sonst.«

Sie warf einen Blick zur Schlange. Gerade standen nur zwei Gäste an, aber weitere näherten sich dem Eingang, weshalb Klara sich schnell vor ihnen anstellte. Hanna spießte mit der Gabel ein Stück Huhn auf und führte sie zum Mund, ließ sie aber dann wieder sinken. Vor Aufregung bekam sie nichts mehr runter.

»Du scheinst Glück mit deiner Schwiegermutter zu haben«, sagte sie, als Klara sich zu ihr gesetzt hatte.

Sie konnte ja schlecht gleich mit Axel Sandsten ins Haus fallen.

»Oh, sie ist großartig«, schwärmte Klara. »Mein Mann ist Seemann, er ist oft mehrere Wochen am Stück unterwegs.«

»Das klingt anstrengend.«

»Ehrlich gesagt ist es für uns genau richtig. So bekommen wir uns so gut wie nie in die Haare. Wenn er zu Hause ist, macht er so viel wie möglich mit den Kindern, und wenn er unterwegs ist, hilft seine Mutter.«

Klara starrte auf die schwarze Scheibe, die rot blinken und vibrieren würde, sobald ihr Essen fertig war, aber noch rührte sich nichts.

»Was gibt es denn zu erzählen?«, fragte sie.

Hanna starrte nun ebenfalls auf die Scheibe, hoffte inständig, dass sie sie retten würde.

»Kristoffer war im Herbst bei mir«, sagte sie. »Wenige Tage nachdem er bei dir angerufen hat.«

Weil Kristoffer sich bei Klara gemeldet hatte, um Robins aktuelle Telefonnummer herauszufinden, hatte Klara sich überhaupt erst an Hanna gewandt. Langsam schaute Hanna von der Scheibe auf. Klaras Augen waren ganz schmal geworden. Die schwarze Scheibe vibrierte los, und Klara stand ohne ein weiteres Wort auf. Hannas Mund war staubtrocken, also griff sie nach ihrem Wasserglas, stieß es fast um, bekam es aber doch noch rechtzeitig zu packen. Mit einer Serviette wischte sie das Wasser auf, das übergeschwappt war.

»Wieso sagst du das erst jetzt?«, fragte Klara, als sie mit ihrem Teller zurückkam.

Sie hatte auch das Huhn genommen.

»Weil ich das, was er mir erzählt hat, erst mal verdauen musste«, sagte Hanna.

Ihr Mund war noch immer trocken, aber sie konnte unmöglich etwas trinken. Vielleicht sollten sie doch woanders hingehen. Hanna sah sich um. Das Restaurant war groß, hohe Decken, vermutlich eine ehemalige Lagerhalle. Am nächsten Tisch, etwa zwei Meter entfernt, saßen zwei ältere Damen, die sich angeregt unterhielten. Hanna holte tief Luft, ganz so, als wolle sie ins Wasser springen. Dann sagte sie:

»Ich weiß, was Kristoffer und Robin getan haben. Sie waren dabei, als Ester Jensen starb.«

Klara riss die Augen auf, und Hanna war unter der Wasseroberfläche, ohne einen blassen Schimmer, wann sie wieder auftauchen würde.

»Wie, *waren dabei*?«, fragte Klara viel zu laut. »Was soll das denn heißen?«

Eine der Damen drehte sich nach ihnen um. Hanna merkte erst da, dass sie die Luft anhielt. Sie atmete ein paarmal durch und lächelte die Frau dann an, wartete ab, bis sie sich wieder auf ihre Begleitung konzentrierte. Die andere Dame schien etwas Wichtiges zu berichten zu haben, sie hatte nicht zu reden aufgehört. »Dame« war eindeutig das richtige Wort, um sie zu beschreiben. Sie waren beide über achtzig und schienen direkt vom Friseur gekommen zu sein.

»Sie sind bei Ester eingebrochen, um sie auszurauben«, sagte Hanna leise. »Aber getötet haben sie Ester nicht.«

»Nein, das hat ja dein Vater übernommen.«

Klara spuckte den Satz förmlich aus.

»Nein, mein Vater ist dort nur aufgetaucht, weil Kristoffer ihn angerufen hat«, entgegnete Hanna. »Er hat das Haus angezündet und die Schuld auf sich genommen, um Kristoffer zu schützen. Er hatte geglaubt, dass Kristoffer allein bei ihr gewesen war und dass er sie …«

Hanna umschloss das Wasserglas mit beiden Händen, zwang es in ihre Lippen und trank einen Schluck.

»Und wer hat Ester Jensen dann getötet?«, fragte Klara.

»Axel Sandsten.«

»Bitte? *Der* Axel? Von *Sandsten Consulting*?«

»Ja.«

Eine ganze Weile saß Klara einfach nur da und starrte Hanna an. Sie wirkte nicht länger wütend, eher traurig.

»Oh, Robin«, sagte sie dann und fing an zu weinen.

Mehrere Köpfe fuhren jetzt zu ihnen herum, und Hanna rückte näher zu Klara, damit sie trösten und noch leiser sprechen konnte.

»Axel Sandsten darf nicht davonkommen.«

Sie klang rachsüchtiger als beabsichtigt, aber es fiel ihr schwer, die eigene Wut zurückzuhalten.

»Wieso hat Robin denn nichts gesagt?«, schluchzte Klara.

Darauf gab es keine gute Antwort, also schwieg Hanna und wartete ab, bis Klara sich beruhigt hatte.

»Kannst du dich noch an irgendetwas von Axel erinnern?«, fragte sie dann. »Von damals, meine ich.«

»Ich kann mich nicht mal daran erinnern, dass die beiden zu der Zeit miteinander zu tun hatten«, sagte Klara. »Aber ich weiß noch, dass ich sie mal zusammen in der Stadt gesehen habe. Sie haben gestritten. Ich kann nicht sagen, wann genau das war, aber es muss recht kurz vor Robins Tod gewesen sein.«

Robin war 2009, sechs Jahre nach dem Mord an Ester, mit dem Auto gegen einen Baum gefahren.

»Hast du gehört, worum es bei dem Streit ging?«, fragte Hanna.

»Vielleicht. Oder … ich weiß nicht … Das ist so lange her. Ich hatte den Eindruck, es ging um irgendwas, das gerade erst passiert war. Dass sie irgendwie zusammengestoßen waren oder so was. Er war so wahnsinnig aggressiv. *Du hältst die Fresse*, hat Axel gebrüllt, glaube ich.«

Stille senkte sich über den Tisch, und sie schauten beide auf ihr Essen, das kalt wurde. Klara hatte ihres nicht mal angerührt.

»Wie geht es jetzt weiter?«, fragte sie.

»Ich will mich an meinen Chef wenden«, sagte Hanna. »Am liebsten mit Kristoffers Einverständnis. Außerdem brauche ich Beweise gegen Axel. Du weißt ja, welchen Status er in der Stadt genießt. Selbst die Polizei hat seine Beratungsdienste ja schon mal in Anspruch genommen. Da wird Kristoffers Aussage allein nicht reichen.«

Klara nickte. Irgendwann stand sie auf und ging zur Kasse, kehrte dann mit einem Behälter zurück.

»Ich bekomme gerade nichts runter«, sagte sie und begann, das Essen umzufüllen. »Ich ess das später.«

Etwas Reis und Huhn fiel daneben, aber das kümmerte sie nicht. Offenbar konnte sie das Restaurant gar nicht schnell genug verlassen. Hanna legte ihre Hand auf Klaras.

»Alles okay?«

»Ich muss …«, setzte Klara an, kam aber nicht weiter.

»Ich weiß, wie überwältigend das ist«, sagte Hanna. »Aber bitte, sprich mit niemandem darüber. Noch nicht. Ich melde mich diesmal sofort, wenn ich mehr weiß. Versprochen.«

Klara nickte und schon war sie weg. Obwohl das Treffen nicht die Katastrophe gewesen war, mit der Hanna gerechnet hatte, war sie doch frustriert. Gut möglich, dass Klara mitbekommen hatte, wie Axel Robin drohte, bloß den Mund zu halten, aber es hatte genauso gut um alles andere gehen können. Jede findige Strafverteidigerin würde Klaras Aussage wegdiskutieren. Etwas Handfestes gegen Axel Sandsten herauszufinden dauerte doch länger, als Hanna lieb war, und ausgerechnet Zeit blieb ihr keine. Hastig stand sie auf, um vor der Erinnerung wegzulaufen, wie sie aus ihrem Schlafzimmerfenster gesprungen war, um sich vor den Flammen zu retten.

Über sechzehn Jahre lang hatte sie geglaubt, dass ihr Vater ein Mörder war. Als ihn die Polizisten abgeführt hatten, war ihr Leben stehen geblieben, und sie wollte endlich richtig weiterleben. Während der letzten Monate mit Isak hatte sie es fast vergessen können. Bei ihren Ausflügen entlang Ölands Ostküste oder in den Norden der Insel, den sie kaum kannte, war Kristoffers Enthüllung nur ein leises Echo im Hinterkopf gewesen.

Ihr Handy vibrierte, und Hanna las die SMS, während sie das Restaurant verließ.

Alles okay? Versprich mir, dass du vorsichtig bist.

Dass Isak ihr zwischendurch SMS schickte, war nichts Besonderes, aber nicht solche. Seine Besorgnis war richtig spürbar. Dass er Bescheid wusste, hatte ihre Beziehung verändert. Sie antwortete, dass alles in Ordnung war, und steckte das Handy weg. In den nächsten Stunden musste sie sich voll und ganz auf Mikael Fransson konzentrieren. Sie hatte großes Verständnis für seine Angehörigen, die auf einen langen Kampf gegen die Ungewissheit zurückblickten. Seine Schwester hatte zwar ihr Leben aufgenommen und ihre eigene Familie gegründet, aber auf so vielen Ebenen war ihr Leben genau wie das ihrer Mutter auch stehen geblieben.

23

Nachdem er die aufgewärmten Reste des Abendessens verschlungen hatte, setzte Erik sich an den Computer und öffnete dann Daniels Bericht über die anderen Personen, die mit Mikael in dem verlassenen Haus übernachtet hatten. Mehrere Sekunden lang starrte er auf die Buchstaben, ohne auch nur ein Wort zu verstehen. Seine Gedanken rasten, er musste sich unbedingt beruhigen, bevor er etwas Vernünftiges leisten konnte. Er griff zu seinem Handy und rief seine Mutter an. Als er ihre Stimme hörte, brachte er nur ein leises Hallo heraus.

»Dein Vater hat mir erzählt, dass er mit dir gesprochen hat«, sagte seine Mutter.

»Ja.«

»Tut mir leid, mein Schatz, aber …«

»Ich bin doch kein Baby mehr.«

Aber während er das sagte, klang er genau wie eins. Der Frust darüber löste sich in einem Lachen. Dann war da nur noch Traurigkeit. Er wollte nicht einfach danebenstehen und zusehen, wie sein Vater immer mehr verschwand.

»Wie geht es dir?«, fragte er.

»Es geht«, antwortete sie. »Aber ich versuche, nicht zu sehr an die Zukunft zu denken, mich erst mal einem Tag nach dem anderen zu stellen.«

In den Herbstferien waren er und Nila allein nach Skåne gefahren, weil Supriya arbeiten musste. Als er jetzt zurückdachte, wurde ihm bewusst, dass sein Vater schon da anders gewesen war. Hatte Nilas Alter falsch in Erinnerung gehabt und Geschichten aus Eriks Kindheit erzählt, dabei aber die Namen seiner Kinder durcheinandergebracht. Seine Mutter hatte es nur weggelacht.

»Wie lange weißt du es schon?«, fragte er.

»Ich hatte schon seit ein paar Monaten den Verdacht«, sagte sie. »Irgendwann konnte ich ihn endlich überreden, zum Arzt zu gehen. Die Diagnose kam vor etwa einem Monat.«

Nach den Herbstferien also, dachte Erik. Er wusste nicht, wieso das wichtig war.

»Kann er noch verreisen?«, fragte er.

»Ja, absolut. So schlimm steht es dann doch noch nicht um ihn. Ich vermute, es geht um das Weihnachtsgeschenk?«

Danach sprachen sie noch ein paar Minuten übers Wetter und das anstehende Weihnachtsfest, bevor sie sich verabschiedeten. Anschließend rief Erik gleich seinen Bruder Stefan an und überredete ihn, den Eltern auch in diesem Jahr wieder eine Reise zu schenken. Vielleicht war es die letzte Gelegenheit. Zudem hätte der Vater ihnen das Service auch eher übel genommen. Nach den Gesprächen mit seiner Mutter und seinem Bruder fiel es ihm leichter, die Gedanken an die Krankheit seines Vaters im Zaum zu halten.

Erik überflog Daniels Zusammenfassung und rief dann bei Sara Jonsson an, die mit ihrer Familie in London lebte.

Kaum hatte sie begriffen, wer er war und wieso er anrief, bat sie ihn, kurz zu warten.

»Ich teile mir ein Büro mit ein paar anderen freien Journalistinnen und Journalisten«, fuhr sie nach einer Weile fort. »Ein paar von ihnen kommen aus Skandinavien.«

»Dann wissen Sie also schon, dass Mikael Franssons sterbliche Überreste gefunden wurden?«

»Ja, es gehört ja mit zu meinem Job, die Nachrichten zu verfolgen. Ich arbeite auch immer mal wieder für die schwedische Nachrichtenagentur. Außerdem hat Oskar mir ein paar SMS geschickt.«

»Was hat er denn geschrieben?«

»Oh, das war ziemlich unzusammenhängend. Schätzungsweise war er betrunken. Was ich verstanden habe, war, dass Mikael wohl in der Nacht selbst noch gestorben sein musste, und er wollte wissen, ob ich eine Ahnung habe, wer ihn getötet hat.«

»Und? Haben Sie eine Ahnung?«

»Nein, natürlich nicht.«

»Was wissen Sie noch von der Nacht?«

»Wir haben gegrillt, hatten eine Menge Spaß und dann bin ich mit Mikael zu irgendeiner Party gefahren. Später bin ich zurück zum Haus, wo ich geschlafen habe. Mehr weiß ich wirklich nicht mehr.«

»Wieso sind Sie mit Mikael weggefahren?«

»Weil er ein netter Kerl war.«

»Sie hatten damals einen Freund namens Fadi, nicht wahr?«

Während der Befragung, die nach Mikaels Verschwinden stattgefunden hatte, war der Name mehrfach gefallen, und Erik hatte nicht den Eindruck bekommen, dass Sara ein schlechtes Gewissen gehabt hätte. Der Freund selbst war nicht befragt worden.

»Ja, der war allerdings ein paar Jahr älter als ich und hat in London gearbeitet. Ich bin nach der Schule ebenfalls hergezogen, aber die Beziehung hielt dann nur noch ein paar Monate.«

»Warum?«

Es folgte ein langes Schweigen.

»Tja, gute Frage. Wir waren wohl zu verschieden.«

»Dann hatte es also nichts mit Mikael zu tun?«

»Nein, hatte es nicht. Also, ich mochte Mikael, aber er war ein bisschen zu draufgängerisch für meinen Geschmack. Kann aber auch gut sein, dass ich das jetzt nur nachträglich so sehe. Ich weiß nicht mehr, was ich an dem Abend selbst gedacht habe.«

»War Fadi in der Nacht in Kalmar?«

»Nein, er konnte nicht freinehmen.«

»Und da sind Sie ganz sicher?«

Es folgte ein weiteres langes Schweigen. Erik nutzte es, um eine Mail an Daniel zu schicken und ihn zu fragen, ob er Fadi ausfindig machen und herausfinden konnte, ob er ein Alibi hatte.

»Ganz sicher kann ich mir wohl nicht sein«, sagte Sara. »Aber Fadi hatte keinen Grund, Mikael umzubringen.«

»Wusste er, dass Mikael in Sie verliebt war?«

»Nein.«

»Wie wir wissen, kam es bei der Party, auf der Sie mit Mikael waren, zu einer Auseinandersetzung«, fuhr Erik fort. »Können Sie sich noch daran erinnern, worum es ging?«

»Stimmt, da gab es Streit. Das hatte irgendwie mit Elvira

zu tun. Ich glaub, der Typ hatte sie beleidigt. Nicht bei der Party, das musste vorher passiert sein. Irgendein alter Streit. Mehr weiß ich nicht.«

»Wie haben Oskar und Elvira darauf reagiert, dass Sie einfach abgehauen sind?«

»Die waren natürlich sauer. Besonders Oskar. Aber am wütendsten war er darüber, dass Mikael mich allein auf der Party gelassen hat. Darüber war ich auch wütend. Eine ganze Weile hab ich überlegt, ob ich überhaupt zu dem Haus zurückfahre. Aber ein Kumpel, der in die Richtung musste, konnte mich absetzen. Und ich hatte ja meinen ganzen Krempel da.«

Erik notierte sich den Namen des Kumpels, der so ungewöhnlich war, dass man ihn leicht finden musste.

»Waren Sie wütend, als Sie beim Haus angekommen sind?«

»War ich bestimmt.«

»Bestimmt?«

»Ich erinnere mich nicht wirklich. Ich hab Mikael ordentlich zur Rede gestellt, aber der fand nicht, dass er was falsch gemacht hat.«

»Wann haben Sie Mikael zuletzt gesehen?«

»Als wir uns schlafen gelegt haben.«

Das hatte Oskar auch ausgesagt.

»Wann haben Sie gemerkt, dass er nicht mehr da war?«

»Früh am nächsten Morgen. Ich war als Erste wach, weil die Sonne so grell war.«

Nichts von dem, was Sara gerade erzählte, stand im Widerspruch zu ihrer ersten Aussage.

»Fällt Ihnen sonst noch irgendetwas ein, was in den Tagen vor der Abschlussfeier passiert ist und für uns relevant sein könnte?«

»Nein, leider nicht. Es ist schon komisch, an die Schulzeit zurückzudenken. Es kommt mir vor, als wäre ich damals ein ganz anderer Mensch gewesen. So naiv.«

Schritte ließen Erik aufschauen. Hanna kam gerade durch die Tür.

»Es ist gut möglich, dass wir uns noch mal an Sie wenden müssen«, sagte Erik. »Werden Sie über Weihnachten nach Schweden kommen?«

»Ja, ich fliege am Donnerstag nach Hause.«

Nachdem er aufgelegt hatte, erzählte er Hanna, was er von Sara erfahren hatte. Er riss den Zettel mit dem Namen des Jungen, der Sara zu dem verlassenen Haus gebracht hatte, vom Block. Die Kontaktdaten konnte er auch im Auto raussuchen und ihn von unterwegs anrufen.

»Wollen wir gleich nach Öland, um mit Elvira zu sprechen?«

Statt zu antworten wandte Hanna sich direkt wieder zum Gehen.

24

Vor dem flachen roten Schulgebäude dribbelte ein Junge mit einem Basketball. Therese blieb stehen und hakte die Finger in den Schulzaun. Der Junge war vielleicht zehn, und trotz der Minusgrade trug er nur einen dünnen Pullover. Seine Jacke hatte er achtlos auf den Boden geworfen. Die Luft war klar und kalt, und Therese hoffte für ihre Kinder, dass es bald wieder schneien würde.

Der Junge sprang hoch und warf den Ball, der hinterm Korb gegen das Brett donnerte und in Thereses Richtung abprallte. Der Junge drehte sich um und zuckte zusammen, als er sie sah. Therese ließ den Zaun los und ging weiter. Mehrere Stunden lang hatte sie ihrer Mutter gegenüber am Küchentisch gesessen. Mit Mühe und Not hatte Therese sie dazu bewegen können, eine Scheibe Brot zu essen, aber zu einem Spaziergang hatte sie sie nicht überreden können. Schlussendlich war sie allein losgegangen, um atmen zu können. Um einen Moment für sich zu haben.

Es ist genauso möglich, dass er sich bewusst fernhält. Die Worte der Polizei hatten etwas in ihrer Mutter kaputt gemacht. Vielleicht hatte sie sich deshalb so sehr an der Vorstellung festgebissen, dass Mikael in Deutschland etwas zugestoßen sein musste. Therese hatte oft gedacht, dass sie in Wahrheit damals ihr erstes Kind bekommen hatte. Über Wochen hatte ihre Mutter bei allem Unterstützung gebraucht. Ohne Ermunterung hatte sie weder gegessen, geschlafen noch sich gewaschen. Und auch als es ihr langsam wieder besser ging, hatte sie ihre Tochter nicht wirklich aus der Verantwortung entlassen.

Bevor Therese um die Ecke bog, drehte sie sich noch einmal um. Fünf Jahre lang waren sie und Mikael zusammen zu dieser Schule gegangen, es hatte nur eine Klasse gegeben. *Wieso kannst du nicht ein bisschen mehr wie deine Schwester sein?* Wie oft hatten die Lehrerinnen und Lehrer Mikael das gefragt? Nachdem er mit einem Stuhl gekippelt und dann umgefallen war. Nachdem er mal wieder zu spät zum Unterricht gekommen war. Sie hatte die Frage gern gehört, aber für ihn war es sicher nicht schön gewesen.

Therese wurde schneller, wollte ihre Mutter nicht zu lange allein lassen. Bevor sie die Haustür öffnete, holte sie tief Luft, doch mehr Raum gab sie der Angst nicht. Aber ihre Mutter lag nicht tot in der Küche. Sie saß genauso am Tisch, wie Therese sie zurückgelassen hatte. Schaute nur kurz auf, als Therese hereinkam. Wieso sah sie so angespannt aus? Gab sie ihr für irgendwas die Schuld? Therese wagte es nicht, sie zu fragen, setzte sich einfach wieder auf den Stuhl, von dem sie vor einer halben Stunde aufgestanden war.

Es tat schrecklich weh, ihre Mutter so zu sehen. Therese hatte oft ein Gefühl gehabt, als befänden sie sich in einer Art Niemandsland, einer Grenzzone, einem Mittland. Die Nachricht, dass es Mikael war, der dort im Wald gelegen hatte, war schlimmer gewesen als gedacht, obwohl sie es ja eigentlich schon geahnt hatte. Gleichzeitig war es auch eine Erleichterung gewesen. Weil sie geglaubt hatte, ihre Mutter würde es nun akzeptieren. Jetzt schämte sie sich für diesen Gedanken. Für ihre Dummheit, die Kasper ihr ja so oft vorwarf.

Sie suchte Blickkontakt mit ihrer Mutter, doch die hatte das Gesicht zum Fenster gewandt. Wie oft hatte sie sich die Grübeleien ihrer Mutter anhören müssen? Vielleicht war Mikael gestürzt und hatte das Gedächtnis verloren? Vielleicht hatte er sich deshalb nicht gemeldet? Vielleicht war er in eine Sekte geraten? Von der Vorstellung, dass sie etwas falsch gemacht haben könnte und Mikael deshalb verschwunden war und sich nicht mehr meldete, hatte sie Panikattacken bekommen. Mehrmals war Therese in die Notaufnahme geeilt, auch sie hatte zunächst Angst gehabt, dass ihre Mutter einen Herzinfarkt hatte. Später hatte sie Birgitta davon überzeugen können, in solchen Situationen nicht sofort ins Krankenhaus zu fahren, sondern erst bei Therese anzurufen. Sie hatte sich dann jedes Mal direkt auf den Weg nach Rälla gemacht, um ihre Mutter zu beruhigen.

Du musst Grenzen setzen. Kaspers Worte, als er sich ihr im Flur in den Weg gestellt hatte, um zu verhindern, dass sie ein weiteres Mal zu ihrer Mutter fuhr.

Therese streckte die Hand aus und legte sie auf die ihrer Mutter. Diese zuckte zusammen, zog aber die Hand nicht weg. Offensichtlich war sie in Gedanken ganz woanders gewesen.

Nach etwa einem Jahr hatte ihre Mutter wieder zu arbeiten angefangen, doch ihren früheren Job, den sie bis dahin ihr Leben lang ausgeübt hatte, gab es nicht mehr, weil die

Schokoladenfabrik geschlossen worden war. Ein paar Monate lang hatte sie in einem Blumengeschäft gearbeitet, doch das hatte nicht funktioniert. Sie war wiederholt krankgeschrieben worden und schließlich in Frührente gegangen. Zum schlimmsten Streit zwischen ihnen war es gekommen, nachdem Therese vorgeschlagen hatte, das Haus zu verkaufen und in eine Wohnung zu ziehen, damit ihr Geld reichte. Therese hätte außerdem nichts dagegen einzuwenden gehabt, wenn sich dadurch die Fahrt verkürzt hätte, die sie zurückzulegen hatte, wann immer ihre Mutter Hilfe brauchte.

Du denkst nur an dich selbst!, hatte ihre Mutter da gebrüllt.

Egoistisch, das war ein weiteres Lieblingswort von Kasper, um sie zu charakterisieren.

Ihre Mutter legte sich die freie Hand vor den Mund und fing an zu weinen. Therese drückte die andere, die noch auf dem Tisch lag. Eigentlich sollte sie aufstehen und ihre Mutter richtig in den Arm nehmen, aber sie konnte einfach nicht. Die Hand ihrer Mutter wanderte vom Mund zu ihren Augen, als schämte sie sich, als könnte sie Therese nicht länger ansehen.

»Was ist denn los?«, fragte Therese nervös.

»Euer Vater«, sagte sie. »Ich muss dir was über ihn erzählen.«

Therese erwiderte nichts.

»Euer Vater war kein Italiener«, fuhr Mama fort. »Er hieß Anders, und ich glaube, er kam aus Flen.«

Therese ließ die Hand ihrer Mutter los. Sie wusste nicht, was sie mit dieser Information anfangen sollte. Es kam ihr wie ein Witz vor. Wieso sollte sie eine so absurde Lüge über ihren Vater erzählen?

»Entschuldige«, schluchzte ihre Mutter. »Entschuldige …«

»Aber warum?«

»Weil es besser klang.«

Wie oft hatte Therese die Geschichte von Valentino gehört. Von dem Italiener, den ihre Mutter während eines zweiwöchigen Urlaubs in Positano an der Amalfiküste kennengelernt hatte. Vom Rausch der Verliebtheit, den fantastischen Tagen am Strand und den kleinen italienischen Restaurants. Von schweißtreibenden Spaziergängen die vielen Stufen des Orts hinauf und hinunter. Erst als ihre Mutter wieder zu Hause war, hatte sie bemerkt, dass sie schwanger war. Sie hatte zwar einen Zettel mit Valentinos Telefonnummer bekommen, aber der war auf dem Rückflug verloren gegangen. Therese und Mikael hatten deshalb nur zu gern ihre so schludrige Mutter belächelt. Die es so gut meinte, aber häufig vergaß, ihnen Proviant für Schulausflüge oder das Sportzeug mitzugeben.

»*Weil es besser klang?*«

Therese stand auf. Es kribbelte überall. Ihre Mutter konnte sie immer noch nicht ansehen. Sie schüttelte einfach den Kopf. Seit das Skelett im Mittlandwald gefunden worden war, hatte ihr Leben einem Marathonlauf mit endloser Steigung geglichen, und Therese schaffte keinen weiteren Schritt mehr. Die Belastungen der letzten Wochen brachen aus ihr heraus.

»Warum?«, brüllte sie.

Ihre Mutter sackte auf dem Küchentisch zusammen. Therese war rasend vor Wut. Nein, das war nicht länger Wut – es war Hass. Ihre Mutter war ihre Fußfessel gewesen, hatte sie daran gehindert, von hier loszukommen und ihr eigenes Leben anzufangen.

Sie manipuliert dich. Wieder Kaspers verdammte Worte. Therese bohrte sich die Fingerknöchel in die Schläfen.

»Wusste Mikael davon?«, fragte sie.

»Ich glaube nicht«, sagte ihre Mutter. »Aber vielleicht hat er was geahnt. Er hat immer viel mehr Fragen gestellt als du.«

So, wie sie das ausdrückte, klang es, als wäre das Thereses Schuld. Sie musste hier weg. Ohne einen weiteren Blick zu ihrer Mutter rauschte sie zur Tür hinaus.

25

Hanna nahm den südlichen Weg nach Runsten über Norra Möckleby, weil sie sicher war, so ein paar Minuten sparen zu können. Elvira Pavic und ihrem Mann gehörte der Hof gemeinsam.

»Nein, zum letzten Mal: Ich gebe Ihnen die Telefonnummer nicht!«, sagte Erik. Nach kurzem Schweigen: »Ja, machen Sie das. Viel Glück.«

Lachend legte er auf.

»Was war das denn?«, fragte Hanna.

Sie hatte nur die Hälfte dieses unbegreiflichen Telefonats mitbekommen.

»Er hat gestanden, dass er während der Schulzeit in Sara Jonsson verliebt war, und jetzt würde er sie gern wiedersehen.«

»Der Typ, der Sara von der Party zu dem verlassenen Haus gebracht hat?«

»Ja. Oder wie er es ausgedrückt hat: *Ich war eine Viertelstunde mit ihr allein. Glauben Sie mir, diese Viertelstunde werde ich nie vergessen.* Er hat sie bis direkt vors Haus gefahren, um sie abzusetzen, und da saßen dann Oskar und Mikael vor der Tür. An mehr kann er sich nicht erinnern.«

Hanna drosselte die Geschwindigkeit, weil sie sich der Abfahrt näherten. Trotzdem kam der Wagen ins Rutschen, als sie abbog. Auf dem Asphalt war es glatt, auf dem Kies hatten die Reifen aber wieder Grip. Kahle dunkle Bäume säumten den Weg, der zum Hof führte. Es war zwar schön, aber auch irgendwie trostlos. Vor der niedrigen Steinmauer verbreiterte sich der Kiesweg, und Hanna parkte den Wagen dort.

Der Wind überraschte sie, als sie ausstieg. Als sie die Insel am Morgen verlassen hatte, war es fast windstill gewesen, am Festland genauso. Sie schloss die Augen, genoss es, wie die Kälte das Leben in ihr entfachte.

Eriks lautes Fluchen holte sie wieder zurück. Er streifte gerade mit dem Schuh über ein welkes Grasbüschel. Neben ihm lag ein Hundehaufen.

»Willkommen auf dem Land«, sagte sie.

Erik reagierte mit einem Schnauben. Die Diagnose seines Vaters war definitiv nicht spurlos an ihm vorübergegangen, denn solche Dinge brachten ihn normalerweise nicht aus der Ruhe.

Hanna schob das schmiedeeiserne Tor auf, dessen Quietschen eine Woge von Trauer und Wut in ihr auslöste. Obwohl sie das Tor an ihrem Haus in Kleva Mal um Mal geölt hatte, war es ihr nicht gelungen, das Quietschen zu beheben. Tor und Zaun standen noch, sonst nichts mehr. All das hatte Axel Sandsten ihr genommen. Vielleicht sollte sie das Haus trotz allem neu errichten lassen? Sonst würde sie sich ihm ja gewissermaßen geschlagen geben, dann hätte er gewonnen. Aber gerade zweifelte sie daran, dass ihre Kraft reichte. Im Moment erschien es ihr leichter, einfach das Grundstück zu verkaufen.

Mitten auf der Wiese befand sich eine alte Wasserpumpe. Der Hof umfasste drei Gebäude. Direkt vor ihnen erstreckte sich ein rotes Holzhaus, eine Steintreppe führte zur Eingangstür. Ein Seitengebäude bestand ebenfalls komplett aus Stein, das andere aus Holz mit großen Glasfenstern. An den Wänden hingen Fotografien.

Ein Mann trat aus dem Steinhaus und kam auf sie zu. Er war groß und blond, trug einen gestrickten Wollpullover. Seine Füße steckten in großen grünen Gummistiefeln. Abgesehen von der Haarfarbe hatte er große Ähnlichkeit mit Isak.

»Wir möchten mit Elvira Pavic sprechen«, sagte Eric und zeigte seinen Dienstausweis vor.

Der Mann stellte sich als Elviras Ehemann vor.

»Sie schläft noch«, sagte er. »Kann das vielleicht noch warten?«

»Leider nicht«, sagte Hanna.

Der Mann brachte sie zum roten Holzhaus, bat sie, im Wohnzimmer zu warten, und verschwand ins obere Stockwerk. Kurz darauf wurde geflüstert, aber egal wie sehr Hanna auch wollte, sie verstand kein Wort, sah sich also lieber um. Das Wohnzimmer hatte einen hellen Dielenboden, weiße Wände und einen Kachelofen; davor war die Sofagruppe platziert, auf der sie saßen. Im anderen Teil des Wohnzimmers standen die Stereoanlage und ein Lesesessel. Der einzige Weihnachtsschmuck bestand aus je einem Silberstern pro Fenster und einem Metallkerzenständer auf dem Couchtisch. Schritte waren auf der Treppe zu hören, kurz darauf fiel die Haustür zu. Sollten sie hinterhergehen? Vielleicht hatte Elvira Pavic das Haus verlassen. Doch bevor

Hanna weiterdenken konnte, kam eine weitere Person die Treppe hinunter. Elvira Pavic erschien im Türrahmen, sie trug einen altrosafarbenen Bademantel. Unter dem Mantel lugte eine karierte Pyjamahose hervor, die Füße steckten in Lammwollpantoffeln.

»Ich nehme an, es geht um Mikael?«, sagte sie.

»Richtig«, sagte Erik, und dann standen sie beide auf, um sich ordentlich vorzustellen.

»Entschuldigen Sie meinen Aufzug«, sagte Elvira Pavic. »Ich hatte Nachtschicht und gehe gleich wieder ins Bett.«

Als Elvira Pavic sich setzte, strich sie sich das dunkelbraune Haar über die Schulter. Hanna wünschte, sie sähe direkt nach dem Aufstehen auch so aus. Ihre kurzen Haare standen morgens in alle Himmelsrichtungen ab und konnten nur mithilfe von Wasser gebändigt werden.

»Können Sie mir etwas mehr erzählen als das, was in den Zeitungen steht?«, fragte Elvira Pavic.

»Leider nicht«, sagte Hanna. »Was können Sie uns denn über den Abend und die Nacht in dem verlassenen Haus erzählen?«

»Nicht viel.« Elvira seufzte. »Das ist schon so lange her. Und ich hatte eine Menge getrunken.«

»Gab es Streit zwischen Ihnen und Mikael?«

»Nein, das kann ich mir kaum vorstellen. Wer behauptet das?«

Dass die Auskunft von Oskar Holmberg stammte, wollte Hanna nicht verraten, also setzte sie noch einmal anders an.

»Sie waren damals mit Torsten Berglund zusammen, nicht wahr?«

Ein Nicken ermunterte Hanna weiterzumachen. »Wieso

war er nicht mit in diesem Haus? Er war doch auch in Ihrer Klasse?«

»Ich bin mir nicht ganz sicher«, sagte Elvira Pavic, »aber ich meine, ihm wurde schlecht – also, vorher, als wir im Park gefeiert haben.«

»Wie würden Sie Ihre Beziehung beschreiben?«, fragte Erik.

»Anfangs sehr schön«, sagte sie. »Er war mein erster richtiger Freund, aber im letzten Halbjahr wurde es einfach immer deutlicher, dass uns sehr unterschiedliche Dinge vorschwebten. Er wollte hierbleiben, arbeiten, Kinder kriegen … Wir haben uns nur wenige Wochen nach dem letzten Schultag getrennt.«

»Mikael und Sara sind zu dieser Party nach Gärdslösa gefahren«, sagte Hanna. »Wie haben Sie darauf reagiert?«

Ihr Handy signalisierte den Eingang einer SMS, doch Hanna ignorierte das für den Moment.

»Das weiß ich leider nicht mehr«, sagte Elvira Pavic und fuhr fort, ihre Haare zu ordnen, obwohl das völlig unnötig war. »Puh, ich fürchte, ich bin Ihnen gar keine Hilfe. Ich glaube, am meisten tat mir Oskar leid, weil es das Auto seiner Eltern war.«

»Auf der Party gab es Streit, und Sara ist sicher, dass es dabei um Sie ging. Um etwas, das unter der Woche passiert war.«

»Keine Ahnung«, sagte Elvira Pavic. »Ich versuche echt, mich zu erinnern, aber das ist so … Oh, Moment, vielleicht die Sache mit diesem Nazi.«

»Nazi?« Erik hob die Augenbrauen.

»So ein Idiot, der mir am Hauptbahnhof nachgebrüllt hat, ich soll nach Hause verschwinden. Mikael hat sich mit ihm angelegt, obwohl ich ihn gebeten hatte, es zu lassen. Darüber war ich wohl ziemlich sauer.«

»Wissen Sie noch etwas über diesen Mann?«

»Ich glaube, er hieß Johan«, sagte Elvira. »Und das weiß ich nur, weil mir gerade wieder einfällt, dass er mit meinem Bruder in einer Klasse war.«

»Ist Ihr Bruder älter als Sie?«

»Zwei Jahre.«

»Was glauben Sie, ist Mikael zugestoßen?«, fragte Erik.

»Ich habe keine Ahnung«, sagte Elvira Pavic schnell.

»Aber Sie müssen sich doch Gedanken darüber gemacht haben.«

»Erst seit er gefunden wurde. Davor dachte ich wirklich, dass er abgehauen ist. Er muss sich weggeschlichen haben, nachdem wir anderen eingeschlafen waren. Und dann muss er irgendwem Durchgeknallten begegnet sein. Das ist die einzige Erklärung. Von uns kann es niemand gewesen sein.«

»Wie viel hatten Sie seither mit den anderen zu tun?«, fragte Hanna.

»Nicht besonders viel. Ich bin nach Stockholm gezogen, aber hab mich da nie wirklich wohlgefühlt. Mein Mann ist Fotograf. Wir hatten eine zentral gelegene Zweizimmerwohnung, und nachdem wir die verkauft hatten, konnten wir uns diesen Hof leisten und hatten trotzdem noch Geld übrig. Für ihn ist es viel leichter, hier kreativ zu arbeiten.«

»Inwiefern ist es leichter?«

Aus Hannas Frage sprach ehrliches Interesse – schließlich war auch sie von Öland nach Stockholm gezogen und dann wieder zurückgekehrt, weil sie mit dem Leben in der Hauptstadt nie wirklich klargekommen war.

»Dort gab's einfach zu viel blödes Gelaber«, sagte Elvira Pavic.

Da hatte Hanna genau das Gegenteil erlebt. Hier wurde über sie geredet, trotzdem hatte sie sich für Öland entschieden. Trotz abgebranntem Haus, trotz allem, was Axel ihr angetan hatte, bereute sie diese Entscheidung nicht. Sie musste an den kalten Wind denken, der ihr vorhin ins Gesicht geblasen hatte. An die Weite, die offenen Flächen. Das Atmen fiel hier viel leichter.

26

Sie ließen Elvira Pavic im Wohnzimmer zurück, die keine Anstalten machte, sie hinauszubegleiten. Draußen fischte Hanna ihr Handy hervor. Die SMS, die während des Gesprächs angekommen war, stammte von Rebecka. Wie so oft, wenn sie entrüstet war, schrieb sie in Großbuchstaben.

LIEBER GOTT! Ich hab von deinem Haus gehört. WARUM hast du nichts gesagt?! RUF AN!

Hanna zögerte einen Augenblick, bevor sie das Handy wieder wegsteckte. Sie konnte Rebecka gerade nicht anrufen, aber wusste auch nicht, was sie schreiben könnte. Sie musste sich auf die Ermittlungen konzentrieren.

»Ich bitte Daniel, diesen Johan ausfindig zu machen«, sagte Erik.

Hanna nickte. Vor dem Haus war niemand, aber eine Bewegung im Augenwinkel erregte Hannas Aufmerksamkeit. Elviras Ehemann wanderte in dem schwarzen Holzhaus rastlos auf und ab. Als er sie erblickte, blieb er wie angewurzelt stehen und richtete den Blick auf eins seiner Fotos. Vielleicht sollten sie noch einmal mit ihm sprechen, aber Hanna konnte gar nicht auf diese Idee reagieren, weil ihr

Handy zu klingeln begann. Es war eine ihr unbekannte Nummer mit öländischer Vorwahl.

»Entschuldigen Sie«, schluchzte eine Frauenstimme.

»Mit wem spreche ich denn?«

»Birgitta Fransson. Sie hatten recht, ich …«

Ihre Stimme brach. Hanna signalisierte Erik, dass er sich ans Steuer setzen sollte, damit sie weitertelefonieren konnte.

»Geht es um den Vater Ihrer Kinder?«, fragte sie und öffnete die Beifahrertür.

»Ja, und ich habe gerade mit Therese gesprochen. Sie musste es vor Ihnen erfahren …« Birgitta schluchzte ein paarmal, bevor sie weitersprechen konnte. »Therese wusste es nicht. Das mit dem Italiener habe ich mir ausgedacht. Schwanger wurde ich von einem Anders. Er hat gesagt, er ist aus Flen.«

»Wann und wo haben Sie ihn denn kennengelernt?«

»August 1979. Da hab ich in Stockholm studiert. Bei einer Fete der Humanistischen Studentenvereinigung in der Kungstensgatan, da sind wir ins Gespräch gekommen. Ich fand ihn nett. Zumindest anfangs. Als ich dann gehen wollte, kam er mir nach. Er …«

Das Schluchzen hob wieder an, und Hanna wartete geduldig ab, bis sie sich einigermaßen beruhigt hatte. Erik nahm vorsichtig die Abzweigung nach Norra Möckleby.

»Hat er Sie vergewaltigt?«, fragte Hanna.

»Nein. Oder … ich weiß es nicht«, sagte Birgitta. »Ich war zu betrunken.«

Hanna hakte nicht weiter nach. Das Wichtige war nun, diesen Anders aufzuspüren.

»Kennen Sie seinen Nachnamen?«

»Nein. Ich glaube nicht, dass er einen genannt hat.«

Einen Anders, der vor vierzig Jahren bei einer Studentenparty gewesen war, würden sie wohl eher nicht finden.

»Haben Sie vielleicht noch ein paar weitere Informationen über ihn?«

»Ich glaube, er hat Kunstwissenschaften studiert.«

»Fällt Ihnen noch jemand ein, der oder die ihn gekannt haben könnte?«

»Nora vielleicht«, sagte Birgitta. »Wir haben beide Geschichte studiert, und ich meine, sie sind zusammen hingekommen. Aber mir fällt ihr Nachname nicht ein. Vielleicht irgendwas mit B? Ihre Eltern waren aus Italien. So kam ich unter anderem auf Valentino.«

»Unter anderem?«

»Der Grund meiner Schwangerschaft fühlte sich so schäbig an. Ich wollte den Kindern eine schönere Geschichte bieten.«

Eine Nora mit italienischem Nachnamen würden sie vielleicht finden können, und über sie hoffentlich auch diesen Anders.

»Vielen Dank, dass Sie das jetzt mit uns teilen«, sagte Hanna.

»Werden Sie versuchen, ihn zu finden?«, fragte Birgitta Fransson.

»Ja.«

Nach dem Auflegen berichtete Hanna, was sie soeben erfahren hatte, dann rief sie Daniel an und bat ihn, die besagte Nora ausfindig zu machen.

»Mach ich, das sollte ja auch nicht so schwierig sein, wenn sie zeitgleich mit Birgitta Fransson eingeschrieben war. Diesen Johan, mit dem Mikael angeblich auf der Party in Gärdslösa gestritten hat, habe ich schon gefunden, weil ich wusste, in welcher Klasse er war.«

»Was kannst du uns über ihn erzählen?«

»Eigentlich nur, dass er Assarsson mit Nachnamen heißt und als Elektriker für die Firma seines Vaters arbeitet. Ich suche mal weiter. Wenn ich was finde, melde ich mich.«

»Super, danke!«, sagte Hanna und legte auf.

Sie fuhren gerade über die Ölandbrücke, und Hanna schaute aufs Meer. Dies war der erste Winter seit ihrer Rückkehr. Auch hier war der Wind stärker geworden, schäumende Wellen jagten über die dunkelgraue Wasseroberfläche. Obwohl die Temperatur unter dem Gefrierpunkt war, gab es kein Eis, aber die letzten Tage waren ja auch etwas wärmer gewesen.

»Friert die Meerenge hier eigentlich zu?«, fragte sie.

»Bist du nicht die von uns beiden, die hier geboren wurde?«

»Doch, doch, aber ich kann mich nicht erinnern.«

»Ich glaube, letzten Winter war hier alles zugefroren«, sagte Erik. »Aber sicher bin ich mir nicht.«

Hanna verkniff sich den Spruch zur einsetzenden Demenz lieber. Das war nicht der richtige Zeitpunkt, um darüber Witze zu reißen. So manches Jahr musste der Kalmarsund zugefroren gewesen sein, weil sie dort Schlittschuh gefahren waren. Oft hatten sie sich aber mit einer überfrorenen Weide zufriedengegeben. Plötzlich kam eine Erinnerung hoch: Ihre Mutter hatte protestiert, als sie mit den Schlittschuhen zum Festland laufen wollten. Aber Hanna hatte nie Angst gehabt, wenn sie mit ihrem Vater unterwegs gewesen war, er hatte alles über das Eis gewusst.

Daniel rief an.

»Ein Jahr nach Mikaels Verschwinden war Johan Assarsson wegen schwerer Körperverletzung im Gefängnis.«

»Was hat er angestellt?«

»Seine Partnerin mit dem Kopf auf den Couchtisch geknallt.«

»Dufter Typ.«

»Ja, wirklich. Mittlerweile arbeitet er auf Ängö. Ich maile euch die Adresse und alles andere, was ich bisher herausfinden konnte. Er weiß, dass ihr unterwegs seid. Meldet euch bei ihm, wenn ihr da seid, dann kommt er raus, um mit euch zu sprechen.«

Der letzte Tag

»Was bekommst du fürs Bier?«, fragt Sara.

»Nix«, sagt Nosse. »Die sind von der Finnlandfähre. Ich hab sie von einem Kumpel für einen Gefallen bekommen.«

»Eine ganze Palette? Nicht übel!«

Nosse platzt fast vor Freude, besonders weil das Lob von Sara kommt. Einmal hat Mikael im Scherz zu Sara gesagt, dass Nosse in sie verknallt ist, da ist sie unfassbar wütend geworden. Hat gefragt, warum sie immer so scheiße zu ihm sind. Manchmal ist es aber halt einfach sauschwer, es eben nicht zu sein. Nosse macht es sich selbst nicht leicht. Mikael fragt sich, wie es für ihn wohl weitergehen wird. Er kann sich nur schwer vorstellen, dass Nosse mal einen Job haben wird, der irgendwelche besonderen Qualifikationen erfordert. Genauso wenig, dass er je Sex haben wird. Mikael ist davon überzeugt, dass Nosse noch Jungfrau ist, obwohl er steif und fest behauptet, was mit einem Mädel aus Torsås gehabt zu haben.

Mikael lächelt Sara an. Vor ein paar Wochen, als er gemerkt hat, dass es zwischen ihr und Fadi nicht mehr so super läuft, hat er angefangen, sie zu bearbeiten. Jetzt ahnt er, dass er damit Erfolg hatte. Er möchte so gern, dass sie mitkommt nach Deutschland. Zum Herbst hin hat sie sich auf alles Mögliche beworben: Jura, Journalismus, Schauspielerei, Sozialwissenschaften. Insofern ist ja wohl klar, dass sie eigentlich auch dringend ein Sabbatjahr braucht, um herauszufinden, was genau sie eigentlich will.

Torsten streckt den Arm zum Fenster raus und klopft aufs Dach. Brüllt:

»Geil! Endlich feiern!!«

»Hör auf damit«, sagt Nosse.

Vermutlich hat er mehr Angst ums Auto als um Torsten, der zwar den Arm reinnimmt, aber jetzt den Kopf rausstecken will. Elvira pfeift ihn zurück. Diese leicht verrückte Ader hat er bisher gut verborgen. Doch Mikael versteht sehr gut, dass er jetzt mal Dampf ablassen muss. Bevor das zu Hause so entgleist ist, haben seine Eltern ihm mächtig Druck gemacht.

»Wo sollen wir parken?«, fragt Nosse.

»Du sitzt doch am Steuer«, sagt Mikael.

Er selbst hat noch keinen Führerschein. Seine Schwester hat natürlich gleich beim ersten Versuch bestanden, er hingegen hat die Prüfung direkt mal versemmelt. Eine Wiederholung schafft er nicht mehr vor seinem Aufbruch, das muss er später machen. Fahren kann er, aber dieser Blödarsch von Prüfer hat ihn beim Rückwärtseinparken durchrasseln lassen.

»Beim Bad ist doch ein großer Parkplatz«, sagt Sara. »Der wäre gut, oder?«

Sie nähern sich dem Schloss. Große Gruppen von Jugendlichen bevölkern die Bürgersteige, wie die Lemminge. Mikael lehnt sich leicht aus dem Fenster, damit er besser hören kann. Es herrscht richtiggehend Karnevalsstimmung. Ein Mädel in einem kurzen weißen Kleid springt auf die Straße direkt vor den Wagen und reißt jubelnd die Arme in die Luft.

»Dumme Kuh«, murmelt Nosse und tritt auf die Bremse.

Mikael ist sich ziemlich sicher, dass sie auch auf dem Stagneliusgymnasium war. Gerade noch rechtzeitig bekommt er die Hand durchs Fenster, bevor sie an ihr vorbei sind. Mit einem Freudenschrei klatscht sie mit ihm ab. Mikael lacht und zieht die Hand wieder ins Auto.

Nosse findet direkt hinterm Friedhof einen Parkplatz. Vermutlich sind die wenigsten mit dem Auto hergekommen. Nach und nach steigen sie aus und versammeln sich vor dem Kofferraum. Mikael will die Palette rausholen.

»Nicht«, sagt Nosse. »Das meiste ist für später.«

»Wohin fahren wir denn eigentlich?«, will Elvira wissen.

»Wirst du schon sehen.«

Nosse packt ein paar Dosen in Plastiktüten und verteilt so viel, wie er meint, dass sie brauchen. Mikael lässt seine Tüte mit dem Wodka und dem Pulli im Kofferraum. Noch scheint die Sonne und es sind sicher fast dreißig Grad.

»Du hast gepackt, als würden wir einen ganzen Tag am Strand verbringen«, sagt Mikael.

Sara wirft ihm einen vielsagenden Blick zu, und dann ziehen sie los Richtung Park.

»Kommt, wir gehen über den Friedhof«, sagt Nosse.

»Wieso?«, fragt Elvira.

»Quasi ein Aufwärmprogramm für heute Abend.«

Die Temperatur sinkt merklich, als sie den Friedhof betreten. Die Bäume strecken ihre Äste über die Gräber, als müssten die Toten geschützt werden. Sie schirmen sämtliche Geräusche ab. Man hört kaum mehr etwas von den feiernden Jugendlichen im Park, der sie umgibt. Mikael findet, es hat fast etwas Feierliches, hier zwischen all jenen zu wandeln, die mal gelebt haben. Dachte Nosse wirklich, er könnte ihnen damit Angst machen?

»Buh!«, ruft Mikael und springt auf Sara zu.

Sie springt zur Seite und stolpert fast über einen Grabstein. Torsten dreht sich um und starrt ihn missbilligend an. Elvira auch.

»Zeig mal ein bisschen Respekt«, sagt sie.

Also verbeugt er sich vor ihr. Sara schlägt ihm gegen die Brust. Leicht, nur mit dem Handrücken. Nicht, um ihm wehzutun.

»Berlin«, formt er mit den Lippen, sodass niemand außer Sara ihn versteht.

»Vielleicht«, flüstert sie zurück.

Er reißt die Faust zur Siegergeste in die Luft, als hätte er ein Ja gehört, und sie lacht über ihn. Das Leben kann doch gar nicht mehr besser werden. Er will vor Glück schreien, aber lässt es, weil Elvira recht hat. Die Toten verdienen Respekt.

Kaum verlassen sie den Friedhof, kehren Wärme und Geräusche zurück. Laute Stimmen sind vom Schloss her zu hören. Als Mikael hinschaut, entdeckt er diesen Typen, der Elvira am Bahnhof angebrüllt hat. Diesmal ist er nicht allein, sondern hat eine ganze Truppe kleiner Neonazis im Schlepptau. Der jüngste ist sicher nicht mal in der Oberstufe. Aber vielleicht sieht er auch nur wegen der Glatze und der Hosenträger so jung aus.

»Was meinst du, Elvira? Wollen wir mit denen mal ein ernstes Wörtchen reden?«

Er kann sich einfach nicht beherrschen.

»Nein, wollen wir nicht«, sagt sie.

Sara schaut verwundert von Mikael zu ihr, Torsten und Nosse diskutieren gerade über ein Fußballspiel.

»He, beruhig dich. Das war doch nur ein Scherz.«

Selbst wenn es zur Prügelei käme, hätten sie die Oberhand. Sara kann schließlich Karate, und Elvira ist auch supertaff. Sie hat Rugby in der Schulmannschaft gespielt und sich dabei ziemlich gut geschlagen. Dieser beschissene Nazi verdient mal ein richtiges Tackling.

27

Sie näherten sich Ängö, und Hanna überflog die Informationen, die Daniel gemailt hatte. Viele Jahre lang hatte Johan Assarsson sich aktiv an der sogenannten Schwedischen Widerstandsbewegung beteiligt, und Hanna verabscheute Typen wie ihn. Sie spien ihr Gift über all jene, die nicht genauso blond und blauaugig waren wie sie, brüllten sich heiser über das importierte Frauenbild, und dann gingen sie nach Hause und rammten den Kopf ihrer Partnerin so heftig auf den Couchtisch, dass sie eine Gehirnerschütterung und eine gebrochene Nase davontrug. Und aus welchem Grund? Weil sie vergessen hatte, Bier für ihn zu kaufen. Die andere Verurteilung hatte er sich wegen Körperverletzung eines Linksaktivisten eingehandelt.

Erik bog in eine Straße, die von Einfamilienhäusern mit gepflegten Vorgärten gesäumt war, und parkte hinter einem weißen Lieferwagen. Hanna rief Johan Assarssons Nummer an und gab durch, dass sie draußen warteten. Dann las sie noch einmal Rebeckas SMS, aber steckte das Handy weg, als sich die Haustür öffnete. Johan Assarsson trug eine hellgelbe Jacke, schaute sich um und kam zum Wagen. Er setzte sich auf die Rückbank, Erik und Hanna drehten sich zu ihm.

»Ich habe noch nicht ganz verstanden, worum es geht«, sagte er.

Er war groß und breit, musste den Kopf einziehen, um genug Platz zu haben. Sein Kopf war rasiert, vermutlich, weil ihm allmählich die Haare ausgingen.

»Um Mikael Fransson«, sagte Erik.

»Aha«, sagte Johan Assarsson. »Und warum wollen Sie mit mir über ihn sprechen?«

»Wie Sie vielleicht wissen, wurde er tot im Mittlandwald gefunden.«

»Ja, das stand in der Zeitung. Trotzdem verstehe ich nicht, warum Sie mit mir sprechen wollen.«

»Wir haben gehört, dass Sie am Abend der Entlassungsfeier auf einer Party in Gärdslösa mit ihm aneinandergeraten sind«, sagte Hanna.

»Was? Soll das ein Witz sein?«

Johan Assarsson sah sie an, als erwarte er, dass sie das Gesagte zurücknehmen würde.

»Das ist zwanzig Jahre her«, fuhr er fort, als er begriff, dass sie das ernst meinte. »Schon möglich, dass ich auf dieser Party war, aber ich erinnere mich an nichts.«

»Dann können wir Ihrem Gedächtnis vielleicht ein wenig auf die Sprünge helfen«, sagte Erik. »Am 11. Juni 1999 waren Sie auf einer Party in Gärdslösa. Im Laufe des Abends kamen Mikael Fransson und ein blondes Mädchen namens Sara Jonsson dazu. Sie und Mikael führten eine Auseinandersetzung fort, die tags zuvor am Hauptbahnhof in Kalmar angefangen hatte. Da war er in Begleitung eines anderen Mädchens, die Elvira Pavic heißt und der Sie unschöne Dinge hinterhergebrüllt haben, weil sie dunkle Haare hat. Sie stammt aus Kroatien und kam während der Jugoslawienkriege nach Schweden. Sie hielten es für nötig, ihr mitzuteilen, dass sie nach Hause verschwinden sollte.«

Johan Assarsson wandte das Gesicht ab, schaute zu dem Haus, in dem er arbeitete. Von außen sah es nicht gerade ansehnlich aus, auf dem Grundstück standen große Säcke mit Bauschutt. Assarssons Elektro war offenbar nicht die einzige Firma, die zur Renovierung herangezogen worden war. Hanna wusste, wie angesagt diese Gegend war, besonders die Grundstücke mit Meerblick. Die Insel grenzte direkt an Varvsholmen, wo Erik wohnte.

»Das kann gut sein«, sagte Johan Assarsson. »Ich hatte damals gewisse Ansichten, die ich nicht länger habe.«

»Was für Ansichten?«, fragte Erik.

»Dass manche Menschen weniger wert sind.«

»Wie kam es zu diesem Sinneswandel?«

»Ich bin erwachsen geworden«, sagte Johan Assarsson. »Gerade arbeite ich mit einem Typen aus Kenia zusammen, und er ist echt der coolste.«

Assarsson schaute sie jetzt an, und Hanna bekam den Eindruck, als erwarte er so etwas wie Lob dafür. Sie bekam jedoch das zerschmetterte Gesicht seiner Partnerin nicht aus dem Kopf.

»Sind Sie gerade in einer Beziehung?«, fragte sie.

»Ich habe eine Freundin, aber die Sache ist noch recht frisch, wir wohnen also noch nicht zusammen.«

»Weiß sie, wie Sie Ihre Ex-Freundin behandelt haben?«

»Ja, aber ich bin jetzt ein anderer Mensch. Ich habe im Gefängnis begriffen, was ich falsch gemacht habe.«

»Trotzdem wurden Sie ein paar Jahre später wieder wegen Körperverletzung verurteilt«, sagte Erik.

»Das war ich aber gar nicht, da war ich unschuldig.«

»Was ist bei der Party in Gärdslösa passiert?«, fragte Hanna.

»Ich würde Ihnen wirklich gern weiterhelfen, aber ich erinnere mich ehrlich gesagt nicht mal daran, diesem Mikael überhaupt begegnet zu sein.«

»Und die Sache am Bahnhof? Wissen Sie noch, dass Sie einer jungen Frau unschöne Dinge hinterhergebrüllt haben?«

»Es tut mir leid, ich kann mich wirklich nicht erinnern.«

»Sind Sie Mikael in das verlassene Haus gefolgt?«

»Nein.«

»Haben Sie ihn getötet?«

»Nein. Wenn Sie sonst keine weiteren Fragen haben, würde ich dann jetzt gern wieder zurück an die Arbeit.«

Johan Assarsson öffnete die Tür und stieg aus. Mit schnellen Schritten kehrte er zum Haus zurück. Hanna war überzeugt, dass seine Erinnerungen an diesen Junitag nicht ganz so schlecht waren, wie er es ihnen weismachen wollte.

Während Erik zurück zum Polizeirevier fuhr, las sie noch einmal Rebeckas SMS. Sie musste ihr dringend antworten. Hanna tippte eine Nachricht, löschte sie wieder, setzte neu an. Als sie an einem Stoppschild hielten, warf Erik einen neugierigen Blick auf ihr Handy, und Hanna drückte auf senden:

Sorry, dass du es nicht von mir erfahren hast. Ich bin einfach immer noch so schockiert, dass es das Haus nicht mehr gibt. Gerade viel zu tun, aber ich melde mich heute Abend!

Es kam sofort eine Antwort:

Solltest du wirklich arbeiten?

Hanna begnügte sich mit einem simplen *Ja*. Sofort vibrierte das Handy erneut, aber es war keine Nachricht von Rebecka, sondern von Daniel. Er hatte Birgitta Franssons Kommilitonin ausfindig gemacht, die vielleicht Näheres über Anders wusste. Sie hieß Nora Baldino und lebte nach wie vor in Stockholm.

Hanna wählte die Nummer und schaute durchs Fenster auf die kahlen Bäume entlang des Ängöleden. Hier und da wurden die Waldflächen von Wasser unterbrochen. Es dauerte einen Augenblick, bis Nora Baldino begriffen hatte, was sie von ihr wollte. Dass sie Polizistin war und Fragen zu einer Studentenparty hatte, die im August 1979 in der Kungstensgatan stattgefunden hatte.

»Ich kann mich an keinen Anders erinnern«, sagte Nora. »Aber ich kann mich gern einmal umhören, zu ein paar alten Kommilitonen hab ich noch Kontakt. Ich werde auch mal meine Fotos durchgehen, vielleicht fällt mir ja etwas ein, wenn ich ihn sehe.«

»Danke«, sagte Hanna.

Als sie gerade aufgelegt hatte, klingelte ihr Handy. Das Display verriet, dass es Henning war, der Journalist vom *Barometern*, den sie gestern getroffen hatte. Hanna schluckte, bevor sie dranging.

»Ich habe gerade gar keine Zeit. Worum geht es?«

»War Axel Sandsten mit bei Ester Jensen?«

Hanna war so schockiert, dass es ihr die Sprache verschlug. Sie schielte zu Erik, der gerade seine gesamte Konzentration aufs Abbiegen in die Galggatan richtete, in der das Polizeirevier lag.

»Dann liege ich also richtig«, sagte Henning, der ihr Schweigen als Bestätigung gedeutet hatte.

»Ich kann nicht darüber sprechen«, erwiderte Hanna. »Wie bereits gesagt, ich habe gerade gar keine Zeit.«

»Aber ich habe recht, nicht wahr?«

Hanna starrte auf das Polizeigebäude, dem sie sich näherten. Sie musste dringend Zeit gewinnen, weil sie nicht wusste, was sie antworten sollte.

»Ich wollte Ihnen damit nicht die Pistole auf die Brust setzen«, fuhr Henning fort. »Aber ich glaube wirklich, dass ich Ihnen helfen kann. Teils habe ich aus dem wenigen, was Sie erzählt haben, auf ihn geschlossen, gleichzeitig habe ich ein Bild von ihm und Ihrem Bruder im Archiv gefunden. Von einem Fußballspiel. Außerdem habe ich mit einem Kollegen über Axel gesprochen, der gerade dessen neues Projekt in Grönhögen unter die Lupe nimmt. Dieses Resort, für das er die Baugenehmigung bekommen hat. Es wird schon lange über ihn geredet. Dass er lange nicht so ein korrekter, toller Typ ist, wie er allen weismachen will. Aber das ist Ihnen bei der Polizei vielleicht schon länger bewusst.«

Hanna hatte Axel Sandsten schon nicht ausstehen können, bevor sie wusste, dass er Ester Jensen getötet hatte. Bevor sie von Rebecka erfahren hatte, dass er Joels Vater war und sie geschlagen hatte.

»Soweit ich weiß, steht er gerade nicht im Fokus laufender Ermittlungen«, sagte Hanna. »Aber ja, Sie haben recht, er war dabei.«

Jetzt hatte sie es gesagt, trotzdem wollte sich keine Erleichterung einstellen, da war nur eine leichte Übelkeit. Sie hatte noch ein Stück Kontrolle aufgegeben.

Vor dem Eingang zum Revier stand eine Frau halb hinter einem der Pfeiler verborgen. Ihr Blick war auf den Empfang gerichtet, aber sie wirkte fast so, als hätte sie Angst, bemerkt zu werden.

»Gut«, sagte Henning. »Dann werde ich…«

»Wir müssen ein andermal weitersprechen«, unterbrach Hanna ihn und signalisierte Erik im selben Moment, an der Bordsteinkante zu halten.

28

Meld dich doch, bitte!

Therese starrte auf die Worte ihrer Mutter. Neben mehreren SMS gab es auch unzählige verpasste Anrufe. Sie hatte nicht mit ihrer Mutter gesprochen, seit sie erfahren hatte, dass ihr Vater doch ein ganz anderer war, als sie so lange gedacht hatte.

Valentino. Italiener. Wie oft hatte sie die Geschichte wiederholt, die ihre Mutter ihr eingetrichtert hatte, wenn jemand nach ihrem Vater fragte? Der romantische Sommerurlaub, der mit ihrer Schwangerschaft geendet hatte. Die Schusseligkeit ihrer Mutter, der es gelungen war, seine Telefonnummer zu verbummeln. Sie schnaubte. Anders aus Flen. Die Geschichte mit ihm war vermutlich ganz anders abgelaufen. Wieso sonst hätte die Mutter ihnen nicht die Wahrheit erzählt?

Eine Erinnerung drängte sich ihr auf. Mama bei ihnen zum Essen. Aus irgendeinem Grund war sie in Kalmar gewesen, vielleicht beim Zahnarzt oder im Frisiersalon, und Therese hatte sie einfach zum Essen eingeladen, ohne Kasper zu fragen. Vermutlich war er deshalb so gereizt gewesen.

Lucas, der vier oder maximal fünf gewesen war, hatte nach seinem Opa gefragt, und ihre Mutter hatte ihm die jugendfreie Version der Valentinogeschichte erzählt. Als sie zur Toilette gegangen war, hatte Kasper sich zu Therese rübergelehnt und geflüstert: *Dir ist schon klar, dass deine Mutter lügt, was deinen Vater angeht?*

Therese kämpfte die Tränen zurück. Kasper hatte ebenfalls angerufen und SMS geschickt, aber sie war nicht drangegangen, hatte es einfach nicht fertiggebracht, obwohl sie genau wusste, wie er darauf reagieren würde. Ihr graute vor seinem höhnischen Grinsen, das er unweigerlich aufsetzen würde, sobald er erfuhr, dass er recht gehabt hatte. Seine letzte SMS war eine Drohung gewesen.

Du lügst mich an, und ich bin kurz davor, dich einzusperren.

Er musste irgendwie herausgefunden haben, dass sie nicht länger bei ihrer Mutter war. Vermutlich hatte Birgitta bei Kasper angerufen und nach ihr gefragt. Etwas, das normalerweise nicht vorkam. Therese hatte keine Ahnung, wohin mit sich. Oder wieso sie eigentlich hergekommen war. Sie brauchte Antworten, aber würde sie die wirklich hier finden? Die Polizei hatte ihnen damals nicht geholfen, und was, wenn Kasper sie hier entdeckte? Wie kam sie überhaupt auf die Idee, dass es eine gute Idee war, praktisch zu seinem Arbeitsplatz zu fahren?

»Therese?«

Sie zuckte zusammen und drehte sich in die Richtung, aus der die Stimme kam. Es war die Polizistin, die gestern bei ihrer Mutter gewesen war.

»Erinnern Sie sich an mich?«, fragte sie.

Therese nickte. Hanna Duncker war nicht gerade eine,

die man leicht vergaß. Wegen ihres Aussehens und ihres Namens. Anders aus Flen konnte kaum ein schlimmerer Vater sein als der dieser Polizistin, der hatte schließlich diese Frau in Åby ermordet und dann ihr Haus angezündet. Thereses Mutter hatte davon erzählt.

»Kann ich Ihnen weiterhelfen?«, fragte sie.

Therese hätte tausend Ideen, wusste nicht, womit sie anfangen sollte, und zweifelte schlussendlich auch daran, dass die Polizei überhaupt helfen konnte. *Es ist genauso möglich, dass er sich bewusst fernhält.* Wenn sie jetzt an diesen Satz dachte, wurde sie sogar noch wütender als sonst. Mikael war verdammt noch mal im Mittlandwald verbuddelt worden. Bo Tapper hatte während seiner Recherche für die Doku bei ihr angerufen. Es hatte sich gut angefühlt, ihm zu sagen, was sie von der Arbeit der Polizei gehalten hatte, aber ihrer Mutter zuliebe hatte sie darum gebeten, anonym zitiert zu werden. Wie viel sie doch seit jeher ihrer Mutter zuliebe getan oder gelassen hatte.

»Hat meine Mutter mit Ihnen gesprochen?«

»Das hat sie. Ich schätze mal, Sie spielen auf Ihren Vater an?«

Therese nickte. »Wissen Sie, wer er ist?«

»Wir sind dran«, erwiderte Hanna Duncker.

»Wissen Sie denn schon mehr?«

»Was hat Ihre Mutter Ihnen denn erzählt?«

»Nur, dass er Anders hieß und aus Flen kam.«

Erst als Hanna sie am Arm berührte und ein Stück vom Eingang wegbrachte, merkte Therese, dass sie weinte.

»Ich glaube, Sie sollten besser mit Ihrer Mutter darüber sprechen«, sagte Hanna Duncker.

Im Augenblick konnte Therese sich nicht vorstellen, je wieder mit ihrer Mutter zu sprechen.

»Kann ich Ihnen sonst noch irgendwie helfen?«, fragte Hanna Duncker.

Sie klang ruhig, trotzdem entging Therese nicht, dass sie sie wohl gern loswerden wollte. Seit Therese vom Tod ihres Bruders erfahren hatte, waren eine Menge Erinnerungen hochgekommen. Wenn es denn nun tatsächlich Erinnerungen waren. Vielleicht täuschte sie sich selbst, weil sie sich so sehr Antworten wünschte. Die Vorstellung, nie zu erfahren, was sich zugetragen hatte, war unerträglich.

Die Polizistin wiederholte ihre Frage und betonte noch einmal, wie wichtig es war, dass sie erzählte, was sie wusste.

»Ich habe Mikael flüstern hören«, sagte Therese. »Er war am Telefon. Ich glaube, das war am Tag vor der Entlassungsfeier.«

»Konnten Sie etwas verstehen?«

»*Bitte* … Mehr nicht. Ich dachte, er spricht mit irgendeinem Mädel, weil er so flehend klang. Aber Mama hat erzählt, dass Mikael ihr unendlich viele Fragen zu unserem Vater gestellt hat. Er hat ihre Lüge wohl nicht geschluckt. Und was, wenn er ihn nun ausfindig gemacht hatte? Wenn er mit ihm telefoniert hat?«

29

Es war offensichtlich, dass es Therese Cedergren nicht gut ging. Hanna fragte, ob sie jemanden verständigen könne.

»Nein!«, sagte Therese fast erschrocken und wich einen Schritt zurück.

Dabei stieß sie mit einem älteren Mann zusammen, der gerade ins Polizeirevier gehen wollte. Sein Stock fiel zu Boden, und Therese bückte sich schnell, um ihn wieder aufzuheben.

»O Gott, bitte, entschuldigen Sie.«

Der Mann riss seinen Stock an sich und eilte weiter. Hanna wunderte sich über Thereses heftige Reaktion.

»Wie sind Sie hergekommen?«, fragte sie.

»Mit dem Auto, und ich muss jetzt auch dringend weiter.«

Therese wandte sich ab, doch Hanna hielt sie zurück.

»Sie wirken sehr aufgewühlt. Meinen Sie, dass Sie so fahren können?«

»Ja.«

Hanna schaute Therese nach, wie sie zum Parkplatz auf der anderen Straßenseite joggte. Irgendetwas stimmte nicht, das war unübersehbar. Sicher war die Nachricht über ihren

Vater ein Schock gewesen, aber Hanna hatte den Eindruck, als handelte es sich doch um etwas anderes.

Bevor sie ins Revier ging, rief sie noch einmal bei Henning an und entschuldigte sich dafür, das Telefonat so schnell beendet zu haben. Die Erleichterung hatte sich doch noch eingestellt, schließlich hatte sie es gewagt, die Wahrheit zu sagen. Im Moment war ihr unklar, wie sie nachweisen sollte, dass das, was Kristoffer erzählt hatte, auch der Wahrheit entsprach, und dabei brauchte sie definitiv Hilfe. Wenn es dem Journalisten nur darum gegangen wäre, als Erster diese Neuigkeit zu veröffentlichen, hätte er das längst getan.

»Haben Sie schon über einen Grund nachgedacht?«, fragte Henning.

»Was meinen Sie?«

»Warum wurde Ester Jensen ermordet?«

»Mein Bruder hat gesagt, es ging um Geld, das sie angeblich versteckt haben sollte, aber das glaube ich nicht.«

»Warum nicht?«

»Weil Axel Sandsten immer genug Geld hatte. Sein Vater hat ihm alles gekauft, er musste nur drauf zeigen.«

»Viele kriegen ja den Hals nicht voll«, sagte Henning.

»Möglich.«

Hanna fehlte gerade die Kraft, weiter darüber zu sprechen, also versprach sie, sich wieder zu melden, und legte dann auf. Das einzige Motiv, das ihr gerade einfallen wollte, war, dass es Axel um den Kick ging. Und obwohl Hanna froh über die Hilfe war, erfüllte es sie mit einem gewissen Maß an Widerwillen, dass nun so viele Menschen Bescheid wussten. Auch das Gespräch mit Rebecka konnte sie nicht länger aufschieben, aber sie wollte das auf keinen Fall am

Telefon besprechen. Also fragte sie per SMS, ob sie auf dem Heimweg bei ihr vorbeikommen könne. Gårdby lag auf dem Weg zu Isaks Haus in Södra Näsby.

Klar, kam sofort als Antwort.

Hanna schaute zum Eingang. Was musste sie sonst noch machen? Ihrem Empfinden nach war es noch immer zu früh, Kontakt zu Ester Jensens Tochter Maria aufzunehmen, also ging sie erst mal ins Revier.

»Das hat ja gedauert«, sagte Erik, als Hanna endlich ins Büro kam. »Was wollte sie denn?«

»Mehr über ihren Vater wissen. Aber sie hat außerdem erzählt, dass Mikael am Tag vor der Entlassungsfeier mit jemandem telefoniert hat. Sie weiß nicht, mit wem, aber er hat geflüstert, und sie hat nur ein geflehtes *Bitte* verstanden. Jetzt fragt sie sich, ob er nicht vielleicht mit ihrem Vater gesprochen hat.«

»Das klingt sehr weit hergeholt.«

»Finde ich auch.«

Hanna setzte sich an ihren Computer und schaltete ihn ein. Keine der ungelesenen E-Mails betraf diesen Fall, und auch sonst gab es keine neuen Erkenntnisse.

»Ich rufe Elvira Pavics Mann an«, sagte sie laut.

Weil Erik keine Einwände zu haben schien, suchte sie seine Nummer heraus. Er ging sofort dran, bereute das aber hörbar, als sie sich vorstellte.

»Wieso wollen Sie mit mir sprechen?«, fragte er.

»Was hat Ihre Frau Ihnen über die Nacht in dem verlassenen Haus erzählt?«, fragte Hanna zurück.

»Rein gar nichts«, sagte er. »Ich habe erst heute Morgen begriffen, dass sie überhaupt dabei war. Sie ist richtiggehend zusammengebrochen, als sie es heute früh in der Zeitung gelesen hat. Sprechen Sie also lieber direkt mit ihr.«

Er legte auf.

»Na, das war ja ein kurzes Gespräch«, sagte Erik.

»Elvira hatte ihm bis heute noch gar nichts davon erzählt. Ist das nicht ein bisschen merkwürdig?«

»Nicht alle reden gern«, sagte Erik.

»Ha.«

Sie hatte keine Lust, mit ihrem Kollegen zu diskutieren, aber ganz so einfach war die Erklärung sicher nicht. Warum wollte Elvira Pavic nicht über das verlassene Haus sprechen?

Ihre Gedanken drifteten wieder zu Axel Sandsten. Wieso hatte er Ester Jensen getötet? Vielleicht hatte Kristoffer ja gelogen, wessen Idee das gewesen war. Kristoffer hatte ganz sicher Geld gebraucht. Aber wieso hatte er geglaubt, dass Ester welches hatte? Da musste doch noch mehr dran sein.

Ihr Handy piepste, und Hanna reckte sich danach, ohne den Blick vom Bildschirm zu nehmen. Sie war da etwas auf der Spur, von dem sie erst mal nicht ablassen wollte. Aber als sie doch nicht weiterkam, lenkte sie ihre Aufmerksamkeit auf die SMS von Isak.

Alles okay?

Sofort war da Irritation. Zum einen, weil er ihren Konzentrationsfluss gestört hatte, zum anderen, weil sie nicht wollte, dass er nur an sie dachte, weil er sich permanent Sorgen machte.

Alles okay, schrieb sie. Nach kurzem Zögern fügte sie hinzu: *Du musst dir keine Sorgen machen.*

Seine Antwort kam schnell. *Tut mir leid, ich kann nicht anders. Ich lieb dich.*

Gleich hatte sie den Impuls, sich zu entschuldigen, weil an seiner Sorge ja nichts Schlimmes war. Und sie wollte gern aufhören, immer alles zu verkomplizieren.

Ich liebe dich auch, schrieb sie zurück.

30

Der Park war hübsch mit Lichterketten geschmückt, die in der winterlichen Dunkelheit funkelten, ganz anders als in jenem Sommer vor so vielen Jahren. Das Kunstmuseum, vor dem Therese geparkt hatte, hatte es damals noch nicht mal gegeben. Sie klammerte sich ans Steuer und starrte auf das schwarze, viereckige Gebäude, dabei war ihr Blick in die Vergangenheit gerichtet. Mikael und seine Clique zusammen auf der Picknickdecke, dieses Bild hatte sich ihr ins Gedächtnis gebrannt, aber da war doch noch mehr passiert, wieso konnte sie sich denn nicht erinnern?

Therese wollte wieder alles wissen, was an den Tagen vor Mikaels Verschwinden passiert war. Auf dem Weg hierher hatte sie bei der Jenny-Nyström-Schule gehalten, wo sie selbst den Schulabschluss gemacht hatte, und anschließend auch bei Mikaels alter Schule. Er war so vorfreudig gewesen an jenem Tag. Sie selbst hatte Bauchkrämpfe gehabt wegen all der Entscheidungen, die getroffen werden mussten. Die Erinnerung war so sonderbar, so bruchstückhaft. Immer mehr von dieser schrecklichen Party in Gärdslösa war hochgekommen. Sie wusste, dass sie dringend der Polizei erzählen sollte, was dort passiert war, aber sie hatte Angst, dass sie das falsch deuten würden.

Ihr Handy verkündete piepsend, dass eine weitere SMS ihrer Mutter eingetroffen war.

Therese, melde dich doch bitte! Ich brauche dich.

Sie antwortete nicht. Sowohl Mama als auch Kasper zerrten an ihr, und sie konnte einfach nicht mehr. Die Forderungen, die sie an Therese stellten, waren nicht erfüllbar. Sie vermisste ihre Freundinnen. Besonders Kim. Kims Vater war Belgier und hatte sie und ihre Mutter verlassen, als sie noch klein war, um dann mit einer anderen Frau nach Stockholm zu ziehen und mit ihr zwei weitere Kinder zu bekommen. Die Abwesenheit des Vaters war immer ein Punkt gewesen, der sie und Kim zusammenschweißte, doch ihre Freundschaft war noch so viel mehr gewesen. Ihre gemeinsame Liebe zu Pferden zum Beispiel. Und sie hatten sich alles erzählen und auch einfach mal hemmungslos lachen können. Nach Kims Umzug nach Kanada hatte sie das nie wieder gehabt.

Therese wurde mit einem Mal richtig wehmütig und ging auf Kims Facebookseite. Vor gerade mal einer Stunde hatte sie ein neues Foto gepostet. Darauf stand sie in einer Pferdebox neben einem dunkelbraunen Halbblut. Nach mehr als fünfzehn Jahren in Kanada war Kim nach Öland zurückgekehrt und hatte sich Pferde gekauft. Sowohl Kim als auch das Pferd sahen aus wie die Ruhe selbst. *Wie herrlich, Zeit mit dieser Schönheit zu verbringen*, lautete der Text zum Bild.

Ihr Handy verkündete eine weitere SMS, diesmal kam sie von Kasper:

Das Essen ist bald fertig.

Wegen Lucas aßen sie spätestens um sechs Uhr. Wenn er zu hungrig wurde, ließ er sich meist nicht bändigen. Einmal hatte er all seine Legoflugzeuge zu Boden geschleudert, ein andermal hatte er sich im Bad verbarrikadiert und sich geweigert herauszukommen. Es war noch nicht mal halb sechs, offenbar wollte Kasper sie nur nach Hause locken. Aufschieben ließ es sich sowieso nicht länger. Therese startete den Wagen und fuhr los.

Vor der Haustür blieb sie stehen. Sie hatte das Gefühl, nicht länger Teil ihres eigenen Lebens zu sein, aber sie wusste nicht, wie sie wieder Zugang finden sollte. Oder ob sie das überhaupt wollte. Das Gefühl an sich war nicht neu, aber durch die Nachricht von Mikaels Tod war es akuter denn je zuvor. Therese schluckte und öffnete die Tür. Ausnahmsweise mal wusste sie nicht, was sie erwarten würde. Schnell zog sie Jacke und Schuhe aus, gerade ertrug sie die Ungewissheit nicht. Als sie die Küche betrat, schlug ihr die Wut entgegen.

»Wo bist du gewesen?«, fragte Kasper, ohne sie anzusehen.

Er stand am Herd und rührte in einem Topf. Darin war Hackfleischsoße. Eins der wenigen Gerichte, die er kochen konnte.

»Ich habe es bei Mama nicht länger ausgehalten«, sagte sie. »Also bin ich ein bisschen rumgefahren.«

Sie konnte seine Enttäuschung erahnen. Wahrscheinlich hatte er mit einer Lüge gerechnet, die er ihr vorhalten wollte. Therese zwang sich zu lächeln.

»Das riecht gut.«

»Sag den Kindern, dass das Essen fertig ist.«

Therese ging hinauf und holte die Kinder. Sie rief schon

seit ein paar Jahren nicht mehr einfach nur aus der Küche nach ihnen, weil Kasper das nicht mochte. Sowohl Lucas als auch Wilma kamen anstandslos mit, und sofort bekam sie Angst. War es normal, dass Kinder so wohlerzogen waren? Klar, Lucas hatte seine Ausbrüche, aber davon abgesehen machte er praktisch alles, was man von ihm verlangte. Am meisten Sorgen machte Therese sich allerdings wegen Wilmas bevorstehender Pubertät. Einerseits befürchtete sie, die Tochter könnte zu ruhig und angepasst sein, andererseits machte ihr auch die Vorstellung Angst, dass sie ernsthaft rebellieren und sich von ihnen abwenden könnte.

Sie hatten feste Plätze am Küchentisch. Sie und Kasper saßen sich immer gegenüber, Lucas stets neben ihr. Therese füllte sich eine große Portion Salat auf den Teller, damit sie nicht so viel von dem anderen nehmen musste. Das Essen fiel ihr gerade nicht leicht.

Schweigend schaufelten die anderen sich die Mahlzeit in den Mund. Normalerweise sprachen Lucas und Kasper am meisten. Wilma betrachtete ihre Mutter besorgt. Vermutlich glaubte sie, die komische Stimmung habe mit Mikael zu tun. Und das stimmte ja auch, in gewisser Weise.

»Ich bin satt«, sagte Lucas.

»Okay, dann kannst du …«

»Nein, nicht okay«, unterbrach Kasper sie. »Du hast dir selbst so viel auf den Teller getan, dann musst du das auch aufessen.«

Lucas starrte auf das Hackfleisch, das er großflächig auf dem Teller verteilt hatte. Kratzte mehrere Gabeln voll zusammen und zwang sie hinunter.

»Gut gemacht«, sagte Therese und strich ihm über den

Rücken. »Das reicht jetzt, aber denk beim nächsten Mal daran, dir nicht zu viel zu nehmen.«

Flehend schaute sie zu Kasper, der seinem Sohn mit einem Nicken erlaubte, den Tisch zu verlassen. Wilma folgte ihm wenig später. Sie selbst hatte erst die Hälfte ihrer Portion gegessen, Kasper hingegen nahm sich gerade noch einmal nach. Außerdem streckte er das Bein unter dem Tisch so, dass er sie damit berührte. Seine Wut war in Vorfreude übergegangen. Heute würde er schnell ins Bett wollen. Wie gern würde sie sich aus der Nummer rauswinden, aber sie hatte ihm ja Sex versprochen. Vielleicht konnte sie das, was sie über ihren Vater erfahren hatte, als Ausrede nutzen? Dass es kein Valentino aus Italien, sondern ein Anders aus Flen war. Allerdings fürchtete sie Kaspers Schadenfreude fast genauso wie den Sex.

31

Auf dem Weg zu Rebecka rief Hanna bei Isak an, um ihm durchzugeben, dass sie sich verspäten würde, dabei wollte sie in Wahrheit nur seine Stimme hören. Ein Auto und ein Ladekabel für den Zigarettenanzünder: Ganz so wenig wie anfangs befürchtet besaß sie gar nicht.

»Du kannst gern schon essen, wenn du zu großen Hunger hast«, sagte sie.

»Ich warte lieber auf dich. Habt ihr so viel zu tun?«

»Nein, ich bin schon fertig für heute. Ich wollte nur auf dem Rückweg bei Rebecka halten, und ich kann nicht absehen, wie lang das dauern wird.«

»Gut, dass du mit ihr sprichst. Hast du was Bestimmtes, was du sie fragen willst?«

»Nein, ich muss es einfach nur hinter mich bringen.«

»Dann viel Erfolg«, sagte Isak.

Lächelnd legte Hanna auf und wechselte auf die schnellere Spur der Ölandbrücke. Es war fantastisch, zu einem Partner nach Hause zu kommen. Einem, der auf sie wartete und der nur mit ihr zusammen sein wollte. Das schmälerte ihre Nervosität ein bisschen.

Hanna parkte in der Auffahrt von Rebeckas Haus und starrte auf den Weihnachtsstern, der im Küchenfenster leuchtete. Wie sollte sie das erzählen? Wo sollte sie ansetzen? Manche Muster ließen sich nur so schwer überwinden. Während ihrer Jugend hatte sich Rebecka mit allen möglichen Dingen viel leichter getan als Hanna: Sie hatte viel schneller Kontakte knüpfen und sich besser durchsetzen können. Gleichzeitig war sie unfassbar launisch gewesen und hatte sich oft über den kleinsten Mist aufgeregt.

Mit einem Seufzer öffnete Hanna die Autotür und stieg aus. Niemand war durchs Küchenfenster zu sehen, aber Rebecka und Molly sollten zu Hause sein. Rebecka arbeitete halbtags beim Supermarkt, damit ihre Tochter nicht so lange in der Schule bleiben musste. Molly kam als Erste an die Tür, nachdem Hanna geklingelt hatte.

»Hallo«, sagte Molly. »Mama ist auf dem Klo.«

Molly kehrte zurück vor den Fernseher, und Hanna ging in die Küche. Die Zutaten fürs Abendessen lagen schon bereit: Hack, Zwiebeln, Semmelbrösel, Milch und Kartoffeln. Hanna konnte sich nicht mal setzen, bevor Rebecka hereingestürmt kam und sie direkt in die Arme schloss.

»Wie geht es dir?«, fragte sie. »Das muss ja entsetzlich gewesen sein!«

»Es gab definitiv schon schönere Nächte, ja. Ich hatte echt Glück, dass ich noch rechtzeitig aufgewacht bin und aus dem Fenster springen konnte.«

Ausnahmsweise wollte Hanna mal Mitleid erregen, schließlich wusste sie ja, welches Thema sie noch anschneiden musste.

»Wohnst du dann jetzt bei Isak?«, fragte Rebecka und

lockerte die Umarmung so weit, dass sie ihr ins Gesicht schauen konnte.

»Ja.«

»Das hab ich mir fast gedacht. Da hast du wirklich einen guten Fang gemacht.«

Hanna nickte lächelnd. Sie war so nervös gewesen, als Rebecka sie und Isak zum Abendessen eingeladen hatte. Sie hatte befürchtet, dass es komisch werden würde, schließlich war Isak Mollys Lehrer, aber Molly hatte einfach seine Hand genommen und ihm ihr Zimmer gezeigt. Erst als Hanna ihn mit Molly gesehen hatte, war ihr bewusst geworden, wie gut er mit Kindern umgehen konnte.

»Ich muss mit Kochen anfangen«, sagte Rebecka. »Wenn du helfen willst, kannst du die Kartoffeln schälen.«

Ohne eine Antwort abzuwarten, öffnete sie die Schublade und holte den Sparschäler heraus, den sie dann Hanna reichte. Hanna ergriff nur zu gern die Gelegenheit, da es ihr schwer genug gefallen wäre, die Hände stillzuhalten. Sie füllte einen Topf mit Wasser, gab etwas Salz dazu und machte sich dann ans Schälen. Rebecka nahm eine Metallschüssel aus dem Küchenschrank und fing an, Milch und Semmelbrösel zu mischen.

»Machst du Frikadellen?«, fragte Hanna.

»Hackbraten. Aber Molly isst den nur, wenn er wie Frikadellen schmeckt. Die Zwiebeln sind dabei das Schwierigste.«

Rebecka lächelte.

»Was sagst du zu Kindern?«

Hanna antwortete erst mal nicht. Klar, da war eine gewisse Sehnsucht, besonders seit sie nach Öland zurückgekehrt war, aber sie und Isak hatten bisher nicht darüber gesprochen. Es war noch zu früh. Sie würden ja nicht mal zusammenwohnen, wenn ihr Haus nicht abgebrannt wäre. Und sie waren auch erst vier Monate zusammen. Außerdem war das kein leichtes Thema für Isak. Es war zwar nun sieben Jahren her, seit er seine schwangere Partnerin verloren hatte, doch so eine Wunde heilte die Zeit vermutlich nicht. Rebecka schaute sie an, wartete auf eine Antwort.

»Kristoffer war ja im August da«, sagte Hanna.

»Weiß ich doch«, sagte Rebecka und schob mit dem Messer die Zwiebeln in den Mixer. »Was hat das mit Kindern zu tun?«

»Er hat mir erzählt, was passiert ist, als Ester Jensen starb.«

Rebecka legte das Schneidebrett weg. Ihr amüsierter Gesichtsausdruck war verschwunden.

»Woher weiß er das?«

»Weil er dabei war.«

Hanna konnte ihr nicht in die Augen sehen. Sie ließ die geschälte Kartoffel in den Topf mit dem Wasser gleiten und griff zur nächsten, ließ dann aber die Hand sinken.

»Wie jetzt? Mit deinem Vater?«

»Nein, mein Vater war nicht dabei, als sie starb«, sagte Hanna. »Er kam erst später dazu und hat das Haus angezündet.«

»Was? Dann hat dein Bruder Ester getötet?«

Rebecka sah schockiert aus. Sie war mal in Kristoffer verknallt gewesen, da war Hanna sich sicher, auch wenn sie das nie zugegeben hatte.

»Nein, nicht Kristoffer, sondern …«

Hanna brachte Axels Namen nicht über die Lippen.

Nach dem Schulabschluss hatte sie Öland kommentarlos

verlassen. Darüber war Rebecka so wütend geworden, dass ihre Freundschaft erst mal auf Eis gelegen hatte. Eine zögerliche Annäherung geschah erst wieder nach Hannas Rückkehr, als sie im Todesfall von Rebeckas Sohn Joel ermittelt hatte. Aber die Freundschaft stand noch auf wackligen Beinen. Hanna war nicht sicher, ob sie das hier überstehen würde.

»Komm«, sagte Rebecka.

Sie nahm Hanna den Sparschäler aus der Hand, brachte sie zum Küchentisch und drückte sie auf einen der Stühle.

»Wer hat Ester Jensen getötet?«, fragte sie.

»Das war … Axel Sandsten hat sie getötet.«

Ihre Antwort war kaum mehr als ein Flüstern. Erst dachte Hanna, Rebecka hätte sie nicht gehört, aber dann stützte sie sich auf dem Küchentisch ab.

»Verdammte Scheiße.«

Die Worte waren randvoll mit Hass, und Hanna sackte zusammen. *Verdammte Scheiße*, hatte Rebecka auch gebrüllt, als Hanna sie schließlich aus Stockholm angerufen hatte.

»Es tut mir leid, dass ich es dir erst jetzt erzähle«, sagte Hanna, »aber ich …«

Stockend gab sie wieder, was Kristoffer ihr verraten hatte.

»Also, mir war echt klar, dass mit Axel ganz grundsätzlich was nicht stimmt«, sagte Rebecka. »Aber dass er ein Mörder ist, das hätte ich nicht gedacht.«

Hannas Augen brannten. Sie hatte wirklich gedacht, dass Rebeckas Wut ihr galt. Dass sie jetzt angebrüllt und dann rausgeschmissen würde. Doch Rebecka legte ihr nur eine Hand auf den Arm.

»Was wirst du jetzt machen?«

»Ich habe keine Ahnung.«

»Dann war es Axel, der dein Haus abgefackelt hat?«

»Ich gehe davon aus.«

»Du brauchst jemanden, der dich beschützt«, sagte Rebecka. »Wie gut, dass du bei Isak wohnst.«

Ihre Worte beruhigten Hanna nicht, im Gegenteil. Erst in diesem Moment begriff sie, welcher Gefahr sie Isak damit aussetzte. Was, wenn als Nächstes ihm etwas passierte? Hanna könnte sich das nie vergeben.

»An was erinnerst du dich denn von damals?«, fragte Hanna. »Du warst schließlich mit Axel zusammen, als Ester starb.«

»Davon wusste ich nichts«, sagte Rebecka. »Sonst hätte ich das niemals für mich behalten.«

»Nein, entschuldige, so meinte ich das gar nicht. Ich möchte einfach nur wissen, ob dir was aufgefallen ist. Mit wem Axel zu tun hatte.«

»Ich weiß noch, dass dein Bruder und dieser Robin hin und wieder bei ihm aufgekreuzt sind, aber die sind dann immer nach draußen verschwunden. Axel hat ja eine Menge krumme Dinger gedreht, unter anderem hat er gefälschte Markenjeans vertickt. Ich hab einfach gedacht, dass es um so was geht.«

Beschämt schaute sie Hanna an. Das mit den gefälschten Hosen war neu für Hanna, obwohl ihr damals aufgefallen war, dass Rebecka plötzlich ständig neue Jeans hatte.

»Kannst du dich an noch was anderes erinnern? Irgendwas Ungewöhnliches?«

»Einmal hat ein älterer Mann geklingelt, als Axel und ich allein bei ihm waren. Axel ist fast ausgerastet, dass er vorbeigekommen ist, aber ich habe nicht kapiert, warum. Ich habe sie danach mal zusammen in der Stadt gesehen.«

»Wer war der Mann?«

»Keine Ahnung.«

»Wie alt war er denn?«

»Damals war für uns ja jeder über zwanzig alt, aber der war so richtig erwachsen. Graue Haare. Schätzungsweise also sicher über fünfzig. Und die Nase ist mir im Gedächtnis geblieben. Die war groß und irgendwie rund.«

»Eine Knollennase?«

»Ja, genau, eine Knollennase. Und klein war er.«

»Wie klein?«

»Puh, keine Ahnung. Aber klein genug, dass es mir aufgefallen ist.«

Hanna dachte fieberhaft nach, aber ihr wollte niemand einfallen, auf den diese Beschreibung passte.

»Ich muss mal los, glaub ich«, sagte sie. »Isak wartet mit dem Essen.«

Als sie aufstand, schloss Rebecka sie noch mal fest in die Arme.

Dann verließ Hanna mit schnellen Schritten die Küche. Molly lachte über irgendwas im Fernsehen und drehte den Kopf in ihre Richtung, ohne den Blick von der Mattscheibe zu lösen.

»Gehst du schon?«

»Ja«, sagte Hanna.

»Sehen wir uns an Weihnachten?«

Sie und Rebecka hatten überlegt, sich am ersten Weihnachtsfeiertag zu treffen, weil Hanna vielleicht eine Pause von Isaks Eltern brauchen würde.

»Klar!«

Hanna stieg ins Auto und blieb erst mal einfach sitzen,

betrachtete sich im Spiegel. Wieso hatte sie nicht gleich mit Rebecka gesprochen? Völlig umsonst hatte sie sich monatelang Sorgen vor ihrer Reaktion gemacht. Rebecka hatte sich verändert, das Leben hatte selbst sie abgehärtet. Und obwohl Hanna einerseits erleichtert war, weil ihre Freundin so positiv reagiert hatte, war da andererseits eine neue Sorge. Was, wenn Isak etwas zustieß? Sie sollte ausziehen, in einem Hotel einchecken, und sie musste das gleich heute Abend ansprechen. Die alte Angst meldete sich: Ihre Beziehung würde das niemals überstehen. Nicht lange, dann wäre alles dahin, und selbstverständlich war das alles wieder ihre Schuld.

Nein, nicht ihre – Axel Sandstens. Wieder erfüllte sie blanker Hass wegen allem, was er ihr genommen hatte. Er musste angeklagt und verurteilt werden, aber wo sollte sie die nötigen Beweise hernehmen? Rebecka beobachtete sie durchs Küchenfenster, und Hanna zwang sich, ihr zuzuwinken, bevor sie aus der Auffahrt zurücksetzte. Wer war der Mann, mit dem Rebecka Axel gesehen hatte? Um herauszufinden, ob auch er an dem Mord an Ester Jensen beteiligt war, musste sie erst mal seine Identität aufdecken.

MITTWOCH,
18. DEZEMBER

32

Hanna lehnte sich übers Bett und gab Isak einen Kuss auf die Wange. Er lag auf dem Bauch, das eine Bein angewinkelt, den Kopf zur Seite gedreht. Brummelnd änderte er seine Position, bis er auf dem Rücken lag. Hanna küsste ihn noch einmal, diesmal auf den Mund.

Isak schlug die Augen auf und lächelte.

»Guten Morgen, Schlafmütze«, sagte sie.

Sie selbst hatte schon geduscht und eine Schale Müsli gefrühstückt, weil sie früh auf der Arbeit sein wollte.

»Du schaffst das«, sagte er.

Sie ließ sich von ihm ins Bett und unter seine Decke ziehen.

Gestern war es spät geworden, weil sie nach ihrem Besuch bei Rebecka so aufgewühlt gewesen war. Sie hatten noch lange geredet, wie so viele Abende zuvor, und sie hatte ihre Angst nicht unterdrücken können. Die Angst davor, dass Axel Isak etwas antun würde. Oder dass sie an den Punkt kommen würden, an dem er einfach nicht länger mit ihr zusammenbleiben konnte. Das Letzte hatte sie nicht laut geäußert, aber sie hatte vorgeschlagen, in ein Hotel zu gehen, was Isak sofort entschieden abgelehnt hatte.

»Du schaffst das«, wiederholte er und streichelte ihr über den Kopf. »Nein, *wir* schaffen das. Du bist nicht allein.«

»Ich weiß«, sagte Hanna. »Aber ich muss jetzt wirklich los.«

»Lass dich nicht aufhalten«, sagte Isak und lachte.

Doch er hielt sie fester. Wie gern würde sie einfach hier mit ihm liegen bleiben, sich an ihn klammern und Axel Sandsten vergessen. Sie lehnte den Kopf gegen seine Brust. Blieb ein paar Minuten so, bevor sie sich widerwillig aufrappelte.

Sie gab Isak einen letzten Kuss und eilte dann hinaus. Es war wärmer als gestern, vielleicht waren die Temperaturen sogar wieder über null geklettert. Der erste Ort, durch den sie kam, war Åby, wo Ester Jensen gewohnt hatte. Wie immer schlug ihr Herz etwas schneller, obwohl sie gar nicht automatisch an der Stelle vorbeikam, an der ihr Haus gestanden hatte. Da fiel Hanna auf, dass sie gar nicht wusste, wie es mit dem Grundstück weitergegangen war. Ob das Haus neu errichtet worden war oder sich jetzt etwas ganz anderes dort befand. Plötzlich hatte sie das starke Bedürfnis, es herauszufinden.

In letzter Sekunde bremste sie und bog in Ester Jensens Straße. Langsam näherte sie sich dem Grundstück, bewegte sich zugleich in der Zeit zurück. Vor ihrem überstürzten Umzug nach Stockholm war sie mit dem Fahrrad hergekommen und hatte sicher eine Stunde lang dagestanden und das verkohlte Hausskelett angestarrt. Da war noch alles abgesperrt gewesen. Schlussendlich war ein Nachbar rausgekommen und hatte sie angebrüllt. Worte, die noch immer wehtaten: *Du hast hier nichts verloren! Verdammtes Mörderbalg!*

Sie war beim Grundstück angekommen, ihr Fuß glitt zum Bremspedal. Das Haus war abgerissen, aber kein neues gebaut worden. Warum nicht? Dünne Schneeflocken schwebten vom Himmel. Dann war es doch unter null, aber der Schnee konnte jederzeit in Regen übergehen.

Wieso hatte Axel Sandsten Ester Jensen ermordet? Hanna war wieder bei der Ursprungsfrage, aber es waren weitere dazugekommen. Hatte Axel ihren Bruder und Robin davon überzeugt, dass Ester Geld hatte, oder war das von ihrem Bruder ausgegangen? Und wenn Letzteres zutraf, wie war ihr Bruder darauf gekommen? Und wieso waren sie nicht einfach abgehauen, als klar war, dass es nicht mehr als ein paar Hunderter zu holen gab? Sie hatte zwar den Eindruck, dass Axel irgendwie gestört war, trotzdem glaubte sie nicht, dass er völlig wahllos vorging. All die Fragen machten ihr allmählich Kopfschmerzen. Sie rief ihre ehemalige Nachbarin Ingrid an.

»Hast du damals gehört, dass Ester viel Geld bei sich im Haus versteckt hielt?«

»Dir auch einen schönen guten Morgen.«

»Entschuldige. Guten Morgen. Aber wirklich, hattest du davon gehört?«

»Erst nach ihrem Tod. Ich habe sie auch nicht wirklich gekannt, habe sie nur einmal bei einem Studienkreis getroffen. Sie war nett. Aber ich hatte nicht den Eindruck, dass sie übertrieben viel Geld hatte oder der Typ Mensch war, der es zu Hause in der Matratze versteckte.«

»Weißt du noch irgendwas über sie? Mit wem sie Kontakt hatte zum Beispiel?«

Wenn jemand ermordet wurde, erfasste man eigentlich

zuerst Verwandte und Bekannte des Opfers, aber das war in diesem Fall nicht passiert, weil sie so früh ein Geständnis bekommen hatten. Eigentlich wusste Hanna nicht mehr über Ester, als dass sie verheiratet gewesen war.

»Bist du im Polizeirevier?«, fragte Ingrid.

»Nein, ich bin in Åby.«

»Verstehe«, sagte Ingrid. »Du hast nicht zufällig Lust, vorbeizukommen und mit mir zu frühstücken?«

Der Schnee fiel nun dichter, das Grundstück vor ihr wurde langsam weiß. Hanna ahnte, weshalb Ingrid sich einen Besuch wünschte, aber sie war einfach noch nicht so weit, ihrem zerstörten Haus gegenüberzutreten.

»Ein andermal«, sagte sie.

»Warte nicht zu lange damit.«

»Nein. Aber könntest du jetzt vielleicht meine Frage beantworten? Mit wem hatte Ester Kontakt?«

»Ihr Ex-Mann lebt noch«, sagte Ingrid. »Ich glaube, er wohnt in Färjestaden. Leider weiß ich nichts weiter über ihn. Was noch … Ester hat sich in einem Kunst- und einem Gartenverein engagiert, und ich glaube, sie hatte was mit einem Mann, der auch ziemlich viel von Blumen verstand.«

Ein Ex-Mann und ein neuer Freund waren immer interessant, wenn in einem Mordfall ermittelt wurde, aber Hanna konnte sich weder an ein Vernehmungsprotokoll des einen noch des anderen erinnern. Schnell beendete sie das Gespräch und suchte im Internet nach Informationen über Ester Jensens Ex-Mann. Er hieß Sven-Otto Jensen, geboren ein Jahr nach Ester, also war er mittlerweile vierundsiebzig, und er wohnte in der Tat in einer Wohnung in Färjestaden. Leider gab es kein Bild von ihm.

Nach dem Mord an Ester waren in den Zeitungen viele Menschen zu Wort gekommen, die berichtet hatten, was für ein fantastischer Mensch sie gewesen war. Eine Frau vom Gartenverein war eine von vielen namentlich zitierten, und Hanna setzte ein Lesezeichen auf die Seite. Vielleicht wusste sie ja etwas über Esters neue Liebe.

33

Erik war frustriert, dass er schon wieder keine Sauerteigbrötchen zur Morgenbesprechung mitbringen konnte. Gestern hatte er unfassbar viel Zeit damit verbracht, Artikel über Sauerteig zu lesen und nach Rezepten zu suchen, nur damit er nicht an das langsam absterbende Gehirn seines Vaters denken musste. Schlussendlich hatte er ein neues Rezept gefunden und einen neuen Teig angesetzt. Heute Morgen hatte das Ergebnis schon vielversprechend ausgesehen, hoffentlich konnte er den Teig am Abend schon füttern.

Die Besprechung war um eine Stunde vorverlegt worden, trotzdem war Hanna noch nicht da. Erik setzte sich auf seinen gewohnten Platz, und Ove hielt eine Abendzeitung hoch. Auf dem Titelbild war eine Nahaufnahme des verlassenen Hauses und verpixelte Porträtaufnahmen der anderen Jugendlichen, die mit Mikael Fransson dort übernachtet hatten: Oskar Holmberg, Elvira Pavic und Sara Jonsson. *Haus des Todes?* lautete die Schlagzeile. Immerhin hatten sie ein Fragezeichen dahintergesetzt. Irgendwas stimmte mit der Aufnahme vom Haus nicht, aber er kam nicht darauf, was.

»Die Presse dreht jetzt richtig auf«, sagte Ove. »Und das wird sicher noch schlimmer.«

Hanna kam herein.

»Entschuldigt, dass ich zu spät bin.«

Ove nickte nur und fuhr dann fort.

»Die Zeitungen scheinen sich einig zu sein, dass es jemand aus dem Freundeskreis war. Das an sich ist vielleicht nicht die unwahrscheinlichste Schlussfolgerung, aber wir haben es hier mit lebenden Menschen zu tun, die an den Pranger gestellt werden. Unser Freund Bo Tapper lässt sich interviewen und heizt die Spekulationen zusätzlich an.«

Seufzend legte Ove die Zeitung weg.

»Die Kriminaltechnik konnte die Inhalte der Diskette aus Mikaels Schrank nicht öffnen, da die Diskette beschädigt ist. Aber sie hoffen, noch eine Lösung zu finden.«

»Mikael Franssons Vater heißt aller Wahrscheinlichkeit nach Anders Rosén«, sagte Hanna. »Ich habe gerade noch einen Anruf bekommen, deshalb bin ich auch zu spät. Birgitta Fransson hatte recht damit, dass er aus Flen stammte, aber er studierte nicht Kunstwissenschaften, sondern BWL.«

Sie sah völlig fertig aus. Offenbar setzte ihr das alles mit dem Brand und mit Axel Sandsten ziemlich zu. Vielleicht blieb ihm doch nichts anderes übrig, als sich trotz aller Vorbehalte an Ove zu wenden.

»Hast du noch mehr Informationen, die es leichter machen, ihn zu finden?«, fragte Ove.

»Leider nicht.«

»Das wird schon reichen«, sagte Daniel.

»Gut«, sagte Ove. »Auf dem Computer selbst waren leider keine relevanten Dateien, und auch der Schlafsack wird keine weiteren Anhaltspunkte liefern, weil er gewaschen wurde. Mit der Passagierliste geht es nur langsam voran, darauf stehen schließlich sechshundertfünfundsiebzig Namen. Nicht alle sind aus Schweden, ein paar haben seither geheiratet und neue Namen angenommen, andere sind gestorben, ihr könnt es euch vorstellen.«

»Stand denn noch jemand von Mikaels Freundinnen oder Freunden darauf?«, fragte Amer.

Ein ungewöhnlich blöde Frage dafür, dass sie von Amer kam, aber er hatte in letzter Zeit über heftigen Schlafmangel geklagt. Seine Tochter schlief offenbar gerade selten mehr als ein paar Stunden am Stück.

»Nein«, sagte Ove. »Das wurde gleich als Erstes überprüft. Ich habe ihnen gesagt, sie sollen sich erst mal auf Leute aus unserer Gegend konzentrieren, aber, wie gesagt, es geht langsam voran …«

»Wonach genau suchen wir denn eigentlich?«, wollte Daniel wissen.

»Im Idealfall nach der Person, die in Mikaels Namen übergesetzt hat«, sagte Ove. »Und dann die Nachricht mit seinem Handy verschickt hat. Vermutlich finden wir den Namen gar nicht auf der Liste, deshalb sind wir auf die Angaben der Mitreisenden angewiesen. Die wenigsten können sich an die Überfahrt erinnern, aber wir haben ein paar Fotos bekommen. Könntest du die Kriminaltechnik vielleicht in dem Punkt unterstützen, Erik? Du hast ja einen besseren Überblick über die für die Ermittlungen relevanten Personen.«

»Geht klar.«

Gerade war er über jede Beschäftigung dankbar. Ove

nahm die Brille ab und massierte seine Nasenwurzel. Kaum war die Brille wieder auf der Nase, hielt er die Abendzeitung erneut hoch:

»Die Leute bei Flashback sind sich einig, dass eine oder einer dieser drei schuldig ist. Der älteste Post ist von 1999, der jüngste stammt von gestern und bezieht sich auf diesen Artikel hier. Zu diesem Zeitpunkt können wir nur weiter Druck auf die drei ausüben und hoffen, dass sich das schlechte Gewissen meldet.«

»Wir sollten uns auch mal mit Torsten Berglund unterhalten«, schlug Erik vor. »Auch wenn der nicht mit in dem verlassenen Haus war, so war er doch mit Elvira Pavic zusammen. Sie oder irgendwer anderes hat ihm vielleicht was erzählt.«

»Gute Idee«, sagte Ove. »Mach das. Und sprecht auch mit Sara Jonssons Ex-Freund Fadi.«

»Ich hab seine Kontaktdaten«, sagte Daniel. »Das Pub, in dem er im Juni 1999 gearbeitet hat, gibt es nicht mehr, aber ich bleib dran, was sein Alibi angeht.«

»Gut«, sagte Ove.

Er wollte gerade die Zeitung wieder weglegen, da wusste Erik endlich, was mit dem Foto nicht stimmte. Das Haus war noch intakt.

»Von wann ist das Foto?«, fragte er.

Ove drehte die Zeitung so, dass er die Titelseite sehen konnte.

»Ich schätze, das ist aus Bo Tappers Doku. Wieso?«

Erik hatte sie immer noch nicht gesehen.

»Das Haus ist mittlerweile wesentlich heruntergekommener. Hanna und ich waren ja dort. Die Fenster waren kaputt, die Tür hing schief in den Angeln, und davor lag ein Stuhl mit nur noch drei Beinen.«

»Verdammt«, sagte Ove. »Dann müssen wir wohl doch die Kriminaltechnik hinschicken.«

Die Dokumentation war vor etwa einem halben Jahr entstanden, das hieß, dass irgendwann in den letzten sechs Monaten jemand zu dem Haus gefahren war und dort herumgewütet hatte. Nicht undenkbar, dass das eine Reaktion auf die Doku gewesen war, und um eine solche Reaktion heraufzubeschwören, musste es ja einen heftigen Anlass gegeben haben. Vielleicht wusste, wer immer da vandaliert hatte, ja etwas über den Mord. Womöglich war es sogar der Täter oder die Täterin selbst gewesen.

Ove sammelte seine Sachen zusammen. Offenbar war die Besprechung vorbei.

»Hanna«, sagte er. »Ich würde gern noch kurz in meinem Büro mit dir sprechen.«

34

Mit rasendem Herzen folgte Hanna ihrem Chef ins Büro. Hatte Henning Larsson vom *Barometern* ihn angerufen und Fragen gestellt? Vielleicht hatte sie ihn ja falsch eingeschätzt. Hanna wollte nicht, dass Ove schon jetzt wusste, wer Ester Jensen getötet hatte. Sie brauchte noch mehr Zeit.

Ja, Nora Baldino hatte angerufen, als Hanna gerade unten auf den Parkplatz gefahren war, und ihr erzählt, dass Anders mit Nachnamen Rosén hieß und 1979 BWL studiert hatte – aber das war nicht der Grund für Hannas Verspätung gewesen. Sie war im Auto sitzen geblieben und hatte darüber nachgedacht, wie im Todesfall Ester Jensen ermittelt worden war. Wieso waren weder ihr Ex-Mann noch diese neue Bekanntschaft, die sie gehabt haben sollte, befragt worden? Die Vernehmung ihres Vaters hatte sich fast ausschließlich um das vermeintliche Geld gedreht, Ausgangspunkt war die Frage gewesen, ob er das Geld für Alkohol gebraucht hätte. Ihr Vater hatte immer nur eins wiederholt: *Das war keine Absicht.* Hanna musste dringend mehr über Ester Jensen herausfinden. Über den Ex-Mann und über den Verlauf der Scheidung. Außerdem musste sie den neuen Freund auftreiben.

Hanna setzte sich auf den Stuhl neben Oves Schreibtisch. Ihr Chef schien keine Eile zu haben, das Gespräch mit ihr aufzunehmen. Er schaltete seinen Computer ein und rief erst noch bei der Kriminaltechnik an, damit sie jemanden zu dem verlassenen Haus schickten. Hanna ärgerte sich darüber, dass ihr das mit dem Foto nicht aufgefallen war, als sie zur Besprechung stieß, aber glücklicherweise hatte Erik es ja bemerkt. Das Haus war extrem verwüstet worden und der Gestank unerträglich, Hanna beneidete die Kolleginnen und Kollegen der Kriminaltechnik kein bisschen. Aber mit etwas Glück fanden sie ja tatsächlich heraus, wer sich an dem Haus abreagiert hatte.

»Wie geht es dir?«, fragte Ove.

»Was meinst du?«

Ihr Chef betrachtete sie über seine Brille hinweg.

»Das ist ja wohl wirklich keine komische Frage.«

Hanna zuckte mit den Schultern.

»Ganz okay.« Sie wusste immer noch nicht, wieso er sie zu sich zitiert hatte.

»Dass das eigene Haus mit allem, was man besitzt, abbrennt, ist ein traumatisches Erlebnis«, sagte Ove. »Und dass der Brand vorsätzlich gelegt wurde, verschärft das alles noch mal.«

Hanna lief rot an. Wie dämlich konnte man sein? Natürlich wollte er über den Brand sprechen!

»Ja, klar«, sagte sie. »Aber da denke ich lieber nicht weiter drüber nach.«

Oves Blick wurde noch eindringlicher.

»Das glaube ich gern«, sagte er. »Trotzdem ist das nicht immer die beste Herangehensweise.«

Sein Computer piepste, und Oves Blick wanderte zum Monitor. Nach einem Moment schaute er wieder zurück zu ihr.

»Ich habe vor der Morgenbesprechung mit dem Verantwortlichen in Växjö telefoniert. Er sagt, ihr beide wart schon in Kontakt?«

Hanna begnügte sich mit einem Nicken. Sie war davon überzeugt, dass Johannes Costa sich über ihre mangelnde Kooperationsbereitschaft beklagt hatte. Dass Ove ihr nun eine Standpauke darüber halten würde, wie wichtig es war, dass sie alles, aber auch wirklich alles preisgab. Aber das tat er gar nicht.

»Wenn du dir ein paar Tage freinehmen willst, sag Bescheid.«

Nachdem sie ihm das versprochen hatte, durfte sie gehen. Schnell verließ sie sein Büro, damit ihm nicht doch noch etwas einfiel. Ein Schatten löste sich im Flur von der Wand, und Hanna keuchte laut. Erik.

»Hast du mir einen Schrecken eingejagt.«

»Entschuldige.« Erik grinste. »Für einen Moment hab ich echt gedacht, du verpasst mir eine.«

Wut blitzte in ihr auf. Weil sie tatsächlich kurz davor gewesen war. Weil jetzt alle auf sie aufpassen wollten. Dabei hatte Erik ganz offensichtlich nur auf sie gewartet.

»Ich habe mit Torsten Berglund gesprochen«, sagte er. »Er arbeitet bei der Handelsbank in der Storgatan und erwartet uns.«

»Gut.«

»Aber wir müssen sofort los, damit wir ihn noch vor der Mittagspause erwischen«, fuhr Erik fort. »Den Rest des Tages sitzt er in irgendwelchen Meetings.«

35

Das Wasser brannte schon auf der Haut, trotzdem stellte Therese es noch heißer. Sie musste den gestrigen Abend mit Kasper abwaschen. Den Morgen genauso.

Ganz wie erwartet, hatte Kasper es eilig gehabt, ins Bett zu kommen. Wilma war gegen neun schlafen gegangen, und dann hatte er noch mit Therese fernsehen wollen. *Beforeigners – Mörderische Zeiten*, eine Serie über Menschen aus der Vergangenheit, die plötzlich im heutigen Oslo auftauchen. Einer von ihnen fängt an, für die Osloer Polizei zu arbeiten. Nach der Hälfte der Folge hatte er ihr mit glänzenden Augen gesagt, dass es ein stressiger Arbeitstag gewesen sei, und dann den Fernseher ausgeschaltet. Sie hatte es nicht gewagt, zu lange im Bad zu bleiben, aber halbherzig Kopfschmerzen vorgeschoben. Darüber hatte er nur gelacht und angefangen, ihre Brüste zu streicheln.

Therese griff nach der Shampooflasche. Hielt sie eine Weile in der Hand, stellte sie wieder zurück. Heute fehlte ihr selbst die Kraft zum Haarewaschen.

Als er mit den Brüsten fertig gewesen war, hatte er so fest ihre Pobacken gepackt, dass sie keuchen musste, worüber er zufrieden grinste. Grinste und dann steif wurde. Vielleicht weil er meinte, sie auf diese Weise scharf gemacht zu haben. Das wollte sie zumindest glauben, denn jede andere Erklärung wäre viel schlimmer.

Therese schloss die Augen. Versuchte, die Erinnerungen abzuschütteln, doch sie konnte nicht.

Kasper hatte sie auf die Matratze gedrückt, ihre Beine mit dem Knie auseinandergepresst. Sofort kamen ihr die Tränen, und Therese drehte das Gesicht in den Wasserstrahl, ließ sie gleich wegwaschen. Heute Morgen hatte sie es nicht rechtzeitig aus dem Morgenmantel geschafft. Normalerweise machte sie sich zurecht, bevor sie den Kindern das Frühstück vorbereitete und dann schaute, dass sie zur Schule kamen. Wilma hatte ihr von sich aus angeboten, Lucas heute hinzubringen.

Reiß dich gefälligst zusammen, hatte Kasper gezischt, bevor er aufgebrochen war.

Aber Therese wusste nicht, wie. Gerade brach doch alles auseinander. Wie sollte sie ihrer Mutter je diese Lüge verzeihen? Wieso hatte sie über so etwas Wichtiges gelogen? Als Therese jung war, hatte sie davon geträumt, Architektin zu werden, damit sie Häuser entwerfen konnte, um die Aufmerksamkeit ihres Vaters zu erregen.

Weil sie sich schämt.

Das war die einzig logische Erklärung für die Lüge ihrer Mutter, die Therese fand. Es musste noch etwas anderes dahinterstecken. Oder? Nein, vermutlich hatte ihre Mutter nur die tristen Fakten aufhübschen wollen.

»Verdammte Scheiße!«, brüllte Therese und schlug mit dem Arm ins Duschregal, sodass alles herunterfiel.

Sofort bückte sie sich, um alles wieder aufzuheben.

»Reiß dich gefälligst zusammen«, flüsterte sie.

Kaspers Worte.

Therese stellte das Wasser ab und griff nach ihrem Handtuch. Einerseits wollte sie mit ihrer Mutter sprechen, sie zum Reden bringen, andererseits wollte sie aber gar nicht hören, was sie zu sagen hatte, wenn es ihr danach so ginge wie jetzt.

Als sie sich abgetrocknet und angezogen hatte, machte sie sich auf den Weg in die Küche. Alles stand noch genauso da, wie sie es zurückgelassen hatte, und sofort kamen ihr wieder die Tränen. Sie drängte sie zurück und stellte warme Milch und angeschmolzene Butter in den Kühlschrank. Den Aufschnitt hatte sie schon vorher weggeräumt, aber das konnte sie kaum als Erfolg verbuchen. Das dreckige Geschirr ließ sie stehen.

Im Wohnzimmer ließ sie sich aufs Sofa fallen. Nachdem sie eine Weile dort gesessen und die Hyazinthen auf dem Couchtisch angestarrt hatte, griff sie zu ihrem Handy. Keine neuen Nachrichten. Ihre Mutter hatte seit über zwölf Stunden nichts geschrieben. Die so wohlbekannte Sorge keimte auf, aber gleichzeitig auch Wut. Was hatte die Stille zu bedeuten? War das eine Abstrafung? Oder war es ein Manipulationsversuch, damit sie so schnell wie möglich nach Rälla fuhr? Therese war kurz davor, ihrer Mutter zu schreiben, nur um das Schweigen zu beenden. Stattdessen scrollte sie sich durch Facebook. Sie selbst postete so gut wie nichts, aber sie verfolgte gern, was andere so zeigten, mit denen sie mal befreundet gewesen war. Besonders Kim. Sicher, die Fotos aus Kanada waren schön gewesen, aber obwohl sie nichts mehr miteinander zu tun hatten, wusste sie sie doch lieber in der Nähe.

Kim hatte gerade erst ein neues Foto gepostet. Darauf eine große Teetasse und ein Safrankringel. *Kleine Pause*, stand dabei. Es sah nicht nach einem Café aus, vermutlich war sie also zu Hause. Therese tippte auf das gestrige Bild von ihr und dem Pferd, und sofort war da eine riesige Sehnsucht. Sowohl nach ihrer Freundin als auch nach warmem Pferdefell. Wieso hatte sie nur mit dem Reiten aufgehört? Sie schluckte neue Tränen hinunter, öffnete den Messenger und fing an zu schreiben. Nachdem sie eine lange Einleitung, dass sie gesehen habe, dass Kim wieder nach Öland gezogen sei und dass sie in letzter Zeit viel an sie gedacht habe, gelöscht hatte, begnügte sie sich mit einer bedeutend kürzeren Nachricht:

Hab dich vermisst. Wollen wir uns mal treffen?

Sofort tauchten die drei Punkte auf, und Therese hielt es nicht aus daraufzustarren. Erst nach mehreren Minuten vibrierte ihr Handy mit der Antwort.

Ach, ich freu mich so, dass du schreibst! Ich wollte mich auch melden, hab von Mikael gelesen, aber wusste nicht, was ich sagen sollte. Willst du herkommen? Wir können einfach reden oder auch ausreiten, wenn du magst.

Therese presste das Handy gegen die Brust und ließ den Tränen nun freien Lauf. Sofort vibrierte es noch einmal.

Aber vielleicht musst du ja heute arbeiten?

Nein, ich bin krankgeschrieben, antwortete Therese. *Ich komm gern!*

36

Weil sie so spät dran waren, fuhr Hanna mit dem Wagen in die Fußgängerzone und parkte direkt vor der Handelsbank. Das Büro lag im ersten Stock, und es war sehr ruhig. Ein Kunde war im Gespräch mit einer Bankangestellten. Ein paar weitere Leute saßen auf dem großen, geschwungenen Sofa und warteten.

Ein Mann in dunkelgrauem Anzug mit roter Krawatte kam aus einem der gläsernen Büros zu ihnen. Er wirkte seltsam alterslos, nur die kleinen Falten um die Augen und der Haaransatz, der ein Stück die Stirn hinaufgewandert war, gaben ein wenig Aufschluss über sein Alter. Der Anzug war eine Nummer zu groß, und der Mann sah müde aus. Vermutlich gab es vor den Weihnachtsfeiertagen und dem Jahreswechsel viel zu tun.

»Sind Sie von der Polizei?«, fragte er.

Erik nickte und zeigte dann seine Dienstmarke.

»Setzen wir uns in mein Büro«, sagte Torsten Berglund.

Er führte sie an dem Computer vorbei, an dem seine Kollegin dem aufgebrachten Kunden klarzumachen versuchte, dass er ohne eine Vollmacht seiner Gattin kein Geld abheben könne. Kaum hatten sie das kleine gläserne Büro betreten, schloss Torsten Berglund die Tür hinter ihnen und deutete auf die Stühle vor seinem Schreibtisch.

Auf dem Tisch standen außer einem Computer nur ein Kalender, ein Stifthalter und eine gerahmte Zeichnung, die so gedreht war, dass Besucher sie sehen konnten. Darauf war eine Reihe von Strichen und zwei Kreise.

»Das ist ein Porträt, das meine Tochter von mir gezeichnet hat«, sagte Torsten lächelnd, aber wirklich glücklich wirkte er nicht. »Sie wollte, dass ich es hier bei mir auf der Arbeit habe.«

Hannas Großvater hieß auch Torsten, aber weil sie bei seinem Tod gerade mal drei Jahre alt gewesen war, hatte sie keinerlei Erinnerung an ihn. Ihre Großmutter hatte oft von ihm gesprochen, und für Hanna war Torsten der Name alter Menschen.

»Vielen Dank, dass Sie so kurzfristig Zeit für uns haben«, sagte Erik.

»Selbstverständlich«, sagte Torsten Berglund. »Kann ich Ihnen etwas anbieten? Kaffee vielleicht?«

Hanna lehnte dankend ab, weil ihr gerade absolut nicht nach Kaffee war, Erik ebenfalls.

»Ich weiß ehrlich gesagt nicht, warum Sie mit mir sprechen wollen«, setzte Torsten Berglund an. »Ich war ja gar nicht mit in diesem verlassenen Haus.«

»Wieso waren Sie nicht mit?«, fragte Hanna.

»Mir ging es nicht gut«, sagte Torsten Berglund. »Ich weiß noch, dass ich mit den anderen im Park war, aber dann bin ich nach Hause. An mehr erinnere ich mich nicht.«

Er legte den Kopf schief und drehte entschuldigend die Handflächen nach oben.

»War außer Ihnen noch jemand zu Hause?«

»Mein Vater.«

»Sie waren damals mit Elvira zusammen?«, fragte Hanna.

»Ja, schon seit der Zehnten. Aber im letzten Schulhalbjahr ist die Beziehung auseinandergegangen. Wir haben noch versucht, im Sommer wieder zueinanderzufinden, aber als sie umgezogen ist, war es dann endgültig vorbei.«

»Wieso ist die Beziehung auseinandergegangen?«, fragte Erik.

»Soweit ich das noch beurteilen kann, wollten wir einfach zu unterschiedliche Dinge. Ich wollte hierbleiben, sie wollte so schnell wie möglich wegziehen. Ich wollte am liebsten sofort arbeiten, sie studieren. Ich wollte Kinder, sie nicht.«

Sein Blick huschte zu der Zeichnung. Wieder lächelte er, diesmal war die Traurigkeit nicht zu übersehen. Lebte das Kind etwa nicht mehr? Es wirkte ganz so auf Hanna.

»Wie geht es Ihrer kleinen Tochter?«

Torsten Berglund schaute sie verwundert an.

»Gut, gut. So klein ist sie allerdings nicht mehr, sie wird bald fünfzehn.«

»Haben Sie noch oder wieder Kontakt zu Elvira?«, fragte Erik.

»Nein«, sagte Torsten. »Klar, manchmal begegnen wir uns zufällig, aber darüber hinaus nicht.«

»Und zu den anderen?«

»Nosse sehe ich hin und wieder in der Stadt. Ach, Entschuldigung: Oskar Holmberg. Aber wir haben auch nichts mehr miteinander zu tun. Wir leben in so verschiedenen Welten. Ich bin der Einzige von denen, die noch hier wohnen, der eine Familie gegründet hat. Sara und ich waren im

Sommer mal was zusammen trinken, das war sehr nett, aber sie wohnt ja in London.«

»Von wem ging das aus?«, fuhr Erik fort.

»Von mir. Ich würde sagen, mit ihr hab ich mich von allen am besten verstanden. Also, abgesehen von Elvira natürlich.«

»Wie, glauben Sie, ist Mikael gestorben?«, fragte Hanna.

»Keine Ahnung«, sagte Torsten. »Wie alle anderen war ich davon überzeugt, dass er einfach abgehauen ist.«

»Haben Sie mit den anderen darüber gesprochen?«

»Ich gehe davon aus, aber wirklich erinnern kann ich mich nicht.«

»Haben Sie Bo Tappers Doku gesehen?«, fragte Hanna.

»Ja.«

»Was hat das mit Ihnen gemacht?«

Torsten Berglund knetete seine Hände, wieder wanderte sein Blick zu der Zeichnung. Irgendwas war mit seiner Tochter.

»Ich war ziemlich aufgebracht«, sagte er nach einer Weile. »Bo Tapper hat damit eine Menge alter Wunden aufgerissen, ohne dass es ihn groß gekümmert hätte.«

»Aber jetzt macht es den Eindruck, als hätte er recht gehabt.«

Darauf erwiderte Torsten Berglund nichts.

»Wie war Mikael so?«, fragte Erik.

Torsten Berglund lehnte sich zurück und schaute an die Decke.

»Das ist so wahnsinnig lange her«, seufzte er. »Und ich bin mir nicht sicher, ob die Schulzeit wirklich so viel aussagt. Darüber, wie man als Mensch ist, meine ich. Die meisten verändern sich ja doch noch gewaltig. Ich auf jeden Fall.«

»Versuchen Sie es doch mal«, bat Hanna.

»Er war ein sozialer Typ«, sagte Torsten. »Hat viel und gern geredet. War ein bisschen impulsiv. Wollte immer was unternehmen, hatte viele Ideen. Wollte lieber Flipper spielen als in der Schule hocken.«

»Können Sie sich noch daran erinnern, ob es Konflikte innerhalb der Gruppe gab?«

Torsten Berglund schnaubte.

»Manchmal kam ich mir vor wie der Kummerkasten. Alle sind mit ihren Problemen zu mir gekommen.«

»Könnten Sie das noch etwas für uns ausführen?«

»Mikael und Nosse standen beide auf Sara, obwohl die ja in festen Händen war. Beide haben mit mir darüber gesprochen, aber nicht miteinander. So gesehen gab es da also keinen Konflikt. Elvira hat ziemlich gejammert, dass Sara sich so verändert hatte, und ich glaube, Sara konnte Elvira auch nicht mehr ausstehen – aber das hat sie natürlich so nicht mir gegenüber gesagt.«

»Und warum konnte Elvira Sara nicht mehr ausstehen?«

»Den genauen Grund kenne ich nicht, aber plötzlich war sie davon überzeugt, dass Saras Nettigkeit bloß eine Fassade war.«

Der letzte Tag

Der Neonazi schaut zu ihnen, und Mikael kann es nicht lassen. Er hebt den Arm und winkt.

»Hör auf!«, faucht Elvira.

»Was macht er denn?«, fragt Sara, und gleich richtet sich Elviras Wut gegen sie.

»Misch dich nicht ein.«

»Okay, Entschuldigung.«

Sara wirkt verletzt, und Mikael verliert sofort die Lust, sich mit dem Neonazi und seinen kleinen Kumpels anzulegen. Lächerlich, dass der sich mit solchen Pimpfen umgeben muss, aber gleichaltrige oder ältere fahren wohl auf den Quatsch, den er verzapft, nicht ab. Im Burggraben zerschellt Glas, und glücklicherweise rennen die Neonazis gleich dahin. Ihn macht das Geräusch nur durstig, und er greift nach der Tüte mit den Bierdosen, die Torsten trägt.

»Warte noch, bis wir sitzen«, sagt Nosse.

»Wo setzen wir uns denn hin, Chef?«

»Das bestimme wohl kaum ich«, sagt Nosse, trotzdem sieht er zufrieden aus.

Sie gehen über das Kopfsteinpflaster und biegen auf den

Weg, der durch die Bäume führt, wo sie fast mit einer anderen Gruppe Jugendlicher zusammenstoßen, die in die entgegengesetzte Richtung unterwegs ist. Schon bald erreichen sie eine Lichtung, in deren Mitte eine Statue von Gustav Vasa steht. Überall sitzen Leute, also schlendern sie weiter. Die Bäume werden von gestutzten Hecken abgelöst, der Park an sich macht einen immer nüchterneren Eindruck. Nosse scheint nicht zu wissen, wohin er sie bringen soll.

»Hier ist es doch gut«, sagt Sara und geht an einer der Hecken vorbei auf die Wiese.

Das ist es, was Mikael an ihr liebt. Sie ist immer so aufmerksam. Will, dass alle zufrieden sind. Sie ist gleichzeitig sanft und taff. Wenn jemand ihr einen Spruch reindrücken würde, würde sie sich das nicht einfach gefallen lassen.

Sara breitet die Decke aus, und Mikael sieht zu, dass er den Platz neben ihr bekommt. Kann sie Fadi nicht einfach abservieren? Davor war sie ein paar Monate lang mit einem aus ihrer Klasse zusammen gewesen, der dann nach Kopenhagen gezogen war. Irgendwie schienen alle an ihr interessiert zu sein, am Anfang der zehnten gab es fast ein Gerangel um sie. Mikael war mit keiner aus der Klasse zusammen. Vielleicht, weil keine mit Sara mithalten konnte. Elvira mag er auch, aber nur freundschaftlich. Sie ist auch ziemlich taff, aber ihr fehlt Saras sanfte Seite. Außerdem sind sie und Torsten schon die ganze Oberstufenzeit über zusammen. Gerade scheint zwischen den beiden aber nicht mehr alles in Ordnung zu sein. Elvira tippt auf ihrem Handy rum, obwohl Torsten neben ihr sitzt. Immerhin hat sich bei ihm endlich so was wie Feierlaune eingestellt. Mikael holt zwei Bier aus der Tüte und hält sie ihm hin.

»Trinke und sei froh.«

»Trinke und sei froh«, grinst Torsten, nimmt eins und prostet ihm zu.

Elvira prostet mit, aber nicht gerade euphorisch. Sie wirft Torsten einen Blick zu, steht auf und sagt ihm, er solle mitkommen. Mikael hofft, dass sie Torsten jetzt nicht über das ausfragen will, was ihm über seine Eltern rausgerutscht ist. Er trinkt einen Schluck Bier und sieht aus dem Augenwinkel, wie sich jemand nähert.

»Hier sitzt du also und säufst.«

Seine Schwester. Er ist überrascht, dass Kasper sie überhaupt hat herkommen lassen. Der Kerl hat echt einen an der Waffel. Mikael weiß schon nicht mehr, wie oft er ihr das gesagt hat, aber sie will einfach nicht auf ihn hören. Sie meint, er will einfach nur ihr Glück zerstören, dabei will er genau das Gegenteil.

»Ja, ganz richtig. Willst du dich zu uns setzen?«

»Nein, aber danke fürs Angebot«, sagt sie und geht weiter.

Mikael fragt sich, mit wem sie wohl verabredet ist. Wirklich befreundet ist sie mit niemandem aus ihrer Klasse, soweit er das mitbekommen hat. Eigentlich hängt sie nur mit ihren Pferdemädchen ab, aber von denen hat keine außer ihr dieses Jahr den Schulabschluss gemacht. Letztens hat er Kasper in der Stadt gesehen, den Arm um eine andere gelegt. Er hätte ihm nachlaufen, ihn zur Rede stellen sollen. Aber vielleicht kann er dieses Wissen noch einsetzen, damit Kasper seine Schwester endlich in Ruhe lässt.

Mikael hat Kaspers Handynummer, weil der ihm vor ein paar Monaten geschrieben und ihn nach Ideen für ein Geburtstagsgeschenk für Therese gefragt hat. *Eine Reise nach*

New York hat Mikael geantwortet, gekauft hat Kasper ihr dann ein silbernes Herz an einer Kette. Mikael sucht seine Nummer raus und schreibt ihm eine Nachricht.

Ich weiß, dass du noch eine andere hast, und wenn du sie nicht verlässt, erzähle ich meiner Schwester davon.

Kasper ruft sofort an, doch Mikael lacht nur und legt das Handy weg.

37

»Hast du was zu essen dabei?«, fragte Erik, als sie die Bank verließen.

Supriya hatte gestern vegetarisches Korma gekocht, und er hatte heute die Reste davon mit. Hanna schaute ihn mit hochgezogenen Brauen an.

»Das deute ich mal als Nein«, sagte er.

Hanna hatte bedeutend seltener was zu essen dabei als er. Vielleicht würde sich das ja jetzt ändern, wo sie nicht länger allein lebte. Besonders wenn man bedachte, wie gern Isak kochte. Er wollte gerade ein gemeinsames Abendessen vorschlagen, konnte sich aber gerade so noch zurückhalten. Zurzeit war viel zu viel im Argen durch den Brand und Axel Sandsten. Und die Sache mit seinem Vater. Gedanken an die Zukunft waren nun mit einem flauen Gefühl in der Magengegend verbunden, und das war er nicht gewohnt. In weniger als einer Woche war schon Weihnachten, und er hoffte so sehr, dass sie das Fest einigermaßen so feiern konnten, wie sie es gewohnt waren.

»Ich flitze mal eben zum Espresso House und hole mir einen Salat«, sagte Hanna.

Sie rauschte davon, ohne eine Antwort abzuwarten. Das Café lag keine hundert Meter entfernt, also blieb er einfach beim Auto stehen und suchte Fadis Nummer heraus, die er von Daniel bekommen hatte. Nachdem er sich als Polizist vorgestellt hatte, kam er gleich zur Sache:

»Wo waren Sie am 11. und 12. Juni 1999?«

»Hier in London.«

»Können Sie das beweisen?«

Fadi lachte.

»Das werte ich mal als Nein«, sagte Erik. »Was hat Sara Ihnen über die Nacht in dem verlassenen Haus erzählt?«

»Nicht viel. Obwohl ich wirklich oft nachgefragt habe. Ich war immer davon überzeugt, dass da etwas vorgefallen sein muss. Selbst wenn jemand freiwillig abhaut, muss es schon einen gravierenden Grund geben, sich danach nie wieder zu melden, oder?«

»Wussten Sie, dass Mikael in Sara verliebt war?«

»Nein, das höre ich zum ersten Mal. Aber selbst wenn ich es gewusst hätte, hätte es mich nicht gejuckt.«

»Warum nicht?«

»Weil ich ungefähr zu dem Zeitpunkt begriffen habe, dass ich auf Männer stehe. Ich wollte nie, dass Sara zu mir nach London zieht, aber sie wollte nicht hören.«

Erik bedankte sich und legte auf. Das Gespräch hatte nicht sonderlich lang gedauert. Er schrieb Daniel eine Nachricht und bat ihn, Kontakt zu Torstens Vater aufzunehmen. Eine Viertelstunde später war Hanna noch immer nicht zurück. Was dauerte denn so lang? Nach ein paar weiteren Minuten machte er sich langsam auf den Weg zum Café, doch da kam Hanna gerade heraus.

»Sorry«, sagte sie, als sie herangejoggt war. »Da war eine ziemliche Schlange, und als ich endlich dran war, gab's ein Problem beim Bezahlen, weil ich doch immer noch keine Ersatzkarte habe. Hat ein bisschen gedauert, das trotzdem digital zu zahlen.«

»Schon okay«, sagte Erik und öffnete die Autotür.

Jetzt war sie ja da, und über Vorfälle dieser Art ärgerte er sich nur selten. Davon hatte man schließlich auch nichts. Sein Vater war auch so. Während er sich anschnallte, überkamen ihn unzählige Erinnerungen. Verspätungen und kaputte Gegenstände, die seinem Vater nur ein Achselzucken wert gewesen waren. Mit sieben war er mit seinen Eltern und den Zwillingen nach Frankreich gefahren. Weil sie das Hotel nicht finden konnten, waren sie gezwungen gewesen, im Auto zu schlafen. Sein Vater hatte es geschafft, daraus ein großes Abenteuer zu machen. Das, was ihm jetzt bevorstand, verdiente er nicht, und Erik hasste die Vorstellung, ihm beim Verschwinden zusehen zu müssen. Die Häuser huschten an ihnen vorbei wie eine Mahnung daran, wie flüchtig alles war. Ausnahmsweise war Erik mal nicht nach Reden zumute.

Kaum zurück im Revier steckte er das Essen in die Mikrowelle. Mit jedem Bissen wurde seine Laune wieder besser. Bis ein Anruf vom Empfang kam:

»Hier ist ein Mann ausgerastet. Er ist betrunken, und eigentlich wollten wir ihn in die Ausnüchterungszelle stecken, aber dann hat er was von Mikael Fransson gebrüllt. Dass er mit der Polizei sprechen muss.«

»Ich komm sofort runter«, sagte Erik.

Schnell erklärte er Hanna die Lage, und sie begleitete ihn.

In Anbetracht dessen, was der Kollege von unten gesagt hatte, war es besser, wenn sie zu zweit kamen. Der Mann hatte keinen Namen genannt, aber Erik hatte eine Ahnung, um wen es sich handeln könnte. Als er die Tür zum Warteraum öffnete, fiel sein Blick sofort auf Oskar Holmberg, der laut schniefend neben einem uniformierten Kollegen saß. Das Hemd unter der offenen Jacke war schief geknöpft und hatte Flecken, vermutlich Erbrochenes. Er stank fürchterlich. Erik fragte sich, wie lang er wohl getrunken hatte. Aber allem Anschein nach ließ der Rausch bereits etwas nach.

»Guten Tag, Herr Holmberg«, sagte Erik. »Sie wollten uns sprechen?«

Er schaute auf.

»Endlich«, sagte er und stand auf.

Erik versuchte einzuschätzen, wie betrunken er noch war. Er konnte allein stehen, lallte nur etwas. Sie konnten auf jeden Fall versuchen, mit ihm zu sprechen, also brachten sie ihn erst mal ins Vernehmungszimmer und starteten die Aufnahme.

»Was möchten Sie uns über Mikael Fransson erzählen?«, fragte Erik.

»Er war nicht nett zu mir«, sagte Oskar. »Elvira genauso wenig. Nosse rafft nix. Nosse können wir verarschen.«

»Woher kam denn dieser Spitzname?«

»Ich war nicht der Beste in Spanisch. Aber ich bin trotzdem kein Idiot, so wie sie mich gern hingestellt haben.«

Jetzt, wo die Wut zurückkehrte, klang seine Stimme gleich wieder verwaschener.

»Bitte beruhigen Sie sich«, sagte Hanna. »Wir sind hier, um Ihnen zuzuhören.«

Oskar Holmberg starrte sie an, und sank dann in sich zusammen, als wäre ihr Zuspruch mit etwas Verzögerung bei ihm angekommen. Mit einem Mal sah er nur noch traurig aus.

»Ich hab mir echt Mühe gegeben«, sagte er. »Ich wollte, dass wir einen unvergesslichen Abend haben. Damit sie vielleicht … Aber eigentlich war mir klar, wie es laufen würde. Dass sie mich fallen lassen wie eine heiße Kartoffel, sobald die Schule hinter uns liegt. Und so …«

Oskar Holmberg hickste und legte sich die Hand vor den Mund.

»Entschuldigung.«

»Ist an dem Abend noch etwas passiert, von dem Sie uns nichts erzählt haben?«, fragte Hanna.

»Ja«, sagte Oskar Holmberg. »Aber nicht, um was zu verschweigen. Mir ist es erst gestern wieder eingefallen, als Elvira angerufen hat.«

»Was wollte sie denn?«

»Sie hat gefragt, was ich Ihnen erzählt habe, und dann wollte sie wissen, ob ich mit Sara gesprochen habe.«

»Und? Haben Sie?«

»Nein.«

»Aber Sie mochten Sara, oder? Damals?«

Oskar Holmberg legte sich über den Tisch.

»Verdammte Scheiße, eigentlich müsste ich auf der Arbeit sein. Bestimmt feuern die mich jetzt.«

»Gab es wegen Sara ein Problem zwischen Ihnen und Mikael?«, fragte Hanna.

»Nein, absolut nicht«, sagte Oskar Holmberg. »Ja, ich mochte sie, aber mir war klar, dass ich keine Chance hatte. Sie war schließlich perfekt.«

»Und woran haben Sie sich nach dem Gespräch mit Elvira erinnert?«, fragte Erik.

»Mann, die hat gar nicht mehr aufgehört. Wollte wissen, was ich gesehen und gehört habe. Wollte praktisch den ganzen Abend noch mal mit mir durchgehen. Und sie hat einen Haufen Fragen über Sara gestellt. Wollte wissen, was sie gemacht hat. Und da ist es mir eingefallen. Bitte, Sie müssen mir glauben. Ich wollte das nicht verschweigen, ich habe mich einfach nur nicht erinnert.«

»An was denn genau?«

»Ich bin mir ziemlich sicher, dass ich unseren Englischlehrer gesehen habe. Wie immer der auch hieß.«

»Paul Lundell?«, fragte Erik.

»Ja, genau.«

»Wann war das ungefähr?«

»Da hatten wir schon gegrillt, aber bevor die nach Gärdslösa abgehauen sind. Wir saßen drinnen und haben uns unterhalten. Erst ist Mikael rausgegangen, dann auch Elvira. Ich dachte, sie wollte Torsten anrufen. Aber dann waren Sara und ich halt allein, und das hat mich schnell nervös gemacht, also bin ich raus, um die anderen zu suchen. Unten am Weg stieg Herr Lundell gerade in sein Auto. Da hatte es schon angefangen zu dämmern, aber ich konnte sein Gesicht gut erkennen, weil im Wagen ja das Licht anging, als er die Tür öffnete.«

»Haben Sie sonst noch jemanden gesehen?«

»Nur von hinten, aber ich gehe davon aus, dass das Mikael war.«

38

»Sie haben Paul Lundell nicht erwähnt, als Sie damals vernommen wurden«, sagte Hanna.

»Habe ich nicht?«

Oskar Holmbergs Stimme klang hoch vor Verwunderung.

»Nein«, sagte Hanna. »Können Sie sich und uns das erklären?«

»Nein, aber vielleicht hielt ich es für unwichtig. Ich war ja wie alle anderen davon überzeugt, dass Mikael einfach abgehauen war.«

»Wissen Sie, wieso Paul Lundell da war?«, fragte Erik.

»Keinen blassen Schimmer.«

»Wir haben gehört, dass Mikael wegen seiner schlechten Note sauer auf ihn war«, sagte Hanna.

»Ja, ziemlich sauer, aber das war, ehrlich gesagt, sehr merkwürdig. Mikael hat in seinem Unterricht praktisch permanent gestört und mehrere Aufsätze nicht abgegeben. Kein Wunder, dass es Herrn Lundell irgendwann gereicht hat.«

»Wie hat er sich Mikael gegenüber verhalten?«

»Ich glaube, er hatte ein bisschen Angst vor ihm. Sonst hätte er ihm sicher früher schon schlechtere Noten verpasst.«

»Vielen Dank, dass Sie uns das jetzt alles erzählen«, sagte Erik und schaute auffordernd zu Hanna.

»Ja, vielen Dank.«

Sie hatte keine weiteren Fragen. Dass Oskar Holmberg den Englischlehrer beim verlassenen Haus gesehen haben wollte, war gelinde gesagt belastend für Paul Lundell, weshalb sie dem sofort nachgehen mussten. Erik schloss die Vernehmung ab und bat Oskar Holmberg, noch kurz sitzen zu bleiben, woraufhin dieser nickte. Offenbar entdeckte er jetzt erst die Flecken auf seinem Hemd. Seine Grimasse ging in Schluchzen über, er stützte den sicher schmerzenden Kopf in die Hände.

»Ich organisiere jemanden, der ihn nach Hause bringt«, sagte Erik, als sie vor dem Vernehmungszimmer standen. »Rufst du schon mal bei Elvira und Sara an und fragst, ob sie den Englischlehrer beim verlassenen Haus gesehen haben?«

»Mach ich. Soll ich auch Paul Lundell anrufen?«

»Nein, ich würde vorschlagen, dem statten wir einen Besuch ab.«

Hanna kehrte schnellen Schritts zurück ins Großraumbüro, und Daniel schaute auf, als sie reinkam.

»Ich habe Torsten Berglunds Vater erreicht. Er kann sich nicht an den letzten Schultag erinnern, aber um ihn zu zitieren: *Wenn mein Sohn sagt, dass er mit mir zu Hause war, dann war er das.* Außerdem habe ich gerade diesen Anders Rosén ausfindig gemacht. Er wohnt mit seiner Familie in einem Haus in Täby und hat eine Firma, die medizinische Geräte an Krankenhäuser verkauft.«

»Weiß Ove das schon?«

»Ja, er wendet sich an die Verantwortlichen in Stockholm, damit jemand zu ihm fährt und mal mit ihm spricht.«

»Gut«, sagte Hanna.

Oberste Priorität hatte jetzt erst mal der Englischlehrer für sie. Hanna war bei Eriks Gespräch mit Sara Jonsson nicht dabei gewesen, also stellte sie sich erst mal als Eriks Kollegin vor, als Sara ans Telefon ging, und erklärte ihr, dass noch eine weitere Frage aufgekommen war. Sara hatte jedoch niemanden beim Haus gesehen, der nicht auch dort übernachtet hatte. Bei Elvira landete sie auf der Mailbox, wo sie eine Nachricht hinterließ und um Rückruf bat. Zur Sicherheit schickte sie aber noch eine SMS mit der gleichen Aufforderung hinterher.

Sie hatte gerade das Handy weggelegt, als es zu klingeln anfing. Sie ging im Glauben dran, dass Elvira anrief.

»Was fällt dir eigentlich ein?«, meldete sich eine gellende Stimme.

»Entschuldigung, wer spricht denn da?«

»Ein Ermittler hat bei mir angerufen und mir massenweise Fragen über dich und deinen Vater gestellt. Hast du denen etwa erzählt, dass ich dein Haus angezündet hab?«

Erst da erkannte Hanna die Stimme. Sie gehörte Ester Jensens Tochter Maria. Hanna stellte sich hinter die Trennwand, um Amers neugierigem Blick zu entgehen, dafür schaute jetzt Daniel sie aufmerksam an. Also eilte sie in den Flur. Die erneute Kontaktaufnahme mit Ester Jensens Tochter hatte sie sich eigentlich anders vorgestellt.

»Antworte wenigstens!«, schrie Maria.

Hanna öffnete den Mund, schloss ihn jedoch sofort wieder, weil ihr Carina entgegenkam. Die Kollegin, die sonst immer den Blick abwendete, wenn sie in Hannas Nähe kam, tat dies ausgerechnet heute nicht. Dafür schaute Hanna weg, bis Carina im Büro verschwunden war.

»Ich habe nur die SMS erwähnt, die du im Frühjahr geschickt hast«, sagte Hanna.

Sie hatte selbst Fragen, die sie Maria liebend gern stellen wollte, doch dies war nicht der richtige Moment, um sich nach Marias Vater oder dem Mann zu erkundigen, den Ester angeblich recht kurz vor ihrem Tod neu kennengelernt hatte. Schnellen Schritts verschwand Hanna aufs Klo und schloss sich ein. Lauschte nach Geräuschen aus dem Flur, hörte jedoch nichts. Sie schluckte und wählte ihre nächsten Worte mit großer Sorgfalt.

»Ich habe vor Kurzem mit meinem Bruder gesprochen und ein paar Dinge erfahren, die ich dir erzählen muss.«

Maria schwieg lange.

»Was denn?«, fragte sie schlussendlich.

»Das kann ich unmöglich am Telefon besprechen«, sagte Hanna. »Darf ich nach der Arbeit vorbeikommen?«

Nach einer weiteren langen Pause willigte Maria ein. Sie habe sowieso nur vorgehabt, noch etwas zu backen. Hanna verabschiedete sich und hatte das Gefühl, sich übergeben zu müssen. Jetzt gab es kein Zurück mehr, aber es machte ihr unfassbare Angst, mit all den neuen Erkenntnissen zu Maria zu gehen. Um dieser Angst Herr zu werden, rief sie Kristoffer an. Vor nicht allzu langer Zeit hatte er jegliche Kontaktaufnahme von ihr ignoriert, jetzt ging er sofort dran. Hanna erzählte ihm, was sie von Rebecka erfahren hatte. Von dem Treffen zwischen Axel und dem älteren Mann.

»Hast du eine Ahnung, wer das gewesen sein könnte?«, fragte sie.

»Nein, absolut nicht. Wieso fragst du?«

Hanna suchte nach Anhaltspunkten in Kristoffers Stimme. Sie wollte so gern glauben, dass er die Wahrheit sagte, aber es fiel ihr schwer, ihm zu vertrauen.

»Wieso fragst du?«, wiederholte er.

»Ich weiß es nicht«, sagte Hanna. »Ich muss einfach wissen, wer er ist.«

Dann sprachen sie noch kurz über Kristoffers Tochter Ella. Gestern hatten sie Ellas rosa Elefanten im Bus vergessen, aber das Schlimmste war überstanden, immerhin weinte sie nicht mehr. Kristoffer hatte seiner Frau noch immer nichts von Ester Jensen erzählt, aber Hanna sparte sich einen neuerlichen Versuch, ihn davon zu überzeugen, dass er das endlich mal tun sollte. Sie war schließlich auf der Arbeit. Aber sie war fest davon überzeugt, dass er es als Erstes der Frau erzählen sollte, die er geheiratet hatte.

»Wie läuft es mit Isak?«, fragte er.

»Gut. Ich bin zu ihm gezogen.«

»Oh, das ging ja flott.«

»Na ja, ich musste gewissermaßen.« Schritte vor der Toilettentür ließen sie verstummen. Aber wer immer gerade draußen war, blieb nicht stehen. »Mein Haus ist abgebrannt.«

»Was? Nicht im Ernst!«

»Doch, leider. Und eigentlich sollte ich gleich mit verbrennen. Ich musste mitten in der Nacht aus dem Schlafzimmerfenster springen.«

»Verdammt«, sagte Kristoffer. Und dann: »Entschuldige bitte …«

Hanna wurde eiskalt.

»Was hast du getan?«

»Ich habe letzte Woche bei Axel angerufen. Ich konnte nicht anders. Ich hab ihm gesagt, dass wir unbedingt zusammen zur Polizei müssen.«

Hanna hätte ihn so gern angebrüllt. Wie dumm konnte man sein?

»Was hat er geantwortet?«, fragte sie.

»Er ist wütend geworden und hat aufgelegt.«

Hanna ging es gerade ganz ähnlich, sie wusste nicht, wohin mit ihrer Wut. Seit ihr Vater von der Polizei abgeführt worden war, hatten Kristoffer und sie nicht mehr richtig miteinander sprechen können. Kristoffers Besuch vor ein paar Monaten hatte die Situation nicht gerade zum Besseren verändert.

»Entschuldige«, sagte er noch mal.

»Ich muss wieder an die Arbeit«, sagte Hanna und legte auf.

Hanna verließ die Toilette, blieb dann stehen, den Blick zum Großraumbüro gerichtet. Kristoffer hatte Axel angerufen. Vermutlich hatte er deshalb ihr Haus in Brand gesetzt. Nein, darüber konnte sie gerade nicht nachdenken. Sie musste arbeiten. Aber sie musste auch mehr über Ester Jensen herausfinden. Und obwohl Maria einem Treffen zugestimmt hatte, war das keine Garantie, dass sie ihr bereitwillig Auskunft über ihre Mutter geben würde. Und über die Männer, mit denen diese angebandelt hatte. Erik kam ihr entgegen, und Hanna schob die Gedanken an alles, was mit Ester Jensen zu tun hatte, beiseite.

»Wollen wir dann zu Paul Lundell?«, fragte sie.

»Ja, ich hab schon überall nach dir gesucht.«

39

Therese war so in Gedanken, dass sie einmal ganz Vickleby durchquert hatte, bevor ihr auffiel, dass sie vergessen hatte abzubiegen. Panisch trat sie auf die Bremse und riss das Lenkrad herum. Sie schaffte es noch so gerade in die Seitenstraße. Schnell warf sie einen Blick in den Rückspiegel. Pures Glück, dass niemand hinter ihr gewesen war.

Nachdem sie einen weiteren Blick auf Kims Wegbeschreibung geworfen hatte, setzte sie zurück und bog wieder auf die Hauptstraße. Bei der Kirche bog sie in westlicher Richtung ab und entdeckte schon bald das kleine rote Haus mit dem Stall auf dem Grundstück.

Kim trat auf die Treppe hinaus, als Therese den Wagen in der Auffahrt abstellte. Obwohl sie das dunkelbraune Haar nun kurz trug und ein paar Kilo zugenommen hatte, sah sie praktisch noch aus wie früher. Ihr Lächeln trieb Therese die Tränen in die Augen, weil es so unfassbar lange her war, dass ein anderer erwachsener Mensch sie so angelächelt hatte. Manchmal hatte sie das Gefühl, dass ihre Arbeit der einzige Ort war, an dem sie richtig entspannen konnte, umgeben von nichts als Kindern. Auch die waren fordernd, ja, aber ganz anders als Kasper und ihre Mutter. Therese zwang sich, auszusteigen und selbst ein Lächeln aufzusetzen.

Kim trug Hausschuhe, kam ihr aber trotzdem entgegen und schloss sie fest in die Arme.

»Wie schön, dich wiederzusehen.«

Therese konnte es nicht verhindern, sie brach in Tränen aus. Kim hielt sie fest.

»Tut mir leid«, schluchzte Therese. »Ich weiß nicht, was mit mir los ist.«

»Jetzt sei mal nicht albern«, sagte Kim. »Wein dich ruhig aus. Aber vielleicht fangen wir erst mal mit Kaffee an und reiten dann erst. Johnny kommt mit lauten Geräuschen nicht so gut klar.«

»Johnny?«

»Das Pferd, das du reiten wirst.«

Therese musste lachen. Das Pferd auf dem Foto, das Kim gepostet hatte, hieß June.

»Johnny und June.«

»Ja, ich gestehe, ich mag Countrymusik«, sagte Kim. »Aber ein Paar sind sie trotzdem nicht. June ist eine junge Stute und Johnny ein alter Wallach.«

Therese folgte Kim in die Küche und setzte sich, während ihre alte Freundin Kaffee aufsetzte. Sie bewegte sich mit einer unfassbaren Ruhe. Früher war Kim wie Mikael gewesen, hatte nie stillsitzen können. Sie versuchte, sich Mikael vorzustellen. Wie er jetzt aussehen und sich bewegen würde, wenn er noch am Leben wäre. Vielleicht eine Familie hätte. Cousins und Cousinen ihrer Kinder. Aber es ging nicht. Ihre Erinnerungen an ihn waren so verschwommen, und er würde für sie immer der draufgängerische Neunzehnjährige bleiben.

Wieder stiegen ihr Tränen in die Augen. Wieso hatte er nicht weiterleben dürfen?

»Dir scheint es ja gut zu gehen«, sagte Therese schnell.

»O ja«, sagte Kim. »Ich hab ein bisschen gebraucht, um zu entdecken, wie ich leben will. Toronto war mir viel zu stressig. Nach Öland zu ziehen und mir Pferde anzuschaffen, war das Beste, was ich machen konnte.«

»Und wie hältst du dich über Wasser?«

»Mit einer Art Mischkalkulation. Ich arbeite halbtags in einem Restaurant in Färjestaden. Und dann stocke ich mit Yogakursen auf. Aber in erster Linie führe ich einfach ein günstiges Leben. Ich habe einen riesigen Nutzgarten, wo ich alles Mögliche selbst anbaue.«

»Yoga?«

Abgesehen vom Reiten hatte Kim auch noch Fußball und Hallenhockey gespielt.

»Ja, ich weiß. Ich hab in Kanada damit angefangen. Du arbeitest im Kindergarten, oder?«

»Aber auch nur halbtags. Kasper arbeitet Vollzeit bei der Polizei, da dachten wir, halbtags reicht.«

»Dann hast du ihn also doch geheiratet.«

»Wieso denn nicht?«

Sofort ging Therese in Verteidigungshaltung. Eine Menge Dinge, die Kim damals über Kasper gesagt hatte, fielen ihr wieder ein. Unter anderem, dass er ein egoistisches Schwein war. Auch in dem Punkt ähnelten sich Kim und Mikael. Wieso war sie so streng mit ihm gewesen? Er hatte schließlich in den meisten Punkten recht gehabt. Wieder flossen die Tränen.

»Oh, entschuldige«, sagte Kim. »Du weißt doch, wie ich bin. Ich denk oft nicht richtig nach, bevor ich was sage.«

Sie stellte zwei Kaffeetassen auf den Tisch, und Therese nahm sich sofort eine. Legte die Hände darum, trank einen vorsichtigen Schluck. Das Bedürfnis, sich zu rechtfertigen, war noch nicht ganz verschwunden.

»Nach Mikaels Verschwinden war Mama … Sie … tja …« Therese konnte nicht über ihre Mutter sprechen. Sie trank noch einen Schluck und setzte noch einmal neu an. »Kasper hat verhindert, dass ich durchdrehe.«

»Dann ist er ein guter Partner?«

Therese nickte, aber ihr Körper verriet sie. Diese vermaledeiten Tränen. So schlimm war es ja nun auch nicht, oder? Sie hatte einen Job, den sie mochte, zwei fantastische Kinder. Kasper hatte seine Launen und sagte manchmal schlimme Dinge zu ihr, aber geschlagen hatte er sie noch nie. Und dennoch: Ihr ganzes Leben kreiste um ihn. Darum, ihn zufriedenzustellen. Zu verhindern, dass er sie mit dieser Verachtung ansah. *Er respektiert dich nicht, Schwesterchen. Nicht so, wie du es verdienst.* Sie war so wütend auf Mikael geworden, wenn er so etwas sagte, doch jetzt hätte sie nichts lieber, als dass er durch die Tür kam, sich zu ihr an den Tisch setzte und ihr sagte, was sie tun sollte. Kim streckte die Hand aus, legte sie auf Thereses Arm, sodass sie das Gefühl hatte, sich erklären zu müssen.

»Er schlägt mich nicht.«

»Gut«, sagte Kim.

Kim schaute sie an, das spürte Therese und zwang sich, ihr in die Augen zu sehen. Nicht auszuweichen.

»Und wie geht es dir damit, dass Mikael jetzt gefunden wurde?«, fuhr sie fort.

»Im Gegensatz zu meiner Mutter war ich ja von Anfang

an überzeugt, dass er tot war. Zumindest hab ich mir eingebildet, davon überzeugt zu sein. Aber als er gefunden wurde … Irgendwie ist er doch erst seitdem richtig tot. Aber meine Mutter, sie hat …«

Therese konnte es auch diesmal nicht aussprechen.

»Weißt du, was ihm zugestoßen ist?«, fragte Kim.

»Nein, und ich glaube auch nicht, dass wir es je erfahren werden. Wie soll die Polizei das nach so vielen Jahren noch herausfinden?«

»Na, sie müssen es machen wie bei Agatha Christie«, sagte Kim. »Alle, die in dem Haus übernachtet haben, in einen Raum sperren und erst wieder rauslassen, wenn der oder die Schuldige gestanden hat.«

»Du glaubst, es war einer von ihnen?«

Wenn Therese ehrlich war, hoffte sie, dass es eine oder einer von ihnen gewesen war und dass es schnell ans Licht kam, denn dann musste sie nicht von der Party in Gärdslösa erzählen. Die Polizei würde das nämlich sicher falsch verstehen.

»Ja, oder sogar gleich mehrere«, sagte Kim. »Das hab ich schon vor der Doku gedacht.«

Ihre Freundin stand auf.

»Was hältst du davon, wenn wir jetzt in den Stall gehen?«

Therese wischte sich mit dem Ärmel über das verweinte Gesicht.

»Ich bin mir nicht sicher, ob ich noch weiß, wie das geht. Ich habe seit fünfzehn Jahren auf keinem Pferd mehr gesessen.«

»Mach dir keine Gedanken«, sagte Kim. »Das ist wie Rad fahren. Und Johnny ist das ruhigste Tier. Meist reitet meine zehnjährige Nichte ihn.«

Auf dem Weg zum Stall warf Therese einen Blick auf die Uhr. Wenn sie den zweiten Tag in Folge spät nach Hause kam, würde Kasper ausflippen. Besonders, weil sie das vorher nicht mit ihm abgesprochen hatte, aber sie ignorierte den aufkommenden Stress. Das war ein anderes Problem, um das sie sich später kümmern konnte. Jetzt war erst mal der Ausritt das Wichtigste. Sie schickte Wilma eine SMS und bat sie, ihren kleinen Bruder auch heute von der Schule abzuholen. Und dass sie sich ein Eis aus dem Tiefkühler nehmen konnten.

40

Die Telefonate mit Maria Jensen und Kristoffer lagen Hanna schwer im Magen, weshalb sie lieber den Beifahrersitz wählte.

Das Tor zur Tiefgarage öffnete sich und gab den Blick in einen grauen Himmel frei, von dem ein leichter Nieselregen fiel. Die Temperatur lag schon den ganzen Tag um den Nullpunkt, es regnete und schneite im Wechsel.

»Willst du mir was erzählen?«, fragte Erik.

»Noch nicht«, sagte Hanna.

Gerade brauchte sie ihre gesamte Konzentration, um sich zu sammeln. Um die Standpauke von Ester Jensens Tochter zu verdauen und die aufgestaute Wut auf ihren Bruder zu bändigen. Sie brauchte ihre Konzentration, um ihren Job machen zu können. Immerhin schien Erik nicht eingeschnappt über ihre Antwort.

Im Gegensatz zu Montag war der Vorgarten von Paul Lundells Haus in Krafslösa heute leer. Der blaue Saab in der Auffahrt hatte Gesellschaft von einem roten Toyota bekommen.

Sie und Erik nahmen den gepflasterten Weg bis zur Haustür. Einzig die Möhre auf dem Rasen zeugte noch von dem

Schneemann. Hanna drückte auf die Klingel, und kurz darauf öffnete eine dunkelhaarige Frau. Sie hielt einen Kinderschuh in der Hand, vermutlich räumte sie gerade im Flur auf. Hanna stellte sich und Erik vor und sagte, dass sie Paul Lundell sprechen müssten. Der Kinderschuh fiel dumpf zu Boden.

»Warum?«, fragte sie.

Sofort kam Paul Lundell angelaufen. Sein Karohemd steckte achtlos nur auf einer Seite in der Hose.

»Hallo, worum geht es denn?«, fragte er, als hätte er sie noch nie gesehen.

Offenbar hatte er seiner Frau nichts von ihrem ersten Besuch erzählt.

»Wir könnten rausgehen und dort reden, wenn Ihnen das lieber ist«, schlug Hanna vor.

Dabei ließ sie seine Frau nicht aus den Augen, die verängstigt aussah. Paul Lundell zog sich einen Dufflecoat über und ging mit ihnen hinaus.

»Hätten Sie nicht vorher anrufen können?«, fragte er.

»Wir waren gerade in der Gegend«, sagte Erik.

Paul Lundell schaute zum Haus, weshalb Hanna das auch tat. Seine Frau stand hinter einem riesigen weißen Lichterbogen, der ihr Gesicht von unten anstrahlte.

»Ich habe Ihnen alles gesagt, was ich weiß.«

Er klang komisch, weshalb Hanna zu ihm sah. Seine Mundwinkel waren zu einem starren Lächeln hochgezogen. Vielleicht wollte er ja bei seiner Frau den Eindruck erwecken, total entspannt zu sein.

»Wir glauben Ihnen nicht, was Sie uns erzählt haben«, sagte Hanna.

»Was glauben Sie mir denn nicht?«

»Sind Sie in der Nacht vom 11. auf den 12. Juni nach Öland gefahren?«

Sofort sackten seine Mundwinkel. Schnell drehte Paul Lundell sich mit dem Rücken zum Haus. Hanna sah nicht nach, ob seine Frau noch im Fenster stand, ihre ganze Aufmerksamkeit konzentrierte sich auf Paul Lundell.

»Nein, das habe ich doch schon gesagt.«

»Wieso sind Sie dann dort gesehen worden?«, fragte Erik.

»Du lieber Gott! Das ist doch eine Ewigkeit her. Dann war ich vielleicht auf Öland, ich erinnere mich einfach nicht mehr.«

Frustriert riss er die Arme in die Luft.

»Waren Sie bei dem verlassenen Haus?«, fragte Erik.

»Nein!«

Trotz der Kälte stand ihm der Schweiß auf der Stirn.

»Doch, waren Sie«, sagte Hanna. »Und wir würden gern auch noch von Ihnen den Grund dafür erfahren.«

Auch noch von Ihnen. Womit sie implizierte, dass jemand anders es Ihnen bereits erzählt hatte. Wie Hanna gehofft hatte, reagierte Paul Lundell noch gestresster. Er lachte grell und drehte sich dann überstürzt um. Wieder folgte Hanna seinem Blick, doch diesmal stand niemand im Fenster. Die Polizei durfte während Vernehmungen nicht lügen, und das war eine Regel, gegen die sie niemals verstoßen würde. Aber manchmal formulierte sie bewusst provokant. Sie hatten schließlich einen Zeugen, der Paul Lundell beim verlassenen Haus gesehen hatte, aber keine Ahnung, was er dort wollte.

»Ich bin jetzt ein anderer Mensch«, sagte Paul Lundell leise, ohne sie anzusehen.

»Warum waren Sie dort?«, fragte Erik.

»Hat sie es Ihnen erzählt?«

Paul Lundells Unterlippe zuckte. Sie? Hanna hatte ihn eigentlich fragen wollen, was an dem Gerücht dran war, dass er sich auch männlichen Schülern gegenüber unpassend verhalten hatte.

»In Ihren eigenen Worten, bitte«, sagte sie nur.

Erst jetzt schaute Paul Lundell sie an.

»Ich wollte sie treffen.«

Hanna nickte ihm aufmunternd zu.

»Elvira hat mich eingeladen, sie hat geschrieben, sie wolle mit mir sprechen. Aber als ich ankam, war sie plötzlich superkomisch. Nach einer kurzen Diskussion bin ich wieder gefahren. Mehr war da wirklich nicht.«

»Was dachten Sie, worüber sie mit Ihnen sprechen wollte?«, fragte Erik.

»Über uns«, sagte Paul Lundell. »Ich mochte sie, und ich war davon überzeugt, dass das auf Gegenseitigkeit beruhte. Wir waren mal zusammen Kaffee trinken, und einmal hab ich sie nach Hause gefahren, als sie den Bus verpasst hatte.«

»Wieso haben Sie uns angelogen?«

»Wegen meiner Frau«, sagte Paul Lundell. »Sie weiß von der Verurteilung, aber davon weiß sie nichts. Ich hab ihr gesagt, es ist nur dieses eine Mal passiert.«

»Damit deuten Sie ja an, dass zwischen Ihnen und Elvira Pavic mehr gelaufen ist als nur ein Cafébesuch«, sagte Erik.

Paul Lundells Blick wanderte zu der Möhre, die verloren im Gras lag, zu dem Ort, an dem er mit seinem Sohn einen Schneemann gebaut hatte. Eine Menge unterschiedlicher Gefühle schienen in seinem Innern durcheinanderzuwirbeln, aber am deutlichsten war ihm wohl der Ekel ins Gesicht geschrieben.

»Wir haben uns geküsst«, sagte Paul Lundell. »Aber nur einmal.«

Dass Dinge nur einmal passierten, schien ja fast ein Mantra für ihn zu sein.

»Wann haben Sie sich geküsst?«, fragte Hanna.

»Am letzten Schultag. Deshalb bin ich zu dem verlassenen Haus gefahren, als die SMS kam.«

»Sind Sie dort Mikael begegnet?«

Paul Lundell schaute sie flehend an, als hoffte er, dass sie dann auf seine Antwort verzichten würden. Vermutlich fragte er sich, was Elvira ihnen erzählt hatte.

»Sind Sie dort Mikael begegnet?«

»Ja, bin ich. Er kam aus dem Wald, als Elvira und ich stritten. Ich bin sehr schnell abgehauen. Ich hatte echt Angst vor ihm, so wie er sich mir gegenüber verhalten hat.«

»Wie er sich verhalten hat?«, fragte Hanna.

»Ja, im Unterricht. Ich habe mit anderen Lehrern über ihn gesprochen, aber er schien bei niemandem so gewesen zu sein wie bei mir. Ganz so, als würde er mich hassen. Einmal kam er im Flur auf mich zugerannt, und ich dachte wirklich, er würde mich zusammenschlagen. Aber die anderen Schüler haben das verhindert.«

»Wollten Sie es ihm heimzahlen?«

»Nein, er hat noch gelebt, als ich gefahren bin. Ich schwöre!«

Der letzte Tag

Was für ein Trottel, denkt Mikael. Schon nach drei Versuchen gibt Kasper auf und meldet sich nicht noch mal. Aber vermutlich belagert er jetzt seine Schwester. Kurz hat er ein schlechtes Gewissen, aber wirklich nur kurz. Er hilft ihr schließlich, und er hofft ehrlich, dass die beiden sich trennen. Seine Schwester kann doch echt jemanden finden, der netter zu ihr ist. Mikael kapiert es einfach nicht. Wie kann man so wenig von sich selbst halten?

Mikael trinkt einen Schluck Bier, lehnt sich zurück und schaut in den Himmel. Sara und Nosse diskutieren darüber, was eigentlich genau letztes Silvester passiert ist. Sie waren auf einer Party in Rockneby, und eine der Silvesterraketen hat ein Gebüsch in Brand gesteckt. Beim Gedanken daran muss er grinsen. Wie viel Spaß er doch mit Sara und den anderen gehabt hat. Klar, er wird sie vermissen, aber diesmal wird am Jahresende ein neues Jahrtausend eingeläutet. Er hofft, dann in Berlin zu sein. Mit Sara.

»Ich war das mit der Rakete«, gesteht er.

»Ich wusste es!«, sagt Sara, doch Nosse scheint ihm nicht zu glauben.

Da kommt Elvira zurück und setzt sich zu ihnen auf die Decke.

»Hast du Torsten unterwegs verloren?«, fragt Mikael.

»Er ist sauer und nach Hause abgehauen.« Man hört ihr deutlich an, wie wütend sie selbst ist.

»Aber doch wohl nicht sauer auf dich, oder? Du bist schließlich so wahnsinnig nett.«

»Natürlich nicht. Auf seine beschissenen Eltern. Seine Mutter hat sich vom Acker gemacht, und sein Vater ist sturzbetrunken.«

»Wie? Was ist denn passiert?«, fragt Nosse.

»Die lassen sich scheiden«, sagt Elvira. »Ich wollte Torsten überreden, das heute mal einfach zu vergessen, aber sein Vater hat angerufen und geheult und gefragt, ob er nicht nach Hause kommen kann.«

»Können wir ihm helfen?«, will Sara wissen.

»Nee, ihm jetzt nachzurennen, ist ja auch Blödsinn. Ich frage später mal nach, was Phase ist.«

Mikael tut Torsten wahnsinnig leid, seine Eltern haben echt ein blödes Timing. Wie egoistisch kann man sein, dem eigenen Sohn den Schulabschluss zu versauen?

»Auf Torsten«, sagt er.

Alle prosten sich mit ihren Dosen zu und bleiben dann eine Weile still. Mikael wirft einen Blick aufs Handy. Kasper hat sich nicht noch mal gemeldet. Mensch, was war er immer eifersüchtig auf seine Schwester. Sie hat sowohl das Köpfchen geerbt und die Seelenruhe, und schon fragt er sich wieder: Wie kann sie bloß trotzdem so ein mieses Selbstbewusstsein haben? Mikael fängt an, eine SMS an sie zu schreiben, löscht aber wieder alles und legt das Handy weg. Sie würde das sicher nur als sentimentales besoffenes Geplänkel abtun. Nein, besser er spricht später mit ihr. Irgendwie muss er ihr klarmachen, dass sie alles schaffen kann, was sie sich vornimmt. Sie muss es sich halt nur vornehmen.

»Mensch, fast hätte ich's vergessen«, sagt Sara und wühlt in ihrer Tasche.

Dann hält sie die kleine Kamera hoch, die sie von ihrem Vater zum Geburtstag bekommen hat.

»Stimmt, das müssen wir für die Ewigkeit festhalten«, sagt Nosse. »Wie schade, dass Torsten nicht mehr da ist.«

Sara macht ein paar Fotos, und dann können sie jemanden überzeugen, ein Foto von ihnen allen zu schießen.

Nach einer Stunde Bier und Gequatsche hat Mikael genug. Ist ja doch immer nur das Gleiche. Leute, die feiern, laut sind und rummachen. Ein Paar aus ihrem Jahrgang sitzt nur wenige Meter von ihnen entfernt im Gras. Der Typ hat die Hand unter dem Oberteil des Mädels, seine Zunge tief in ihrem Hals.

»Wollen wir weiter?«, fragt er.

»Schon?«

Natürlich ist es mal wieder Nosse, der dagegenhält. Mikael muss Elvira nur einen Blick zuwerfen, sofort macht sie mit.

»Ja«, sagt sie. »Kann doch für dich auch nicht so super sein, hier auf dem Trockenen zu sitzen.«

Nosse hat bisher nur Cola getrunken, weil er fährt. Erst wenn sie da angekommen sind, wo sie übernachten werden, kann er auch anfangen zu feiern. Mikael hofft, dass Nosse irgendwo eine coole Hütte gemietet hat oder so. Am besten mit Pool und Grill und Sonnenliegen.

Sara steht auf.

»Außerdem sind wir neugierig, das muss dir doch auch klar sein.«

Mehr Überzeugungsarbeit ist nicht nötig.

Sie packen zusammen, und Mikael macht schmatzende Kussgeräusche in die Richtung des knutschenden Paars. Ohne aufzuhören, zeigt das Mädel ihm einfach nur den Mittelfinger. Mikael lacht laut.

Mittlerweile sind noch mehr Leute im Park. Statt noch mal über den Friedhof zu gehen, nehmen sie die Treppe zum Burggraben. Fast tritt Elvira in Kotze, doch Sara kann sie noch schnell genug zur Seite ziehen. Vom Strand kommt Musik von mindestens zwei unterschiedlichen Anlagen. Blümchen und Scooter, glaubt er.

»Wollen wir da noch eben hin?«, fragt Elvira und tanzt wild.

»Nein«, sagt Mikael. »Dann kommen wir ja nie mehr hier weg.«

»Och, komm.«

Elvira schlingt die Arme um ihn und versucht, mit ihm zu dieser unmöglichen Musik zu tanzen, aber er löst sich aus ihrer Umklammerung. Sie sind fast beim Auto, als sich schnelle Schritte nähern. Mikael schaut sich um, rechnet mit dem Neonazi, aber es ist seine Schwester, die mit knallrotem Kopf angerannt kommt.

»Schnell!«, brüllt er. »Meine durchgeknallte Schwester hat es auf uns abgesehen!«

Lachend laufen sie zum Auto und steigen ein. Weil Torsten nicht mehr dabei ist, setzt Sara sich vorn zu Nosse, und Mikael landet neben Elvira auf der mittleren Bank. Alle schauen zu Mikaels Schwester, es sind nur noch wenige Meter. Mist, sieht die wütend aus. Kasper muss versucht haben, sie davon zu überzeugen, dass er keine andere hat, dabei hat Mikael ja bisher nicht mal was zu ihr sagen können. Er gibt Nosse einen Klaps auf den Hinterkopf.

»Worauf wartest du? Fahr!«

»Was hast du jetzt wieder gemacht?«, fragt Elvira.

»Ihren Macker mal ein bisschen getriezt.«

Ausnahmsweise liefert Nosse mal. Er setzt in der Sekunde zurück, in der Therese bei ihnen ankommt.

»Woohoo!«, brüllt Mikael.

Das Hochgefühl hält an, bis er bemerkt, dass Nosse zur Brücke abbiegt. Er wäre lieber auf dem Festland geblieben.

»Fahren wir zu Torsten?«

Vielleicht haben Torsten und Nosse sie ja verarscht. Vielleicht ist Torsten schon mal los, um alles vorzubereiten. Hat Nosse nicht komisch ausgesehen, als er nach Torstens Eltern fragte? Irgendwie hinterlistig? Sicher sind die beiden zusammen weggefahren, um der Beziehung eine zweite Chance zu geben, und jetzt hat Torsten sturmfrei. Einen Pool haben die nicht, aber einen Hammergrill. Sie haben schon ein paarmal bei Torsten gefeiert. Noch cooler wäre es eigentlich, direkt in die Pension zu fahren. Vielleicht läuft die ja gerade so schlecht, dass gar niemand da ist?

»Nein, wir fahren nicht zu Torsten«, sagt Elvira.

Wütend lehnt sie sich vor, vermutlich hat sie also auch keine Ahnung, wo es hingeht. Nosse lacht einfach nur. Hinter der Brücke biegt er nach links ab, fährt in nördlicher Richtung weiter.

»Jetzt sag schon, Nosse«, fordert Sara. »Wohin fahren wir?«

Schätzungsweise gibt er nur zu, dass sie nicht zu Torsten fahren, weil sie so glücklich klingt. Vielleicht fahren sie ja hoch nach Borgholm. Da wollten noch ein paar andere aus ihrer Klasse hin. Aber in Rälla biegt Nosse hinter dem Supermarkt rechts ab.

»Fuck, wir fahren zu dir nach Hause, Mikael.«

Elvira muss so lachen, dass sie die Worte fast nicht herausbringt. Aber bevor Mikael etwas erwidern kann, ist Nosse schon an seiner Straße vorbeigefahren. Wohin geht es nur? Nach Gärdslösa? Ein Typ, der letztes Jahr mit der Schule fertig geworden ist, macht dort eine fette Party, aber da können sie ja unmöglich pennen.

Und dann biegt Nosse plötzlich zum Mittlandwald ab. Vielleicht bringt er sie ja zur Wallburg? Aber da gibt es doch nichts als Steine und Felsbrocken? Nach wenigen Metern biegt er in einen schmalen Weg. Äste schrammen seitlich am Auto entlang. Wer soll denn hier wohnen? Es sei denn, irgendein eigenbrötlerischer Millionär hat mitten in den Wald eine superkrasse Luxushütte gesetzt.

Da hält Nosse an und sagt, sie sollen aussteigen. Der Weg führt auf eine grasbewachsene Lichtung. An der einen Seite steht ein rotes Holzhaus. Die Farbe blättert an mehreren Stellen ab, außerdem scheinen Teile des Dachs eingestürzt zu sein.

»Nee, oder?«, sagt Mikael. »Du glaubst doch nicht im Ernst, dass wir hier übernachten?«

41

»Ich mache Feierabend«, sagte Hanna und zog ihre Jacke an.

Erik schaute von seinem Bildschirm auf.

»Klingt gut.«

Hanna brach schnell auf, bevor er ihr irgendwelche Fragen stellen konnte. Sie wollte ihm keinen Grund nennen müssen. Dass sie vor dem Treffen mit Maria Jensen zu nervös war, um weiterarbeiten zu können. Zudem gab es gerade nichts Akutes zu bearbeiten. Elvira Pavic war für morgen, zehn Uhr, zur Vernehmung ins Revier geladen.

Eine feste Zeit hatten sie und Maria Jensen nicht ausgemacht, Maria hatte nur gesagt, dass es egal war, wann Hanna kam. Zwischen den Zeilen: und ob überhaupt.

Als sie im Auto saß, steigerte sich die Nervosität nur weiter. Hanna war nicht bereit. Am Norra vägen bog sie Richtung Innenstadt ab statt zur Brücke. Sie würde erst den Pulli für Isak kaufen, damit sie wenigstens ein Weihnachtsgeschenk für ihn hätte. Als bräuchte sie eine Ausrede, als wüsste sie nicht die ganze Zeit, wohin sie eigentlich unterwegs war.

Hanna parkte direkt vor Axel Sandstens Büro in der Larmgatan. Es war längst dunkel, im ersten Stock brannte

Licht. In allen Fenstern hingen Weihnachtssterne, seiner war der größte.

Hass stieg in ihr hoch. Nein, es war nicht sonderlich klug gewesen, dass Kristoffer bei Axel angerufen hatte, aber es war ja nicht ihr Bruder gewesen, der ihr Haus abgefackelt hatte. Axel hatte ihr so viel genommen, und jetzt saß er bestimmt da oben und überlegte, wie er als Nächstes versuchen konnte, sie umzubringen. Der Hass war mittlerweile so stark, dass er in Übelkeit überging. Ihre Hand bewegte sich zum Türgriff, weil sie sicher war, sich erbrechen zu müssen. Ein Schatten huschte im ersten Stock am Fenster vorbei, und sie erstarrte.

Was machte sie hier eigentlich? Was, wenn Axel sie entdeckte?

Ohne einen weiteren Blick hinauf trat Hanna aufs Gaspedal. Erst auf der Ölandbrücke drosselte sie die Geschwindigkeit. Normalerweise setzte ein Gefühl der Erleichterung ein, sobald sie die Brücke in dieser Richtung überquerte, nicht so diesmal. Die Wut stand im Weg. Wie erbärmlich, dass sie dem Impuls, zu seinem Büro zu fahren, nicht hatte widerstehen können. Ganz so übel wie das, was Kristoffer getan hatte, war es nicht, aber viel fehlte nicht. Und das war nicht gerade die beste Einstimmung auf das Gespräch mit Esters Tochter gewesen.

Maria Jensen wohnte in Norra Sandby. Hanna war schon einmal hergekommen. Im Mai, als das kleine Haus noch inmitten von blühendem Grün stand. Jetzt, im Winter, sah es bedeutend weniger einladend aus. Bäume und Büsche waren kahl, und das Einzige, was jetzt das Haus umgab, war Dunkelheit. Hanna verließ den Wagen und näherte sich langsam der Haustür. Auf den Verandastufen standen ein paar steinerne Weihnachtswichtel, die auf Hanna gruselig wirkten. Sie wollte Maria dazu bewegen, von ihrem Vater Sven-Otto zu erzählen und von den Beziehungen, die Ester danach gehabt hatte, aber ihr war noch immer schleierhaft, wie sie das anstellen sollte.

»Du bist also wirklich gekommen«, sagte Maria.

Hanna nickte und atmete Nelkenduft ein. In der Wohnküche entdeckte sie sofort ein Blech mit frisch gebackenem Pfefferkuchen. Hungrig krampfte sich ihr Magen zusammen, dabei war es unwahrscheinlich, dass ihr etwas angeboten werden würde. Acht Monate war es her, seit Hanna sie mit den SMS konfrontiert hatte: Maria hatte geschrieben, dass Hanna besser in Stockholm geblieben wäre. Danach hatte Maria ihr nicht wieder gedroht.

»Was ist denn so wichtig, dass du es nicht am Telefon sagen konntest?«, fragte Maria.

Die Küche schwankte vor ihren Augen, also setzte Hanna sich.

»Was ich dir jetzt erzählen werde, ist sicher nicht leicht zu hören«, sagte sie. »Vielleicht willst du dich auch setzen?«

Nach kurzem Zögern kam Maria der Aufforderung nach. Hanna musste sofort zur Sache kommen, anders ging es nicht.

»Mein Vater hat das Haus deiner Mutter angezündet«, sagte sie. »Ich wollte das anfangs nicht glauben, aber jetzt weiß ich es mit Sicherheit.«

Maria starrte sie nur an. Hanna schielte zur Tür, die Sekunden zogen sich.

»Deshalb bist du hergekommen? Um mir das zu sagen?«, fragte Maria.

Sie hatte die Arme vor der mehligen Schürze verschränkt, unter der sie eine geblümte Bluse trug. Maria war sechsundvierzig, wirkte gerade aber eher wie ein trotziges Kind.

»Nein«, sagte Hanna. »Mit derselben Sicherheit weiß ich jetzt, dass er deine Mutter nicht getötet hat.«

»Wie bitte?«

»Mein Vater hat Ester nicht getötet.«

»Und woher willst du das wissen? Warst du etwa dabei?«

In ihrer Stimme lag Hohn, und sie verschränkte die Arme nur noch fester.

»Nein, aber mein Bruder.«

Maria blieb der Mund offen stehen, bis sie es bemerkte und ihn wieder schloss.

»Dann hat dein Bruder meine Mutter getötet?«

»Nein. Mein Bruder hat meinem Vater nur gesagt, dass er es war, weshalb mein Vater das Haus in Brand steckte. Er wollte Kristoffer schützen, indem er die Schuld auf sich nahm.«

Ich hätte ihn nicht schützen sollen. Das hatte ihr Vater seinem Freund Gunnar geantwortet, als der gefragt hatte, wie Ester in Wahrheit gestorben war. Hatte ihr Vater gewusst, dass Kristoffer ihn angelogen hatte? Hanna bezweifelte es.

Maria stand auf und machte einen Schritt zurück.

»Ihr lügt doch alle, deine ganze verfluchte Familie«, blaffte sie. »Wieso sollte ich dir auch nur ein Wort glauben?«

»Mein Bruder hat mir das gestanden«, sagte Hanna. »Wenn er weiter damit hätte davonkommen wollen, hätte er doch den Mund nicht aufgemacht.«

»Und was macht dein Bruder jetzt?«

Sie hatte die Frage zwischen zusammengebissenen Zähnen hervorgepresst, und Hanna wusste genau, worauf sie damit abzielte. Ester war tot und Kristoffer lebte. Trotzdem antwortete sie.

»Er wohnt mit seiner Familie in London.«

»Er gehört ins Gefängnis.«

»Ja, und da wird er auch landen. Aber ich möchte dafür sorgen, dass alle, die am Tod deiner Mutter beteiligt waren, ihre gerechte Strafe bekommen.«

»Wovon redest du?«

Maria machte noch einen Schritt zurück, weiter kam sie nicht, denn da war die Wand.

»Sie sind damals zu dritt bei deiner Mutter eingebrochen«, sagte Hanna. »Einer war mein Bruder, einer war Robin Svensson.«

»Sagt mir nichts. Was macht der heute?«

»Er ist tot«, sagte Hanna. »Hat sich allem Anschein nach selbst mit dem Auto vor einen Baum gesetzt.«

Maria ging in der Küche auf und ab.

»Und der dritte?«, fragte sie.

Plötzlich überkam Hanna die Erinnerung an den Brand, und sie erschauderte. Da war gleichzeitig die Hitze des Feuers und die Kälte des Schnees, der ihr unter den Bademantel gerutscht war, in ihre Füße biss. Sie kannte Maria nicht, hatte keine Ahnung, was sie mit dieser Information anfangen würde. Jetzt preiszugeben, dass es sich um Axel handelte, war einfach keine Option. Sie hatte ja keinerlei handfeste Beweise, nur Kristoffers Aussage. Und Maria war schon jetzt total hochgedreht.

»Darüber kann ich nicht sprechen«, sagte Hanna. »Noch nicht. Aber ich werde nicht aufgeben, bis die ganze Wahrheit ans Licht gekommen ist.«

»Raus«, sagte Maria. Und als Hanna sich nicht bewegte, brüllte sie: »Raus! Sofort!«

Hanna überlegte, ob sie bleiben und die Wut aussitzen sollte. Damit sie noch Fragen über Sven-Otto stellen konnte. Wie er so als Vater gewesen war, als Mann. Wie heute ihr Kontakt war. Mit wem Ester zum Zeitpunkt ihres Todes zusammen gewesen war. Aber das konnte sie heute Abend alles vergessen. Und vielleicht nicht nur heute Abend: Womöglich hatte sie ihre Chance, überhaupt noch etwas von Maria zu erfahren, vollends verwirkt.

Hastig stand sie auf und eilte hinaus. Wieso war sie überhaupt hergekommen? Sie hatte nicht das geringste bisschen über die Männer in Ester Jensens Leben erfahren. Mit ihrem Besuch hatte sie einzig Marias Wut neu entfacht. Und obwohl sie Axel Sandstens Namen nicht genannt hatte, so wusste Maria jetzt, dass ihr Bruder Kristoffer in die Tat verwickelt gewesen war. Wie viel Schaden konnte sie mit dieser Information anrichten? Was immer sie auch tat, Hanna konnte ihr kaum einen Vorwurf machen. Der Mord an ihrer Mutter war schrecklich gewesen.

Hanna hatte es so eilig, dass sie fast einen der Dekoweihnachtswichtel umtrat. Sie zwang sich, langsamer zu gehen. Atmete ein paarmal tief durch und hielt den Blick auf den Kies gerichtet.

Im Auto lehnte sie den Kopf gegen die Nackenstütze und schloss die Augen, trotzdem wollte ihr Herz nicht zu rasen aufhören. Aber hier konnte sie ja auch schlecht bleiben.

Hanna startete den Wagen und warf einen Blick in den Rückspiegel. Ein Stück entfernt stand jetzt ein grauer Volvo. Am Steuer erahnte sie eine Silhouette. Sofort meldete sich eine Erinnerung. Vor ein paar Monaten war ein graues Auto auf sie zugerast, und sie hatte in ein Maisfeld springen müssen, um sich in Sicherheit zu bringen, weil sie sonst überfahren worden wäre.

»Du Mistkerl«, zischte sie und trat aufs Gaspedal, nutzte Marias Auffahrt, um schnell zu wenden und dem Auto nachzujagen.

DONNERSTAG,
19. DEZEMBER

42

Die Morgenbesprechung war gerade vorbei. Hanna nahm ihre Kaffeetasse und kehrte ins Großraumbüro zurück. Viel Neues hatte sich nicht ergeben. Die Prüfung der Passagierliste lief noch immer. Sie hatten bereits Fotos von Mitreisenden bekommen, aber es war zeitaufwendig, die alle durchzugehen. Erik hatte es noch nicht geschafft, die Kolleginnen und Kollegen zu unterstützen. *Jetzt sei doch nicht so negativ*, hörte sie seine Stimme in ihrem Kopf. Schon bald würde Elvira Pavic zur Vernehmung erscheinen, und es war sicher spannend, ihre Version der Geschichte zu hören, weshalb der Englischlehrer bei dem verlassenen Haus aufgekreuzt war.

Hanna stellte die Kaffeetasse auf ihrem Schreibtisch ab und schaute aus dem Fenster. Kleine weiße Kugeln prasselten gegen die Scheibe.

»Ach du Scheiße«, entfuhr es ihr.

»Ruhig Blut«, sagte Erik. »Das ist doch nur ein bisschen herrlicher Hagel.«

»Supriya liebt den sicher, oder?«

»So was von.«

Erik hatte erzählt, wie sehr Supriya die Winter hier verabscheute, und Hanna hatte vollstes Verständnis. Die Dunkelheit war das Schlimmste. Im Dezember zeigte die Sonne sich nur mickrige sieben Stunden lang am Himmel. Und es waren genau die sieben Stunden, die erwachsene Menschen meist ausschließlich bei der Arbeit verbrachten. Da war es ja nicht weiter verwunderlich, dass alle Depressionen bekamen.

Hanna setzte sich und schaltete ihren Computer ein. Dabei war der aktuelle Fall gar nicht mal die größte Ursache für ihren Frust, schließlich kamen sie ja zumindest immer ein bisschen voran. Nein, der Hauptgrund war Axel Sandsten. Der graue Volvo war ihr gestern davongefahren. Wenn sie ihn doch nur eingeholt und den Fahrer zur Rede hätte stellen können. Leider hatte sie vom Kennzeichen auch nicht mehr gesehen, als dass es mit einem X anfing. Sie war sich ziemlich sicher, dass auch eine Acht drin vorkam.

Um zehn vor zehn gab der Empfang Bescheid, dass Elvira Pavic eingetroffen war. Wie die meisten, die zu Vernehmungen einbestellt wurden, war sie zu früh. Hanna stand auf, um sie zu holen, während Erik das Vernehmungszimmer vorbereitete.

Elvira Pavic stand vor dem Sofa und wartete. Ihr dunkles Haar hing offen über die schwarze Canada-Goose-Jacke. Sie hatte den Blick gesenkt, wagte wohl nicht, Hanna in die Augen zu sehen.

»Warum wollen Sie noch einmal mit mir sprechen?«, fragte sie, sobald die Tür zum Empfangsbereich hinter ihnen zugefallen war.

»Das erfahren Sie, sobald wir uns gesetzt haben«, sagte Hanna.

Ihr Handy vibrierte, aber sie holte es nicht aus der Tasche. Elvira Pavic ging langsam, also drosselte Hanna ihr Tempo, damit sie mithalten konnte. Erik begrüßte sie, als sie das Vernehmungszimmer betraten, und Elvira Pavic antwortete mit einem Nicken. Für die Aufnahme fasste Erik kurz zusammen, wer sie waren, wen sie vernähmen und warum.

»Haben Sie Ihren Englischlehrer Paul Lundell damals bei dem verlassenen Haus gesehen?«, fragte Erik.

»Nein.«

»Sind Sie sicher?«, fragte Hanna.

»Das ist so wahnsinnig lange her«, sagte Elvira Pavic. »Ich kann mich kaum an Einzelheiten erinnern.«

»Wir haben mit Paul Lundell gesprochen.«

Hanna schaute Elvira Pavic eindringlich an, während sie das sagte. Die blieb zwar stumm, riss aber definitiv die Augen etwas auf.

»Er war dort«, fuhr Hanna fort.

Elvira Pavic drehte sich zur Wand. Ihr Gesicht war starr, nur ihre Augen bewegten sich, suchten wohl nach einem Fluchtweg.

»Woher wusste Paul Lundell, wo Sie waren?«, fragte Erik.

Elvira Pavic fing an, auf der Unterlippe zu kauen.

»Keine Ahnung«, sagte sie.

»Haben Sie ihn eingeladen?«

»Nein.«

»Das hat er aber gesagt.«

»Ja, okay, aber ich war das nicht. Ach, Scheiße, ich erinnere mich wirklich kaum noch. Paul hat mir an dem Abend einen Haufen SMS geschickt. Einer der anderen hat sich mein Handy genommen und geantwortet. Ihn hergebeten.«

Elvira Pavic wandte sich ihnen wieder zu. Wollte sie sehen, ob sie ihr glaubten?

»Wer hat Ihr Telefon genommen?«, fragte Hanna.

»Ich weiß es nicht.«

»Hatten Sie und Paul Lundell ein Verhältnis?«

»Nein, absolut nicht. Ich bin ihm mal in der Stadt begegnet, und da hat er mich überredet, einen Kaffee mit ihm zu trinken. Danach hat er mich nicht mehr in Ruhe gelassen. Man konnte schon gut mit ihm reden, aber er war halt mein Lehrer.«

»Wieso haben Sie sich dann geküsst?«, fragte Erik.

Elvira Pavic sackte in sich zusammen. Offensichtlich hatte sie gehofft, dass sie davon nichts wussten.

»Am besten schildern Sie uns genau, was passiert ist«, sagte Hanna. »Sie machen es sich nur selbst schwer, wenn Sie lügen oder uns Dinge vorenthalten.«

Elvira Pavic wirkte, als wolle sie protestieren, doch dann seufzte sie nur.

»Es hat mir geschmeichelt, dass er so an mir interessiert war. Am Tag der Abschlussfeier hat er mich in ein leeres Klassenzimmer gezogen und mich geküsst. Ich hab mich wohl mitreißen lassen. Ich war so froh, dass die Scheißschule endlich vorbei war. Aber mehr wollte ich nicht. Deshalb ist er fast durchgedreht und hat mir so viele SMS geschickt.«

»Was ist passiert, als er zu dem Haus kam?«, fragte Hanna.

Ihr Handy vibrierte erneut. Diesmal holte sie es aus der Tasche und warf einen Blick darauf. Ove. Sie drückte den Anruf weg und steckte das Handy wieder ein. Wieso rief er denn ausgerechnet jetzt an? Hatte er vergessen, dass sie ganz planmäßig in dieser Vernehmung saßen?

»Ich hab richtig Schiss bekommen, als ich sah, dass ihm jemand geschrieben hatte«, sagte Elvira Pavic. »Ich hab am Weg auf ihn gewartet.«

»War jemand bei Ihnen?«, fragte Erik.

Elvira Pavic zögerte, erinnerte sich aber hoffentlich an Hannas mahnende Worte.

»Mikael«, sagte sie leise.

»Warum?«

»Ich wollte, dass jemand dabei war, falls es Probleme geben sollte. Aber er stand ein bisschen versteckt im Wald. Das mit Paul wurde echt ungemütlich, und ich weiß nicht, was passiert wäre, wenn Mikael nicht dazugekommen wäre. Irgendwann hat Paul jedenfalls begriffen, dass ich nichts mit ihm zu tun haben will, und dann ist er wieder gefahren.«

Elvira Pavic schaute zwischen ihnen hin und her, als suchte sie nach Reaktionen auf das, was sie gerade erzählt hatte. Bisher stimmte das ja so weit mit Paul Lundells Aussage überein.

»Ist Paul Lundell noch einmal wiedergekommen?«, fragte Hanna.

»Ich habe ihn jedenfalls nicht noch mal gesehen.«

»Wie war die Beziehung zwischen Ihnen und Mikael?«, fuhr Hanna fort.

»Gut«, sagte Elvira Pavic. »Wenn jemand was anderes behauptet, ist das gelogen. Sie können das nicht so drehen, dass ich ihn ermordet habe.«

»Nur die Ruhe«, sagte Erik. »Wir wollen überhaupt nichts drehen. Wir möchten nur, dass Sie unsere Fragen beantworten. Wieso haben Sie Oskar angerufen?«

»Dann hat er also behauptet, dass ich es war?«, fragte Elvira

Pavic. »Dem können Sie nicht trauen. Ich habe nur bei ihm angerufen, weil ich mir Sorgen gemacht habe, was er Ihnen wohl erzählt hat.«

Elvira Pavic wirkte hier ganz anders als bei sich zu Hause. Viel aufgeregter, und es machte nicht den Eindruck, als läge das allein an ihren Fragen.

»Wieso hat es Sie so nervös gemacht, was Oskar erzählt haben könnte?«, fragte Hanna.

»Weil er sich allerhand Blödsinn ausdenken kann.«

»Wie war Ihr Verhältnis zu Sara?«

»Okay«, sagte Elvira Pavic schnell.

»Wir haben gehört, dass Sie sie nicht mochten.«

»Das ist gelogen. Ich habe es ja gerade gesagt: Sie können Oskar nicht trauen. Er ist ein verdammter Idiot.«

Die Information hatten sie von Torsten Berglund, ihrem Ex-Freund, aber das ließ Hanna unerwähnt.

»Wieso haben Sie Ihrem Mann nichts über diese Nacht in dem verlassenen Haus erzählt?«, fragte sie.

»Da gab es nichts zu erzählen.«

»Nicht?«, fragte Hanna.

Sie wusste ja selbst nur zu gut, wie gern man Dinge verschwieg, die zu eng mit Schuld und Scham verknüpft waren. Elvira Pavic schüttelte langsam den Kopf, und Hanna beschrieb die Geste für die Aufnahme.

»Haben Sie Mikael getötet?«, fragte Erik.

»Nein, ich habe geschlafen. Ich habe keine Ahnung, was ihm zugestoßen ist.«

»Könnte Paul Lundell noch einmal zurückgekommen sein?«

»Nein. Vielmehr: Keine Ahnung. Aber das kann ich mir nicht vorstellen.«

»Wer hat Mikael dann umgebracht?«

»Das muss Oskar gewesen sein. Und er hat noch nie für irgendwas Verantwortung übernommen, deshalb beschuldigt er jetzt mich.«

Hanna betrachtete Elvira Pavics wütendes Gesicht, was ihre Stimmung irgendwie hob. Alle, die in dem verlassenen Haus übernachtet hatten, stellten sich allmählich gegeneinander, weshalb Hanna überzeugt war, dass sie die Wahrheit doch noch herausfinden würden.

»Wieso sollte Oskar Mikael getötet haben?«, fragte sie.

»Weil es ihm gereicht hat, von Mikael wie ein Stück Scheiße behandelt zu werden. Ich habe keine Ahnung, was Oskar Ihnen vorgemacht hat, aber er hat Mikael gehasst.«

Der letzte Tag

»Toller Witz«, sagt Mikael. »Bringst du uns dann bitte jetzt dahin, wo wir wirklich übernachten?«

Nosse sieht geknickt aus. Dann will der echt, dass sie in dieser vergammelten Bruchbude pennen? Mikael schaut zum Wagen, will sich den Schlüssel mopsen und nach Gärdslösa abhauen. Die Party da war sicher besser als das hier.

»Was ist das für ein Haus?«, fragt Sara.

»Es wurde im 17. oder 18. Jahrhundert gebaut«, erklärt Nosse. »Zuletzt hat vor hundert Jahren jemand darin gewohnt.«

»Woher weißt du das?«, fragt Elvira.

»Ich erzähl euch später mehr, kommt erst mal mit.«

Widerwillig folgt Mikael ihnen. Auch Elvira wirkt unschlüssig. An der Tür sind grüne Farbreste, und im Schloss steckt ein rostiger Eisenschlüssel. Das Haus hat nur ein Fenster, und die Scheibe ist dreckig und komisch verzerrt.

Mikael geht als Letzter hinein. Die Decke ist so niedrig, dass er den Kopf einziehen muss. Er weiß nicht, was er erwartet hat, aber das hier ganz sicher nicht. Mitten im Raum steht ein gusseiserner Kamin. Der Boden ist sauber gefegt, keinerlei Müll oder Insekten irgendwo, und es gibt sogar ein paar Möbel: eine Holzbank, ein paar Stühle und einen kleinen Tisch. In einer Ecke liegt eine Matratze. Von innen macht die Bude wesentlich mehr her als von außen. Man sieht nicht mal, dass das Dach kaputt ist. Aber einen Pool gibt es nicht. Von einem Grill ganz zu schweigen.

»Ich hab hier nicht aufgeräumt«, sagt Nosse. »Das war so, als ich es entdeckt habe. Ich hab nur immer mal wieder danach geschaut.«

»Wann hast du es denn entdeckt?«, fragt Sara.

»Vor ein paar Wochen.«

»Wohnt hier gerade jemand?«, will Mikael wissen.

Er wirft einen Blick zu der Matratze und hat echt keinen Nerv darauf, dass später noch ein angepisster alter Penner aufkreuzt und sie mit der Schrotflinte bedroht.

»Glaub ich nicht«, sagt Nosse. »Ich hab jedenfalls niemanden gesehen.«

»Vielleicht ist es ja eine alte Hexe, die frisch gebackene Schulabgänger frisst.« Elvira lacht. »Wenn wir ein bisschen suchen, finden wir sicher Pfefferkuchen, an denen wir uns dick und rund futtern sollen.«

»Hör auf«, sagt Sara.

Sie richtet sich an Nosse.

»Wieso bist du so sicher, dass das Haus verlassen ist?«, will sie wissen. »Also, ich meine nur, es gehört doch bestimmt noch jemandem.«

»Es gehört niemandem mehr. Meine Mutter weiß, wer hier mal gewohnt hat. Sie wusste sofort, welches Haus ich meine, als ich ihr davon erzählt habe.«

Nosse weigert sich, weitere Fragen zu beantworten, bevor sie nicht ausgepackt haben. Also bringen sie die Rucksäcke, Isomatten und Schlafsäcke ins Haus und breiten alles aus. Die Matratze ist offenbar von Nosse. Mikael legt seine Sachen neben Saras. Elvira und Nosse landen im kleineren Zimmer. Dabei gibt es ja eigentlich keine wirkliche Wand, nur den Kamin.

»Wollen wir dann gleich grillen?«, fragt Nosse.

»Ja«, sagt Mikael. »Ich hab echt Kohldampf.«

Vorm Haus liegen zwei Baumstämme, auf denen sie sitzen können. Mikael fragt sich, ob Nosse sie hierhergebracht hat oder ob sie schon da waren. Das Haus hat irgendwie komische Schwingungen. Vielleicht lag Elvira ja doch nicht ganz falsch. Er betrachtet die Lichtung. Ist die nicht etwas zu rund? Der Durchmesser liegt maximal bei zwanzig Metern, es wirkt, als würde der Wald auf sie zukommen. Es summt, knistert und knackt.

Nosse und Sara haben alles aus dem Kofferraum geholt, was sie brauchen. Einen Einweggrill und massenweise Würstchen und Brot. Nosse hat sogar an Ketchup und Senf gedacht. Dazu noch das übrige Bier. Sara hat ihren Wein rausgeholt, bloß Mikael will mit dem Wodka noch bis später warten.

»Offenes Feuer ist gerade verboten«, sagt Elvira, als Nosse den Grill anzünden will. »Nicht, dass wir den Wald in Brand setzen.«

»Ach, mach dir keine Sorgen«, sagt Nosse, was Elvira nicht sonderlich zu beruhigen scheint. »Wenn nötig, haben wir doch genug Flüssigkeit, um rechtzeitig zu löschen.«

Er lacht über seinen Witz, aber niemand stimmt ein. Alle

sind wohl ähnlich hungrig. Elviras Handy vibriert, und sie setzt sich auf einen der Baumstämme, um die Nachricht zu lesen. Sara holt die Kamera wieder raus und macht ein paar Fotos von ihnen und dem Haus. Ein Hase kommt auf die Lichtung gehoppelt, und sie versucht, auch ihn zu fotografieren, aber er flieht sofort wieder in den Wald. Elvira schaut vom Handy auf und lacht, schreibt dann aber weiter. Erst nach einer Viertelstunde können sie die Würstchen auf den Grill legen, und Mikael nimmt sich schon mal ein Brötchen.

»Cool, Nosse«, sagt er. »Fehlen nur noch die Röstzwiebeln.«

»Hör schon auf«, sagt Sara. »Du brauchst doch keine …«

»Das war nur ein Witz«, unterbricht er sie.

Elvira schüttelt irritiert den Kopf, aber er weiß nicht, ob wegen Sara oder ihm. Mikael wendet sich an Nosse und entschuldigt sich mit einer leichten Verbeugung. Im Kofferraum ist noch eine ganze Tüte voller Snacks. Sicher Chips und Flips und all so was. Nosse hat sich echt Mühe gegeben. Vielleicht war die Verbeugung ein bisschen übertrieben. Elvira lehnt sich zu Sara und flüstert ihr etwas zu, woraufhin diese erstarrt. Elvira ist definitiv empfindlicher als sonst. Ihr Handy summt schon wieder.

»Wie geht's Torsten?«, fragt Mikael.

Elvira liest die Nachricht und reicht ihm dann das Telefon: *Ich habe noch nie solche Gefühle für einen anderen Menschen gehabt. Können wir uns bitte treffen und darüber reden?*

Absender ist ein gewisser *P*, also kann die SMS nicht von Torsten sein.

»Von wem ist die?«

Elvira schaut zu Nosse und Sara, aber die sprechen über ihre Zukunftspläne.

»Paul«, sagt sie.

»Unser Englischlehrer?«, fragt Mikael erstaunt.

»Ja, er ist superwiderlich.«

43

Ihr Handy vibrierte zum dritten Mal. Hanna schaute aufs Display. Schon wieder Ove.

»Der Chef scheint mich dringend sprechen zu wollen«, sagte sie. »Ich höre besser mal nach, was er will.«

Erik hatte gerade die Aufnahme gestoppt und nickte. Elvira Pavic starrte leer vor sich in die Luft, schien sich nicht für das zu interessieren, was um sie herum passierte. Nach einem letzten Blick zu ihr verließ Hanna das Vernehmungszimmer. Sie wählte Oves Nummer, während sie langsam zu seinem Büro ging. Sie könnte natürlich einfach anklopfen, aber sie wüsste schon gern, worum es ging.

»Wo steckst du?«, fragte Ove.

»Wir haben gerade Elvira Pavic vernommen.«

»Habt ihr was rausgefunden?«

»Vielleicht«, war alles, was Hanna antwortete, weil in diesem Moment Elvira Pavic und Erik hinter ihr in den Flur traten.

»Komm sofort her«, sagte Ove.

»Worum …«

Aber ihr Chef hatte schon wieder aufgelegt. Das klang

alles andere als gut. Sie musste bitter aufstoßen. Zum ersten Mal in ihrem Leben fragte sie sich, ob sie ein Magengeschwür hatte. Sie stand gerade wirklich unter zu viel Stress. Mit langsamen Schritten näherte sie sich Oves Büro.

»Mach die Tür zu«, sagte er.

Nachdem sie das getan hatte, setzte sie sich auf den Stuhl bei seinem Schreibtisch. Die Sehnen an Oves Hals waren gespannt. Hanna öffnete den Mund, um wiederzugeben, was Elvira Pavic über den Englischlehrer erzählt hatte, und dass sie glaubte, Oskar habe Mikael getötet, doch ihr Chef kam ihr zuvor.

»Ich hätte große Lust, dich vom Dienst zu suspendieren.«

Die Worte klangen hart und ruhig. Hanna wusste nicht, was sie erwidern sollte. Seine Ruhe machte ihr Angst. Er war wirklich wütend. Es konnte passieren, dass er mal ein Machtwort sprach, wenn sie während der Besprechungen zu albern wurden, aber dem folgte dann immer entweder ein Seufzen oder Lachen.

»Hast du nichts zu deiner Verteidigung zu sagen?«, fragte er.

»Dazu müsste ich erst mal wissen, worum es geht«, sagte sie.

Klar, sie hatte eine Ahnung, aber sie konnte das Risiko schlecht eingehen, sich zu äußern, falls es doch einen anderen Anlass gab.

»Maria Jensen hat vorhin angerufen«, sagte Ove. »Und jetzt will ich wissen, was zur Hölle du vorhast.«

Ove fluchte nie. Höchstens ein »Mist« hörte man manchmal von ihm, aber das konnte man ja kaum zählen.

»Was hat sie denn erzählt?«, fragte Hanna.

»Komm mir nicht so«, zischte Ove. »Wie viel weißt du eigentlich über Ester Jensens Tod?«

Seine Ruhe bekam Risse. Hanna stieß noch einmal sauer auf. Sie hatte nicht gewollt, dass er es so herausfindet, und ihre einzige Chance, ihn zu besänftigen, bestand darin, ihm die Wahrheit zu sagen.

»Kristoffer hat mir im Herbst erzählt, was passiert ist und er …«

»Im Herbst?«, unterbrach Ove sie. »Wieso bist du nicht gleich zu mir gekommen?«

»Weil ich wollte, dass Kristoffer dabei ist.«

»Maria hatte den Eindruck, du weißt, wer ihre Mutter getötet hat, wolltest es ihr aber nicht sagen.«

»Ich weiß nur, was Kristoffer mir erzählt hat, und ich …«

Wieder kam ihr die Galle hoch, Hanna schluckte. Sie brauchte Ove auf ihrer Seite, wieso hatte sie so lange gewartet? Sie hätte sich direkt nach Kristoffers Besuch an ihn wenden sollen. Oder wenigstens nach dem Brand. Wieso hatte sie das nicht getan? Und wieso fiel es ihr immer noch so wahnsinnig schwer, seinen Namen zu nennen?

»Wenn du willst, dass ich nicht das letzte bisschen Vertrauen in dich verliere, dann spuckst du den Namen jetzt aus.«

Hanna betrachtete ihren Chef. Musste an die unsichere Neunzehnjährige zurückdenken, die ihm vor sechzehn Jahren gegenübergesessen hatte. Damals hatte er behauptet, es bestehe kein Zweifel. Ihr Vater habe eine Frau zu Tode geprügelt und dann ihr Haus in Brand gesteckt, in dem ihre Leiche lag. Doch er hatte sich geirrt, und obwohl Hanna nicht wollte, so gab sie ihm doch ein bisschen die Schuld. Denn wenn er nur etwas sorgfältiger gearbeitet hätte, sähe ihr Leben jetzt ganz anders aus.

»Laut Kristoffer hat Axel Sandsten Ester Jensen zu Tode geprügelt«, sagte sie.

Oves Gesicht wurde dunkelrot. Er atmete so schwer, dass Hanna Angst hatte, dies wären erste Anzeichen eines Herzinfarkts.

»Alles in Ordnung?«, fragte sie.

»Warum um alles in der Welt sollte Axel Sandsten das getan haben?«

Die Ruhe war weg und die unkontrollierte Wut noch schlimmer. Wie sollte sie denn zu ihm durchdringen, wenn er derart aufgebracht war? Hanna holte tief Luft, bevor sie antwortete. Sie durfte ihn unter keinen Umständen anschreien. Oder in Tränen ausbrechen. Gerade konnte sie nicht sagen, was sie lieber täte.

»Kristoffer glaubt, dass es um das Geld ging, das Ester Jensen angeblich hatte, aber ich bin mir nicht sicher, ob das wirklich der Grund war.«

»Hast du irgendeinen Beweis dafür, dass es Axel Sandsten war?«

»Nur Kristoffers Aussage, und ich wollte unbedingt noch mehr haben, bevor ich damit zu dir komme.«

Eingangs hatte sie gesagt, dass sie in Kristoffers Beisein mit ihm sprechen wollte. Nicht, dass es ihr um noch mehr Beweise ging. Wäre dies eine Vernehmung, die sie selbst leitete, sie hätte sich sofort auf den Widerspruch gestürzt.

Ove riss sich die Brille von der Nase und rieb sie mit solcher Wucht an seinem Hemd, dass eins der Gläser heraussprang. Fluchend drückte er es zurück an Ort und Stelle.

»Das muss ich erst mal ordentlich durchdenken«, sagte er.

»Und du hältst so lange die Füße still, verstanden? Du hast schon genug angerichtet.«

Hanna stand auf, sie wollte so schnell wie möglich hier weg. Doch sie kam nicht weiter als bis zur Tür.

»Verstanden?«, wiederholte ihr Chef.

Die Ruhe war zurückgekehrt, aber nur bei ihm. Hanna nickte und verließ sein Büro. Schloss vorsichtig die Tür, damit er bloß nicht den Eindruck bekam, sie würde sie zuschlagen. Draußen musste sie sich erst mal an die Wand lehnen. Doch dann ging sie schnell weiter, weil sie fürchtete, Ove könnte sein Büro ebenfalls verlassen.

Es machte ihr ein schlechtes Gewissen, dass sie nicht aufhören konnte, ihm die Schuld zu geben. Dabei waren es doch ihr Vater und Kristoffer gewesen, die sie getäuscht hatten. Ihr Vater hatte sich der Polizei gestellt und die hatte sein Geständnis dankend angenommen. Ove war der Grund für ihre Berufswahl gewesen. Weil er sich während der Vernehmung so empathisch und sanft verhalten hatte. Er hatte das Unfassbare, dessen ihr Vater beschuldigt worden war, in begreifbare kleine Stücke geteilt. Wie immer hatte die Angst sie gefesselt. Die Angst, Ove zu verletzen, indem sie es ihm erzählte.

Doch so sehr sie es auch versuchte, sie konnte den Teil in sich nicht zum Schweigen bringen, der Ove infrage stellte. Obwohl er ein guter Polizist war, hatte er bei den Ermittlungen zu Ester Jensens Tod keine gute Arbeit geleistet. Warum nicht?

44

Das Bedürfnis, mit seinem Vater zu sprechen, wurde zu stark, also wählte Erik seine Nummer. Schon während es tutete, bereute er es.

»Wieso rufst du jetzt an?«, fragte sein Vater. »Bist du nicht auf der Arbeit?«

»Ich darf mich ja wohl melden und mal nachfragen, wie es dir geht.«

Erik schaute zu Amers leerem Stuhl. Er wusste nicht, wohin der Kollege verschwunden war, und Hanna war noch bei Ove. Wären die beiden jetzt da gewesen, hätte er sich vermutlich zusammenreißen können.

»Was machst du gerade?«

»Wenn du es unbedingt wissen musst: Ich packe die Geschenke für die Enkelkinder ein. Deine Mutter ist in der Küche und macht Karamellbonbons.« Er seufzte. »Genau deshalb wollte ich nichts sagen. Ich halte es nicht aus, wenn ihr anfangt, mich anders zu behandeln.«

»Tut mir leid, Papa«, sagte Erik. »So war das nicht gedacht, aber du musst doch verstehen, dass das für uns auch nicht leicht ist.«

»Das verstehe ich«, sagte sein Vater. »Aber du kannst mir gern glauben, dass es eine Menge Krankheiten gibt, die ich lieber hätte, man kann sie sich bloß nicht aussuchen.«

Sofort schämte Erik sich, weil er die ganze Zeit nur an sich gedacht hatte. Hanna kam mit verkniffenem Gesicht zu ihm ins Büro, was er zum Anlass nahm, das Telefonat wieder zu beenden.

»Was wollte Ove denn?«, fragte er.

Hanna deutete zur Trennwand, hinter der Daniel und Carina arbeiteten.

»Ich könnte einen Kaffee gebrauchen, wie sieht es bei dir aus?«, fragte sie.

Schweigend gingen sie in die Cafeteria. Betrieben wurde sie von Samhall, einer Firma, die Arbeitsplätze für Menschen mit Behinderung schuf. An einem Tisch saß ein Kriminaltechniker, der telefonierte, davon abgesehen waren sie allein.

»Ove ist superwütend und will mich suspendieren«, sagte Hanna, nachdem sie sich einen Kaffee geholt hatten.

»Warum das denn?«

»Maria Jensen hat ihn angerufen. Ich war gestern bei ihr.«

»Okay … Was hast du ihr denn erzählt?«

Erik hatte mitbekommen, dass Hanna sich manchmal mitreißen ließ, dass sie trotz ihrer ausgeprägten Vorsicht durchaus impulsiv sein konnte. Aber sie hatte in seinem Beisein noch nie über die Stränge geschlagen. Der Besuch bei Maria Jensen war jedoch auch nicht beruflich gewesen, sondern dies war eine private Angelegenheit, und zwar von einer Art, die eigentlich jeden aus der Fassung hätte bringen können.

»Ich habe ihr erzählt, was ich von Kristoffer erfahren habe, ohne Axel Sandstens Namen zu nennen. Nur bei Ove kam ich nicht drum herum.«

»Weiß er, dass du Axel verdächtigst, den Brand bei dir gelegt zu haben?«

»Nein, darauf sind wir gar nicht zu sprechen gekommen.«

Hanna trank einen Schluck Kaffee, verzog das Gesicht und schob die Tasse weg.

»Haben die einen neuen Zulieferer?«, fragte sie. »Der schmeckt ja grauenhaft.«

Erik trank nun ebenfalls einen Schluck. Der Kaffee schmeckte genau wie immer.

»Bist du schwanger?«, fragte er.

Er bereute die Frage sofort heftig, als er Hannas schockierten Gesichtsausdruck sah. Verdammt, er musste echt lernen, die Klappe zu halten. So was nicht einfach rauszuhauen, sondern erst mal nachzudenken. Nein, er sollte so was einfach gar nicht laut aussprechen, Punkt. Das war nicht mal eine ernst gemeinte Frage gewesen. Er hatte nur sofort an Supriya denken müssen, die ähnlich das Gesicht verzogen hatte, als sie mit Nila schwanger gewesen war. Weil sie plötzlich keinen Kaffee mehr vertragen hatte, war es ihr überhaupt erst aufgefallen.

»Vielleicht sollten wir mal zurück an die Arbeit«, sagte Hanna.

Erik blieb noch kurz sitzen und schaute ihr nach, dachte an das Telefonat mit seinem Vater. Gerade verhielt er sich wirklich wie der unsensibelste Idiot.

45

Die Haustür öffnete sich, und Therese zuckte zusammen. Kasper hatte gesagt, er würde schon um drei Feierabend machen, weil er sich Sorgen um sie machte, aber bis dahin waren es noch mehrere Stunden.

In den ersten Jahren ihrer Beziehung und besonders nachdem er bei der Polizei angefangen hatte, war Kasper oft während der Arbeit vorbeigekommen, um nach ihr zu sehen. Seinen Worten nach hatte ihm der Job einfach die Augen geöffnet, und er machte sich Sorgen, dass ihr etwas zugestoßen sein könnte. Anfangs hatte Therese das noch süß gefunden, aber mit der Zeit wurde klar, dass es ihm eigentlich nur um Kontrolle ging. Einmal hatte sie gesehen, dass er vor der Kita parkte, in der sie arbeitete.

Therese schaute sich in der Küche um. Drückte die Fingerspitze in einen Krümel auf der Spüle. Es sah okay aus. Aber bei Kasper wusste man nie. Er fand immer etwas, über das er sich aufregen konnte, wenn er wollte. Aber wieso kam er denn nicht in die Küche? Normalerweise hatte er es doch so eilig zu prüfen, was sie gerade machte.

»Mama?«, hörte sie Wilmas Stimme.

Therese eilte in den Flur. Wilma hatte erst in ein paar Stunden Schulschluss. Ihre Tochter saß auf der Schuhbank, hatte noch nicht einmal ihre Jacke ausgezogen.

»Warum bist du denn schon zu Hause, mein Schatz?«, fragte Therese.

»Ich bin einfach so traurig«, sagte Wilma. »Die Lehrerin hat gesagt, ich darf nach Hause gehen. Ich hab gesagt, ich hab das mit dir abgesprochen, dabei hab ich das ja gar nicht. Ich hoffe, das war okay?«

»Klar.«

Therese half Wilma dabei, die Daunenjacke und Winterstiefel auszuziehen. Dann schob sie ihre Tochter vor sich her in die Küche und machte ihr einen Kakao. Einen richtigen mit echtem Kakao und Zucker, die sie in etwas Sahne auflöste und dann auf dem Herd mit Milch aufwärmte. Ganz hinten im Vorratsschrank entdeckte sie noch einen Beutel mit Mini-Marshmallows, von denen sie zuletzt welche drüberstreute. Sie ließ Wilma erst mal am Kakao nippen, bevor sie fragte:

»Wieso bist du traurig?«

Plötzlich konnte sie kaum noch atmen. Hatte Wilma mitbekommen, was Kasper heute Morgen zu ihr gesagt hatte? *Sieh zu, dass du heute Abend was Ordentliches kochst.* Gestern war sie noch rechtzeitig vom Reitausflug mit Kim nach Hause gekommen, um kochen zu können, aber es hatte dann nur für panierten Fisch aus dem Tiefkühler und Kartoffeln gereicht. Mit Crème fraîche als Soße. Die Kinder hatten es gemocht, aber Kasper wollte nicht, dass sie mit Fertigessen aufwuchsen. Natürlich hatte er recht, es war besser, wenn sie Mahlzeiten aus frischen, gesunden Zutaten aßen. Aber sie wollte nicht, dass die Kinder mitbekamen, wie es zwischen ihr und Kasper aussah. Ihre größte Angst war, dass auch sie anfangen würden, sie zu verachten.

»Ich muss die ganze Zeit an deinen Bruder denken«, sagte Wilma.

Darauf, dass es um Mikael ging, wäre sie gar nicht gekommen. Ihre Kinder hatten ihn ja nie kennengelernt. Sie hatte immer mal wieder von ihm gesprochen, ja, und ihre Mutter erwähnte ihn bei allen Festlichkeiten, aber richtig gegeben hatte es Mikael für sie nie.

»An was denn genau?«, fragte Therese.

»An nichts genau. Ich habe nur plötzlich Angst bekommen, dass dir was passieren könnte. Oder Papa. Oder Lucas.«

»Uns wird nichts passieren«, sagte Therese.

Wilma schaute sie an, als wäre das eine Beleidigung.

»Erst mal jedenfalls nicht, wir werden noch viele, viele Jahre leben«, fügte sie hinzu.

Das konnte sie trotz allem ja nicht wissen, aber Wilma schien es doch zu trösten. Zwölf Jahre, manchmal noch so klein, manchmal schon so groß. Kasper hatte den Kindern gesagt, dass die Toten in den Himmel kämen, aber sie bezweifelte, dass er selbst daran glaubte. Es war nicht leicht gewesen auszusprechen, dass Mikael tot war. Ihre Mutter war immer ausgerastet, wenn sie von ihm sprach, als gäbe es ihn nicht mehr. Der Gedanke an ihre Mutter versetzte ihr einen Stich. Sie hatte Therese gestern geschrieben: *Nimm dir so viel Zeit, wie du brauchst. Ich bin hier, wenn du reden willst.* Therese hatte so viel Spaß mit Kim gehabt, dass sie nicht auf ihr Handy geachtet hatte, weshalb sie die SMS erst las, als sie schon eine Stunde alt war. Das schlechte Gewissen hatte sie fast umgehauen. Ihre Mutter gab sich Mühe. Therese war von Kim Richtung Rälla losgefahren, aber auf der Hälfte der Strecke hatte sie der Gedanke ans Essen doch wenden und den Rückweg nach Kalmar einschlagen lassen.

Therese hatte ihrer Mutter die Lüge über ihren Vater noch nicht vergeben, trotzdem musste sie sich heute melden, nachfragen, wie es ihr ging. Die Sorge um ihre Mutter würde sonst nie nachlassen.

»Wollen wir Lucas zusammen von der Schule abholen?«, fragte Therese. »Wir können ja noch was Schönes unternehmen. Wie wäre es mit Kino?«

Therese legte Wilma die Hand auf den Rücken, und sie zuckte nicht weg, sondern fischte mit dem Löffel einen Marshmallow aus der Tasse und steckte ihn in den Mund. Als Wilma noch jünger gewesen war, hatten sie viel geredet, im letzten Jahr war es jedoch schwerer gewesen, wirklich zu ihr durchzudringen. Es freute Therese, dass Wilma sich ihr gegenüber geöffnet und gesagt hatte, dass sie traurig war.

Eigentlich hatte sie vorschlagen wollen, nach Rälla zu fahren. Mit den Kindern als Puffer wäre es sicher leichter, mit ihrer Mutter umzugehen. Aber da bestand die Gefahr, dass sie nicht rechtzeitig loskamen, dabei musste sie heute Abend unbedingt was Besseres kochen. Wilma streckte sich nach der Zeitung. Normalerweise war es unmöglich, sich mit beiden Kindern auf einen Film zu einigen, doch heute schlug Wilma von sich aus *Royal Corgi – Der Liebling der Queen* vor, einen Film ab sieben.

Sollte sie das mit Kasper absprechen? Nein, besser er wurde später wütend, als dass er es ihnen verbot. Therese und die Kinder brauchten diese kleine Freude jetzt, egal, wie Kasper reagierte.

46

Bist du schwanger? Eriks verdammte Frage. Um vor ihr zu fliehen, wurde Hanna schneller. Sie musste raus, brauchte frische Luft. Während Elvira Pavics Vernehmung war sie etwas aufbrausend gewesen, aber insgesamt war es doch gut gelaufen. Dass Mikaels Freunde anfingen, sich gegenseitig zu beschuldigen, war ein kleiner Durchbruch, und Hanna war überzeugt, dass es sie einen gehörigen Schritt weiterbringen würde, da dranzubleiben. Allerdings müsste ja eine oder einer von ihnen wissen, was Mikael zugestoßen war, um die Wahrheit zu erzählen. Hanna hatte fast den Ausgang erreicht, da rief Henning Larsson an. Sie drückte die Tür auf und nahm den Anruf an.

»Wie geht's?«, fragte er.

Sofort meldete sich die Übelkeit. Und wenn Erik recht hatte? Nein, dafür hatte sie gerade den Kopf echt nicht frei. Sie schaute sich um, weil sie absolut nicht wollte, dass Kollegen etwas von diesem Gespräch mitbekamen.

»Ich habe heute eine Standpauke von meinem Chef bekommen«, sagte sie. »Er weiß jetzt von Axel Sandsten, war aber nicht gerade beeindruckt von meiner Herangehensweise und dem wenigen, was ich vorweisen kann. Ich …«

Herangehensweise und dem wenigen, was ich vorweisen kann. Ich …«

Sie zögerte kurz. Sollte sie Henning Larsson nach Ester Jensens Ex-Mann fragen? Vielleicht konnte sie ihn bitten, beim Gartenverein anzurufen, wozu sie selbst noch nicht gekommen war. Nein, sie wollte keine weiteren Fehler machen. Jemand hupte, und Hanna richtete den Blick auf das Einkaufszentrum gegenüber. Der Parkplatz war voll, wie immer an den Tagen vor Weihnachten. Dort gab es eine Apotheke. Nach einem Test hätte sie Gewissheit.

»Ja?«, hakte Henning Larsson aufmunternd nach.

»Ach nichts. Wollten Sie noch mehr oder nur fragen, wie es mir geht?«

»Mein Kollege ist fertig mit seinem Artikel über Axel Sandsten. Es geht darum, dass Axel ein paar Politiker in Mörbylånga bestochen hat, um die Baugenehmigung für sein Resort in Grönhögen zu bekommen. Die Chefredakteurin und unser Anwalt gehen den Artikel gerade durch. Ich hab ihn schon gelesen und finde, der hält jeder Prüfung stand und kann so veröffentlicht werden.«

»Was wird dann passieren?«

Hanna ging vor dem Revier auf und ab, damit ihr nicht zu kalt wurde und damit sie nicht länger zum Einkaufszentrum schauen musste. Immerhin hagelte es nicht mehr.

»Die Leute werden auf die Barrikaden gehen«, sagte Henning Larsson. »Der Bau an sich ist schon auf ziemlich viel Widerstand gestoßen, insofern ist mit weiteren Protesten, einer Prüfung und einer Reihe Anzeigen zu rechnen.«

Auf die Kolleginnen und Kollegen, die sich mit dieser Art Verbrechen befassten, schien ein Haufen Arbeit zuzukommen.

Hanna begriff gleich, was das für sie bedeutete. Sobald Ermittlungen gegen Axel Sandsten aufgenommen würden, würde man auch seine Finanzen durchleuchten. Vielleicht gab es ja dort eine Verbindung zu dem Mann, mit dem Rebecka ihn gesehen hatte.

»Wann wird er aller Voraussicht nach veröffentlicht?«

»Morgen, aber wenn Sie möchten, kann ich Ihnen den Text jetzt schon weiterleiten.«

»Sehr gern. Wenn es für Sie in Ordnung ist, würde ich ihn dann auch gleich meinem Chef zeigen, damit wir ebenfalls so schnell wie möglich die Arbeit aufnehmen können.«

»Okay«, sagte Henning Larsson und beendete das Telefonat.

Hanna eilte wieder ins Warme. Sie wollte den Artikel nicht gegenüber Ove erwähnen, bevor sie ihn selbst gelesen hatte, deshalb kehrte sie ins Großraumbüro zurück.

»Wo warst du denn?«, fragte Erik.

In seiner Stimme schwang Sorge mit, vermutlich dachte er, sie war wegen seiner Frage weggeblieben. Doch Hanna kam nicht zum Antworten, weil Carina aufgestanden und zu ihr gekommen war.

»Ich muss mit dir reden«, sagte sie.

Dass Carina sie so direkt ansprach, war ungewöhnlich. Hanna konnte ihren Gesichtsausdruck nicht deuten. Hatte Maria auch bei ihr angerufen? Wahrscheinlich, aber wäre Carina dann nicht so wütend, dass man es ihr ansah? Offensichtlich wollte Carina ungestört sprechen, also gingen sie in eins der Vernehmungszimmer.

»Maria hat mich angerufen«, sagte Carina und rieb mit den Handflächen über die Hose.

»Okay …«

Hanna wollte nicht riskieren, etwas anzusprechen, was Carina vielleicht nicht wusste.

»Ich schätze, dass sie sich auch schon bei Ove gemeldet hat«, fuhr die Kollegin fort. »Dass er sich deshalb so über dich aufgeregt hat?«

Hanna nickte.

»Das ist nicht leicht für mich«, sagte Carina.

Für mich auch nicht, hätte Hanna gern gesagt, tat es aber nicht, sondern nickte nur.

»Ich möchte nichts lieber, als dass die Wahrheit endlich ans Licht kommt«, fuhr Carina fort. »Das habe ich Maria gesagt. Wann hast du erfahren, dass dein Bruder beteiligt war?«

»Im August«, sagte Hanna.

Carina kommentierte die Tatsache, dass seitdem vier Monate vergangen waren, nicht.

»Wer hat Ester getötet?«, fragte sie.

Darum ging es also. Maria hatte ihre Cousine vorgeschickt, um rauszufinden, wer es gewesen war. Aber das passte nicht zu Carinas Ton. Wobei sie vielleicht nur so freundlich war, weil sie sich auf diese Weise eher eine Antwort versprach.

Sollte sie es sagen oder nicht? Was, wenn Kristoffer sie angelogen hatte? Hanna hatte die Schnauze voll davon, sich ewig selbst infrage zu stellen. Sie hatte längst entschieden, ihrem Bruder zu trauen. Möglich, dass er ein paar Einzelheiten zu seinem Schutz für sich behalten hatte, aber wenn sie nicht davon überzeugt wäre, dass Axel Sandsten Ester Jensen getötet hatte, dann hätte sie Ove gegenüber niemals seinen Namen ausgesprochen.

»Axel Sandsten«, sagte Hanna.

Carina starrte sie an, als wollte sie herausfinden, ob Hanna das ernst meinte.

»Warum?«, fragte sie schließlich.

»Mein Bruder glaubt, dass es um das Geld ging, das Ester ja angeblich bei sich versteckt hatte«, sagte Hanna. »Aber davon bin ich nicht überzeugt. Axel war in meiner Klasse, und ich hatte schon immer das Gefühl, dass mit ihm was nicht stimmt. Ich glaube, da steckt mehr dahinter.«

»Hast du eine Ahnung, was? Worum es in Wahrheit ging?«

Bisher wusste Hanna ja nur das, was Rebecka ihr erzählt hatte: Dass Axel kurz vor Esters Tod einen älteren Mann getroffen hatte. Bei diesem Mann konnte es sich um ihre neue Liebschaft handeln, ihren Ex-Mann oder jemand ganz anderes, der gar nichts mit Esters Tod zu tun hatte.

»Bitte«, flehte ihre Kollegin fast. »Ich weiß, ich war nicht gerade nett zu dir. Aber selbst wenn es dein Vater gewesen wäre, kann man ja kaum dir dafür die Schuld geben. Es ging auch nicht nur darum.«

»Nicht?«, fragte Hanna verwundert.

Carina wandte den Blick ab, rote Flecken zeigten sich auf ihren Wangen.

»Ich bin nicht mehr die Jüngste.«

»Das verstehe ich jetzt nicht«, sagte Hanna.

Carina lächelte betrübt.

»Durch dich habe ich mich noch älter gefühlt. Ja, irgendwie … beiseitegeschoben.«

Hanna wusste nicht, was sie darauf erwidern sollte. Ihre Kollegin brach das entstandene Schweigen, indem sie ihre frühere Frage wiederholte:

»Was meinst du, worum es in Wahrheit ging?«

Da Hanna noch immer unsicher war, wie viel sie verraten konnte, konterte sie mit einer Gegenfrage:

»Hatte Ester Jensen eine neue Beziehung?«

»Ja«, sagte Carina. »Maria war sehr froh, dass ihre Mutter jemanden kennengelernt hatte, aber ich kann mich nicht an seinen Namen erinnern.«

»Könntest du Maria fragen?«

Nach kurzem Zögern nickte Carina.

»Wie ist dein Kontakt zu Sven-Otto?«, fuhr Hanna fort.

»Ich habe ihn seit sicher zehn Jahren nicht gesehen.«

»Warum nicht?«

»Mein Vater und er haben sich nie sonderlich nahegestanden, und mittlerweile haben sie praktisch keinen Kontakt mehr.«

»Weißt du, warum?«

Die Fragen waren Carina ganz offensichtlich unangenehm. Sie arbeitete lange genug selbst als Polizistin, um zu wissen, worauf Hanna abzielte.

»Nein«, sagte sie. »Aber ich spreche mal mit meinem Vater über Sven-Otto.«

Carina stand auf.

»Vielen Dank«, sagte Hanna. »Ich habe allerdings noch eine letzte Bitte. Könntest du mir ein Foto von Esters neuer Bekanntschaft organisieren? Und eins von deinem Onkel?«

»Ich kann es versuchen«, antwortete Carina und eilte davon.

Hanna blieb allein zurück. So ganz konnte sie nicht begreifen, was da gerade passiert war. Dass ausgerechnet Carina ihr helfen wollte. Außerdem hatte sie sich damit geradewegs über Oves Aufforderung hinweggesetzt, sich erst mal nicht weiter mit Esters Tod zu befassen.

Der letzte Tag

Schnell schreibt Mikael eine Antwort an den Englischlehrer. Er konnte ihn noch nie leiden und ist kein bisschen überrascht, dass er so ein Widerling ist.

»Was machst du?«, fragt Elvira.

»Der braucht offenbar mal ein bisschen Nachhilfe.«

Mikael schickt die SMS ab und gibt Elvira das Handy zurück. Er hat den Weg zum verlassenen Haus beschrieben und ihn aufgefordert, so schnell wie möglich herzukommen. Besonders stolz ist er auf den letzten Satz: *Ich hatte auch noch nie solche Gefühle für jemanden.* Elvira wirkt nicht ganz so glücklich.

»Du verdammter Idiot. Jetzt glaubt der, ich bin geil auf ihn.«

Mikael grinst nur.

»Und was willst du machen, wenn er da ist, du Schlauberger?«, fragt Elvira.

Sie schielt zu Nosse und Sara, die immer noch über ihre Zukunftspläne sprechen. Sie labern das unrealistischste Zeugs. Offenbar will Nosse Pilot werden. Für einen Moment vernebelt ihm die Eifersucht den Kopf. Wie innig die plötzlich miteinander sind.

»Wir treffen ihn unten an der Straße. Du lässt dich von ihm umarmen, besser noch: küssen, und dann springe ich aus meinem Versteck und mach ein Foto. Und dann machen wir ihn fertig.«

Elvira gibt ein so frustriertes Grunzen von sich, dass Sara sich zu ihnen umdreht.

»Was flüstert ihr?«, fragt sie.

»Ach, nichts Besonderes«, sagt Mikael. »So, Nosse, jetzt will ich aber was über die Familie hören, die in dem Haus gewohnt hat.«

Nosse streckt die Beine aus und schaut alle nacheinander an.

»Die Familie hatte zwei kleine Töchter, drei und vier Jahre alt. Das kleine Haus da war alles, was sie hatten.« Er macht eine kurze Pause, damit sie sich alle zu dem Haus umdrehen konnten. »Sie hatten kein Geld, konnten also kein Land kaufen, um selbst Lebensmittel anzubauen. Nach einem richtig harten Winter waren sie kurz vorm Verhungern. Die haben sich praktisch nur von Baumrinde ernährt. Um zu überleben, beschlossen sie, nach Amerika auszuwandern. Der Bruder der Mutter war bereits nach Illinois abgehauen.«

Jetzt ist er so richtig in seinem Element, denkt Mikael. Sara lauscht wie gebannt und kriegt nicht mal mit, dass Elviras Handy vibriert. Sie zeigt ihm die Antwort.

Ich bin schon unterwegs. Bis gleich!

Mikael grinst. Ganz schön notgeil, der olle Paul. Und bescheuert. Er wird sicher nicht länger als eine halbe Stunde brauchen.

»Kurz vor der Abreise bekamen die Töchter plötzlich

Fieber«, fuhr Nosse fort. »Vermutlich nur eine Erkältung, aber durch das lange Hungern waren sie so geschwächt, dass sie beide starben. Der Vater wollte trotzdem fahren, doch die Mutter weigerte sich.« Nosse gibt einen tiefen Seufzer von sich. »Sie blieb allein im Haus zurück, und die Trauer machte sie verrückt. Sie hat sich an dem Baum dort erhängt.«

Er dreht sich um und zeigt auf einen toten Baum, der am Rand der Lichtung steht. Dann bleibt es lange still.

»Woher weißt du das?«, fragt Sara schließlich.

»Von meiner Mutter«, sagt Nosse. »Sie hat auch in der Nacht nach dem letzten Schultag mit ein paar Freundinnen hier übernachtet. Eine war entfernt mit der Mutter und den Kindern verwandt, die gestorben sind. Alle drei spuken hier. Meine Mutter hat erzählt, dass sie die arme verrückte Mutter gesehen hat, wie sie durch den Wald irrt und nach ihren Kindern sucht.«

Im Wald knackt ein Ast, und genau wie die anderen fährt Mikael herum. Er späht zwischen die Bäume.

»Was war das?«, fragt er.

»Vermutlich ein Tier«, sagt Nosse. »So früh zeigen sich die Geister normalerweise nicht. Ich habe die Mutter auch schon gesehen. Sie ist so geschwebt und hat gerufen: *Wo seid ihr?* Das war verdammt unheimlich, aber wirklich Sorgen machen muss man sich nur, wenn die Mädchen auftauchen. Wenn die sich zeigen, wird jemand sterben.«

Niemand sagt etwas. Nosse kann wirklich gut Geschichten erzählen, aber Mikael fällt es schwer, sich zu konzentrieren. Eine Mücke sticht ihm in den Hals, er schlägt sie tot. Wischt sich die blutige Hand an der Hose ab.

»Ich würde vorschlagen, wir gehen rein«, sagt er. »Die Mücken fressen mich sonst auf. Außerdem ist dieser Wald nicht mehr besonders einladend.«

Elvira steht auf, dann auch Nosse und Sara. Sara sieht blass aus, und Mikael legt ihr einen Arm um die Schultern.

»Ich beschütze dich vor den Gespenstern, versprochen.«

Sie lächelt ihn an.

Im Haus setzen sie sich auf den Boden des größeren Raums, und Nosse holt eine batteriebetriebene Leuchte aus dem Rucksack, die er einschaltet und in die Mitte stellt. Es dämmert, aber es wird sicher noch eine Stunde dauern, bis es richtig dunkel ist.

»Ich habe auch Windlichter mitgebracht, die wir auf die Treppe stellen können«, sagt er. »Habt ihr Taschenlampen dabei?«

Haben alle außer Mikael, doch Nosse kann ihm eine leihen, weil er zwei mitgenommen hat. Sie ist so klein, dass sie problemlos in seine Hosentasche passt.

»Erinnert ihr euch noch an dieses eine Mädel – die, die sich vor ein paar Jahren direkt nach dem letzten Schultag das Leben genommen hat?«

Mikael nickt. Seine Mutter hat pausenlos davon gesprochen. Das Mädchen war die Tochter einer Kollegin.

»Sie hat auch hier übernachtet und eine der Töchter gesehen, als sie nachts zum Pinkeln rausgegangen ist. Die Kleine hat im Wald gehockt und geweint. Das Mädchen ist reingerannt, um ihre Freundinnen zu holen, aber als sie wieder rauskamen, war die Kleine weg. Tags drauf sprang das Mädchen von der Ölandbrücke.«

Mikael will seine Mutter fragen, ob sie weiß, warum das

Mädchen sich umgebracht hat. Nosse erzählt weiter, aber nach ein paar Minuten steht Mikael auf.

»Wo willst du hin?«, fragt Nosse.

»Pissen.« Er lacht. »Wenn ich die Kleine sehe, grüße ich sie, versprochen.«

Niemand protestiert, als er das Haus verlässt. Auf dem Weg schnappt er sich noch unauffällig Saras Kamera, die oben auf ihrer Tasche liegt. Jetzt kann er nur hoffen, dass Elvira auch eine elegante Entschuldigung findet. Sara ist zwar nicht der eifersüchtige Typ, aber sie soll auch nicht auf Ideen kommen.

Langsam geht Mikael bis zur Straße und wartet. Jetzt darf bloß der olle Paul nicht vor Elvira ankommen. Verdammt, Nosse hat ihn trotz allem nervös gemacht. Nicht mehr lange, dann ist die Sonne untergegangen und sie sind von Dunkelheit umgeben. Schon bald wird es stockfinster sein. Er will gerade in den Wald gehen und sich hinter einem Baum verstecken, als das Geräusch von Schritten ihn wie festgewurzelt stehen bleiben lässt.

»Wo sind meine Kinder?«, wimmert eine helle Stimme.

Sein Herz setzt aus, dabei kommt da natürlich kein Gespenst durch den Wald auf ihn zu, sondern Elvira.

»Nicht lustig«, sagt er.

»Doch, du hast dich schließlich erschreckt«, keucht sie.

»Was hast du den anderen gesagt?«

»Dass ich Torsten anrufen muss.«

»Gut.«

Als in der Ferne ein Automotor zu hören ist, hüpft Mikael in den Wald und presst sich gegen einen Baumstamm. Man hört, dass der Wagen langsam fährt, das muss also der olle

Paul sein, der die Einfahrt sucht. Etwas Rotes blitzt zwischen den Bäumen auf, aber Mikael hat keine Ahnung, welche Farbe Pauls Wagen hat.

Er biegt ab und legt dann eine Vollbremsung hin. Himmel. Wäre er schneller unterwegs gewesen, hätte er Elvira umgenietet.

Der Motor wird ausgestellt, und Paul steigt schnell aus. Mikael hätte so gern sein Gesicht gesehen, aber durch den Winkel und das falsch einfallende Licht geht das nicht. Er rückt vom Baum ab und hält sich mit der Kamera bereit. Paul ist jetzt bei Elvira angelangt, die sich umarmen lässt. Paul nimmt ihren Kopf in beide Hände, sagt etwas, das Mikael nicht verstehen kann. Erst als ihre Lippen sich treffen, drückt er in schneller Abfolge auf den Auslöser. Leider tritt er dabei auf einen trockenen Ast.

Paul lässt Elvira los und schaut in seine Richtung.

»Was war das?«

Mikael macht noch ein Foto, diesmal mit Blitz, er ist ja so oder so entlarvt.

47

Als Hanna ins Großraumbüro zurückkehrte, hatten die anderen sich schon um den ovalen Tisch versammelt. Wieso hatte ihr niemand Bescheid gesagt?

»Ich wollte gerade anrufen«, sagte Ove, ohne den Blick von seinem Laptop zu nehmen. »Setz dich, dann können wir uns kurz gegenseitig auf den neuesten Stand bringen. Die Kriminaltechnik konnte die Dateien von Mikaels Diskette rekonstruieren. Er hatte mehrere Valentinos zusammengesucht, die er kontaktieren wollte, aber es ist unklar, ob er schon Versuche gestartet hatte. Nichts deutet darauf hin, dass er wusste, dass seine Mutter mit den Angaben zum Vater gelogen hat.«

Ove lehnte sich vor und tippte kurz etwas in den Computer, bevor er fortfuhr:

»Ein paar Kollegen in Stockholm haben sich mit Anders Rosén unterhalten. Anfangs hat er bestritten, sich an Birgitta zu erinnern, aber nachdem sie ein bisschen Druck ausgeübt hatten, gab er dann doch zu, an dem Abend mit ihr geschlafen zu haben. Einvernehmlich, klar.«

»Wie hat er reagiert, als er erfuhr, dass Birgitta Fransson schwanger geworden war?«, fragte Daniel.

»Bestürzt. Die Kollegen haben nichts gefunden, was darauf hindeutet, dass er von den Zwillingen wusste oder Kontakt zu einem von ihnen hatte. Laut eigener Aussage war er vor zehn Jahren mal beruflich in Kalmar, ist aber nie über die Brücke nach Öland gefahren. Angeblich war es sein einziger Besuch in der Gegend. Da Mikael nichts von ihm wusste und umgekehrt, können wir Anders Rosén wohl ausschließen.«

Hanna fiel es schwer, Ove anzusehen. Er war ganz offensichtlich noch wütend auf sie, und sie schämte sich. Wenn man bedachte, wie sehr er sie unterstützt und diese Stelle ja für sie geschaffen hatte, hätte sie sich viel eher an ihn wenden sollen. Ganz egal, was sie davon hielt, wie die Ermittlungen in Ester Jensens Todesfall geführt worden waren. Ove wandte sich an Erik:

»Kannst du uns die Vernehmung Elvira Pavics kurz zusammenfassen?«

»Sie hat zugegeben, dass Paul Lundell bei dem verlassenen Haus war, aber nach einem kurzen Streit wieder gefahren ist. Laut ihrer Aussage war Mikael zu ihrem Schutz bei dem Treffen dabei.«

»Was halten wir davon?«, fragte Ove.

»Vielleicht ist der Streit ausgeartet und Mikael wurde in dem Zuge erwürgt«, sagte Amer.

»Angeblich ist das passiert, bevor Mikael und Sara zu dieser Party nach Gärdslösa abgehauen sind«, sagte Hanna.

Sie wollte Ove beweisen, dass die Sache mit Kristoffer und Axel Sandsten sie nicht ablenkte. Dass sie wie immer alles gab.

»Stimmt, ist nicht so leicht, ein Auto zu mopsen und zu

feiern, wenn man tot ist«, sagte Amer. »Könnte Elvira gelogen haben was den Zeitpunkt seines Besuchs angeht?«

»Halte ich für wenig wahrscheinlich«, sagte Erik. »Auch Oskar hat ausgesagt, dass Paul nach dem Grillen und vor Mikaels Abstecher nach Gärdslösa da war.«

»Elvira hat Oskar beschuldigt«, sagte Hanna. »Möglich, dass sie das getan hat, um von sich selbst abzulenken.«

»Kommt Oskar als Täter infrage?«, wollte Ove wissen.

»Ja«, sagte Erik. »Elvira können wir aber auch nicht ausschließen. Die Vernehmung hat sie ordentlich gestresst.«

Hannas Handy summte, und sie warf einen Blick aufs Display. Die Nachricht kam von Henning Larsson: *Artikel erscheint morgen in der Printausgabe, wird aber heute Abend schon online gestellt. Ich habe ihn gerade gemailt.*

Danke, antwortete sie.

Als sie aufsah, merkte sie, dass Ove sie beobachtete. Sofort bekam sie heiße Wangen.

»Wir müssen noch mal mit Oskar Holmberg und Sara Jonsson sprechen«, sagte sie. »Nachhören, ob ihnen doch noch etwas eingefallen ist, und wie Mikael sich Oskar Holmberg gegenüber verhalten hat. Vielleicht bekommen wir Holmberg ja dazu, uns etwas über seinen angeblichen Hass auf Mikael zu verraten.«

»Okay, macht das«, sagte Ove ohne eine Spur von Begeisterung.

Hanna bemerkte Daniels und Amers fragende Blicke, genauso Eriks mitleidigen, und schon fühlten sich ihre Wangen noch heißer an. Carina war offenbar wieder dazu übergegangen, sie lieber gar nicht erst anzusehen.

»Sara Jonsson kommt heute nach Schweden und bleibt

über die Weihnachtsfeiertage«, sagte Erik. »Ich rufe sie an und bestelle sie für morgen aufs Revier.«

»Dann melde ich mich bei Oskar Holmberg und mache auch mit ihm einen weiteren Termin«, sagte Hanna.

Ove nickte und stand auf, damit war die Besprechung wohl vorbei. Hanna war davon überzeugt, dass er sie noch einmal zu sich zitieren würde, aber das tat er nicht, er ging einfach. Sie eilte ihm nach.

»Ich muss dir etwas sagen«, setzte sie an.

»Aha.«

Wie konnte ein so kurzes Wort derart gereizt klingen? Sofort erwachte die verdammte Übelkeit wieder. Sie sollte auf die Knie gehen, um Entschuldigung bitten, sich nicht längst an ihn gewendet zu haben, aber sie konnte nicht. Und obwohl sie den Artikel selbst noch nicht hatte lesen können, so musste Ove jetzt darüber informiert werden.

»Morgen druckt das *Barometern* einen Artikel über Axel Sandsten«, sagte sie. »Aber sie veröffentlichen ihn schon heute online.«

Ove hielt in der Bewegung inne.

»Ich hoffe wirklich, dass die Axel Sandsten nicht als Ester Jensens Mörder hinstellen.«

Diese Reaktion schockierte Hanna. Glaubte er ernsthaft, dass sie sich an die Presse gewandt hatte, um Axel Sandsten zum Mörder von Ester zu deklarieren? Hielt ihr Chef so wenig von ihr? Sie brauchte einen Moment, um sich zu sammeln.

»Nein«, sagte sie. »Es geht um dieses Resort in Grönhögen. Um Bestechung und wirtschaftliche Unstimmigkeiten.«

»Woher weißt du das?«

»Ein Journalist der Zeitung hat mir den Artikel gemailt«, sagte sie. »Ich konnte ihn noch nicht lesen, aber ich gehe davon aus, dass er zur Anzeige führen wird.«

»Wieso hat er dir den Artikel geschickt?«

»Er kannte meine Mutter.«

War *kennen* wirklich das richtige Wort? Sie waren sich ja nur durch ihren Job als Sozialarbeiterin begegnet.

»Leite ihn mir weiter«, sagte Ove. »Dann entscheide ich, wer ihn bekommt. Wurde er schon ans Dezernat für Wirtschaftskriminalität geschickt?«

»Das glaube ich kaum, aber ich …«

»Danke, das reicht«, sagte Ove.

Dann ging er in sein Büro und schloss die Tür hinter sich. Hanna starrte sie einen Moment lang an, kehrte dann zum Großraumbüro zurück. Sie hatte keine Gelegenheit gehabt, ihm zu sagen, dass der Journalist ebenfalls wusste, dass Axel Sandsten der Mörder von Ester Jensen war. Aber daran war Ove ja gewissermaßen genauso schuld. Wieso war er bloß so unfassbar wütend auf sie?

48

Der Abspann rollte über die Leinwand, und Lucas redete wie ein Wasserfall von dem Film. Davon, dass Rex und all die lieben Hunde den bösen Hund zur Vernunft gebracht hatten. Doch dann wurde seine Miene plötzlich ganz ernst.

»Man darf nicht böse sein, oder, Mama?«

»Nein, natürlich nicht.«

Mit einem Mal wirkte er viel jünger als sieben. Lag das an dem Film oder an den derzeitigen Umständen?

»Denkst du an irgendwas Bestimmtes?«, fragte Therese vorsichtig.

»An die Hunde natürlich.«

Lucas sah sie an, als wäre sie verrückt geworden. Therese wuschelte ihm durch den Pony, und sofort verzog er das Gesicht und versuchte, seine Haare wieder zu glätten. Lächelnd sammelte Therese ihre Sachen zusammen und stand auf. Der Film war albern gewesen, besonders als Donald Trump und seine Frau Melania die Queen im Buckingham Palace besucht hatten, aber Wilma schien er gefallen zu haben. Sie warf den Abfall in den großen schwarzen Mülleimer beim Ausgang. Wo Lucas' Müll gelandet war, wusste sie nicht.

Therese hatte sie Süßes kaufen lassen, obwohl es mitten in der Woche war. Fast hätte sie die Hand ausgestreckt und Wilmas Arm gestreichelt, würde sie gern berühren, doch fürchtete, dass es mit der Harmonie dann vorbei wäre.

Schritt für Schritt kehrte die Realität zurück.

Mikael lebte nicht mehr.

Ihre Mutter hatte sie ihr Leben lang belogen, ihr Vater war keine Urlaubsromanze gewesen.

Therese warf einen Blick auf die Uhr: Viertel vor vier. Sie konnte nicht nach Hause. Noch nicht. Kasper hatte seit drei Uhr Feierabend, wahrscheinlich schäumte er schon vor Wut. Thereses Handy lag noch immer ausgeschaltet in ihrer Handtasche, und sie machte keine Anstalten, es herauszuholen.

»Wollen wir noch zu McDonald's?«

»Jaaa!«, schrien beide Kinder.

Selbst Wilma, die sich in letzter Zeit immer öfter aus ihrer Umarmung gewunden und die Augen verdreht hatte. Sie brauchte diese kleine Pause wohl genauso dringend wie ihre Mutter. Einfach mal wieder Kind sein. Zuletzt waren sie im Sommer bei McDonald's gewesen, an Lucas' Geburtstag.

Beim Anblick der Schlangen wäre Therese am liebsten gleich wieder gegangen. All die Menschen, die laut redeten und lachten. Sie freuten sich auf Weihnachten, das war nicht zu überhören. Da erst merkte sie, wie ungewohnt solche Menschenansammlungen mittlerweile für sie waren. Eigentlich traf sie nur noch bei der Arbeit und beim Einkaufen Menschen, die nicht zu ihrer Familie gehörten. Wenn sie Lucas zur Schule brachte und abholte. Vielleicht hatte sie ja deshalb darauf bestanden, das weiterzumachen. Die wenigen Male, die sie sonst vor die Tür ging, war immer Kasper dabei und sorgte dafür, dass nichts schiefgehen konnte. Wilma schaute sie aufmunternd an. Sie hatte den Eindruck, ihre clevere Tochter wusste genau, was ihr so schwerfiel.

»Ich möchte ein Happy Meal«, sagte Lucas. »Mit Cheeseburger.«

»Ich auch«, sagte Wilma. »Ich hab so viel Süßes gegessen und nicht so viel Hunger, dann kann Lucas mein Spielzeug haben.«

Lucas schlang die Arme um seine große Schwester. Therese bat sie, schon mal einen Tisch zu suchen, während sie bestellen ging. Heutzutage musste man dazu gar nicht mehr mit jemandem sprechen, sich einfach nur durchklicken. Nach kurzem Zögern entschied sie sich doch gegen den Salat und nahm stattdessen das Filet-o-Fish-Menü.

Kaum hatte sie das Tablett auf den Tisch gestellt, riss Lucas schon einen der Happy-Meal-Kartons an sich. Das Spielzeug war das Wichtigste, und er brach in Jubel aus über das rotweiße Plastikteil, mit dem man ein rundes Bild von Pikachu schießen konnte. Lucas war noch zu klein für ein eigenes Handy, weshalb sie ihn manchmal mit ihrem Pokémon Go spielen ließ. Leider währte sein Glück nur kurz, denn das Spielzeug im zweiten Karton war genau das gleiche. Lucas' zitternde Unterlippe veranlasste Wilma aufzustehen.

»Ich frag mal, ob ich ein anderes bekommen kann«, sagte sie.

Kurz darauf kam Wilma zurück und hatte ein grün-weißes Plastikteil dabei, mit dem man das runde Bild eines anderen Pokémon schießen konnte, dessen Namen Therese entfallen war. Sofort ließ Lucas die beiden gegeneinander kämpfen. Sie musste ihn ermahnen, es nicht zu übertreiben, damit er die

Getränke nicht umstieß. Dann lächelte sie Wilma dankbar an. Wann war ihre Tochter so erwachsen geworden?

Erst als Therese aufgegessen hatte, holte sie das Handy aus der Handtasche.

»Was ist los, Mama?«, fragte Lucas.

»Was meinst du?«

»Du siehst so komisch aus.«

»Wie bitte? Quatsch, *so* sieht komisch aus.« Sie lachte und schnitt eine Grimasse.

Er ebenfalls. Kaum hatte sie das Handy eingeschaltet, klingelte es auch schon.

»Ich muss eben drangehen«, sagte sie und eilte aus dem Schnellrestaurant.

Sie wollte nicht, dass die Kinder hörten, wie Kasper sie anschrie. Selbstverständlich hätte sie ihm wenigstens eine SMS schicken können, aber irgendwie hatte sie an der Kette rucken wollen. Um zu prüfen, ob er bellen oder zur Abwechslung sogar mal beißen würde.

»Wo zur Hölle bist du?«, brüllte er.

»Wilma ist früher aus der Schule gekommen, weil sie so unglücklich war«, sagte sie. »Ich wollte die Kinder ein bisschen aufmuntern, also waren wir im Kino. Jetzt essen wir gerade.«

»Und auf die Idee, mir zwischendurch mal Bescheid zu geben, bist du nicht gekommen? Wie dumm kann man sein? Du wusstest doch, dass ich früher Feierabend mache.«

»Entschuldige«, sagte sie. »Es kommt gerade einfach so viel zusammen. Ich habe es vergessen ...«

Sie traute sich nicht an eine kompliziertere Lüge. Sie war viel zu gestresst, um überzeugend zu sein.

»Vergessen?«, geiferte er. »Hast du überhaupt eine Ahnung, was ich mir für Sorgen gemacht habe? Deinetwegen bin ich früher nach Hause gekommen. Damit du nicht allein sein musst. Wie kann man so verdammt undankbar sein?«

Wie immer drehte er alles so, dass es nur um ihn ging. Ein normaler Vater hätte doch erst mal gefragt, warum Wilma unglücklich war.

»Entschuldige«, wiederholte sie. »Ich weiß nicht, was ich noch sagen soll.«

Sie lauschte seinem keuchenden Atem. Schließlich beruhigte er sich.

»Mach das nie wieder«, sagte er.

Und, als sie darauf nichts erwiderte:

»Entschuldige, dass ich so laut geworden bin, aber ich hatte solche Angst, dass euch was passiert ist.«

Therese spürte eine ganz sonderbare Erleichterung. Als hätte Kasper gespürt, dass sie an der Kette geruckt hatte, aber statt kräftiger zu ziehen, ließ er sogar etwas lockerer. Sie beendeten das Gespräch, und Therese kehrte zu ihren Kindern zurück. Vielleicht hätte sie fragen sollen, ob sie ihm etwas zu Essen mitbringen sollte, aber das hätte er sicher als Provokation missverstanden. Als sie an Lucas' Geburtstag hier gewesen waren, hatte Kasper nur Mineralwasser getrunken.

»Alles in Ordnung?«, fragte Wilma.

»Absolut«, sagte Therese. »Was meint ihr? Wollen wir jetzt nach Hause zu Papa?«

Sie war sich nicht sicher, ob sie bereit war für Kasper, aber sie hatte ja keine andere Wahl.

49

Der Bus, in dem Oskar Holmberg saß, war verspätet. Er kam aus Borgholm, wo er seine Eltern besucht hatte. Erik lehnte am Auto und behielt die Haltestelle im Blick. Hanna saß noch am Steuer. Auch gut, das ersparte ihr wenigstens weitere dumme Kommentare. Bevor sie hierher aufgebrochen waren, hatte er noch Sara Jonsson angerufen, die morgen um elf aufs Revier kommen wollte.

Schlussendlich näherte sich der richtige Bus. Die Türen öffneten sich zischend, und langsam stiegen Leute aus. Der Strom fand fast kein Ende, an den Tagen vor Weihnachten waren viele Menschen unterwegs. Nur Oskar tauchte nicht auf. Vielleicht hatte er den Bus verpasst? Oder entschieden, doch nicht noch mal mit ihnen sprechen zu wollen? Als Letzter verließ Oskar Holmberg den Bus und wuchtete sich die schwarze Tasche über die Schulter.

Dann sah er Erik, der ihm die Tür zum Rücksitz öffnete. Oskar Holmberg blieb stehen, zögerte, kam dann aber doch langsam zu ihnen. Er warf seine Tasche durch die geöffnete Tür und stieg ein. Erik nahm den Beifahrersitz und drehte sich so, dass er Oskar Holmberg besser sehen konnte.

»Sie wohnen in Norrliden, nicht wahr?«, fragte Hanna.

»Ja«, sagte Oskar Holmberg, den Blick aus dem Fenster gerichtet, während sie den Motor startete.

Er wirkte nicht betrunken, aber die dunklen Ringe unter seinen Augen waren enorm.

»Wie geht es Ihnen?«, fragte Erik.

»Ging schon mal besser.«

»Sie haben uns erzählt, dass Mikael nicht gerade nett zu Ihnen war«, sagte Erik. »Würden Sie das ein bisschen weiter ausführen?«

»Er hat sich die ganze Zeit über mich lustig gemacht. Mich behandelt, als wäre ich hirnverbrannt. Was ich vielleicht auch war. In der Schule war ich schlechter als die anderen und außerdem permanent Single.«

»Waren Sie wütend auf ihn?«

»Keine Ahnung, ob wütend das richtige Wort ist. Eigentlich hat mich das eher runtergezogen.«

Oskar Holmberg schaute Erik an.

»Wieso fragen Sie das?«

»Wir müssen mehr über die Nacht in dem verlassenen Haus wissen.«

Oskar Holmberg sah wieder zum Fenster hinaus. Hanna fuhr ungewöhnlich besonnen und hatte den östlichen Weg genommen, um ihnen so viel Zeit wie möglich zu erlauben. Dieser Weg führte an Varvsholmen vorbei, wo er selbst wohnte. Als die weißen Wohnblöcke hinter der Fensterscheibe vorüberglitten, kam ihm plötzlich die Idee, dass sie Weihnachten auch einfach hier feiern könnten. Sie könnten alle anderen einladen und seiner Mutter damit Arbeit abnehmen. Aber das wäre sicher nur eine Übersprunghandlung.

Niemand würde das wollen. Vielleicht war dies das letzte Weihnachtsfest, das noch einigermaßen so sein würde wie sonst.

»Ich kann gerade kaum essen oder schlafen«, sagte Oskar Holmberg. »Immerhin konnte ich meinen Chef davon überzeugen, dass ich krank bin. Hoffentlich habe ich nach Weihnachten also noch einen Job.«

»Wieso können Sie kaum essen oder schlafen?«, fragte Erik.

Oskar Holmberg sah ihm direkt in die Augen.

»Weil ich die ganze Zeit an diese verdammte Nacht denken muss.«

»Waren Sie es leid, dass Mikael so gemein zu Ihnen war?«, fragte Hanna.

»Ja.«

Oskar ballte die Hand zur Faust und presste sie in den Sitz.

»Ich habe Mikael nicht getötet. Und er war nicht der Einzige, der gemein zu mir war. Elvira war genauso. Vielleicht sogar schlimmer.«

»Wie ist Mikael gestorben?«, fragte Hanna.

»Das weiß ich nicht, das habe ich doch schon gesagt.«

»Wie war Sara zu Ihnen?«, fragte Erik.

»Nicht so wie die anderen. Deshalb mochte ich sie ja so.«

Hanna bog in die Straße, in der Oskar Holmberg wohnte, und hielt vor einem dreistöckigen Betonklotz. Oskar Holmberg legte die Hand an den Türgriff.

»Moment«, sagte Erik. »Wussten Mikael oder Sara, dass Sie Gefühle für sie hatten?«

»Kann ich mir nicht vorstellen«, sagte Oskar Holmberg.

»Außer Torsten hat es ihnen erzählt. Er war der Einzige, der es wusste. Vielleicht hat Elvira was geahnt, aber sie war komisch an dem Abend.«

»Inwiefern?«

»Noch gemeiner als sonst. Sie war sogar fies zu Sara.«

»Was hat sie denn gemacht«, fragte Erik.

»An die Einzelheiten erinnere ich mich nicht mehr, aber … Sie hat Sara praktisch für alles, was sie getan oder gesagt hat, runtergemacht.«

»Könnte Elvira Mikael getötet haben?«, fragte Hanna.

»Wenn es jemand von uns war, die im Haus übernachtet haben, dann war sie es«, sagte Oskar Holmberg. »Darf ich jetzt gehen?«

»Gleich«, sagte Erik. »Erst möchte ich noch wissen, was Sie getan haben, als Ihnen Mikaels Verhalten zu viel wurde.«

»Ich hab ihn angeschrien. Ich war kurz davor, ihm eine zu knallen, aber ich konnte mich zusammenreißen.«

Dann öffnete Oskar Holmberg die Tür und stieg überstürzt aus.

50

Hanna sah Oskar Holmberg nach, der zur Haustür joggte, als könnte er sie nicht schnell genug hinter sich lassen. Erst als die Tür hinter ihm zufiel, fuhr sie los.

»Was halten wir von ihm?«, fragte sie.

»Er und Elvira wissen definitiv mehr über diese Nacht, als sie bisher zugeben«, sagte Erik.

Sie versuchte, ihre eigenen Schlüsse zu ziehen, konnte sich aber auf Teufel komm raus nicht mehr konzentrieren. Eriks Frage überschattete alles. *Bist du schwanger?* Sie brauchte erst mal Gewissheit.

»Ich muss kurz bei einer Apotheke halten«, sagte sie.

»Ich habe Kopfschmerztabletten dabei, falls du …«

»Nein.«

Tat er nur so oder hatte er seine Frage wirklich vergessen?

»Ich rufe Paul Lundell an«, sagte er. »Und dann bearbeite ich ihn mal ein bisschen.«

»Frag ihn mal nach der Gruppendynamik. Vielleicht hat er ja mitbekommen, wie die sich untereinander verhalten haben.«

»Superidee!«

Jetzt klang er schon wieder so übereifrig. Herrgott, die Stimmung zwischen ihnen war wirklich komisch. Aber Hanna konnte da gerade nichts zu sagen, konnte nichts richten. Erst musste sie Klarheit haben.

Eine Straße und ein großer Parkplatz lagen zwischen dem Polizeirevier und dem Einkaufszentrum *Giraffen*. Hanna ließ Erik vorm Revier aussteigen, bevor sie so nah bei der Apotheke parkte wie möglich.

Die Übelkeit auf dem kurzen Weg in die Apotheke bis zu dem Regal mit den Testen war so überwältigend, dass sie fürchtete, sich wirklich übergeben zu müssen. Aber das konnte genauso gut an ihrer Nervosität liegen. Es musste an ihrer Nervosität liegen. Eine Schwangerschaft würde sie nicht verkraften. Nicht jetzt. Nicht zusätzlich zu allem anderen.

Hanna starrte die farbenfrohen Verpackungen an. Vier unterschiedliche Arten von Tests? Wieso gab es so viele?

»Brauchen Sie Hilfe?«

Die Frau in dem weißen Kittel stand sicher relativ kurz vor der Pensionierung. Hanna schüttelte den Kopf und griff einfach die nächstbeste Packung, eine rot-weiße. Das waren die Farben des hiesigen Fußballvereins Kalmar FF. Wäre ihr Mund nicht so trocken gewesen, sie hätte vermutlich einen nervösen Lachanfall bekommen.

Auf dem Weg zur Kasse nahm sie noch eine Packung Kaugummi, die sie auf den Test legte. Beides reichte sie dem Mann, der zwei Köpfe kleiner war als sie und einen flaumigen Bart hatte. Sie bejahte die Frage nach einer Tüte, wickelte sie mehrfach um den Test und steckte ihn dann in die Jackentasche. Das war der Vorteil an riesigen Winterjacken, die hatten große Taschen. Dann riss sie die Kaugummipackung auf und steckte sich zwei in den Mund. Kaute wie verrückt, während sie auf den Ausgang zusteuerte.

Vielleicht sollte sie gleich hier im Einkaufszentrum aufs Klo gehen? Oder warten, bis sie bei Isak zu Hause war? Nein, sie konnte nicht warten. Der Test glühte praktisch in ihrer Jackentasche.

Kaum hatte Hanna den Wagen in der Garage des Reviers abgestellt, suchte sie sich die nächstmögliche Toilette. Sie öffnete die Packung, las die Anleitung, verstand aber rein gar nichts. Sie schloss die Augen und holte mehrmals tief Luft. Beim zweiten Versuch begriff sie schon mehr, aber sicherheitshalber las sie die Anleitung noch ein drittes Mal. Sie wollte auf keinen Fall einen Fehler machen, schließlich hatte sie dummerweise nur einen Test gekauft.

Sie setzte sich auf die Toilette und pinkelte auf das Plastikteil. Starrte dann darauf, aber hielt nur wenige Sekunden durch. Erst in zwei Minuten war mit dem Ergebnis zu rechnen.

Nicht jetzt. Bitte, bitte, es geht einfach nicht. Hanna legte den Test auf den Rand des Waschbeckens, wusch sich die Hände und versuchte verzweifelt, ihr Spiegelbild dazu zu bringen, sich zu beruhigen. Ein Strich bedeutete nicht schwanger, zwei Striche schwanger.

Sie warf einen Blick auf den Test, obwohl die zwei Minuten noch nicht vorbei waren. Langsam zeichnete sich ein zweiter Strich ab.

51

Wie immer im Winter stellte Therese den Wagen in die Garage. Die Temperatur bewegte sich um den Nullpunkt, aber sie wollte das Auto nicht unnötig der Witterung aussetzen. Sie klammerte sich ans Lenkrad. *Lass den Wagen bei Minusgraden nicht draußen.* Noch etwas, das Kasper ihr eingebläut hatte. *Das Öl wird zähflüssig, und das ist nicht gut für den Motor.* Wie viel von dem, was sie einmal ausgemacht hatte, gab es eigentlich noch?

Die Kinder stürmten sofort aus dem Wagen. Lucas war der Schnellste. Sicher wollte er seinem Vater von dem Film erzählen. Und von den Süßigkeiten. Und von McDonald's. Ihm seine neuen Spielzeuge zeigen.

Therese lehnte sich mit der Stirn gegen das Lenkrad. Wollte nichts lieber als verschwinden.

Jemand klopfte gegen die Scheibe, und sie riss den Kopf hoch. Kasper öffnete die Tür und setzte sich auf den Beifahrersitz. Sein Gesicht eine starre Maske. Aber wollte sie überhaupt wissen, was dahinter los war?

»Wilma macht sich Sorgen um dich«, sagte er.

Sie suchte nach Rissen in der Maske. War dies Kaspers

umständliche Art, ihr zu sagen, dass er sich Sorgen machte? Dabei hatte er eigentlich keine Probleme damit, sich als Zentrum des Universums zu sehen. Außerdem machte er sich auch keine Sorgen um sie. Zumindest nicht darum, wie es ihr ging, höchstens vielleicht um ihrer beider Zukunft. Er schaute sie aufmunternd an. Gerade konnte sie sich keinen Reim auf ihn machen.

»Also, dein Bruder …«

»Es geht nicht um ihn«, fiel sie ihm ins Wort. »Zumindest nicht nur.«

Sie konnte sich jetzt wirklich keinen Vortrag darüber anhören, was für ein Idiot Mikael gewesen war. Kasper hatte ihn nie gemocht. Nein, sie hatten einander nie gemocht. Mehrmals hatte sie dazwischengehen müssen, weil die beiden sich in der Wolle hatten.

»Was denn noch?«

»Mein Vater war kein Italiener namens Valentino. Er heißt Anders und kommt aus Flen.«

»Machst du Witze?«

Sie schüttelte langsam den Kopf. Normalerweise wusste sie, wenn er wütend wurde, aber gerade hatte sie das Gefühl, ihr Radar war kaputt. Sie hatte keine Ahnung. Kasper fing an, schallend zu lachen. Die Reaktion schockierte sie.

»Was stimmt nicht mit dir?«, schrie sie.

Und da sah sie sie: seine rasende Wut.

»Mit mir?«, zischte er. »Ich frage mich, was mit *dir* und deiner verdammten Familie nicht stimmt. Ihr lügt doch in einer Tour. Du, deine Mutter, dein Bruder …«

»Ich? Ich habe nicht gelogen.«

»Was hast du gestern gemacht?«

Therese konnte keinen klaren Gedanken fassen. Gerade fiel ihr rein gar nichts ein, was sie gestern gemacht hatte. Oder was sie Kasper erzählt hatte.

»Ich habe die Fotos gesehen, die Kim gepostet hat«, fuhr er fort.

Ach ja, sie hatte Kim angeschrieben, war zu ihr gefahren und mit ihr ausgeritten. Kim hatte also Bilder gepostet. Sie hatte so viel Spaß gehabt, dass sie nicht daran gedacht hatte, Kim zu bitten, das nicht zu tun. Was konnte sie jetzt zu ihrer Verteidigung sagen? Vermutlich nichts, was Kasper akzeptieren würde. Ihr Schweigen irritierte ihn, aber die Rolle, in die er sie gepresst hatte, funktionierte nicht mehr. Sie war das alles einfach so leid.

»Eigentlich wollte ich dir das ja durchgehen lassen«, sagte Kasper. »Aber wenn du nicht mal was Vernünftiges zu deiner Verteidigung zu sagen hast …«

»Zu meiner Verteidigung?«, fiel sie ihm ins Wort. »Kim ist eine alte Freundin, die wieder nach Öland gezogen ist, und ich brauchte mal jemanden zum Reden.«

»Aber wieso hast du mir nichts gesagt? Außerdem kannst du auch mit mir reden, das weißt du.«

Kasper war so ziemlich der Letzte, an den sie sich mit etwas Wichtigem wenden würde. Er hatte ihr immer gesagt, wie sie sich zu verhalten, was sie zu denken hatte. Anfangs hatte ihr das gefallen. Das heißt, vielleicht nicht gefallen, aber sie hatte es gebraucht. Nachdem Mikael verschwunden und ihre Mutter den Bezug zur Realität verloren hatte, war es Kasper gewesen, der sie gestützt hatte. Ohne ihn hätte sie vermutlich nicht überlebt. Dass sie wieder in Schweigen verfiel, befeuerte Kaspers Wut nur noch.

»Seid ihr zusammen?«, fragte er.

»Wie bitte? Nein. Wirklich nicht.«

»Man sieht ja wohl auf drei Kilometer Entfernung, dass sie lesbisch ist.«

Das war so ein hanebüchener Unsinn, dass Therese darauf keine Reaktion einfiel. Kim hatte immer viele Freunde gehabt. Ein paar Wochen lang war sie sogar mit Mikael zusammen gewesen. Dass Kasper das jetzt sagte, lag einfach nur an Kims kurzen Haaren. In seiner Welt hatten Frauen langes Haar und trugen Röcke. Legten Wert auf ihr Aussehen. Kasper funkelte sie wütend an. *Jetzt schlägt er mich*, dachte sie. *Jetzt ist es so weit.* Sie schloss die Augen, spürte seinen warmen Atem an ihrer Wange.

»Reiß dich zusammen«, sagte er. »Dann kannst du reinkommen zu mir und den Kindern.«

Kasper stieg aus und knallte die Autotür zu. Eine leise Stimme versuchte Therese davon zu überzeugen, ihm schnell nachzulaufen und ihn zu beschwichtigen, indem sie die perfekte Hausfrau spielte. Wegen der Kinder. Kasper hatte ihr die Kinder geschenkt. Sie waren das Einzige, was etwas bedeutete. Sie öffnete die Augen, streckte die Hand aus, doch bevor sie den Türgriff erreichte, klingelte ihr Handy. Eine unbekannte Nummer. Sie wagte nicht, es klingeln zu lassen, vielleicht ging es um Mikael.

»Hallo, hier spricht Sara Jonsson. Erinnerst du dich noch an mich?«

»Ja«, sagte Therese.

»Ich wollte nur … keine Ahnung. Mein Beileid aussprechen. Wie geht es euch?«

Therese wusste nicht, wenn sie mit »euch« meinte. Vermutlich sie und ihre Mutter? Therese wusste, dass Sara immer mal wieder bei ihrer Mutter angerufen hatte, anfangs. Aber wie alle anderen hatte auch sie aufgehört, sich zu melden, zumindest bei ihr. Vielleicht hatte ja gar nicht Kasper all ihre Freundinnen vertrieben. Vielleicht war sie es selbst gewesen.

»Ganz okay«, sagte sie. »Ich habe nicht geglaubt, dass er noch lebt, aber es ist gut, jetzt Gewissheit zu haben.«

Gut?! Wieso hatte sie das gesagt? Die Zeit, bevor sie die Todesnachricht bekommen hatte, war wesentlich besser gewesen als die danach, aber sie war es so gewöhnt zu sagen, was von ihr erwartet wurde.

»Wisst ihr schon was?«, fragte Sara. »Darüber, wie es passiert ist?«

»Nein, wir haben keine Ahnung.«

Kims Worte kamen ihr wieder in den Sinn. *Sie müssen es machen wie bei Agatha Christie. Alle, die in dem Haus übernachtet haben, in einen Raum sperren und erst wieder rauslassen, wenn der oder die Schuldige gestanden hat.*

»Weißt du irgendwas?«, fragte Therese zurück. »Die Polizei scheint davon auszugehen, dass es jemand von euch war, die in diesem Haus übernachtet haben.«

Das stimmte so nicht ganz, die Polizei hatte bisher fast gar nichts gesagt. Aber Kims Schlussfolgerung war nachvollziehbar.

Sara erwiderte lange nichts, dann flüsterte sie: »Verzeihung. Es war keine gute Idee, dich anzurufen.«

Therese blieb mit dem Telefon in der Hand sitzen. Wollte am liebsten zurückrufen und mehr Fragen stellen, sich entschuldigen. Es gab noch eine andere Möglichkeit, doch sie wagte es selbst nach so vielen Jahren nicht mal, sich ihr auch nur gedanklich zu nähern. Die Erinnerungen aus Gärdslösa drängten sich auf. Sie hatte im Garten gestanden und Mikael hatte …

»Nein!«, schrie Therese und schleuderte das Handy weg. Sie hatte Streits dieser Art so oft gesehen, dass sie dem keine weitere Bedeutung beigemessen hatte. Sie brauchte Hilfe dabei, die Erinnerung zu verstehen, sie einzuordnen, und Kim war die Einzige, mit der sie gerade reden konnte. Sie startete den Wagen und setzte aus der Garage zurück.

Therese kam gerade mal zwei Häuserblocks weit, bis die Angst sie überwältigte und sie rechts ranfahren musste. Sie lehnte sich rüber und holte das Handy aus dem Fußraum der Beifahrerseite. Bei Kasper wollte sie sich absolut nicht melden, aber sie schickte Wilma eine Nachricht: *Ich brauch kurz Zeit für mich. Mach dir keine Sorgen.*

Sie bekam direkt eine Antwort: *Alles klar.*

Sofort fingen die Tränen an zu laufen: *Erklärst du es Lucas?*

Okay, schrieb Wilma.

Autos zischten am Fenster vorbei wie Lichtschimmer im Dunkeln. Ihr Handy klingelte, und sie schaute aufs Display: *Wilma.* Obwohl sie fürchtete, dass es in Wahrheit Kasper war, der anrief, ging sie dran, weil es ja doch ihre Tochter sein könnte.

»Mama, komm nach Hause«, hörte sie Lucas schluchzen.

Einerseits hätte sie gern gedreht und wäre geradewegs zurückgefahren, aber sie konnte nicht – nicht bevor sie mit Kim gesprochen hatte.

»Ich komme ja, mein Schatz, nur nicht sofort.«

»Doch, sofort.«

»Ist das Mama? Kann ich sie mal sprechen?«, hörte sie durch Lucas' Schluchzen.

»Ich bin doch gleich wieder da«, sagte sie und legte auf.

Es schmerzte in ihrer Brust, dass sie mit der Hand dagegenpressen musste. Ihre Kinder brauchten sie, aber sie konnte nicht zurückfahren. Sie stellte das Handy auf stumm und legte es mit dem Display nach unten auf den Beifahrersitz. Dann blinkte sie und fädelte sich in den Verkehr.

52

Hanna betrat das Großraumbüro, und sofort spürte sie Eriks forschenden Blick auf sich. Es lag wohl an Amers Anwesenheit, dass er sich jede Frage verkniff. Ihre neue Wahrheit wiederholte sich in ihrem Kopf wie eine Schallplatte mit Sprung: *Ich bin schwanger, ich bin schwanger, ich bin schwanger …*

Schnell marschierte sie zu ihrem Platz und setzte sich. Was, hatte sie noch gleich zugesagt, würde sie erledigen? Sie musste arbeiten, musste den zweiten Strich vergessen, aber sie konnte sich auf rein gar nichts konzentrieren. Nach ein paar verzweifelten Sekunden schaute sie zu Erik.

»Was hatte Paul Lundell denn zur Dynamik der Gruppe zu sagen?«

»Nichts Brauchbares. Er hat behauptet, er könne sich nicht erinnern, und er bleibt bei seiner Aussage, dass er nicht zum Haus zurückgekehrt ist. Aber irgendetwas verschweigt er definitiv, die Frage ist bloß, was.«

»Und was machen wir jetzt?«

»Wir sprechen weiter mit ihnen«, sagte Erik. »Und hoffentlich finden wir morgen durch die Vernehmung von Sara Jonsson was Neues raus.«

Hanna seufzte und schaute auf ihren Bildschirm. Sofort musste sie wieder an den zweiten Strich denken: *Du bist schwanger, du bist schwanger, du bist schwanger …*

»Ich muss nach Hause«, sagte sie.

»Geht es dir nicht gut?«, fragte Amer.

»Ich fürchte, ich bekomme Migräne«, sagte sie.

Erik betrachtete sie. Ihm war sicher klar, dass sie gelogen hatte, aber er folgte ihr nicht, als sie das Büro verließ. Vielleicht hatte er ja endlich verstanden, wann er sich besser fernhielt.

Isak eilte ihr entgegen, als sie in Södra Näsby durch die Tür kam. Sie hatte ihm nicht geschrieben, dass sie unterwegs war. Die rostrote Schürze hatte große Flecken, die vermutlich nicht mehr rausgingen. Vielleicht wäre eine schöne neue Schürze ja eine gute Geschenkidee, aber wann und wo sollte sie die kaufen?

»Du bist ja schon zu Hause!«

Zu Hause. Das Wort passte noch nicht zu diesem Haus.

»Ich habe Kopfschmerzen«, sagte sie schnell, um ihre Reaktion zu überspielen. »Ich hielt es für vernünftiger, mich heute auszuruhen, damit ich morgen wieder richtig fit bin.«

»Das verstehe ich gut«, sagte Isak. »Sag mal, soll ich dich besser ins Krankenhaus bringen?«

»Wieso?«

»Du siehst wirklich sehr blass aus. Vielleicht ist das ja noch eine Folge von der Rauchvergiftung?«

»So schlimm ist es dann doch nicht«, sagte Hanna und zog ihre Jacke aus. »Aber du kannst mir gern ein Glas Wasser und ein paar Schmerztabletten bringen.«

Hanna ging ins Wohnzimmer und setzte sich aufs Sofa, bedankte sich überschwänglich, als Isak ihr das Gewünschte brachte.

»Ich muss wieder in die Küche«, sagte er entschuldigend. »Ich rolle gerade die Fleischbällchen fürs Weihnachtsessen.«

Nachdem sie die Tabletten gegen die Kopfschmerzen geschluckt hatte, die sie gar nicht hatte, bekam sie sofort Angst. Was, wenn sie die gar nicht länger nehmen durfte? Schnell suchte sie im Internet nach Informationen zu Paracetamol und konnte sich schon bald beruhigt auf dem Sofa ausstrecken. Sie deckte sich zu.

Ich muss es ihm erzählen, dachte sie. Aber wie? Nein, sie konnte unmöglich hier liegen bleiben. Sie deckte sich wieder ab und ging zu Isak in die Küche.

»Wie schön, dass du mir Gesellschaft leistest.« Er lächelte.

Hanna schluckte und erwiderte sein Lächeln. Isak hatte viel von seiner Partnerin gesprochen, die im siebten Monat an den Folgen eines Schlaganfalls gestorben war. Wie schuldig er sich fühlte, war nicht zu übersehen gewesen. Er drehte und wendete jedes Detail, während er davon erzählte, als hätte er etwas anders machen können. Aber an dem Schlaganfall war niemand schuld gewesen.

»Ist was passiert?«, fragte Isak.

»Nein, wieso fragst du?«, fragte Hanna schnell zurück.

Sie konnte nicht einschätzen, wie Isak auf die Neuigkeit reagieren würde, dass sie schwanger war. Es war einfach das schlechteste Timing überhaupt. Sie brauchten mehr Zeit.

»Weil du so komisch aussiehst.«

»Du klingst schon wie Erik.«

Isak lachte. Hanna hatte ihm erzählt, wie schwierig die

Anfangszeit mit Erik gewesen war, und dass sie noch immer hin und wieder aneinandergerieten.

»Entschuldige«, sagte Isak. »Ich mache mir einfach Sorgen um dich.«

Eine Schwangerschaft würde das ja nur verstärken. Dabei machte auch sie sich Sorgen um ihn. Eigentlich hatte sie ihn fragen wollen, ob ihm etwas Verdächtiges aufgefallen war. Ob er komische SMS oder Anrufe bekommen hatte. Ob ihm jemand gefolgt war.

»Es sind nur Kopfschmerzen«, sagte Hanna. »Die gehen bald wieder vorbei.«

Wie sollte sie nur die Kraft finden, es ihm zu sagen? Diese Schwangerschaft machte ihr mehr Angst als alles andere.

FREITAG, 20. DEZEMBER

53

Korrupt? Die Tageszeitung lag aufgeschlagen auf dem Küchentisch, und Hanna starrte auf die Schlagzeile über dem Foto von Axel Sandsten. Es war eine Porträtaufnahme, die unter freiem Himmel entstanden war. Axel schaute lächelnd in die Kamera, der Wind spielte in seinem Haar. Hinter ihm das Meer und das Kalmarer Schloss. Eine andere Schlagzeile hätte sie viel lieber gesehen: *Mörder.*

Laut Henning Larsson hatte die Zeitung Axel um eine Stellungnahme gebeten, aber er hatte abgelehnt. Nur gesagt, dass, sollten sie den Artikel veröffentlichen, er sie gehörig verklagen würde. Sie schob die Zeitung weg und trank einen Schluck Kaffee. Bemerkte ihren Fehler erst, als er ihr fast wieder hochkam.

»Geht es dir heute besser?«, fragte Isak, stellte sich hinter sie und streichelte ihr über die Arme.

Die Berührung war gleichzeitig schön und unangenehm. Letzteres, weil sie davon überzeugt war, das nicht zu verdienen.

»Ja«, sagte Hanna, stand auf und schloss ihn in die Arme.

Sie hatte ihm gestern nicht von der Schwangerschaft

erzählen können. Stattdessen hatten sie über Axel Sandsten und die bevorstehende Veröffentlichung des Artikels gesprochen. *Das ist der Anfang vom Ende* war Isaks Kommentar gewesen. Sie sollte es ihm jetzt auf der Stelle erzählen, aber dann würden sie sicher beide nicht mehr zum Arbeiten kommen. Besser, sie wartete bis zum Abend. Dann würde das ganze Wochenende vor ihnen liegen, sie würden in aller Ruhe reden und sich auch gefühlsmäßig ein wenig an die Situation gewöhnen können. Eigentlich hatte sie das Testergebnis selbst noch gar nicht richtig verarbeitet: dass da ein kleines Leben in ihr heranwuchs. Wie würde Isak reagieren?

Sie konnte nicht hierbleiben, wollte Isak nicht anlügen. Jede Minute, die sie mit ihm verbrachte, ohne es ihm zu sagen, fühlte sich an wie eine Lüge.

»Ich muss los«, sagte sie.

»Was willst du heute essen?«, fragte er. »Ich wäre auch für ein Glas Wein zu haben, um den Ferienauftakt zu feiern.«

Heute war der letzte Schultag des Jahres, Isak hatte wie alle Lehrer die gesamten Weihnachtsferien lang frei. Hanna arbeitete bis zum 23. Dezember und auch zwischen den Jahren. Vielleicht sollte sie Oves Angebot annehmen und selbst auch ein paar Tage freimachen. Dann könnte sie die Ferien mit Isak verbringen und vielleicht mit ihm zusammen die Erkenntnis sacken lassen, dass sie schwanger war. Aber sie konnte sich kaum vorstellen, wie sie entspannen sollte, solange die Bedrohung durch Axel Sandsten weiter wie ein Damoklesschwert über ihr schwebte.

»Wie wäre es mit Lachs und Ofengemüse?«, fragte sie.

Isak sah überglücklich aus. Normalerweise antwortete sie, es sei ihr egal. Dabei war es meist Isak, der kochte, da konnte sie ihm ja wenigstens mit Ideen entgegenkommen. Außerdem wollte sie, dass es etwas Leckeres gab. Es sollte schon eine Art festlicher Rahmen sein, wenn sie es ihm erzählte.

Kaum im Wagen befragte sie erst mal das Internet, wie Schwangerschaft und Lachs sich vertrugen. Offenbar war gezüchteter Lachs okay. Isak hatte zuletzt tiefgefrorenen Lachs verwendet, aber was, wenn er plötzlich auf die Idee kam, frischen Wildlachs zu kaufen? Hör schon auf, mahnte sie sich und startete den Wagen.

Ausnahmsweise hielt sie sich mal an die Geschwindigkeitsvorgabe. Seit der ersten Minute stand für sie fest, dass sie das Kind behalten wollte. Aber was, wenn Isak fand, dass es zu früh war? Oder wenn er seit der Erfahrung mit seiner früheren Partnerin gar keine Kinder mehr wollte? Dabei hatte sie genauso große Angst davor, alles vor ihr Liegende mit ihm bewältigen zu müssen wie ohne ihn. Es gab so vieles, was sie noch nicht übereinander wussten.

Als Hanna ins Büro kam, waren alle da außer Erik. Die halbe Stunde vor der Morgenbesprechung nutzte Hanna, um sich durch die aufgelaufenen E-Mails zu ackern.

Sie war die Letzte, die sich auf den Weg zum Besprechungszimmer machte, weil sie auf Erik gewartet hatte. Aber weder Ove noch Erik waren da, als sie sich zu den anderen setzte. Sie stießen jedoch bald zusammen hinzu.

»Wir haben einen anonymen Hinweis bekommen«, sagte Ove.

Nach ein bisschen Fummelei lief die Audiodatei. Eine Frauenstimme erzählte, dass Mikael in Gärdslösa mit einem Typen namens Kasper gestritten habe. Sie hätten vor dem Haus gestanden, und Kasper habe gebrüllt: *Dafür wirst du zahlen.* Die Frau schloss mit der Information ab, dass Kasper Cedergren mit Nachnamen hieß.

Hanna erkannte die Stimme nicht wieder. Sie glaubte nicht, dass sie die Anruferin bereits befragt hatten.

»Das ist eine sehr detaillierte Schilderung«, bemerkte Daniel.

»Worauf willst du hinaus?«, fragte Ove.

»Die Anruferin wollte sicherstellen, dass wir den richtigen Kasper finden. Vielleicht will sie ihm einfach nur Ärger machen.«

»Noch dazu ist Kasper Cedergren mit Mikaels Schwester Therese verheiratet«, sagte Ove. »Und Polizist.«

»Er arbeitet bei der Schutzpolizei, oder?«, fragte Amer.

»Richtig«, sagte Ove. »Ich habe ihn zur Vernehmung einbestellt, er sollte in einer halben Stunde da sein. Ich will, dass ihr das übernehmt, Erik und Hanna. Das schafft ihr vor dem Termin mit Sara Jonsson.«

»Sollten wir uns auch noch mal mit Therese Cedergren unterhalten?«, fragte Hanna.

»Ja, aber erst nachdem ihr Kasper Cedergren vernommen habt«, sagte Ove. »Und vorher muss ich noch mit dir sprechen, Hanna, deshalb endet diese Besprechung jetzt auch schon wieder, sofern niemand sonst mehr was beitragen will?«

Hanna ließ den Blick über die anderen schweifen, doch sie schüttelten nur die Köpfe, also blieb ihr nichts anderes übrig, als aufzustehen und Ove zu folgen.

»Schließ die Tür«, sagte er.

Also machte sie das und setzte sich dann auf den Stuhl neben seinem Schreibtisch. Allmählich wurden die Termine in Oves Büro zur Gewohnheit.

»Ich habe mit Johannes Costa von der Polizei in Växjö gesprochen«, sagte er. »Habe ihm durchgegeben, dass Axel Sandsten als Verdächtiger betrachtet werden muss.«

Er sprach sehr langsam, als wäre sie ein Kind, das ihn sonst nicht verstehen würde.

»Hast du ihm erklärt, warum?«, fragte sie.

»Ja«, sagte Ove. »Weil ich mich nicht darauf verlassen wollte, dass du ihm tatsächlich alle Informationen gibst.«

Die Übelkeit war wie eine Schockwelle, die sich nicht aufhalten ließ.

»Weg!«, brüllte sie.

Ove rollte mit dem Stuhl zurück, Hanna sank auf alle viere und riss seinen Mülleimer zu sich. Bekam ihn gerade noch rechtzeitig unter den Mund, bevor sie sich erbrach. Sie schloss die Augen, schämte sich viel zu sehr, um ihren Chef anzusehen.

»Hier«, sagte Ove und reichte ihr ein Papiertaschentuch.

Er wirkte weder überrascht noch empört. Vermutlich hatte er in diesem Büro schon deutlich Schlimmeres erlebt. Vorsichtig tupfte sie sich über den Mund und schaute dann zu ihm. Er sah sie auffordernd an, erwartete wohl eine Erklärung. Hanna wusste, dass sie dies nicht auf eine Lebensmittelvergiftung oder so was in der Art schieben konnte, denn dann würde er sie sofort nach Hause schicken. Aber sie wollte auch nicht, dass er glaubte, die Situation mit Axel würde sie so sehr stressen. Dann würde er sie genauso nach Hause schicken.

»Ich bin schwanger«, sagte sie.

»Oh.« Mehr brachte Ove nicht heraus.

Sie stand auf. Mit glühendem Gesicht warf sie einen Blick zum Mülleimer, wodurch ihr nur wieder schlecht wurde.

»Herzlichen Glückwunsch?«, fragte er schließlich.

»Ich weiß es ehrlich gesagt nicht.«

»Kannst du trotzdem arbeiten?«

»Klar.« Sie nickte zum Mülleimer. »Soll ich den eben mitnehmen?«

»Nicht nötig. Ich rufe die Putzkraft.«

Hanna war schon an der Tür, als Ove sie doch noch aufhielt.

»Du musst mit Kristoffer sprechen«, sagte er. »Ihn zu einer Aussage überreden. Dann rollen wir den Fall neu auf.«

Der letzte Tag

»Was ist hier los?«, fragt Paul an Elvira gewandt.

Er sieht aus, als würde er sich gleich in die Hose scheißen. Mikael kommt aus dem Wald und hält die Kamera hoch.

»Wir werden allen zeigen, was für ein Widerling Sie sind.«

»Wovon redest du?«

»Mich hat es, ehrlich gesagt, kein bisschen überrascht, als ich gehört habe, was Sie so machen.«

Paul macht einen Schritt auf Elvira zu.

»Was hast du ihm erzählt?«

Elvira antwortet nicht, weicht nur zurück. Offensichtlich hat sie Angst. Was hat er denn bitte sonst noch gemacht, wenn sie sich nicht getraut hat, ihm das zu erzählen? Mikael stellt sich zwischen sie. Paul greift nach der Kamera, doch Mikael hält sie so, dass er nicht drankommt.

»Setzen Sie sich in Ihr Auto und verschwinden Sie«, sagt er. »Und hören Sie auf, Schülerinnen zu begrapschen.«

»Ich habe niemanden begrapscht. Sag es ihm, Elvira.«

Aber sie bleibt stumm.

»Elvira«, fleht Paul.

»Ich will nicht mit Ihnen sprechen.«

»Aber du kannst doch nicht …«

»Sind Sie taub?«, fällt Mikael ihm ins Wort. »Sie möchte nichts mit Ihnen zu tun haben.«

Paul starrt Elvira lange an, richtet sich dann an ihn.

»Du kannst diese Fotos niemandem zeigen.«

»Warum nicht?«, fragt Mikael.

»Du kannst sie niemandem zeigen. Ich mache, was du willst.«

»Okay, dann geben Sie mir eine bessere Note.«

»Dafür ist es zu spät, die kann ich nicht mehr ändern.«

»Oh, ich glaube schon, dass Sie das können, wenn Sie nur wollen.«

Mikael dreht sich zu Elvira um, will sie fragen, ob sie noch was von Paul will. Eine Entschuldigung vielleicht, aber sie ist gar nicht mehr da. Paul holt sein Portemonnaie aus der Tasche und hält ihm zwei Hunderter hin.

»Mehr hab ich nicht bei mir, aber ich kann mehr holen.«

»Wenn Sie meinen, dass es mir um Geld geht, irren Sie sich echt gewaltig.«

Paul schluchzt und steckt die Scheine wieder weg. Steht dann einfach da und tritt vom einen Bein aufs andere wie ein Kind, das mal pinkeln muss. Dann greift er noch mal nach der Kamera, doch Mikael ist schneller. Springt beiseite. Paul fällt hin. Als er wieder auf die Beine kommt, ist sein Gesicht mehrere Nuancen dunkler geworden.

»Gib mir die Fotos«, keucht er.

»Wenn Sie nicht sofort abhauen, schicke ich sie an den Direktor und alle Lehrer und Eltern.«

Mikael weiß nicht mal, wie er an alle Adressen kommen soll, aber seine Drohung hat Erfolg. Es sieht aus, als würde

Paul sich liebend gern auf ihn stürzen, stattdessen grunzt er frustriert, dreht sich um und steigt in sein Auto. Er wirft Mikael noch einen letzten hasserfüllten Blick zu, bevor er zurücksetzt.

Mikael geht zurück zum Haus. Es war nicht mal im Entferntesten so befriedigend, den Englischlehrer zur Rede zu stellen, wie er gedacht hat. Einen erbärmlicheren Menschen konnte man wohl kaum finden. Mal sehen, was er mit den Fotos machen wird. Vielleicht sitzt der Schreck Paul ja nun tief genug in den Gliedern, dass er die Finger von seinen Schülerinnen lässt.

Nosse geht aufgebracht vor dem Haus auf und ab.

»Wo ist Elvira?«, fragt er.

»Keine Ahnung«, sagt Mikael und geht an Nosse vorbei ins Haus, lässt die Kamera auf den Rucksack fallen.

Sara liegt mit geschlossenen Augen auf Nosses Matratze, öffnet sie aber, als er näher kommt, weil die Dielen knarzen. Sie rollt sich auf die Seite in seine Richtung, das Licht tanzt über ihr Gesicht. Sie ist einfach so wunderschön.

»Ich wäre fast eingeschlafen«, sagt sie.

»Ja, viel wird hier auch nicht mehr passieren«, sagt er. »Ich will noch bei der Party in Gärdslösa vorbeischauen.«

Dabei möchte er in Wahrheit nur mit ihr von hier verschwinden und bis ans Lebensende mit ihr zusammen sein. Aber das kann man ja schlecht sagen.

»Und wie kommen wir da hin?«, fragt Sara.

Nosse hat den Autoschlüssel ins äußere Fach seines Rucksacks gesteckt, Mikael holt ihn und hält ihn hoch. Sofort steht sie auf.

Zu seinem großen Glück ist Nosse nicht mehr vorm Haus.

Wahrscheinlich ist er losgezogen, um Elvira zu suchen. Mikael schließt das Auto auf und stellt den Fahrersitz ein. Als er den Motor startet, kommt Nosse aus dem Wald gerannt und brüllt irgendwas, aber er ist so wütend, dass Mikael kein Wort versteht. Er winkt einfach nur, wendet und düst davon.

Das Gefühl von Freiheit überwältigt ihn, und er schreit vor Glück. Sara schreit auch, aber nur bis das Auto schlingert.

»Wie viel hast du eigentlich schon getrunken?«, keucht sie.

»Fast nichts.«

Das stimmt: Nur ein paar Bier im Park und vielleicht noch zwei vorhin beim Grillen. Dazu ein paar Schlucke Wein von Sara. Die Nacht ist ja noch jung, und er will eigentlich nicht so krass verkatert sein, dass er morgen die Fähre verpasst.

»Aber, warte mal. Bist du nicht durch die Fahrprüfung gefallen?«

Über die Frage kann Mikael nur lachen. Wäre die Party weiter weg gewesen, hätte er es sich vielleicht noch mal überlegt. Aber von hier brauchen sie ja nicht mal zehn Minuten. Die Musik ist schon zu hören, als sie in die Straße biegen.

»Wird sicher nicht lange dauern, bis jemand die Bullen ruft«, grinst er.

Das Grinsen gefriert ihm im Gesicht, als er seine Schwester vor dem Haus sieht. Sie und Kasper stehen im Vorgarten und streiten. Wie aus Reflex tritt er auf die Bremse.

»Was ist los?«, fragt Sara.

»Meine Schwester«, sagt er. »Jetzt hab ich plötzlich gar nicht mehr so viel Bock auf die Party.«

»Komm schon«, sagt Sara. »Jetzt ist es zu spät, um es dir anders zu überlegen. Los, das wird bestimmt lustig.«

Sara legt ihm die Hand an die Wange, und mehr ist nicht nötig. Mikael parkt an der Straße, und sie lassen den Wagen zurück. Seine Schwester erblickt ihn zuerst, und als er ihre Reaktion sieht, fährt Kasper herum. Er will sich sofort auf Mikael stürzen, doch seine Schwester hält ihn fest. Mikael und Sara verschwinden schnell im Haus. Sie schlagen sich bis zum Alkohol durch. Mikael will einen White Russian.

»Neues Mädchen?«

Die Frage kommt von dem Neonazi, der Elvira am Hauptbahnhof angebrüllt hat.

»Ganz eindeutig eine bessere Wahl«, fährt er fort.

Mikael stürzt los, hat keinen Bock mehr auf diesen Scheiß. Er hat die Faust schon erhoben, da stellt sich einer der Kumpels von dem Idioten zwischen sie.

»Jetzt komm mal runter«, sagt er. »Wir wollen uns hier bloß ein bisschen amüsieren.«

»Sag das mal deinem feinen Freund.«

Mikael dreht sich um zu Sara, doch die ist bereits im Gewimmel verschwunden.

54

Therese brauchte ein paar Sekunden, bis ihr wieder einfiel, dass sie bei Kim war. Das Gästebett war härter als ihr eigenes, und die Welt vor dem Fenster war um einiges ruhiger. Sie nahm ihr Handy vom Nachttisch und warf einen Blick auf die Uhr: 9.25.

Therese arbeitete sich durch alle verpassten Anrufe und Nachrichten. Die meisten kamen von Kasper, der immer wieder neue Worte dafür fand, was für ein schrecklicher Mensch sie sein musste, weil sie sich ihren Kindern gegenüber so verhielt. Und ihm gegenüber. Dass sie jetzt sofort nach Hause kommen müsse. Die Nachrichten wurden immer aggressiver, bis sie plötzlich in mildes Flehen übergingen: *Bitte, sei doch nicht so. Ich liebe dich. Die Kinder lieben dich. Komm nach Hause.*

Die jüngste SMS kam von Wilma: *Wie geht's?*

Sie hatte sie geschickt, kurz bevor sie zur Schule musste. Es war die einzige SMS, die Therese beantwortete. *Alles gut, mein Schatz. Ich komme heute nach Hause.*

Bevor Therese das Handy wieder auf den Nachttisch legte, stellte sie zumindest den Vibrationsalarm wieder an.

Für Kasper wollte sie absolut nicht erreichbar sein, aber für ihre Mutter und die Polizei schon. Sie drehte sich auf den Rücken und starrte an die Decke. Vielleicht sollte sie sich bei Sara melden? Sie war doch irgendwie hart zu ihr gewesen gestern. Aber nein, die Polizei ging sicher davon aus, dass es eine oder einer von denen gewesen war, die im Haus übernachtet hatten. Denn das würde bedeuten, dass es nicht … Ihre Blase schmerzte, und sie konnte nicht länger hier liegen und nachdenken. Therese schlug die Decke zurück und eilte aufs Klo. Kim hatte ihr zum Schlafen ein T-Shirt geliehen.

Als Therese aus der Toilette kam, wartete Kim schon auf sie.

»Zieh dich an, ich mach dir was zum Frühstück.«

Therese nickte, dabei war sie absolut nicht hungrig. Langsam zog sie ihre Sachen an und machte dann das Bett. Wollte den Hunger heraufbeschwören, genauso die Worte. Sie hatten gestern noch lange geredet, aber Therese hatte so vieles ausgelassen, was sie hätte erzählen sollen. Anderes wiederum würde sie nur zu gern wieder zurücknehmen.

»Ich hab schon gedacht, du bist noch mal eingeschlafen«, sagte Kim, als Therese in die Küche kam.

Therese schüttelte den Kopf und sank auf den Stuhl gegenüber von ihr. Schenkte sich Kaffee aus der Stempelkanne ein, nahm sich eine Scheibe des dunklen Roggenbrots und bestrich es mit Frischkäse.

»Wie geht es dir?«, fragte Kim.

Sie trank nur Kaffee, vermutlich hatte sie schon gegessen.

»Besser«, sagte Therese.

»Was hast du heute vor?«

Therese wusste keine Antwort, also biss sie erst mal in das Brot. Sie hatte so viel zu tun, dass sie direkt müde wurde.

»Ich muss zu meiner Mutter«, sagte sie schließlich.

»Du hast nicht zufällig Lust, vorher noch auszureiten?«

Therese schaute zum Fenster hinaus. Eine dünne Schneeschicht bedeckte den Boden. Vielleicht gab es ja doch noch Hoffnung für weiße Weihnachten. Die Kinder würden sich freuen, besonders Lucas. Er liebte es noch immer, mit seinem Schlitten zum Rodelhang zu gehen. Sie liebte es genauso, und die Vorstellung, bei diesen Wetterbedingungen zu reiten, war verlockend, aber es ging einfach nicht. Bedauernd schüttelte sie den Kopf.

»Dir ist klar, dass es nicht in Ordnung ist, wie Kasper dich behandelt, oder?«, fragte Kim.

Sie hatte gestern Abend überwiegend von Kasper und ihrer Mutter gesprochen. Es fühlte sich alles so aussichtslos an: Weil Kasper sie so einschränkte und fertigmachte. Weil sie ihrer Mutter nie ausreichend helfen konnte. Manchmal hatte sie das Gefühl gehabt, dass ihre Mutter sie regelrecht dafür verantwortlich machte, dass Mikael nicht zurückkam, weil sie, Therese, nicht daran glaubte, dass er noch lebte.

»Ja, das ist mir schon klar«, sagte Therese. »Ich weiß nur nicht, wie ich das ändern soll.«

»Verlass ihn.«

Es klang so einfach aus Kims Mund. Vermutlich, weil Therese ihr nicht alles erzählt hatte. Sie hatte nicht erwähnt, wie sehr Kasper sie überwachte. Wie krass er sie beschimpft hatte. Als naive, egoistische, verrückte Hure.

»Aber wie? Wo soll ich hinziehen?«, protestierte sie. »Ich verdiene ja fast nichts.«

»Dann geh in Vollzeit«, sagte Kim. »Und zieh für eine Weile zu deiner Mutter.«

Therese schnaubte.

»Da würde ich durchdrehen. Du kennst sie ja von früher, das ist mit den Jahren nicht besser geworden.«

»Es kann kaum schlimmer sein, bei ihr zu wohnen als bei ihm«, sagte Kim. »Und ich glaube tatsächlich, dass es euch beiden guttun würde. Die Annahme, dass du dich nicht genug um sie gekümmert hättest, ist nur in deinem Kopf. Wenn du offen mit ihr sprechen würdest, würdest du das verstehen.«

Jetzt wurde Therese leicht wütend. Wieder hatte Kim es geschafft, dass es so einfach klang, dabei hatte sie keine Ahnung.

»Entschuldige«, sagte Kim und legte ihre Hand auf Thereses. »Ich weiß, dass ich anstrengend sein kann. Wenn das absolut keine Alternative ist, dann kannst du auch gern mit den Kindern zu mir ziehen. Ich habe viel mehr Platz, als ich brauche.«

Therese betrachtete Kim ganz genau, wusste nicht, ob das Letzte ein Scherz gewesen war. Aber nichts deutete darauf hin.

»Wenn du Glück hast, kommt er in den Knast«, sagte Kim.

Therese schüttelte den Kopf. Das war das Letzte, was sie wollte. Ja, manchmal war er hart mit den Kindern, aber das war nichts im Vergleich dazu, wie er mit ihr umsprang. Kasper liebte die beiden. Außerdem weigerte sie sich noch immer zu glauben, dass er etwas mit Mikaels Tod zu tun hatte. Nein, da war es viel wahrscheinlicher, dass es jemand aus dem Freundeskreis ihres Bruders gewesen war.

Wieso hatte sie Kim gestern nicht aufgehalten? Sie hätte ihr das Telefon wegreißen sollen. Therese hatte ihr erzählt, was Kasper ihrem Bruder bei der Party in Gärdslösa hinterhergebrüllt hatte, und Kim hatte versucht, sie davon zu überzeugen, sich damit an die Polizei zu wenden, weil sie das dringend wissen mussten. Aber Therese war überzeugt, dass die Polizei doch nur wieder falsche Schlüsse ziehen würde. Als sie sich weigerte, hatte Kim beschlossen, selbst einen anonymen Hinweis zu geben. Therese schlug die Hände vors Gesicht. *Himmelherrgott, wieso habe ich sie nicht gestoppt?*

»Alles wird gut«, sagte Kim.

Nein, das konnte Therese nicht glauben, im Gegenteil.

Es würde in einer Katastrophe enden.

55

Kälte schlug Hanna entgegen, als sie die Tür öffnete und das Polizeirevier verließ. Gerade war die Welt weiß, aber Hanna ahnte, dass sich das Weiß spätestens zur Mittagszeit in grauen Matsch verwandelt haben würde. Als sie vor wenigen Minuten bei ihrem Bruder angerufen hatte, war die Leitung besetzt gewesen. Jetzt kam sie durch.

»Geh mal auf die Seite vom *Barometern*«, sagte Hanna.

»Dir auch einen schönen Tag«, sagte Kristoffer.

Im Hintergrund hörte sie ihn tippen, also machte er wenigstens, wozu sie ihn aufgefordert hatte. Im Winter hatte niemand die Fenster geöffnet, trotzdem schaute sie am Gebäude hinauf, um sich zu vergewissern. Sie wollte nicht, dass jemand das Gespräch mitbekam. *Ich bin schwanger.* Da war er schon wieder, dieser Gedanke. Sie verjagte ihn. Himmel, wie langsam Kristoffer las. Sie hatten sich nicht gesprochen seit seinem Geständnis, dass er Axel Sandsten angerufen hatte, was ja vermutlich der Grund für den Brand gewesen war.

»Und?«, fragte sie, als sie die Stille nicht länger ertrug.

Sie zitterte in der Kälte und wünschte, sie hätte ihre Jacke mitgebracht.

»Ich weiß nicht, was ich sagen soll.«

»Wenn du eine Aussage machst, rollt Ove den Fall neu auf.«

»Aber in diesem Artikel geht es doch um Grönhögen«, sagte Kristoffer. »Der hat nichts mit Ester Jensen zu tun.«

»Er zeigt aber, was Axel Sandsten für ein Mensch ist. Außerdem wird jetzt gegen ihn ermittelt, eine Menge wird ans Licht kommen.«

»Aber es geht für mich ja nicht nur um eine Aussage«, sagte Kristoffer. »Ich war da. Ich war dabei. Ich bin auch schuldig. Warte kurz …«

Kristoffer sprach Englisch mit jemandem, der vermutlich ebenfalls beim Hotel angestellt war. Er brauchte Hilfe dabei, einen aufgebrachten Gast zu beruhigen. Kristoffer klang so anders, wenn er Englisch sprach. Älter, selbstsicherer …

»Ich bin bereit, meine Strafe dafür zu bekommen«, fuhr er fort. »Aber ich habe jetzt Ella und Beth. Ich muss erst mal mit ihr sprechen.«

»Wann?«

»Heute Abend, versprochen.«

Widerwillig legte sie auf. Vielleicht hätte sie ihm wegen seines Anrufs bei Axel ein schlechtes Gewissen machen sollen. Oder ihn bitten, ihr noch einmal zu erzählen, wie genau Ester Jensen gestorben war, alle Details aus ihm herauspressen. Aber es war besser, wenn das andere übernahmen, auch das ein Grund dafür, dass sie sich wünschte, der Fall würde neu aufgerollt. Hanna eilte zurück ins Revier und rieb sich die Arme, um sich aufzuwärmen. *Ich bin schwanger.* Plötzlich fand sie den Gedanken mehr überraschend als alles andere.

»Hier steckst du also.«

Hanna drehte sich um und entdeckte Carina.

»Ich hab überall nach dir gesucht«, sagte ihre Kollegin.

»Ich war nur kurz draußen, um frische Luft zu schnappen.«

Wieso log sie ihre Kollegin denn an? Dann wiederum, wieso hatte Carina nicht bei ihr angerufen, wenn sie sie so dringend sprechen musste? Hanna verkniff sich die Frage, weil sich ihre Irritation bereits legte. Außerdem ahnte sie, warum Carina sie suchte. Vermutlich ging es um Ester Jensen.

»Ich habe gestern noch bei Maria angerufen«, sagte sie. »Der Mann, mit dem Ester ein Verhältnis hatte, heißt Rune Andersson, und Maria hat offenbar noch hin und wieder Kontakt zu ihm.«

Carina lehnte sich gegen die Wand, als bräuchte sie Halt. Hanna machte einen Schritt auf sie zu, damit sie nicht so laut sprechen mussten. Sie wollte unter keinen Umständen noch einmal vor die Tür gehen.

»Hatte sie ein Foto von ihm?«

»Leider nicht, aber ich habe eins von meinem Onkel gefunden.«

Carina suchte in ihrem Handy und hielt es Hanna hin, die das Foto von Sven-Otto Jensen anstarrte. Das hellgraue Haar war kurz geschnitten, vermutlich um zu kaschieren, wie sehr es sich lichtete. Er sah nett aus, wahrscheinlich weil er sie an einen ihrer Lehrer erinnerte. Einen der wenigen, die begriffen hatten, wie es bei ihr zu Hause aussah. Möglich, dass Maria seine Augen und den schmalen Mund geerbt hatte, aber die Nase war definitiv anders. Rund und groß. Eine Knollennase, ganz wie Rebecka beschrieben hatte.

»Würdest du mir das Foto weiterleiten?«, fragte Hanna.

»Wozu brauchst du es denn?«

»Ich muss es jemandem zeigen.«

Das war eigentlich keine richtige Antwort, trotzdem schien sie Carina zufriedenzustellen. Sie schickte ihr das Foto.

»Ich habe auch mit meinem Vater gesprochen«, sagte sie. »Aber das lief nicht so gut. Ich werde es an Weihnachten noch mal versuchen.«

»Ich weiß das wirklich sehr zu schätzen«, sagte Hanna. »Das ist sicher nicht leicht für dich.«

»Nein, das ist es wirklich nicht.«

Kaum hatte die Kollegin sich entfernt, schickte Hanna das Bild an Rebecka.

Ist das der Mann, mit dem du Axel gesehen hast?

Ihr Herz schlug immer schneller, je länger sie auf eine Antwort wartete. Schließlich kam sie:

Ich glaub schon! Wer ist das?

56

Die Vernehmung hätte um zehn anfangen sollen, jetzt war es schon Viertel nach, und weil Kasper Cedergren noch immer nicht aufgetaucht war, rief Erik bei ihm an. Da er auch nach dem zehnten Tuten nicht abhob, gab Erik auf.

»Was machen wir jetzt?«

Er wartete mit Hanna im Vernehmungszimmer, weil Kasper ja im Polizeirevier arbeitete und allein herfinden sollte.

»Warten«, sagte sie, ohne den Blick vom Handydisplay zu nehmen.

Sie scrollte, aber er fragte nicht, was sie da las, sondern griff einfach selbst zum Handy und ging noch einmal das Rezept durch, mit dem er den neuen Sauerteig angesetzt hatte. Diesmal schien der Versuch zu glücken, und er wollte unter keinen Umständen einen Fehler machen. Wenn der Teig die Fütterungen überlebte, würde er morgen schon backen können. Nachdem er das Rezept noch einmal gelesen hatte, versuchte er es wieder bei Kasper, und diesmal klingelte zeitgleich ein Handy draußen im Flur. Wenige Augenblicke später trat Kasper durch die Tür. Trotz der Jahreszeit hatte er Schweißflecken unter den Achseln.

»Ich komme direkt von einem Einsatz auf der Ölandbrücke«, sagte er. »Eine Frau wollte sich hinunterstürzen, ich musste erst mal auf Verstärkung warten, bis ich kommen konnte.«

»Selbstverständlich«, sagte Erik. »Danke, dass Sie trotzdem so kurzfristig kommen konnten.«

Es war immer komisch, einen Kollegen zu vernehmen, und er wollte gerade ein paar weitere Fragen zu dem Einsatz stellen, aber er kam nicht dazu.

»Setzen Sie sich, dann fangen wir an«, sagte Hanna und steckte ihr Handy weg.

Vielleicht nahm sie das alles ja anders wahr, weil nicht ihre halbe Verwandtschaft bei der Polizei war. Der Gedanke machte ihn schlagartig traurig. Schon bald würde er nicht mehr mit seinem Vater über die Arbeit sprechen, besonders anspruchsvolle Ermittlungen diskutieren können. *Noch bin ich nicht tot*, sagte die Stimme seines Vaters in seinem Kopf.

»Als die Meldung reinkam, habe ich gleich befürchtet, es könnte meine Frau sein«, sagte Kasper Cedergren.

»Wieso das denn?«, fragte Erik.

»Therese scheint jetzt völlig durchzudrehen.«

»Wo ist sie denn gerade?«, fragte Hanna.

»Sie ist seit gestern Abend weg«, sagte Kasper. »Hat das Auto genommen und ist einfach abgehauen. Ich habe angerufen und SMS geschickt, aber sie antwortet nicht. Die Kinder haben echt Angst.«

Erik wusste nicht, wie er auf Kasper Cedergrens Sorge reagieren sollte. Die Vernehmung verschieben und stattdessen lieber nach Therese suchen? Was, wenn sie tatsächlich selbstmordgefährdet war?

»Was können Sie uns über Mikael Fransson erzählen?«, fragte Hanna. »Sie waren doch schon mit Therese zusammen, als er noch lebte, oder?«

»Ja, wir sind zusammengekommen, als sie in der elften war«, sagte Kasper. »Also waren wir schon gut ein Jahr ein Paar, als ihr Bruder verschwand.«

Kasper Cedergren schaute sie an, als erwarte er weitere Fragen. Weil er nicht über Mikael sprechen wollte?

»Was können Sie uns über ihren Bruder erzählen?«

»Nicht viel«, sagte Kasper. »Die gingen sich gegenseitig auf die Nerven, deshalb hab ich nicht viel von ihm gesehen.«

»Inwiefern gingen sie sich auf die Nerven?«, hakte Erik nach.

»Mikael hatte absolut keine Impulskontrolle«, sagte Kasper. »Er war, ehrlich gesagt, ziemlich anstrengend. Ganz anders als Therese. Sie war immer schon die ruhigere von beiden. Wenn der heute in die Schule gehen würde, hätte er sicher längst eine dieser Diagnosen mit den vielen Großbuchstaben.«

»Was haben Sie und Therese an Ihrem letzten Schultag gemacht?«, fragte Hanna.

Kasper Cedergren lehnte sich zurück und starrte an die Decke.

»Das kann ich gar nicht mehr mit Sicherheit sagen. Nach der Entlassungsfeier an der Schule gab es einen kleinen Empfang bei Therese zu Hause, und danach waren wir bestimmt im Park. Aber das sage ich nicht, weil ich mich daran erinnere, sondern nur, weil das ja damals alle so gemacht haben.«

»Sie waren auch noch auf einer Party in Gärdslösa«, sagte Erik.

»Wenn Sie das sagen.«

»Ja, Sie wurden dort gesehen.«

»Das ist ja über zwanzig Jahre her«, sagte Kasper Cedergren. »Ich erinnere mich an keine Party in Gärdslösa. Was soll ich denn dort gemacht haben?«

»Sie haben Mikael angeschrien«, sagte Hanna. »Dass er *dafür zahlen wird.* Was haben Sie damit gemeint?«

»Keine Ahnung«, sagte Kasper. »Dabei würde ich Ihnen wirklich gern helfen, das müssen Sie mir glauben. Es geht ja trotz allem um den Bruder meiner Frau.«

»Gab es Probleme zwischen Ihnen und Mikael?«, fragte Hanna.

Kasper Cedergren schloss die Augen und holte tief Luft.

»Wie gesagt, ich habe Mikael nicht häufig gesehen. Eigentlich gab es gar nicht genug Gelegenheiten für uns, irgendwelche Probleme zu haben. Wie glaubwürdig ist Ihre Quelle denn?«

»Sie haben Mikael ja gerade als anstrengend beschrieben und behauptet, dass er keine Impulskontrolle gehabt hat«, sagte Erik. »Das klingt ja so, als hätte es da eine gewisse Irritation gegeben.«

»Ja, aber nicht bei mir. Ich hab mich von ihm ferngehalten.«

Erik wusste nicht, was er noch fragen sollte. Kasper Cedergren würde sich ja doch an nichts erinnern. Hanna schwieg ebenfalls.

»Was hat Therese denn erzählt?«, fragte Kasper.

»Worüber?«, fragte Erik zurück.

»Über mich und Mikael?«

»Macht Ihnen das Sorgen?«

»Nein, absolut nicht. Hat mich nur interessiert. Sie hatte die Probleme mit ihm, nicht ich.«

57

Große, dünne Schneeflocken fielen vom Himmel. Sie landeten auf der Windschutzscheibe, wo sie sofort schmolzen. Ihre Hände klammerten sich ans Steuer. Therese könnte aufs Gas treten und es nach rechts reißen. Das Auto vor einen Baum setzen. Sie hatte in den letzten zwanzig Jahren gar nicht so selten darüber nachgedacht, Schluss zu machen mit allem. Der Gedanke war ihr ein guter Begleiter geworden, ein letzter Ausweg. Aber es war ihr nie ernst gewesen. Bis heute.

Du musst deiner Mutter alles über Kasper erzählen, hatte Kim gesagt. *Du brauchst ihre Unterstützung.* Therese wusste nicht, wie das gehen sollte. Die Lüge über ihren Vater stand noch immer als unüberwindbares Hindernis zwischen ihnen.

Sie nahm eine Hand vom Steuer und wischte wütend die Tränen weg. Sie hatte das alles so wahnsinnig satt. Würde so gern um das Gespräch mit ihrer Mutter herumkommen. Würde so gern Kasper nie wiedersehen müssen.

Die Bäume huschten am Fenster vorbei. Die Sehnsucht nach der ewigen Dunkelheit wurde zu stark. *Ja, ich mach's.* Therese trat das Gaspedal durch. Die Reifen drehten auf der eisigen Straße durch, und sofort war die Sehnsucht wie weggeblasen. Was zur Hölle tat sie denn da? Eine Sekunde lang herrschte Chaos, dann nahm sie den Fuß vom Gas. Überließ es dem Motor, die Geschwindigkeit zu drosseln. Hätte sie gebremst, wäre sie richtig ins Schleudern gekommen. Jetzt schlingerte der Wagen leicht, aber sie kam nicht von der Straße ab.

Sie durfte nicht sterben. Noch nicht. Erst musste sie herausfinden, was Mikael zugestoßen war. Wenn Kasper daran irgendwie beteiligt gewesen war, konnte sie unmöglich die Kinder bei ihm lassen. Aber selbst wenn er etwas damit zu tun haben sollte, konnte sie sich absolut nicht vorstellen, dass er seinen Kindern etwas antun würde. Verzweifelt klammerte sie sich an die schönen Erinnerungen. Als Wilma zur Welt kam, hatte er vor Glück geweint. Sie hatten einander angesehen, und in dem Moment hatte es nur ihre kleine Familie gegeben. Sie drei gegen den Rest der Welt. Fünf Jahre später kam Lucas dazu, und an seinem dritten Geburtstag waren sie nach Dänemark ins Legoland gefahren. Sie waren zwischen den Legogebäuden herumgewandert, hatten zusammen über die Zuckerwatte gelacht, die ihnen die Finger zusammenklebte. Nein, sie wollte niemals sterben. Die Kinder brauchten sie.

Sie näherte sich Rälla und fragte sie, ob sie bei ihrer Mutter anrufen und sich hätte ankündigen sollen. Aber sie wollte ihrer Mutter in die Augen sehen, während sie mit ihr sprach. Und sie ging fest davon aus, dass ihre Mutter zu Hause war.

Therese stellte den Wagen neben den ihrer Mutter in die Auffahrt und schaute zum Küchenfenster. Nicht mal die Weihnachtsbeleuchtung war eingeschaltet. Vielleicht war sie ja einkaufen gegangen? Ihrer Mutter war es immer wichtig gewesen, alles auszuschalten, wenn sie das Haus verließ. Therese stieg aus und klingelte. Als niemand öffnete, drückte sie die Klinke runter. Es war nicht abgeschlossen, also trat sie ein.

»Hallo?«, rief sie.

Keine Reaktion.

Langsam ging sie weiter ins Haus hinein. Blieb stehen. Ihre Mutter lag auf dem Sofa. Ein Arm hing runter. Hatte sie etwa …? Therese näherte sich ihr. Angst und Reue hämmerten in ihrer Brust. Sie hätte nicht so hart zu ihr sein dürfen. Ihr Gesicht war blass, der Mund leicht geöffnet. Thereses Blick wanderte zum Brustkorb. Sie hielt den Atem an, bis sie sah, dass er sich sanft bewegte. Therese fiel neben ihrer Mutter auf die Knie und berührte sie leicht an der Schulter. Nichts geschah, also packte sie nun beide Schultern und rüttelte die Mutter heftig.

»Mama!«

Sie riss die Augen auf. Ein Moment der Verwirrung, dann nichts als Erleichterung. Ihre Mutter setzte sich auf.

»Ich freue mich so, dass du gekommen bist.«

»Entschuldige«, schluchzte Therese und schloss ihre Mutter in die Arme.

»Was denn?«, murmelte ihre Mutter in ihre Haare. »Also, wenn eine sich entschuldigen sollte, dann ja wohl ich. Ich hätte mir diese Geschichte mit Valentino nicht ausdenken dürfen.«

Ihre Mutter ließ sie los, und Therese zwang sich, ihr in die Augen zu schauen. Zu nicken. Gerade hatte sie zu dieser Lüge nichts zu sagen, es würde dauern, darüber hinwegzukommen. Es gab Wichtigeres zu besprechen.

»Kasper …«

Ihr Handy vibrierte, und Therese fluchte. Sie zog es aus der Tasche und schaute aufs Display. Es war nicht Kaspers Nummer, und nach kurzem Zögern nahm sie den Anruf an.

»Hallo, hier spricht Hanna Duncker von der Polizei.«

Therese entfernte sich ein paar Schritte vom Sofa. Ihr war nicht klar, wieso die Polizei bei ihr anrief und nicht bei ihrer Mutter.

»Wie geht es Ihnen?«, fragte die Polizistin.

»Ganz okay«, sagte sie.

»Ihr Mann macht sich große Sorgen, weil er Sie nicht erreichen kann.«

Sofort explodierte die Angst in ihr. Sie hätte Kasper nicht ignorieren dürfen. Vermutlich hatte er ihr jetzt die Polizei auf den Hals gehetzt, weil er genug hatte. Sie war ein unzuverlassiges, nervliches Wrack, und wenn sie es je wagen würde, die Scheidung einzureichen, würde er problemlos das alleinige Sorgerecht bekommen.

»Mir geht es gut«, sagte sie. »Ich brauchte nur etwas Zeit für mich. Ich habe den Kontakt zu meinen Kindern gehalten, aber ich werde mich auch bei ihm melden.«

Sie haspelte das alles viel zu schnell herunter. Was würde die Polizistin jetzt denken?

»Ich habe ein paar Fragen«, sagte sie. »Sie haben uns ja von der Party in Gärdslösa erzählt, bei der Sie und Kasper waren. Wo Sie Mikael getroffen haben und er sich mit jemandem gestritten hat. Erinnern Sie sich an noch weitere Einzelheiten dieser Party?«

Therese ging in die Küche, weil sie nicht wollte, dass ihre Mutter zuhörte.

»Nein, leider nicht.«

»Bitte, denken Sie noch einmal nach.«

Therese wusste, worauf sie hinauswollte, aber sie wagte es nicht, das zu erzählen.

»Kasper wollte unbedingt dorthin«, sagte sie und gab sich Mühe, langsam zu sprechen. »Weil da eher die Älteren sein würden. Es war supervoll und stickig, das ist so ziemlich alles, woran ich mich erinnere.«

»Haben Sie Mikael vor dem Haus gesehen?«

»Ja, als er und Sara ankamen«, sagte Therese. »Deshalb nahm ich an, dass sie zusammen gekommen waren. Aber sie haben so getan, als würden sie mich nicht sehen. Ich bin Mikael nachgegangen, weil ich mit ihm reden wollte, aber als er mit diesem Typen gestritten hat, bin ich wieder raus.«

»Laut einer Zeugenaussage hat Mikael auch mit Kasper gestritten.«

Am liebsten hätte Therese nachgefragt. Vielleicht hatte sie ja noch jemand anderes im Garten gesehen? Sie hoffte, dass die Polizei sich nicht allein auf Kims Anruf stützte. Therese konnte schließlich nicht sagen, wer hinter dem Hinweis steckte. Sie hatte viel zu große Angst davor, dass Kasper es herausfinden und ihr dann jeden weiteren Kontakt zu Kim verbieten würde.

»Davon habe ich nichts mitgekriegt«, sagte Therese. »Aber sie sind nie gut miteinander ausgekommen.«

»Wie war eigentlich Ihre Beziehung zu Ihrem Bruder?«

War ja klar, dass Kasper schlecht über sie und Mikael geredet hatte. Dabei war es Kasper gewesen, der immer wieder betont hatte, was für ein Idiot Mikael war und dass sie den Kontakt zu ihm einstellen sollte. Dass er sie runterzog.

Natürlich hatten Mikael und sie mal gestritten, aber diese Streitereien gingen immer schnell vorüber, und so richtig zerstritten waren sie auch nie gewesen. Wie sollte sie das erklären, ohne dass es komisch klang?

»Also, gezankt haben wir schon manchmal«, sagte Therese. »Aber das war mehr so typischer Geschwisterkram. Mikael war nie nachtragend.«

»Und Sie?«

»Ich habe nicht ganz so schnell vergeben, aber ich konnte mich immer auf ihn verlassen. Wenn es drauf ankam, war er für mich da.«

»Haben Sie eine Ahnung, worüber Kasper und Mikael gestritten haben könnten?«

»Nein, keine Ahnung. Da wenden Sie sich besser direkt an Kasper.«

Ihre Hand war ganz verschwitzt, als sie endlich auflegen konnte. Sie legte das Handy auf die Arbeitsplatte und rieb die Handflächen an der Jeans trocken. Ihre Mutter stand in der Tür.

»Was war denn das?«

»Es läuft gerade nicht so gut zwischen Kasper und mir«, sagte Therese. »Eigentlich lief es nie wirklich gut.«

Sofort bereute sie die Wortwahl. *Nie* war wohl etwas unfair. Sie hatten ein paar gute Jahre gehabt, aber nach der Reise ins Legoland war irgendwas passiert. Sie hatten nicht länger miteinander lachen können, und so hatte es nichts mehr gegeben, was Kaspers dunkle Seiten aufwiegen konnte.

»Und die Polizei wollte mit dir darüber sprechen?«

Dann hatte sie also verstanden, dass der Anruf von der Polizei gewesen war.

»Ich war letzte Nacht nicht zu Hause«, sagte Therese. »Und ich habe es nicht über mich gebracht, mich bei Kasper zu melden.«

Sie konnte unmöglich erzählen, dass Kasper vielleicht Mikael getötet hatte. Denn wenn es nicht so war, würde sich der durch ihre Worte entstandene Schaden niemals wieder reparieren lassen. Ihre Mutter griff sich an die Brust, weshalb Therese zu ihr eilte und sie zurück zum Sofa brachte.

»Bei den Kindern hab ich mich gemeldet«, sagte sie. »Die wissen, dass ich heute nach Hause komme.«

»Was läuft denn nicht gut zwischen Kasper und dir?«, fragte ihre Mutter.

»Er ist … gemein.«

»Was meinst du damit? Schlägt er dich?«

Ihre Mutter sprach schnell. Wie immer, wenn sie gestresst war. In dem Punkt ähnelten sie sich.

»Nein, aber er sagt schlimme Dinge. Und er hätte es am liebsten, wenn ich nichts anderes machen würde, als zu Hause zu sein und mich um ihn und die Kinder zu kümmern.«

»Kannst du nicht mit ihm reden?«, fragte ihre Mutter. »Ihm ehrlich sagen, wie es dir geht?«

Therese schüttelte den Kopf. Vielleicht wäre das am Anfang möglich gewesen. Aber ihre Beziehung dauerte nun schon über zwanzig Jahre an, da konnte sie ja schlecht plötzlich sagen, dass sie etwas anders haben wollte.

Alles war ihre Schuld.

Das Gefühl war so überwältigend, dass sie anfing zu weinen.

58

Obwohl Therese das Gegenteil behauptet hatte, war Hanna davon überzeugt, dass es ihr alles andere als gut ging. Immerhin war sie bei ihrer Mutter. Irgendwie hatte Hanna außerdem den Eindruck, dass irgendetwas zwischen Therese und ihrem Mann nicht so ganz stimmte. Als Kasper Cedergren aufgekreuzt war, hatte sie den Eindruck gehabt, ihr stünde das Aushängeschild für die Polizeiausbildung gegenüber. Stark, männlich, attraktiv … Und während der Vernehmung war er tatsächlich nicht wesentlich informativer gewesen als ein Werbeplakat. Aber es war schwer einzuschätzen, ob er sich wirklich an so wenig erinnerte oder einfach nur etwas vor ihnen verbergen wollte.

Hanna warf einen Blick auf die Uhr ihres Computers. Noch eine Viertelstunde bis zu Sara Jonssons Vernehmung. Erik war als Einziger mit im Büro, und seinem Tonfall nach zu urteilen, telefonierte er gerade mit Supriya. Hannas Gedanken wanderten zu Ester Jensens Ex-Mann. Was hatte es zu bedeuten, dass er und Axel Sandsten wahrscheinlich in Kontakt standen? Was sie daran am meisten irritierte, war Kristoffers Rolle bei alldem, also rief sie ihn einfach an.

»Wieso hast du nichts von Ester Jensens Ex-Mann erzählt?«, fragte sie.

»Hä? Was meinst du? Was ist jetzt noch passiert?«

»Der Mann, mit dem Axel sich getroffen hat, war Ester Jensens Ex.«

Kristoffer keuchte. Hanna schaute zu Erik, doch der war noch immer in sein Telefonat vertieft und schien sich keinen Deut für sie zu interessieren.

»Ganz sicher?«, fragte Kristoffer.

»Ausreichend sicher. Rebecka hat ihn anhand eines Fotos identifiziert.«

Stille. Sie konnte ihn nicht mal atmen hören.

»Hallo, bist du noch dran?«

»Wie schon gesagt, ich weiß nichts darüber. Wie heißt der Ex-Mann?«

»Sven-Otto Jensen.«

»Hanna, ich habe noch nie von ihm gehört, ich schwöre«, sagte Kristoffer.

Erik legte auf, und Hanna wagte es nicht, ihr Telefonat weiterzuführen.

»Ich muss hier weitermachen«, sagte sie. »Sprich heute Abend mit Beth.«

»Mach ich.«

Ihr Handy vibrierte, und sie las die SMS: *Nächstes Mal schaff ich's, dich abzumurksen.*

Kurz war sie verwirrt. Aber nein, natürlich kam die Nachricht nicht von Kristoffer. Übelkeit drohte, sie zu überwältigen, und sie musste sich eine Hand vor den Mund halten.

»Was ist los?«

Erik stand vor ihr, und sie hielt ihm das Handy hin.

»Soll ich dich zu Ove begleiten?«, fragte er.

»Nein, nicht nötig«, sagte sie und stand auf.

Vielleicht dachte Erik, sie würde allein nicht gehen, denn er gab ihr das Handy nur sehr widerwillig zurück. Kaum hatte sie es wieder, verließ sie das Büro. Sie musste Ove unbedingt beschwichtigen. Die Kälte, mit der er sie neuerdings behandelte, lähmte sie. Es war ein Fehler gewesen, sich nicht gleich an ihn zu wenden, seine Versäumnisse bei den Ermittlungen um Ester Jensens Tod hätten sie nicht beeinflussen dürfen.

Die Tür zu Oves Büro stand offen, drinnen war es still, also klopfte Hanna an und ging hinein.

»Ich habe eine Drohnachricht bekommen«, sagte sie. »Vermutlich von Axel Sandsten. Ich gehe davon aus, dass er eine dieser Apps genutzt hat, die es unmöglich macht, den Absender ausfindig zu machen.«

»Zeig«, sagte Ove.

Hanna reichte ihm das Handy, konnte ihm aber nicht zusehen, während er die Nachricht las. Also starrte sie aus dem Fenster. Es schneite wieder. Vielleicht blieb es ja doch weiß.

»Wir müssen es trotzdem von der Kriminaltechnik prüfen lassen«, sagte Ove.

»Selbstverständlich«, sagte Hanna.

Ove nickte zu dem Stuhl beim Schreibtisch, und Hanna setzte sich. Wappnete sich für den Fall, dass er sie nach Hause schicken würde.

»Die Ermittlungen zum Mord an Ester Jensen wurden wieder aufgenommen«, sagte Ove.

»Aber hattest du nicht …«

»Doch«, unterbrach er sie. »Aber ich habe die Akten noch

mal durchgesehen und mich auch mit Carina unterhalten. Es gibt zu viele offene Fragen.«

Die Kälte war aus seinem Blick verschwunden, aber Hanna stand zu sehr unter Strom, um darüber erleichtert zu sein. Sie hoffte inständig, dass Kristoffer wirklich heute Abend das Gespräch mit Beth suchte. Sie musste ihn dazu bewegen, freiwillig nach Schweden zu kommen. Das war in jedem Fall besser, als von britischen Kollegen vernommen zu werden. Besonders bevor er mit seiner Frau gesprochen hatte.

»Und jetzt?«, fragte Hanna.

»Ich habe einen Kollegen darauf angesetzt, Axel Sandstens Finanzen durchzusehen. Ein anderer soll Sven-Otto Jensen und Rune Andersson prüfen und schauen, ob es Verbindungen zu Axel Sandsten gibt. Ich werde den Ex-Mann, Rune Andersson und Maria aufs Revier vorladen. Genauso Kristoffer. Mit Axel Sandsten warten wir noch.«

Der Verdächtige wurde oft zuletzt vernommen.

Hanna fragte sich, ob auch jemand Kristoffers Finanzen prüfen würde, und ob sie einer solchen Prüfung standhielten. Er hatte gesagt, dass sie wegen des Geldes bei Ester eingebrochen waren, aber es war natürlich möglich, dass er gelogen hatte. Schließlich hatte er sie fünfzehn Jahre lang angelogen was ihren Vater betraf.

»Rebecka hat Axel mehrfach mit einem älteren Mann gesehen, und ich bin mir ziemlich sicher, dass es sich bei diesem Mann um Sven-Otto Jensen handelte.«

»Woran machst du das fest?«

»Ich habe ihr ein Foto gezeigt, das Carina mir gegeben hat.«

Schon war die Kälte wieder da, dabei hatte sie das doch gerade erst erfahren.

»Hast du sonst noch etwas herausgefunden?«, fragte Ove.

»Nein.«

»Wegen der Baugenehmigung für Grönhögen wurden ebenfalls Ermittlungen eingeleitet«, sagte Ove. »Aber wir werden natürlich zusammenarbeiten.«

Hannas Handy vibrierte, und Hanna zuckte zusammen. Die Drohung hatte sie aufgerüttelt. Oder vielmehr bereits das Feuer. Die Ermittlungen brauchten Zeit, und sie war sich nicht sicher, ob sie noch viel Zeit hatte. Aber die Nachricht war von Erik, der ihr mitteilte, dass Sara Jonsson eingetroffen war.

»Ich muss los«, sagte Hanna, und Ove nickte.

Sie stand auf, hielt dann aber inne.

»Wolltest du noch was?«, fragte er.

Sie holte ihren Autoschlüssel aus der Tasche und reichte ihn Ove.

»Was soll ich mit deinem Auto?«

»Im Kofferraum liegt ein Benzinkanister. Der stand im Herbst vor meiner Haustür, und ich war mir ziemlich sicher, dass das eine Drohung sein sollte. In der Woche wurde ich außerdem fast von einem grauen Volvo überfahren, als ich zu Fuß in Kleva unterwegs war. Vielleicht kann jemand von der Kriminaltechnik den Kanister holen? Der Wagen steht auf unserem Parkplatz.«

Oves Gesicht lief wieder dunkelrot an, trotzdem nahm er den Schlüssel entgegen. Hanna verließ schnell sein Büro, bevor er etwas sagen konnte. Sie erreichte gleichzeitig mit Erik und Sara Jonsson das Vernehmungszimmer. Sara trug einen

Pulli, auf dem *Durham* stand, und eine Jeans. Die dicke Winterjacke hing über ihrem Arm. Sie setzten sich, und Sara schaute sich um. Als sie keinen Haken fand, legte sie sich die Jacke über die Beine. Erik startete die Aufnahme.

»Wir haben uns ja schon über die letzte Schulwoche und die Nacht in dem verlassenen Haus unterhalten«, sagte er. »Aber wir haben noch ein paar weitere Fragen. Wie haben Sie Oskar Holmberg behandelt? Also, innerhalb der Gruppe?«

Sara Jonsson senkte den Blick auf die Tischplatte. Die Frage setzte ihr offensichtlich zu. Obwohl sich auf ihrer Stirn feine Fältchen zeigten, wirkte sie jünger als neununddreißig. Sie hatte ihr blondes Haar zu einem hohen Pferdeschwanz zusammengefasst und sah einfach umwerfend aus.

»Elvira und Mikael waren nicht immer nett zu ihm«, sagte Sara Jonsson. »Aber wenn sie zu weit gingen, hab ich sie zurückgepfiffen. Ich glaube, denen war nicht klar, wie sehr sie Oskar damit verletzt haben.«

»Waren Sie und Mikael ein Paar?«

»Absolut nicht«, sagte Sara Jonsson. »Wir haben uns gut verstanden, und vielleicht fühlten wir uns ein bisschen voneinander angezogen. Aber ich habe Mikael gesagt, dass da nichts laufen konnte, solange ich noch mit Fadi zusammen war.«

»War Oskar Holmberg eifersüchtig auf Mikael?«, fragte Hanna.

Sara zuckte mit den Schultern.

»Wegen der Aufnahmen müssen Sie bitte antworten.«

»Das weiß ich nicht«, sagte Sara Jonsson. »Wieso sollte er?«

»Weil Oskar Holmberg auch in Sie verliebt war.«

Da Sara Jonsson darauf nicht sonderlich reagierte, ging Hanna davon aus, dass sie dies bereits gewusst hatte.

»Hatten Sie Kontakt zu den anderen, seit Mikael gefunden wurde?«, fragte Erik.

»Oskar und Elvira haben versucht, mich zu erreichen, aber ich bin nicht drangegangen.«

»Warum nicht?«

»Weil ich nicht mit ihnen sprechen wollte.«

»Warum nicht?«, wiederholte Erik.

Sara Jonsson seufzte, ihr Blick war noch immer auf die Tischplatte gerichtet. Plötzlich schaute sie auf.

»Glauben Sie, dass einer von uns Mikael getötet hat?«

Hanna schaute ihr in die Augen und gab die Frage an sie zurück.

»Glauben Sie, dass einer von Ihnen Mikael getötet hat?«

Sara Jonsson seufzte noch mal und ließ den Blick wieder auf die Tischplatte sinken. Ihr Schweigen zog sich, und Hanna wollte es brechen.

»Haben Sie Bo Tappers Doku gesehen?«, fragte sie.

»Ja.«

»Waren Sie seither noch einmal bei dem verlassenen Haus?«

»Nein.«

Diese einsilbigen Antworten trugen zu wenige Informationen, so konnte man wesentlich leichter lügen als in ganzen Sätzen. Hanna setzte noch einmal anders an.

»Was können Sie uns sonst noch über jenen Abend erzählen?«, fragte sie.

Sara Jonsson biss sich auf die Unterlippe.

»Elvira hat mir was zugeflüstert.«

»Was denn?«, fragte Hanna.

»Dass sie Torsten abserviert hatte. Dass Mikael begreifen würde, was für eine Spießerin ich war, und deshalb sie wählen würde. Aber Mikael hatte kein Interesse an Elvira, und er war auch nicht immer besonders taktvoll. Ich glaube, dass Elvira ihn getötet hat.«

Der letzte Tag

Ein Mädel schmeißt sich an Mikael ran. Sie kommt ihm vage bekannt vor, er ist sich einigermaßen sicher, dass sie letztes Jahr die Schule abgeschlossen hat. Sie labern ein paar Minuten, länger erträgt Mikael das nicht. Klar, sie ist süß, aber es ist so unfassbar unsexy, dass sie auf Öland geblieben ist. Und sie spricht von ihrem Job in einem Seniorenheim, als wäre es das Krasseste, was man sich vorstellen kann. Klar ist es toll, dass sie anderen Menschen helfen will, aber da gibt es doch noch ein paar andere Möglichkeiten.

Mikael murmelt eine Entschuldigung und zwängt sich dann durch die Menschenmassen. Er hätte niemals gedacht, dass so irre viele Leute nach Gärdslösa kommen würden. Die *Vengaboys* dröhnen in seinen Ohren, und die Musik mischt sich mit lauten Stimmen und Lachen. Normalerweise mag er Partys dieser Art, aber gerade kommt er sich vor, als stünde er in einem riesigen Ameisenhaufen. Ein Haufen Menschen, die hektisch herumwuseln und sich dabei selbst ganz fürchterlich wichtig nehmen. Und doch sind sie nichts als lauter kleine Krabbeltiere.

»Also, ich kenne nicht mal die Hälfte der Leute hier.«

Sara schmiegt sich von hinten an ihn, und er fährt sofort herum.

»Versprich mir, dass du dich nie zufriedengibst«, sagt er.

»Womit?« Sie lacht und trinkt aus einem länglichen Glas mit einer rosafarbenen Flüssigkeit darin.

»Mit einem langweiligen Leben.«

Aus seinem White Russian ist nichts geworden, also legt er ihr einen Arm um die Hüfte und trinkt auch einen Schluck aus dem länglichen Glas. Was immer das ist, es ist viel zu süß. Er lehnt sich vor, will sie küssen, es kümmert ihn nicht länger, wer das sehen könnte. Doch Sara kümmert es offenbar, denn sie weicht ihm aus und schiebt ihn weg.

»Noch nicht«, flüstert sie. »Ich muss erst mit Fadi sprechen.«

»Dann mach das endlich«, sagt er nörgeliger als beabsichtigt. »Ich kann echt nicht länger warten.«

»Du fährst doch so oder so morgen«, sagt Sara und macht einen Schritt zurück.

Er kapiert nicht, was sie hat.

»Was hat Elvira eigentlich vorhin zu dir gesagt?«, fragt er.

»Ich will nicht drüber sprechen.«

»Jetzt sag schon. Man konnte dir richtig ansehen, dass es was Krasses war.«

Mikael macht einen Schritt auf sie zu. Wenn ihn jemand hört, ist ihm das egal. Er will ihr nah sein. Will alles mit ihr teilen, und gerade hat es sich doch so angefühlt, als würde sie das auch wollen. Er legt ihr die Hände auf die Schultern.

»Komm mit nach Berlin«, sagt er.

»Musst du denn gleich morgen fahren?«, fragt Sara. »Wenn du noch eine Woche wartest, kann ich mit Fadi und meiner Familie sprechen. Und packen. Oder wenigstens ein paar Tage. Ich verstehe nicht, warum du es immer so brandeilig hast.«

»Und ich verstehe nicht, warum du plötzlich so spießig bist.«

Alles an ihr erstarrt. Er rechnet damit, dass sie ihn anschreit oder ihm das wenige, was noch im Glas ist, ins Gesicht kippt, aber das macht sie nicht. Sie dreht sich um und stürmt davon. Das Glas fällt zu Boden und zersplittert.

Verdammter Mist.

»Entschuldige!«, brüllt er und eilt ihr nach.

Das Bier von einem Typen schwappt über, und er will Mikael die Schuld dafür geben. Als der Typ endlich aufhört zu schimpfen, ist Sara weg. Mikael sucht lange nach ihr, kann sie aber nirgendwo finden. Sie geht nicht ans Handy, aber vielleicht hört sie es auch einfach nicht. Die Klotür ist abgeschlossen, und Mikael hämmert so lange dagegen, bis sie geöffnet wird. Ein Typ taumelt heraus und flucht lallend. Drinnen stinkt es nach Kotze. Verdammt, wie Mikael von all dem die Schnauze voll hat. Ja, er hat es eilig, von hier wegzukommen, na und? Daran ist doch nichts falsch! Er schickt Sara eine SMS, dass er beim Auto auf sie wartet.

Im Garten steht das Mädel, das ihn vorhin angelabert hat, und raucht. Er schüttelt nur den Kopf, als sie ihm eine Kippe anbietet. Er ist fast beim Auto angekommen, als er von hinten so heftig gerempelt wird, dass er stolpert. Zuerst glaubt er, es ist Sara, aber die Hände sind zu groß. Als er sich gefangen hat, dreht er sich um.

»Du sprichst jetzt sofort mit deiner Schwester und sagst ihr, dass du gelogen hast!«, brüllt Kasper.

»Aber ich hab doch nicht gelogen.«

Kasper rempelt ihn noch einmal an, diesmal gegen den Brustkorb.

»Ich habe keine andere!«

Mikael ist nicht mal sicher, ob das wirklich Kasper war, den er gesehen hat.

»Sorry«, sagt er. »Vielleicht war das einfach nur ein Kerl, der so ähnlich aussieht wie du.«

Er geht um den Wagen und öffnet die Fahrertür.

»Bleib gefälligst stehen, wenn ich mit dir rede«, brüllt Kasper.

Er ist rasend wie ein tollwütiger Hund. Mikael lacht nur und schüttelt den Kopf.

»Du jämmerliches Stück Scheiße!«, schreit Kasper. »Ich lasse es nicht zu, dass du das zwischen Therese und mir kaputt machst. Dafür wirst du zahlen!«

59

Nach der Vernehmung von Sara Jonsson kehrte Hanna ins Büro zurück, um Elvira Pavic anzurufen. Auf ihrem Tisch fand sie ihren Autoschlüssel vor und steckte ihn ein. Ihr Handy vibrierte, eine Nummer aus Växjö. Egal, wie unangenehm das Telefonat werden würde, sie musste drangehen.

»Hallo, Johannes Costa. Zunächst muss ich Ihnen leider mitteilen, dass wir Ihren Holzvogel nicht finden konnten.«

»Ja, damit habe ich schon gerechnet. Aber vielen Dank, dass Sie ihn gesucht haben.«

»Außerdem möchte ich gern Ihre Aussage aufnehmen. Könnte ich am Montag nach Kalmar kommen?«

»Das ist der Tag vor Heiligabend.«

»Das ist mir bewusst, aber da Ihr Chef uns auf einen Verdächtigen aufmerksam gemacht hat, sehe ich eine erhöhte Dringlichkeit. Würde zehn Uhr passen?«

»Ja«, sagte Hanna und beendete das Gespräch.

Die Nachtigall, die ihre Großmutter ihr geschenkt hatte, war also verloren. Natürlich konnte sie nach Ersatz suchen, aber das wäre trotzdem nicht dasselbe. Hanna legte die Hand kurz auf ihre Tätowierung und rief dann Elvira Pavic an.

»Haben Sie am letzten Schultag mit Torsten Berglund Schluss gemacht?«, fragte sie.

Es folgte ein langes Schweigen, und Hanna saß es aus.

»Ja, habe ich.«

Ihre Stimme klang schwach. Als würde es sie alle Kraft kosten, überhaupt zu sprechen.

»Wann genau?«

»Als wir im Park waren.«

»Warum?«

»Weil mir bewusst geworden ist, dass wir nicht zusammenpassen. Torsten hatte überhaupt keine Ziele.«

»Wieso haben Sie das nicht gleich erzählt?«

Wieder folgte Schweigen. Als Elvira dann doch antwortete, war sie kaum zu verstehen.

»Ich hielt es nicht für wichtig, und wir sind ja auch wieder zusammengekommen. Auch wenn es dann nur für ein paar Wochen hielt.«

»Waren Sie in Mikael verliebt?«, fragte Hanna.

»Nein, war ich nicht.«

»Da habe ich Gegenteiliges gehört.«

»Egal, was Sara über mich und Mikael gesagt hat, sie lügt.« Elvira fing an zu weinen.

»Können Sie mir erklären, was Sie gerade so mitnimmt?«, fragte Hanna.

»Das ist alles so heftig. Die Leute glotzen mich an. Ich will einfach nur, dass es aufhört.«

Hanna war sicher, dass ein Teil der Blicke nur Einbildung war, aber das sagte sie nicht.

»Sie können uns helfen, den Mord aufzuklären, indem Sie uns alles erzählen, was Sie wissen.«

»Aber das habe ich doch schon getan.«

Elvira schluchzte jetzt richtig. Erik trat zu Hanna und hielt ihr sein Handy hin. Irritiert versuchte sie, es wegzuschieben, aber er gab nicht nach. Während sie weiter Elvira Pavics Schluchzern lauschte, zoomte Erik in eine Aufnahme hinein. Das Foto war auf einer Fähre entstanden. Es war ein Selfie wie jedes andere: zwei Mädels, von denen die eine das Peace-Zeichen machte, die andere ein Duckface. Nur die Frisuren und die T-Shirts unter den Kleidern verrieten, dass das Foto aus den Neunzigern stammen musste. Hinter den Mädchen standen mehrere Personen, und Erik verschob den Fokus zu einer von ihnen, zoomte noch näher heran. Da stand ein junger Mann an der Reling. Er hatte offenbar aufs Meer geschaut, sich aber vermutlich in dem Moment umgesehen, als das Foto geschossen wurde, vielleicht um zu schauen, wer da so kreischte. Sein Blick war auf die Mädchen gerichtet. Seine Haare waren länger, das Gesicht jünger, aber das war ganz eindeutig Kasper Cedergren.

»Ich muss leider auflegen«, sagte Hanna. »Wir sprechen später weiter.«

»Aber ich …«

Hanna drückte Elvira Pavic weg.

»Wer hat das Foto geschickt?«

»Das Mädel auf dem Foto. Sie hat die Kamera vor der Deutschlandreise geschenkt bekommen und in einem durch fotografiert. Sie hat alle Bilder gescannt, die sie auf der Fähre gemacht hat, und dann an uns gemailt. Insgesamt waren es dreiundzwanzig.«

Auf dem Weg zu Ove fasste Hanna zusammen, was Elvira Pavic gesagt hatte. Das Foto drängte alles andere in den

Hintergrund, und sie wollte bei Ove keine Zeit mit diesen Informationen verschwenden. Kasper hatte sicher nicht auf der Passagierliste gestanden, das wäre sonst längst aufgefallen. Vermutlich war er mit Mikaels Ticket gefahren.

Ein kurzer Blick auf das Foto genügte, schon griff Ove zum Hörer und rief die Staatsanwältin an. Es folgte sofort ein weiteres Gespräch. Es klang, als würde er mit Kasper Cedergrens Chef sprechen.

»Fahrt los und holt Kasper Cedergren«, sagte Ove, als er aufgelegt hatte. »Er sollte zu Hause sein, er ist vor einer Stunde aufgebrochen. Er hat seinem Chef gesagt, er müsse zu Therese, die Unterstützung bräuchte wegen der Sache mit Mikael.«

»Wird das eine Verhaftung?«

»Die Staatsanwältin möchte, dass er zunächst einmal befragt wird, aber sollte er keinen guten Grund für die Fahrt nach Deutschland vorbringen können und dafür, dass er das bisher verschwiegen hat, wird er verhaftet. Vernommen werden soll er wie gesagt erst mal nur als Verdächtiger.«

Ove nahm seine Brille ab und rieb sich die Nasenwurzel. Es war nie leicht, wenn ein Kollege eines so schweren Verbrechens verdächtigt wurde. Aber Hanna nahm das nicht so sehr mit, wie es andere zu bedrücken schien. Vielleicht, weil sie schon weit Schlimmeres erlebt hatte: durch einen Vater, der nicht nur eines schrecklichen Verbrechens verdächtigt, sondern sogar verurteilt worden war. Außerdem wusste sie, dass der Polizeiberuf nicht sicher vor Idioten war. Die gab es überall.

»Wir müssen auch unbedingt noch einmal mit Therese Cedergren sprechen«, sagte Erik.

»Ja, absolut«, sagte Ove. »Aber erst danach.«

Normalerweise wurden erst alle Zeuginnen und Zeugen gehört, bevor man die Verdächtigen vernahm, doch als Ehepartnerin war Therese nicht unbedingt die zuverlässigste Zeugin. Gleichzeitig nahm Ove sicher auch eine gewisse Rücksicht darauf, dass Kasper Polizist war.

Erik wirkte ein wenig abwesend auf dem Weg zur Garage. Anfangs dachte Hanna, es läge daran, dass sie einen Kollegen einsammeln sollten, aber dann fürchtete sie, dass es vielleicht mit seinem Vater zusammenhing.

»Wie geht es deinem Vater?«, fragte sie.

»Keine Ahnung«, sagte Erik. »Eigentlich trotz allem ganz okay. Wir Kinder schenken ihm und Mama wieder eine Reise zu Weihnachten, wie jedes Jahr.«

Während Hanna den Wagen aus der Garage steuerte, spürte sie seinen Blick auf sich, konnte seine Miene aber nicht deuten. Was hatte sie denn jetzt schon wieder angestellt? Er wollte ganz offensichtlich etwas sagen, aber wie sehr er es sich verkniff, sah echt lustig aus. Als sein Blick zu ihrem Bauch wanderte, begriff sie.

»Ich weiß es zu schätzen, dass du dich nicht aufdrängen willst.« Sie lächelte. »Aber ja, du hattest recht, ich bin schwanger.«

Erik strahlte übers ganze Gesicht.

»Herzlichen Glückwunsch! … Oder?«

»Ja, ich glaub schon. Aber ich habe Isak noch nichts gesagt. Das will ich heute Abend machen. Hoffentlich setzt er mich nicht vor die Tür.«

»Hör schon auf«, sagte Erik. »Das kannst du nicht ernst meinen.«

»Nein, rauswerfen wird er mich nicht, aber Angst vor seiner Reaktion hab ich trotzdem.«

»Mach dir keine Sorgen«, sagte Erik. »Ich bin sicher, dass Isak überglücklich sein wird.«

»Wahrscheinlich«, sagte Hanna. »Es fühlt sich nur an, als wäre es ein Riesending. Besonders wegen dem, was mit seiner früheren Partnerin passiert ist. Leider weiß Ove es schon.«

»Wie, du hast es Ove schon gesagt?«

Erik klang schockiert, und so konnte das nicht weitergehen. Heute Abend musste Isak es einfach erfahren.

»Ich musste«, verteidigte sie sich. »Als ich bei ihm im Büro war, musste ich ihn praktisch aus dem Weg brüllen, damit ich noch rechtzeitig in seinen Mülleimer kotzen konnte.«

»Was? Das ist ein Witz, oder?«

»Nein, leider nicht.«

Erik musste so sehr lachen, dass ihm die Tränen kamen.

»Danke«, sagte er dann. »Das hab ich gebraucht.«

Hanna parkte vor dem Haus der Cedergrens in Funkabo. Nur ein Auto stand in der Auffahrt, und vermutlich war es das von Kasper, weil Therese einen grünen Fiat gefahren hatte, als sie auf Öland bei ihrer Mutter gewesen war. Es war bedauerlich, dass sie nicht beide zu Hause waren, besonders wegen der Kinder.

Der Sohn öffnete, nachdem sie geklingelt hatte.

»Sind deine Eltern zu Hause?«, fragte Erik.

»Nur Papa.«

»Könntest du ihn mal holen?«

Der Junge verschwand im Haus. Ein Murmeln war zu hören, dann kam Kasper Cedergren zu ihnen. Er hatte nasse

Haare und das T-Shirt hatte große, feuchte Flecken. Offenbar hatten sie ihn aus der Dusche geholt.

»Ist Therese was passiert?«, fragte er.

»Nein«, sagte Hanna. »Wir möchten, dass Sie uns aufs Revier folgen.«

»Warum?«

»Das besprechen wir lieber dort.«

»Bin ich verhaftet?«

»Nein«, sagte Erik. »Aber wir vernehmen Sie, weil Sie als Verdächtiger gelten. Deshalb sollte ein Anwalt anwesend sein.«

»Was werfen Sie mir denn vor?«

»Mord.«

Kasper öffnete den Mund, um etwas zu sagen, aber dann richtete sich sein Blick auf etwas hinter ihnen. Hanna drehte sich um. Ein grüner Fiat bog gerade in die Auffahrt ein und parkte. Hastig stieg Therese aus dem Auto.

»Dann können wir ja fahren«, sagte Kasper, zog sich Schuhe an und streckte sich nach seiner Jacke.

»Was ist passiert?«, fragte Therese Cedergren.

Die Frage richtete sich an sie, nicht an Kasper.

»Wir müssen noch einmal mit Ihrem Mann sprechen«, sagte Hanna.

»Worüber?«

»Über Ihren Bruder.«

»Kümmer dich um die Kinder«, sagte Kasper Cedergren. »Die sind total durcheinander, weil du einfach abgehauen bist.«

60

Kaspers Worte über die Kinder trafen sie wie ein Schlag in den Bauch, trotzdem blieb Therese auf der Veranda stehen. Wieso drehte er sich nicht mal um? Fand er nicht, dass sie eine Erklärung verdiente?

Verdammter Feigling.

Das Zivilfahrzeug stand am Straßenrand vor ihrem Grundstück, und nachdem Kasper sich auf die Rückbank gesetzt hatte, wandte er ihr das Gesicht zu. In seinem Blick lag so viel Hass, dass sie zurückprallte. Schnell ging sie ins Haus zu ihren Kindern.

»Ich bin wieder da«, rief sie so fröhlich, wie sie konnte.

Wilma kam aus der Küche, einen halb gegessenen Apfel in der Hand.

»Wo ist Papa?«, fragte sie.

»Er musste zum Polizeirevier.«

»Warum?«

»Das weiß ich ehrlich gesagt nicht.«

Wilma schlang die Arme um sie, und Therese drückte ihre Nase ins Haar der Tochter. Es roch nach dem Bananenshampoo, das sie im Adventskalender gehabt hatte. Wilma hatte einen mit Pflegeprodukten und Lucas einen mit Lego. Lucas kam angerannt und umschlang sie beide mit den Armen. Seine Hose war nicht richtig zugemacht und rutschte runter. Vermutlich war er auf der Toilette gewesen. Wilma wand sich mit angeekeltem Blick los.

»Du darfst nicht einfach so weglaufen«, sagte Lucas.

»Entschuldige«, sagte Therese. »Ich verspreche, es kommt nicht wieder vor. Hast du dir die Hände gewaschen?«

»Ja, Mama.«

Vermutlich war das eine Lüge, aber gerade wollte sie nichts sagen, wodurch die Stimmung kippen könnte.

»Aber Mama hat doch gesagt, dass sie heute zurückkommt«, erklärte Wilma. »Und hier ist sie. Also ist sie nicht weggelaufen.«

»Wieso warst du weg?«, fragte Lucas.

»Ich musste meiner Mutter helfen.«

Wilma schaute sie an. Therese hatte ihr geschrieben, dass sie etwas Zeit für sich brauchte, aber Lucas war ja viel jünger, der würde das nicht verstehen. Sollte sie ihren Kindern von ihrem Opa erzählen? Sie hatte ihnen gesagt, dass sie ihn nie getroffen hatte, aber dass er Italiener war. Außerdem kannten sie die albernen Geschichten ihrer Oma über Valentino. Über die italienische Küstenstadt, die fast ausschließlich aus Häusern und Treppen bestand. War Mama überhaupt mal dort gewesen? Doch, immerhin das entsprach der Wahrheit. Es war lange her, aber Therese hatte Fotos des Städtchens gesehen. Auf einigen war Mama auch zu sehen gewesen. Mikael hatte wissen wollen, wieso Valentino auf keinem der Bilder war, worauf Mama nur antwortete, er habe die Fotos gemacht.

Es war gerade mal drei Uhr nachmittags, aber Therese hatte einen Bärenhunger. Seit dem Frühstück bei Kim hatte sie nichts mehr gegessen. Bei Mama hatte es nur Kaffee gegeben.

»Habt ihr Lust auf einen Snack?«, fragte sie.

»Nur auf Eis«, sagte Lucas.

Therese wuschelte ihm durch die Haare, und ausnahmsweise beklagte er sich mal nicht und versuchte auch nicht, sie gleich wieder zu glätten.

»Heute Abend könnt ihr überlegen, ob ihr lieber Chips oder Eis haben wollt, weil Freitag ist«, sagte sie. »Gerade dachte ich eher an Milch und Butterbrote.«

»Wir haben schon was Kleines gegessen«, sagte Wilma. »Papa hat uns Haferbrei gekocht.«

»Ach, das ist gut. Aber ich habe auf jeden Fall noch Hunger.«

Therese ging in die Küche und schmierte sich ein Brot. Beide Kinder folgten ihr. Fast, als wagten sie nicht, ihre Mutter aus den Augen zu lassen. Vor Angst zog sich Thereses Magen zusammen. Wie würde es jetzt weitergehen? Was, wenn Kasper nicht wieder nach Hause kam? Oder *wenn* er nach Hause kam? Keine Alternative war gut. Sie begriff, dass sie nicht hierbleiben konnte, falls sie Kasper laufen ließen. Er musste davon ausgehen, dass der entscheidende Hinweis von ihr gekommen war. Und auch wenn sie das Telefon nicht gehalten hatte, so hatte sie doch die Information geliefert.

»Was haltet ihr davon, wenn wir zu Oma fahren?«, fragte Therese.

»Aber was ist mit der Pizza?«, fragte Lucas.

Freitags machten sie immer Pizza zusammen.

»Wir können unterwegs welche holen«, sagte Therese.

»Fertigpizza?«

Lucas riss die Augen auf.

»Ja«, sagte Therese. »Packt außerdem Wechselklamotten ein, falls wir dort übernachten.«

»Sollten wir nicht warten, bis Papa wieder zu Hause ist?«, fragte Wilma.

»Ich schreibe ihm, dass wir zu Oma fahren«, sagte Therese. »Dann kann er ja nachkommen, wenn er will. Er wird sicher eine Weile auf dem Revier bleiben müssen.«

Kasper kam selten mit zu ihrer Mutter nach Rälla, daher war es sonderbar, dass Wilma überhaupt fragte. Lucas war sofort losgerannt, nur Wilma stand da und betrachtete sie. Erst als Therese sich ein Lächeln abrang, ging auch sie hoch, um ihre Tasche zu packen.

Therese aß den Rest des Brots und stellte den Teller dann einfach in die Spüle. *Schlampig*, hätte Kasper gesagt. Therese wagte es nicht, die große Reisetasche vom Dachboden zu holen, das würde Wilma nur noch misstrauischer machen. Also steckte sie ihre Sachen in den größten verfügbaren Rucksack und legte gleich noch ein paar frisch gewaschene Klamotten der Kinder von der Bank im Badezimmer dazu.

Wilma musterte den vollgestopften Rucksack, sagte aber nichts.

Ziehe ich das jetzt wirklich durch?, dachte Therese.

61

Es dauerte fast eine Stunde, bis Kasper Cedergrens Anwalt endlich im Revier auftauchte. Erik holte den etwa fünfzigjährigen Mann am Empfang ab, den er noch nie gesehen hatte. Sein grauer Anzug war sicher eine Nummer zu klein, und die leicht eingesunkenen Augen saßen dicht beieinander. Sie sprachen unverfänglich über das Wetter und das bevorstehende Weihnachtsfest, während Erik ihn zum Vernehmungszimmer brachte.

»Ich möchte erst allein mit meinem Mandanten sprechen«, sagte der Mann.

»Selbstverständlich«, sagte Erik und gab ihm eine seiner Visitenkarten. »Rufen Sie mich an, wenn Sie bereit sind.«

Es war unmöglich vorauszusehen, wie lang das Gespräch dauern würde, und er legte keinen gesteigerten Wert darauf, im Flur vor dem Vernehmungszimmer zu warten. Erik hatte gerade das Büro erreicht, als der Anwalt anrief, also nickte Erik Hanna zu. Sie stand auf und folgte ihm.

Wie beim letzten Mal hatte Erik ein Vernehmungszimmer genommen, in dem man nur Audioaufnahmen machen konnte. In dem Zimmer waren nur ein Tisch, vier Stühle und die Aufnahmeanlage. Kasper Cedergren sah sie an, als sie hereinkamen. Seine Miene verriet nichts, allerdings wippte er mit dem Bein. Nachdem er die Aufnahme gestartet hatte, sprach Erik auf, wie viel Uhr es war, wer anwesend war und schloss mit dem Verdacht gegen Kasper Cedergren: dass er Mikael Fransson getötet hatte.

Kasper Cedergrens Bein hörte auf zu wippen, er starrte sie verkniffen an.

»Mein Mandant ist äußerst verwundert und empört über die Vorwürfe, die Sie gegen ihn erheben«, sagte der Anwalt. »Er hat nicht getan, was Sie ihm vorwerfen.«

»Zu einem früheren Zeitpunkt haben Sie behauptet, sich nicht an die Party in Gärdslösa erinnern zu können«, sagte Hanna. »Hat sich das geändert?«

»Nein.«

»Das ist schade.«

Sie sagte das so ironisch, dass Erik ein Lachen unterdrücken musste. Kasper Cedergren starrte ihn nur wütend an.

»Jemand kann bezeugen«, fuhr Hanna fort, »dass Sie vor dem Haus mit Mikael gestritten haben. Unter anderem haben Sie geschrien: *Dafür wirst du zahlen.* Worum ging es bei dem Streit?«

»Wie ich schon beim ersten Mal auf diese Frage geantwortet habe: Ich kann mich nicht erinnern.«

Die letzten fünf Wörter sprach Kasper Cedergren langsam und überdeutlich aus. Er schien in die Kategorie Verdächtige-die-nicht-reden-wollen zu fallen. Die Frage war bloß, ob dies Masche war oder er sich tatsächlich nicht erinnerte. Wenn er schuldig war, handelte es sich definitiv um Ersteres.

»Selbst wenn mein Mandant mit Mikael Fransson gestritten haben sollte«, sagte der Anwalt, »ist es ein großer Schritt zur Annahme, dass er ihn getötet hat.«

»Laut der Zeugenaussage waren Sie sehr aufgebracht«, sagte Erik.

»Sie können nicht auf die Aussage dieser Zeugin bauen«, sagte Kasper Cedergren.

»Das klingt so, als wüssten Sie, wer unsere Zeugin ist.«

»Ich habe darüber nachgedacht, und es kann sich nur um Therese handeln. Und wie gewöhnlich übertreibt sie.«

Die Frau, die ihnen den Hinweis gegeben hatte, war nicht Therese gewesen, da war Erik sicher. Aber das würde er natürlich nicht preisgeben.

»Was haben Sie in Deutschland gemacht?«, fragte Hanna.

»Was meinen Sie?«

»Am Tag nach der Party in Gärdslösa haben Sie die Fähre nach Deutschland genommen«, fuhr sie fort. »Die Nachricht, die von Mikaels Handy aus geschickt wurde, als er schon verbuddelt im Mittwald lag, wurde aller Wahrscheinlichkeit nach vom Täter gesendet.«

»Wer immer behauptet, mich auf dieser Fähre gesehen zu haben, irrt sich«, sagte Kasper Cedergren. »Haben Sie die Passagierliste geprüft?«

Erik ignorierte die Frage und legte stattdessen zwei ausgedruckte Fotos vor ihnen auf den Tisch. Sowohl Kasper Cedergren als auch sein Anwalt lehnten sich vor. Der eine Ausdruck zeigte das gesamte Foto, der zweite den Ausschnitt des Fotos, auf dem sich Kasper Cedergren befand. Das Einzige, was auf dem Ausdruck von den Mädchen zu sehen war, war das Peace-Zeichen. Erik beobachtete Kasper

Cedergrens reglose Miene. Würde er bestreiten, dass er das war? Nein, so dumm war er vermutlich nicht. Mit einem Seufzer lehnte er sich wieder zurück.

»Ich musste mal weg«, sagte er. »Therese und ich hatten gestritten.«

»Worüber?«, fragte Erik.

»Mikael hatte behauptet, mich mit einer anderen gesehen zu haben«, sagte Kasper Cedergren. »Deshalb war ich so wütend gewesen und habe ihn in Gärdslösa angeschrien.«

»Wie endete der Streit mit Mikael?«

Erik stellte die Fragen in schneller Abfolge, jetzt, wo Kasper Cedergren endlich mal antwortete.

»Mikael ist weggefahren«, sagte er.

»Sind Sie ihm zum verlassenen Haus gefolgt?«

Ein kurzes Zögern. Vielleicht wusste Kasper nicht, wie viel die Zeugin verraten hatte.

»Ja«, antwortete er.

»Was ist dort passiert?«

»Wir sind nie dort angekommen. Mikael hielt unterwegs an, und dann bin ich zu ihm und hab ihn zur Rede gestellt. Er sollte Therese sagen, dass er gelogen hatte, und dann bin ich zurück nach Gärdslösa. Mehr weiß ich wirklich nicht mehr.«

»Haben Sie ihn getötet?«

»Nein. Darf ich jetzt bitte gehen? Ich möchte nach Hause zu Therese und den Kindern.«

Zum ersten Mal während der Vernehmung wandte Kasper Cedergren sich an Hanna. Vielleicht dachte er, sie wäre empfänglicher für seine Bitte, zu seiner Familie zurückkehren zu dürfen.

»Sie wussten, dass Ihr Name nicht auf der Passagierliste steht«, sagte Hanna. »Deshalb wollten Sie wissen, ob wir sie geprüft haben.«

Noch ein Zögern. Kasper Cedergren schaute zu seinem Anwalt, der ihn fragte, ob er eine Pause bräuchte. Aber Kasper schüttelte nur irritiert den Kopf.

»Ich hab mir eben Mikaels Ticket genommen«, sagte er.

»Wie?«

»Ich bin nach der Party mit zu Therese, aber weil es immer noch so viel Zoff gab, wollte ich weg. Auf dem Weg raus hab ich in Mikaels Zimmer geschaut, und da lag das Ticket auf dem Tisch. Zuerst wollte ich es gar nicht benutzen, ich hab es nur mitgenommen, um ihn zu ärgern.«

Er starrte sie an, als wolle er sie herausfordern, seine Geschichte infrage zu stellen.

»Wieso haben Sie es dann doch benutzt?«, fragte Hanna.

»Weil ich mal weg musste, hab ich doch schon gesagt.«

»Haben Sie die SMS mit Mikaels Handy geschickt?«

»Nein, ich habe nur das Ticket mitgenommen.«

»Haben Sie Mikaels Rucksack gesehen, als Sie in seinem Zimmer waren?«, fuhr Hanna fort.

»Weiß ich nicht mehr. Ich glaube nicht.«

»Wie erklären Sie sich, dass die SMS etwa zu dem Zeitpunkt von Mikaels Handy geschickt wurde, als Ihre Fähre in Travemünde anlegte?«, fragte Erik.

»Keine Ahnung«, sagte Kasper Cedergren.

Erik fragte nicht weiter, weil er das Gefühl hatte, es würde sie doch nicht weiterbringen.

»Darf ich jetzt gehen?«, wiederholte Kasper Cedergren.

»Das entscheidet die Staatsanwältin«, sagte Erik.

Er und Hanna verließen das Vernehmungszimmer und gingen zu Ove. Nachdem Erik kurz Kasper Cedergrens Aussage zusammengefasst hatte, nahm Ove seine Brille ab und putzte die Gläser mit einem Hemdzipfel.

»Da haben wir ja mehr erfahren als gedacht«, sagte er.

Berufskriminelle und Polizisten waren oft nicht leicht zu vernehmen. Erik hatte den Eindruck, dass Therese der Grund für Kasper gewesen war, seine Strategie zu ändern. Die Annahme, dass der ausschlaggebende Hinweis von ihr gekommen war, hatte ihn wütend gemacht. Und das Foto hatte ihm nicht gerade geholfen. Trotzdem fügten sich große Teile seiner Aussage zusammen. Es klang sogar einigermaßen glaubhaft, dass er Mikaels Ticket auf dem Schreibtisch liegen sehen und mitgenommen hatte, das änderte aber nichts an der Tatsache, dass er mit Mikaels Ticket nach Deutschland gefahren und kurz darauf eine SMS von Mikaels Handy aus geschickt worden war.

»Wir müssen dringend mit Therese Cedergren sprechen«, sagte Erik.

»Ja«, sagte Ove. »Ich rufe noch schnell die Staatsanwältin an.«

Kurz darauf stand der Beschluss, Kasper Cedergren offiziell festzunehmen.

»Ich informiere Kasper Cedergren und seinen Anwalt«, sagte Erik zu Hanna. »Dann kannst du bei Therese anrufen. Wenn irgendjemand mehr weiß, dann ja wohl sie.«

Der letzte Tag

Kasper rennt ihm hinterher, doch Mikael ist schneller am Auto. Er springt hinein und drückt den Knopf runter. Kasper reißt an der Tür.

»Mach sofort auf, damit ich mit dir reden kann!«

Was stimmt denn mit diesem Vogel nicht? Hier kann er nicht bleiben, egal, was er Sara versprochen hat. Mikael startet den Motor und tritt aufs Gas, sodass Kasper den Türgriff laut fluchend loslassen muss. Im Rückspiegel sieht Mikael, dass der Idiot zu seinem Auto rennt. Natürlich gibt er nicht auf, sondern muss ihm folgen. Mikael wirft noch schnell einen Blick zum Haus, aber seine Schwester ist nicht mehr im Vorgarten. Wäre sie es, hätte sie vielleicht ihren bekloppten Freund aufhalten können.

Obwohl Mikael sicher dreißig Kilometer pro Stunde schneller fährt als erlaubt, hat Kasper ihn schnell eingeholt. Hoffentlich ist er so betrunken, dass er im Straßengraben landet. Würde ihm nur recht geschehen, wenn er sich totfahren würde. Wäre auch gut für seine Schwester. Es macht Mikael so verdammt traurig, dass sie ausgerechnet so einen wie den erwischt hat. Eigentlich ist sie doch so klug. Mikael begreift echt nicht, was sie an Kasper findet. Oder, na ja, vielleicht doch. Alle scheinen Kasper ja für attraktiv zu halten.

Kasper hupt und blendet ihn, also gibt Mikael nur noch mehr Gas. Der Fahrprüfer, der ihn hat durchrasseln lassen, war doch ein Idiot. Trotz der Geschwindigkeit hat Mikael volle Kontrolle über den Wagen, aber so richtig angenehm ist es nicht. Der Motor knattert und das Steuer vibriert unter Mikaels Händen. Hoffentlich gibt die Karre nicht den Geist auf.

Soll er in den Mittlandwald abbiegen oder weiterfahren? Ja, er muss abbiegen. Hat keinen Plan, wo er sonst rauskommt. Mikael wartet, solange er kann, bis er langsamer wird. Der Wagen schlingert aus der Kurve, trotzdem gelingt es ihm, ihn auf der Straße zu halten.

Ein schneller Blick in den Rückspiegel. Scheiße. Kasper ist noch immer hinter ihm. Frustriert gibt Mikael noch mehr Gas. Eine Weile glaubt er, ihn abgehängt zu haben, aber er konnte seine Scheinwerfer nur nicht sehen, weil die Straße einen leichten Bogen macht. Soll er einfach wahllos abbiegen? Als Ablenkungsmanöver?

Ein entgegenkommendes Fahrzeug mit eingeschaltetem Fernlicht blendet Mikael. Eine Sekunde später ist der Wagen vorbei, und alles ist dunkel. Er muss vom Gas gehen, aber seine Augen gewöhnen sich schnell an die Dunkelheit, und er kann wieder aufs Gaspedal treten. Leider hat Kasper aufgeholt. Er ist direkt hinter Mikael und hat das Fernlicht eingeschaltet. Mikael streckt den Mittelfinger hoch, obwohl Kasper ihn sicher nicht sehen kann.

Es sind nur noch wenige hundert Meter bis zu dem Kiesweg, der zum verlassenen Haus führt, also drosselt er das

Tempo. Hat ja keinen Zweck, das weiter rauszuzögern, abschütteln wird er Kasper schließlich doch nicht. Die olle Dieselkarre hat ja keine Chance gegen den Saab. Besser, er stellt sich ihm hier als beim Haus, wo sich die anderen auch noch einmischen würden. Die sind ja sicher auch wütend auf ihn. Mikael hält am Straßenrand.

Kasper hält hinter ihm und stürzt aus dem Wagen. Mikael kann gerade noch aus Nosses Auto steigen, da wird er schon dagegengepresst. Das Fernlicht des Saab ist immer noch eingeschaltet, erleuchtet Kaspers Gesichtshälfte. Er sieht echt irre aus.

»Warum hast du deine Schwester angelogen?«, brüllt er.

»Hab ich doch gar nicht«, sagt Mikael. »Bevor ich was erzählen konnte, warst du ja schon bei ihr.«

»Was?«

»Im Park. Du hast es ihr gesagt, nicht ich …«

Kasper packt ihn fester.

»Du verdammter Scheißkerl. Ich hätte ja nie was gesagt, wenn du mich nicht aufgestachelt hättest. Ich hatte nie was mit einer anderen.«

»Ach so, dann hab ich mich wohl verguckt. Da muss dir jemand sehr ähnlich sehen. Können wir das dann jetzt abhaken?«

Mittlerweile ist ihm egal, was er gesehen hat. Er will einfach nur noch, dass Kasper ihn in Ruhe lässt. Kasper drückt ihm den Arm gegen den Hals.

»Du rufst jetzt sofort deine Schwester an. Sagst ihr, dass du dir das alles ausgedacht hast.«

Mikael holt sein Handy raus und zeigt Kasper, dass er Thereses Nummer wählt. Der blöde Idiot sieht bloß nicht, dass Mikael auflegt, während er das Handy ans Ohr hält. Er tut so, als würde er auf der Mailbox landen und sagt dann, dass er Kasper nicht mit einer anderen gesehen hat. Dass er das nur gesagt hat, um Kasper zu ärgern. Dann trägt er noch besonders dick auf, behauptet, dass es ihm leidtut, sich so blöd verhalten zu haben. Kasper scheint zufrieden, denn er stößt Mikael nur noch ein letztes Mal gegen die Brust, bevor er von ihm ablässt.

»Mach das nie wieder«, sagt er.

»Versprochen.«

Mikael springt in Nosses Wagen und biegt in den schmalen Weg zum verlassenen Haus. Kasper fährt ihm nach, aber nur, weil er die Einfahrt zum Wenden nutzt. Mikael fragt sich, wie Kasper wohl reagieren wird, wenn er kapiert, dass Therese nie eine Nachricht bekommen hat. Vielleicht hätte er Kasper nicht zeigen sollen, wo sie heute Nacht pennen, aber das lässt sich jetzt auch nicht mehr ändern.

Ein Lichtschein zwischen den Bäumen lässt Mikael auf die Bremse treten. Wie hypnotisiert starrt er in den Wald. Kneift die Augen zusammen, öffnet sie wieder, aber die Erscheinung ist noch da: ein blasses Gesicht, das von selbst leuchtet. Ein Mädchen, das an einem Baumstamm lehnt.

Eins der Gespensterkinder.

Panisch tritt Mikael aufs Gaspedal. Erst auf der Lichtung hält er und schluckt erst mal kräftig. Einerseits will er zurück und den Wald absuchen. Er muss sich einfach getäuscht haben. Aber er stellt den Motor ab. Auf der Treppe vorm Haus brennen die Kerzen, die Nosse mitgebracht hat. Das flackernde Licht erhellt gerade mal die Tür und den Boden direkt davor. Als Mikael aussteigt und nach rechts schaut, sieht er kein Licht. Aber das beruhigt ihn nicht. Die Dunkelheit macht diesen Ort nur noch unheimlicher. Hier wirkt alles nur tot.

Aber wirklich Sorgen machen muss man sich nur, wenn die Mädchen auftauchen. Wenn die sich zeigen, wird jemand sterben.

Mikael schüttelt den Kopf über Nosses Worte. Er weigert sich, jetzt anzufangen, an Gespenster zu glauben. Was er da gesehen hat, war nur Einbildung. Musste Einbildung gewesen sein.

Nach wenigen Schritten Richtung Haus wird die Tür aufgerissen und Nosse kommt mit verschränkten Armen heraus.

»Was fällt dir ein, einfach das Auto zu nehmen?«

Mikael bereut, überhaupt zurückgekommen zu sein. Am besten wäre er nach Hause gefahren und hätte seinen Rucksack geholt, um dann direkt aufzubrechen, mit dieser ollen Dieselkarre direkt nach Deutschland zu tuckern.

»Gib mir den Schlüssel«, zischt Nosse und streckt ihm die Hand hin.

Aber selbst als er den Schlüssel hat, beruhigt er sich nicht.

»Ich hoffe mal für dich, dass das Auto nichts abgekriegt hat. Wo wart ihr denn?«

Erst als er *ihr* sagt, scheint Nosse aufzufallen, dass Mikael allein zurückgekommen ist.

»Was hast du mit Sara gemacht?«

»Sie ist in Gärdslösa geblieben.«

Nach dieser Antwort verliert Nosse total die Kontrolle. Brüllt ihn so krass an, dass ihm die Spucke ins Gesicht fliegt:

»Bist du vollkommen bescheuert? Wie kannst du sie denn da einfach allein zurücklassen?!«

62

Hanna ging an ihren Platz, um Therese Cedergren anzurufen. Nicht gerade ein Gespräch, dem sie freudig entgegensah, da wollte sie auf jeden Fall bequem sitzen. Sie sank auf ihren Bürostuhl und wurde sofort von Erinnerungen überfallen: ihr Vater, der von Polizisten abgeführt wurde, Ove, der ihr gegenübersaß und sagte, es bestünde kein Zweifel, Kristoffer, der sie anflehte, nicht länger über ihren Vater zu diskutieren und einfach weiterzumachen – nur damit er ihr nicht erzählen musste, was er getan hatte. Eine Autotür schlug im Hintergrund zu, als Therese den Anruf annahm.

»Wo sind Sie?«, fragte Hanna.

»Wir sind gerade bei meiner Mutter angekommen«, sagte Therese Cedergren.

Hanna konnte hören, dass sie das Handy vom Mund fernhielt und ihren Kindern sagte, sie sollten schon mal reingehen. Wäre es besser, sie würden nach Rälla fahren und vor Ort mit Therese und ihrer Mutter sprechen? Hanna beschloss, dass das nicht nötig war. Gerade hatte sie nicht viel Neues mitzuteilen, und die wenigen Fragen, die sie an Therese Cedergren hatten, konnte sie auch übers Telefon stellen.

»Ihr Mann wurde verhaftet«, sagte Hanna.

»Weshalb?«

»Zunächst möchte ich betonen, dass er bisher nur als dringend tatverdächtig gilt. Das ist eine der Grundvoraussetzung für eine Verhaftung. Es gibt einen Anfangsverdacht, und jetzt liegt es an uns herauszufinden, ob er sich bestätigt.«

»Was für einen Verdacht?«, fragte Therese Cedergren, die nun deutlich angespannter klang.

»Dass Ihr Mann Ihren Bruder getötet hat.«

Auf ein heftiges Keuchen folgte Stille.

Hanna wiederholte, was sie eingangs gesagt hatte. Dass es sich bislang nur um einen Anfangsverdacht handelte, dass sie noch nichts mit Sicherheit wussten, aber Therese Cedergren schien nicht zuzuhören.

»Frau Cedergren«, sagte Hanna mit Nachdruck.

»Entschuldigung, ich bin einfach …«

»Ich kann das wirklich gut verstehen«, sagte Hanna. »Wir haben einen Hinweis bekommen, dass Ihr Mann vor dem Haus in Gärdslösa mit Mikael gestritten hat. Ihr Mann war davon überzeugt, dass der Hinweis von Ihnen kam. Haben Sie jemanden aufgefordert, sich anonym bei uns zu melden?«

»Ja. Oder … habe ich sie nicht daran gehindert, es zu tun.«

»Wie heißt sie?«

»Kim Sommer«, sagte Therese Cedergren. »Sie ist eine alte Freundin von mir, die jetzt in Vickleby wohnt.«

Hanna bat sie, in eigenen Worten zu schildern, was sie an jenem Abend beobachtet hatte, und bekam eine etwas ausführlichere Version als die, die Kim gegeben hatte. Therese Cedergrens Aussage endete damit, dass sie selbst ins Haus gerannt war. Sie hatte nicht gesehen, dass Kasper Mikael gefolgt war.

»Er wurde aber doch nicht etwa nur aufgrund dieses Hinweises verhaftet?«, fragte Therese Cedergren.

In ihrer Stimme lag eine so tiefe Verzweiflung, dass es Hanna ganz anders wurde.

»Nein, das ist nicht der einzige Grund. Ist Ihr Mann nach der Party in Gärdslösa mit zu Ihnen nach Hause gefahren?«

»Ja, aber er ist einfach nicht über die Sache mit Mikael hinweggekommen. Mikael hatte rumgesponnen, dass er Kasper mit einer anderen gesehen hatte. Also hab ich ihn nach etwa einer Stunde gebeten zu fahren.«

»War Ihre Mutter zu Hause?«

»Ich gehe davon aus, aber sie wird geschlafen haben. Sie war nach der Abschlussfeier total fertig und ist bestimmt nicht aufgewacht.«

»Wissen Sie, was Ihr Mann am 12. Juni gemacht hat?«, fragte Hanna.

»Nein, keine Ahnung«, sagte Therese. »Weil wir so sehr gestritten hatten, haben wir uns eine Weile nicht gesehen.«

»Hatten Sie anderen Kontakt zu ihm? Telefonisch?«

»Das weiß ich nicht mehr.«

»Wir wissen, dass er an dem Samstag mit der Fähre nach Deutschland gefahren ist«, sagte Hanna. »Aber ich möchte noch einmal betonen, dass es dafür auch eine andere Erklärung geben könnte.«

Eigentlich hätte sie das mit Deutschland vielleicht nicht erwähnen sollen, aber Hanna wollte, dass Therese Cedergren wusste, dass sie sich nicht nur auf den nun nicht mehr anonymen Hinweis stützten.

»Nach Deutschland? Sind Sie sicher?«

»Ja, tut mir leid.«

»Das muss ich meiner Mutter erzählen«, sagte Therese Cedergren und legte auf.

Hanna starrte auf ihr Handy. Jetzt bereute sie es dann doch, ihr gesagt zu haben, dass Kasper Cedergren auf der Fähre gewesen war. Viel deutete auf seine Schuld hin, aber sicher konnten sie nicht sagen, dass er es gewesen war. Weshalb sie auch seine Freundinnen und Freunde noch nicht ausschließen konnten, die es alle doch sehr eilig hatten, einander die Schuld in die Schuhe zu schieben.

»Und?«, fragte sie Erik, der gerade ins Büro zurückkehrte.

»Kasper Cedergren hatte nichts mehr hinzuzufügen. Und seine Frau?«

»Sie hat zugegeben, dass der Hinweis von ihr kam. Eine Freundin von ihr steckt hinter dem anonymen Anruf.«

Hanna rief bei Kim Sommer an, und die Stimme ließ sich leicht wiedererkennen. Sie bestätigte, dass sie den Hinweis gegeben hatte. Nachdem Therese ihr von den Geschehnissen bei der Party in Gärdslösa erzählt hatte, fand sie, dass die Polizei unbedingt informiert werden musste.

»Warten Sie«, sagte Kim Sommer, als Hanna schon auflegen wollte.

»Was denn?«

»Ich mache mir Sorgen um Therese.«

»Warum?«

»Weil Kasper ein ziemlicher Mistkerl ist. Ich bin mir sicher, dass sie mir nur einen Bruchteil von dem erzählt hat, was er so alles macht, aber es ist nicht zu übersehen, dass er sie isoliert.«

»Misshandelt er sie?«

»Psychisch auf jeden Fall. Ob auch körperlich, kann ich nicht sagen.«

Hanna bedankte sich und legte auf. Sie unterrichtete Erik über Kims Sorge um Therese Cedergren.

Dann überkam sie plötzlich eine Woge von Übelkeit, die alles wegspülte bis auf die Sehnsucht nach Isak. Es war Freitag, später Nachmittag. Abhängig davon, wie Kasper Cedergren auf seine Verhaftung reagierte, lag ein Batzen Wochenendarbeit vor ihnen.

»Ich muss zu Isak«, sagte sie und stand auf.

»Viel Glück bei der Verkündigung.«

SAMSTAG, 21. DEZEMBER

63

Kaum hatte Hanna die Augen aufgeschlagen, war die bedrückende Erkenntnis wieder da. Wieder hatte sie versagt, wieder war sie nach Hause gekommen und hatte es nicht geschafft, es ihm zu sagen. Isak hatte ein fantastisches Abendessen für sie gezaubert. Lachs und Ofengemüse, ganz wie sie es sich gewünscht hatte. Dazu noch gerösteten Mais und Kichererbsen. Beim Wein hatte sie so getan, als nippte sie daran, ihn dann aber heimlich weggekippt. Sie hatten sich über alles Mögliche unterhalten. Isak hatte unglaublich gute Laune gehabt, weil ein schöner Schultag hinter ihm und die Ferien vor ihm lagen, außerdem war er so glücklich, jetzt mit ihr zusammenzuwohnen. Und trotzdem hatte sie nichts gesagt.

Was stimmt denn nicht mit mir?

Hanna presste das Gesicht ins Kissen und unterdrückte ein Schluchzen. Ganz rational war ihr bewusst, dass Isak sich höchstwahrscheinlich darüber freuen würde, dass sie schwanger war. Er liebte Kinder. Und er behauptete zumindest, sie – Hanna – zu lieben. Sicher, der Tod seiner früheren Partnerin und der Verlust des ungeborenen Kindes waren nicht spurlos an ihm vorübergegangen, aber sie konnte sich nicht vorstellen, dass er sich deshalb keine Kinder wünschte. Weshalb hatte sie also solche Angst davor, dass er sagen würde, es wäre zu früh? Dass er sie bitten würde auszuziehen?

Schritte ließen sie schnell die Tränen wegwischen und eine fröhliche Miene aufsetzen.

»Guten Morgen, Schlafmütze«, sagte Isak.

»Wie spät ist es denn?«

»Halb zehn.«

»Ist das ein Witz?«

Sie setzte sich abrupt auf. Sie konnte sich nicht erinnern, wann sie zuletzt so lang geschlafen hatte.

»Nein«, sagte Isak und stellte ein Tablett mit Frühstück aufs Bett.

Darauf Kaffee, Orangensaft und Croissants. Sofort kamen ihr vor Rührung die Tränen.

»Liebling, was ist denn los?«, fragte Isak und setzte sich so schnell aufs Bett, dass der Kaffee überschwappte.

Hanna wusste, dass sie es sagen musste. Jetzt sofort. Je länger sie wartete, desto schlimmer wurde es. Aber sie schaffte es nur, den Mund zu öffnen, da klingelte ihr Handy. Oves Klingelton.

»Verdammt.«

»Ach, der will dir doch sicher nur einen schönen Samstag wünschen.«

Was dazu führte, dass Hanna das Gespräch mit einem Lachen annahm.

»Na, du klingst ja froh und munter«, sagte Ove. »Ist was passiert?«

»Ich freu mich einfach nur, dass du an einem Samstag anrufst und störst. Drei Tage vor Weihnachten.«

»Tut mir leid«, sagte er. »Aber Kasper Cedergren möchte so schnell wie möglich mit dir und Erik sprechen.«

»Hat er einen Grund genannt?«

»Nein, aber hoffen wir mal, dass er gestehen will.«

»Okay«, sagte Isak, als sie aufgelegt hatte. »Dann reden wir, wenn du wieder da bist.«

»Danke«, sagte Hanna und umarmte ihn lange.

Jetzt wusste er, dass sie ihm etwas sagen musste, und sie rechnete damit, dass er sie nicht davonkommen lassen würde. Sie trank den O-Saft in einem Zug aus und nahm die Croissants mit.

Eine gute halbe Stunde später betrat sie das Großraumbüro und sofort schlug ihr der Duft frisch gebackener Brötchen entgegen. Er kam aus einer Tüte, die auf ihrem Platz lag.

»Wow, Erik«, sagte sie.

»Ich weiß«, sagte er und grinste übers ganze Gesicht. »Ich hab es wirklich noch geschafft, Brötchen zu machen. Möglich, dass sie noch nicht hundert Prozent durch sind. Ove hat angerufen, als sie gerade im Ofen waren.«

»Schieb das nicht auf mich«, sagte Ove, der hinter ihr das Büro betrat. »Kasper Cedergren erwartet euch schon im Vernehmungszimmer.«

Heute saß ein anderer Anwalt neben Kasper Cedergren als gestern. Deutlich jünger und mit doppelt so viel Haupthaar. Kasper Cedergren schien auch ein anderer zu sein, wirkte um einiges erschöpfter. Hanna selbst hatte noch keine Hafterfahrungen gemacht, aber sie hatte schon häufiger gesehen, dass manche Menschen unter der Freiheitsberaubung extrem litten.

Ihr Vater hatte das Gefängnis gehasst. Eingesperrt zu sein. Schließlich hatte er nichts mehr geliebt, als sich in der Natur aufzuhalten. Trotzdem hatte er für Kristoffer geschwiegen.

»Wie das Foto zeigt, war ich auf der Fähre nach Deutschland«, sagte Kasper Cedergren.

»Haben Sie die SMS von Mikaels Telefon geschickt?«

»Ja, und ich hatte seinen Rucksack bei mir.«

»Haben Sie Mikael getötet?«, fragte Erik.

»Nein, habe ich nicht.«

»Wie sind Sie dann an Rucksack und Handy gekommen?«

»Das Handy wurde mir gegeben, den Rucksack habe ich zusammen mit dem Ticket mitgenommen. Ich bin nach Travemünde gefahren, habe von dort die SMS geschickt, den Rucksack entsorgt und bin mit der nächsten Fähre zurückgekommen.«

»Wer hat Ihnen das Handy gegeben?«

Kasper Cedergren schaute zu seinem Anwalt, der ihm aufmunternd zunickte.

»Paul Lundell.«

Wusste Kasper Cedergren, dass der Englischlehrer vernommen worden war? Dann war diese Namensnennung nichts weiter als der verzweifelte Versuch, jemand anderem die Schuld in die Schuhe zu schieben. Aber das glaubte Hanna nicht.

»Wieso sagen Sie uns das erst jetzt?«, fragte sie.

»Ich hatte Angst davor, wie das interpretiert wird«, sagte Kasper Cedergren. »Paul Lundell wusste, dass ich mit Mikaels Schwester zusammen war, und er hat mich dazu gezwungen. Er wusste eine Menge Scheiß von mir, ich wollte nicht, dass das rauskommt.«

»Das müssen Sie uns genauer erklären«, sagte Erik ruhig.

»Ich weiß«, sagte Kasper Cedergren. »Deshalb habe ich ja um dieses Gespräch gebeten. Ich habe damals eine Menge gemacht, für das ich mich heute schäme.«

Er ließ den Kopf hängen. Es sah fast aus, als würde er gleich einschlafen.

»Was haben Sie gemacht?«, hakte Hanna nach.

»Ich habe Hasch vertickt. Vor allem am Stagnelius-Gymnasium, wo ich ja auch Schüler war. Paul war mein Klassenlehrer, und er hat Hasch in meinem Schrank gefunden. Ich habe es irgendwie geschafft, dass er nichts verrät, aber er hat damit gedroht, zur Polizei zu gehen, wenn ich ihm nicht mit Mikaels Handy helfe. Ich hatte keine Wahl, ich hatte mich doch an der Polizeischule beworben. Wenn das mit dem Hasch rausgekommen wäre, wäre ich niemals angenommen worden.«

»Was genau sollten Sie denn mit dem Handy machen?«

»Nach Deutschland fahren. Von dort sollte ich Mikaels Mutter in seinem Namen eine SMS schicken, schreiben, dass ich eine Weile wegbleiben würde. Dann sollte ich das Handy entsorgen.«

»Warum ausgerechnet Deutschland?«, fragte Hanna.

Kasper Cedergren seufzte, und Hanna war kurz davor, ihn zu fragen, ob sie ihn langweilte.

»Mikael hatte ja allen erzählt, dass er dort hinwollte. Lundell wollte, dass ich Mikaels Gepäck und Pass hole und im besten Fall mit seinem Ticket fahre.«

»Wussten Sie, warum Paul Lundell dabei Ihre Hilfe brauchte?«, fragte Erik.

»Er hat behauptet, dass Mikael und Elvira versucht

hatten, ihm was anzuhängen, dabei wäre er unschuldig. Jetzt wollte er ihm einfach eins auswischen. Weil Mikael da ja gerade auch seinen Scheiß mit mir abgezogen hatte, fand ich, das geschieht ihm ganz recht. Erst als ich begriffen habe, dass Mikael wirklich verschwunden war, fragte ich mich, ob Lundell vielleicht gelogen hatte.«

»Wieso haben Sie sich nicht gleich gemeldet?«

»Aus Angst, dass bekannt wird, welche Rolle ich gespielt habe«, sagte Kasper Cedergren. »Ich wollte nie was anderes als Polizist werden.«

Flehend schaute er sie an.

»Und trotzdem haben Sie mit Drogen gedealt«, sagte Hanna.

»Ja, aber das war doch nur Hasch«, sagte Kasper Cedergren. »Und nach Mikaels Verschwinden habe ich damit aufgehört.«

Hanna fragte sich im Stillen, was genau ihn am Polizeiberuf so gereizt hatte, hakte aber nicht nach.

»Nur, dass Mikael nicht *verschwunden* war«, sagte sie. »Er wurde ermordet.«

»Das wusste ich nicht.«

»Nein, aber Sie müssen es ja geahnt haben, und trotzdem sind Sie mit seiner Schwester zusammengeblieben.«

»Ja, aber Therese war ganz anders als ihr Bruder«, sagte Kasper Cedergren. »Zumindest damals.«

»Was soll das heißen?«

Hanna konnte einen irritierten Unterton nicht unterdrücken.

»Sie hat sich in der letzten Zeit verändert«, sagte Kasper Cedergren und setzte sich auf. »Ist viel sturer geworden. Außerdem lügt sie. Ich glaube nicht, dass mit ihr alles in Ordnung ist.«

Er sprach jetzt lauter und schneller. Die Erschöpfung schien wie weggeblasen.

»Misshandeln Sie sie?«

»Nein, absolut nicht. Behauptet sie das? Wenn ja, beweist das ja nur das, was ich gerade gesagt habe.«

»Hatten Sie Kontakt zu Paul Lundell, seit Mikael gefunden wurde?«, fragte Erik.

»Ich habe ihn gestern Vormittag angerufen. Nach der ersten Vernehmung.«

»Was hat er gesagt?«

»Nichts, aber ich habe ihm sehr deutlich gemacht, dass ich nicht die Schuld für seine Tat übernehmen würde.«

»Wie geht es nun weiter?«, fragte der Anwalt.

»Das entscheidet die Staatsanwältin«, sagte Hanna und stand auf. »Warten Sie so lange hier.«

Sie gab sich große Mühe, sich nicht anmerken zu lassen, wie eilig sie es hatte, das Vernehmungszimmer zu verlassen. Aber sie war sehr neugierig, was Paul Lundell zu alldem zu sagen hatte.

64

Die Staatsanwältin hatte angeordnet, dass Kasper Cedergren noch in Gewahrsam bleiben sollte, bis Paul Lundell vernommen worden war. Eine Entscheidung, die Erik ungemein erleichterte. Wenn Kasper Cedergren Paul Lundells Namen nur genannt hatte, um sie in die Irre zu führen, würde er vielleicht fliehen, sobald er auf freiem Fuß war. Hanna machte sich allerdings viel größere Sorgen, dass er seiner Frau etwas antun könnte.

»Soll ich bei Paul Lundell anrufen?«, fragte Erik, als sie Oves Büro verließen.

»Ich würde vorschlagen, wir wagen einen Überraschungsbesuch bei ihm«, sagte Hanna. »Schließlich ist Samstagvormittag. Außerdem hat Kasper Cedergrens gestriger Anruf ihn sicher aufgescheucht. Es besteht auch bei ihm Fluchtgefahr.«

Erik hatte nichts dagegen. Bis nach Krafslösa, wo Paul Lundell wohnte, war es nur eine kurze Autofahrt.

Hannas Fahrstil zeugte davon, dass sie ordentlich unter Strom stand, und Eriks Einschätzung nach lag das nicht nur an den Ermittlungen.

»Wie ist es gestern gelaufen?«, fragte er.

Er war einfach zu neugierig.

»Ich sage es ihm heute Abend«, erwiderte Hanna knapp und sauste über eine Kreuzung, gerade noch bevor die Ampel auf Rot sprang.

Erik hing dann doch an seinem Leben, weshalb er lieber nicht weiterfragte. Ein Lächeln stahl sich auf seine Lippen, als er an seine morgendliche Backaktion zurückdachte. Er hatte ein Blech aus dem Ofen geholt, damit er Hanna und Ove ein paar Sauerteigbrötchen mitbringen konnte, den Rest wollte Supriya fertig backen. Wieso hatte er nicht gleich mehr Teig angesetzt? Er wollte die ganze Familie und besonders seinen Vater an Weihnachten mit Sauerteigbrötchen verwöhnen. Hoffentlich überlebte der Teig, damit er noch häufiger damit backen konnte.

Vor Paul Lundells Haus stand nur ein roter Toyota, und Erik nahm an, dass dies der Wagen seiner Frau war. Vom Vorhandensein des blauen Saab zeugten nur ein paar Reifenspuren im Schnee.

»Mist«, fluchte Hanna. »Scheint so, als wäre er nicht zu Hause.«

»Hoffen wir, dass seine Frau weiß, wo er ist.«

Erik stieg aus und holte tief Luft. Heute war ein perfekter Wintertag: wenige Grad minus, klarblauer Himmel und massenhaft Schnee. Nila zuliebe hoffte er, dass das Wetter hielt. Vielleicht kam ja sogar noch mehr Schnee dazu? Morgen, am vierten Advent, wollte er mit ihr den Weihnachtsbaum aussuchen und gemeinsam schmücken.

Der Weg zum Haus war nicht geräumt, aber tiefe Schuhabdrücke verrieten, dass jemand vor Kurzem hier entlanggegangen war. Die Haustür flog auf, als sie nur noch wenige

Meter entfernt waren. Malin Lundell stand in der Tür und starrte sie an. Sie öffnete den Mund, bekam aber kein Wort heraus.

Erik eilte zu ihr.

»Was ist passiert?«, fragte er.

»Ich glaube, Paul will sich das Leben nehmen«, schluchzte sie.

»Lassen Sie uns doch kurz reingehen und uns setzen«, schlug Erik vor und legte ihr eine Hand auf den Arm, doch sie schlug sie weg.

»Dafür bleibt keine Zeit. Sie müssen ihn finden!«

»Damit wir das können, müssen wir erst in Ruhe mit Ihnen sprechen«, sagte Hanna.

Malin Lundell funkelte sie wütend an, ließ sie dann aber ins Haus. Fing an zu reden, während sie ihr folgten.

»Er hat gesagt, er muss noch ein Geschenk besorgen, und ist abgerauscht, aber er hat sich so komisch verhalten, dass ich mich auf die Suche nach Beweisen dafür gemacht habe, dass er mich betrügt. Ich habe schon eine Weile den Verdacht gehabt. Dabei ist mir dieser Brief in die Hände gefallen. Offenbar hätte ich den erst viel später finden sollen.«

Sie deutete mit einem Nicken zum Küchentisch. Erik ging an ihr vorbei und nahm die handschriftliche Notiz in die Hand:

Es tut mir leid, ich kann einfach nicht mehr. Du wirst eine ganze Menge über mich hören, über das, was ich angeblich getan habe, aber nicht alles ist wahr. Ich liebe dich und Noah.

Erik gab Hanna den Zettel, die ihn ebenfalls las.

»Inwiefern hat er sich denn komisch verhalten?«, fragte Erik.

»Mir war klar, dass das mit dem Weihnachtsgeschenk gelogen war. In den letzten Wochen war er so abwesend – geistig und körperlich. Oh, du lieber Gott …« Sie riss die Hand vor den Mund. »Ich dachte, er ist untreu, dabei ging es ihm einfach nur schlecht.«

»Sie sagen, er war in den letzten Wochen abwesend«, fuhr Erik fort. »Können Sie das etwas genauer eingrenzen? Seit wie vielen Wochen genau?«

»Zwei oder drei«, sagte sie. »Ich bin mir nicht sicher.«

Es war bald drei Wochen her, dass Mikaels sterbliche Überreste im Mittlandwald entdeckt worden waren.

»Wo ist Ihr Sohn gerade?«, fragte Erik.

»In seinem Zimmer, er hört ein Hörspiel. Ich wollte nicht, dass er mich so sieht.«

»Wann ist Ihr Mann losgefahren?«, fragte Hanna.

»Ich weiß es nicht. Vor einer halben Stunde vielleicht. Es hat ein bisschen gedauert, bis ich den Brief gefunden habe, weil ich zuerst seine Sachen durchsucht habe, dabei steckte er in meiner Nachttischschublade.«

»Ich geh nach draußen und verständige die Kollegen«, sagte Hanna.

Wenn Paul Lundell aufgebrochen war, um sich das Leben zu nehmen, dann war dies ein Wettlauf gegen die Zeit. Und sie lagen bereits zurück.

»Wissen Sie, wohin er gefahren sein könnte?«

»Nein, keine Ahnung.«

»Gibt es einen Ort, der ihm besonders viel bedeutet?«

»Ich habe keine Ahnung, hab ich doch schon gesagt. Sie müssen sofort nach ihm suchen!«

Erik hätte ihr gern tröstend die Hand auf den Arm gelegt,

hielt sich jedoch zurück. Sie hatte ja bereits einmal seine Hand weggeschlagen. Hanna trat wieder zu ihnen.

»Hat Ihr Mann etwas mitgenommen?«, fragte sie.

Malin Lundell schaute sie an, als wäre Hanna geistesgestört.

»Wie? Mitgenommen?«

»Eine Tasche? Kleidung?«

»Nein, das wäre mir aufgefallen.«

»Und seinen Pass?«

Sie rannte davon. Wenige Sekunden später war ein gellender Schrei zu hören. Kurz darauf fing auch der Sohn an zu brüllen.

Der letzte Tag

Nosse kommt einfach nicht darüber hinweg, dass Mikael ohne Sara zurückgekommen ist. Er versperrt ihm die Tür zum Haus und flucht, was für ein verdammter Idiot Mikael sei. Wie viel er eigentlich getrunken habe?

»Jetzt komm mal wieder runter«, sagt Mikael. »Sara ist alt genug, auf sich selbst aufzupassen.«

Das macht Nosse nur noch wütender. Sein Gesicht ist dunkelrot, und es ist völlig klar, dass er Mikael am liebsten eine reinhauen würde. Mikael schämt sich. Er hätte Sara nicht alleinlassen dürfen. Ganz besonders nicht, nachdem er ihr versprochen hat zu warten. An ihrem letzten Schultag. Was hat er sich nur gedacht? Was würde sie jetzt von ihm halten?

»Ich hab so die Schnauze voll von dir«, sagt Nosse. »Wie du dich aufführst, ist echt das Letzte.«

»Bitte, Nosse, können wir nicht einfach …«

»Nein!«, brüllt er. »Hör endlich auf, mich wie einen beschissenen Fußabtreter zu behandeln.«

Mikael bekommt kein Wort raus. Worum geht es hier eigentlich gerade? Elvira schiebt sich an Nosse vorbei und zieht Mikael mit, weg vom Haus.

»Komm, wir gehen ’ne Runde.«

»Was ist denn eigentlich sein verdammtes Problem?«, murmelt Mikael, dabei ist ihm egal, ob Nosse ihn hört.

»Er findet, wir sind gemein zu ihm.«

»Wie, *wir*?«

»Du und ich.«

Sie treten zwischen den Bäumen in den Wald, als plötzlich etwas Weißes flattert. Mikael keucht und bleibt wie angewurzelt stehen. Elviras Lachen lässt seinen Schock zerschellen. Sie packt nach dem Weißen und reißt es runter. Es ist ein Laken.

»Nosse hatte eine Spukwanderung geplant«, sagt Elvira. »Ziemlich kranker Typ. Ist durch den Wald gerannt und hat jede Menge vorbereitet. Aber das können wir ja jetzt vergessen.«

Sie gehen nicht tiefer in den Wald, weil es so wahnsinnig dunkel ist. Der Halbmond wird von Schleierwolken verborgen. Außerdem schwirren wie verrückt Mücken um sie. Mikael wedelt sich eine aus dem Gesicht.

»Sind wir wirklich so fies zu Nosse?«

»Nein. Und am wütendsten ist er eigentlich auf Sara. Der will schon seit Jahren was von ihr. Dass du mit ihr abgehauen bist …«

»Also, es ist ja wohl immer noch Saras Entscheidung, mit wem sie zusammen sein will.«

»Klar.«

Elvira macht einen Schritt auf ihn zu. Plötzlich sind ihre Lippen auf seinen. Sie schmecken nach Wodka. Instinktiv hebt er die Hände und schiebt Elvira weg.

»Was soll das?! Du bist doch mit Torsten zusammen.«

»Nicht mehr.«

»Hä, wie, nicht mehr?«

»Ich hab heute im Park mit ihm Schluss gemacht.«

»Dann ist er deshalb nach Hause?«

Elvira zuckt mit den Schultern. Ihr Mund ist ein schmaler Strich, dabei hat er doch verdammt noch mal jedes Recht dazu, wütend zu sein. Elvira hat sie alle angelogen, hat ihnen erzählt, dass Torsten wegen seiner Eltern abgehauen ist. Dachte sie ernsthaft, dass er Interesse an ihr hatte? Musste sie ja, sonst hätte sie sich ihm ja wohl kaum so an den Hals geschmissen.

»Ich mag dich«, sagte er. »Aber mehr nicht.«

»Warum hast du mir dann mit Paul geholfen?«

»Um nett zu sein. Außerdem hat dieser Arsch es doch auch nicht besser verdient.«

Elvira kommt wieder näher.

»Dabei passen wir beide so gut zusammen«, sagt sie. »Torsten ist ein Trottel. Weißt du, wovon er träumt? Hier zu bleiben und die Pension weiterzuführen. Und du brauchst eine, die taffer ist als Sara.«

Sara ist sehr wohl taff, aber das behält er für sich. Wenn die beiden sich prügeln würden, könnte er nicht sagen, wer gewinnen würde. Aber er wünschte, Sara wäre jetzt hier. Was war er bloß für ein verdammter Idiot, er hatte sie spießig genannt! Und sie allein zurückzulassen, war wohl mit das Bescheuertste von allem, was er je getan hatte, und das wollte was heißen.

»Bist du betrunken oder hast du noch was genommen?«, fragt er.

»Was meinst du?«

»Irgendwie wirkt es so, als wärst du total durcheinander.«

»Wieso sagst du so was?«

»Weil es die Wahrheit ist.«

Elvira schlingt die Arme um den Oberkörper und beginnt zu schluchzen.

»Ich liebe dich. Wenn du mir einfach nur eine Chance …«

Nein, er kann nicht hier stehen bleiben und ihr noch länger zuhören. Sie ist ganz eindeutig durchgedreht. Er dreht sich um und kehrt zum Haus zurück. Nosse sitzt auf der Treppe, isst Chips und trinkt Bier.

»Ich könnte auch eins vertragen«, sagt Mikael.

»Du weißt ja, wo du sie findest«, sagt Nosse.

Er steht nicht auf, um Bier zu holen. Offensichtlich ist er immer noch sauer, aber immerhin schreit er nicht mehr. Im Haus hat Mikael plötzlich Bock auf den Wodka, aber die Flasche ist weg. Sicher hat Elvira sie genommen. Nach kurzem Zögern zieht er seinen Pulli über. Es ist zwar nicht sonderlich kalt, aber er hasst die Mücken.

»Wo ist Elvira?«, fragt Nosse, als Mikael sich mit einem Bier zu ihm auf die Treppe setzt. »Ist sie wieder in den Wald gerannt?«

»Die kommt schon wieder«, sagt Mikael.

Mensch, was Torsten ihm leidtut. Seine Mutter war untreu, die Pension, die er übernehmen wollte, wird verkauft, und dann will nicht mal mehr seine Freundin mit ihm zusammen sein. Wobei er darüber gerade sogar dankbar sein könnte. Mikael wird bewusst, dass er Elvira komplett falsch eingeschätzt hat. Ja, er fand sie schon immer etwas kühl und unnahbar, aber das, was sie da gerade abgezogen hat, war einfach nur schräg. Jetzt sind alle sauer auf ihn, und damit kommt er nicht klar.

»Wusstest du, dass Elvira mit Torsten Schluss gemacht hat?«

»Ist das ein Witz?«

»Nein. Heute im Park. Deshalb ist er abgehauen.«

»Ach, Kacke.«

Eine Weile schweigen sie und trinken ihr Bier. Nosses Laune ist schwer einzuschätzen. Worüber denkt er gerade nach?

»Vielleicht sollten wir uns mal bei Torsten melden«, sagt Mikael.

»Er hat mir vorhin eine SMS geschickt«, sagt Nosse. »Da warst du gerade weg. Ich war echt so genervt, vielleicht war meine Antwort an ihn nicht die allernetteste, aber …«

Das Geräusch eines Automotors unterbricht ihn, und sofort denkt Mikael, dass das Paul ist. Solange nur Kasper nicht auf die Idee kommt, sich noch mal hier blicken zu lassen. Auf den hat er so was von keinen Bock. Doch es ist ein anderes Auto, das direkt bis zum Haus vorfährt, und dann steigt Sara aus. Sein Herz macht einen Freudensprung, aber das Gefühl wird so nicht erwidert. Sie rauscht zu ihm.

»Wieso bist du abgehauen?«, blafft sie Mikael an.

»Tut mir leid«, sagt er. »Ich hab nach dir gesucht.«

»Aber nicht wirklich gründlich, und gewartet hast du auch nicht.«

»Ich wollte ja, aber dann gab es ein Problem mit dem Freund meiner Schwester.«

Sara kneift die Augen zu Schlitzen zusammen, als hätte sie eigentlich noch mehr zu sagen. Doch dann wendet sie sich an Nosse:

»Ist noch Bier da?«

Diesmal steht Nosse auf und verschwindet im Haus. Er kommt mit drei Dosen heraus.

»Das sind die letzten.«

»Prost, ihr Arschlöcher«, sagt Sara und trinkt einen großen Schluck.

Erst da kommt Elvira aus dem Wald. Sie schwankt ordentlich. Ohne ein Wort taumelt sie an ihnen vorbei ins Haus, zieht eine Wodkafahne hinter sich her.

»Was ist denn mit der los?«, fragt Sara.

»Krach mit Torsten«, sagt Nosse.

Es dauert nicht lang, dann sind die letzten Bierdosen und auch die Chipstüte leer. Sara gähnt und steckt damit die anderen beiden an. Normalerweise halten sie viel länger durch, aber irgendwie fühlt es sich an, als wäre alle Kraft aus ihnen gesaugt.

»Zeit, schlafen zu gehen«, sagt Mikael, und es kommen keine Einwände.

Elvira liegt zusammengerollt auf ihrem Schlafsack und der Isomatte. Nosse sagt leise ihren Namen, doch sie reagiert nicht. Die anderen scheinen schnell einzuschlafen, Nosse schnarcht schon nach wenigen Minuten. Mikael rückt näher an Sara heran, doch auch sie schläft schon – oder tut zumindest so. Sie atmet eigentlich nicht tief genug. Vermutlich hat sie ihm noch nicht vergeben.

Obwohl er völlig fertig ist, kann er nicht einschlafen. Ihm geht viel zu viel durch den Kopf. Heißt das jetzt, dass Sara nicht mitkommt nach Deutschland? Wenn Nosse den Autoschlüssel nicht versteckt hätte, wäre er jetzt einfach nach Hause gefahren. Hätte die anderen morgen wieder abgeholt. Vielleicht hätte er dann noch versucht, mit Elvira und

Sara zu reden. Sicher eine Stunde lang liegt er wach, ehe er aufgibt. Er kann hier einfach nicht schlafen. Außerdem muss er mal pinkeln.

Mikael steht auf und verlässt das Haus.

65

Paul Lundells Pass war weg, trotzdem verspürte Hanna keinerlei Genugtuung, dass sie mit ihrer Ahnung richtig gelegen hatte. Paul Lundell wollte sich nicht das Leben nehmen, er wollte fliehen.

»Was für ein Scheiß«, sagte sie und schon ließen sie Krafslösa hinter sich.

Streifenwagen waren unterwegs zum Hauptbahnhof und zum Flugplatz, aber sie würden nicht Teil dieser Jagd sein.

»Du, ich kann nicht einfach zurück zum Revier fahren und da warten«, sagte Erik. »Was hältst du davon, noch mal mit Elvira Pavic zu sprechen? Wir müssen rausfinden, was genau sie und Mikael mit Lundell gemacht haben.«

»Bin dabei«, sagte Hanna.

Es war nicht sicher, wann sie Paul Lundell schnappen würden, und bis es so weit war, brauchten sie Beschäftigung.

»Ich rufe sie an«, sagte Erik. »Damit wir nicht vergeblich nach Öland rüberfahren.«

Aus dem, was sie von Eriks Teil des Gesprächs mitbekam, schloss Hanna, dass Elvira nicht zu Hause war und sie sich auf einen anderen Treffpunkt einigten.

»Wohin muss ich?«, fragte sie, als Erik aufgelegt hatte.

»Zum Krankenhaus«, sagte er. »Sie ist gerade unterwegs zur Arbeit, und wir treffen uns am Eingang.«

Sie erreichten das Krankenhaus vor Elvira Pavic, also stellten sie sich vor die Tür und warteten. Eine Schwangere kraxelte gerade über den aufgehäuften Schnee bis zum Gehweg, der gestreut war. Hanna konnte nicht anders, als auf ihren gigantischen Bauch zu starren. Die Winterjacke war nicht richtig zugeknöpft, weil sie für einen solchen Bauch nicht ausgelegt war. Als Hanna bemerkte, dass Erik sie beobachtete, wandte sie den Blick ab und schaute stattdessen zum Parkplatz. Elvira Pavic stieg gerade aus ihrem Wagen aus und eilte auf sie zu.

»Meine Schicht beginnt in zwanzig Minuten«, sagte sie.

»Es liegt ganz an Ihnen, wie lange das hier dauert«, sagte Erik. »Wir könnten damit anfangen, dass Sie uns wahrheitsgemäß erzählen, was genau passiert ist, als Paul Lundell bei dem verlassenen Haus war.«

Elvira Pavic sah sich um, und obwohl gerade niemand anders in Sicht war, entfernte sie sich ein paar Schritte vom Eingang.

»Was hat er Ihnen denn erzählt?«, flüsterte sie.

»Das spielt keine Rolle«, sagte Erik. »Berichten Sie doch bitte einfach.«

Elvira Pavic schloss die Augen, holte zitternd Luft und öffnete dann die Augen wieder.

»Mikael hat die SMS an Paul geschrieben«, sagte sie. »Mit meinem Handy. Quasi in meinem Namen. Mir blieb also nichts anderes übrig, als mitzuspielen. Wir haben unten am Weg gewartet. Mikael wollte, dass ich Paul küsse, und das hab ich dann auch getan. Mikael hatte sich versteckt und Fotos gemacht, aber er war dabei zu laut, also …«

Elvira Pavic schloss erneut die Augen, diesmal fiel es ihr nicht so leicht, ihre Atmung unter Kontrolle zu bringen.

»Sie müssen es uns erzählen«, sagte Hanna.

»Ich weiß«, sagte Elvira Pavic.

Sie schlug die Augen auf.

»Paul wurde superwütend, er und Mikael bekamen sich so richtig in die Wolle. Warum genau, kann ich nicht sagen, weil ich weggegangen bin. Aber Paul ist dann wirklich wieder gefahren, das war nicht gelogen. Und da war Mikael noch am Leben.«

»Was ist mit der Kamera passiert?«, fragte Hanna.

»Ich habe keine Ahnung, ich weiß nur noch, dass sie Sara gehörte.«

»Wo waren Sara Jonsson und Oskar Holmberg zu diesem Zeitpunkt?«, fragte Erik.

»Im Haus, glaub ich.«

»Haben Sie gesehen, als Paul Lundell zurückkam?«

»Wie, zurückkam? Wollen Sie damit sagen, dass Paul …«

»Antworten Sie bitte einfach auf die Frage«, fiel Erik ihr ins Wort.

»Nein, ich habe ihn nicht noch mal gesehen. Wenn er zurückgekommen ist, muss das gewesen sein, als ich schon schlief. Alle waren da, als ich mich hingelegt habe. Wir waren betrunken und müde und wollten nur noch schlafen.«

Nicht alles ist wahr. Hanna musste an Paul Lundells Worte denken. Wie hatte er das gemeint?

»Hatten Sie und Paul Lundell ein Verhältnis?«

»Nein, das hab ich doch schon gesagt.«

»Trotzdem hat er sich sofort ins Auto gesetzt und ist zu dem Haus gefahren, weil er dachte, Sie haben ihm geschrieben.«

»Ja, aber ich weiß nicht, warum. Vielleicht lag das an dem Kuss. Ich wollte wirklich nichts von Paul. Aber meine Erklärung wollte er nicht hören.«

»Wusste Mikael, dass Sie in ihn verliebt waren?«, fragte Hanna.

»Ja, ich hab's ihm gesagt. Als ich aufgewacht bin, war er weg, und ich dachte, das wäre meine Schuld. Dass er meinetwegen abgehauen ist.«

Tränen liefen über ihre von der Kälte geröteten Wangen. Ihr Atem bildete kleine Wolken zwischen ihnen.

»Wieso sind Sie wieder mit Torsten zusammengekommen?«, fragte Hanna.

»Weil es sich so angefühlt hat, als wäre er der Einzige, der mich lieben konnte. Aber das habe ich auch kaputt gemacht. Ich habe ihm gesagt, dass ich lieber mit Mikael zusammen wäre.«

»Wieso haben Sie uns nicht gleich erzählt, dass Sie am Tag der Abschlussfeier mit Torsten Schluss gemacht haben?«

»Weil ich nicht wollte, dass …«

Hannas Handy vibrierte, und das Geräusch ließ Elvira Pavic zusammenzucken. Schnell wischte sie die Tränen weg. Die Nachricht war von Ove. Paul Lundell war am Flughafen in Kalmar aufgegriffen worden und wurde zum Polizeirevier gebracht, damit sie ihn dort vernehmen konnten. Ein Anwalt war ebenfalls unterwegs. Hanna zeigte Erik die Nachricht.

»Ich möchte wissen, wie Mikael gestorben ist«, schluchzte Elvira Pavic.

»Die Ermittlungen dauern noch an«, sagte Hanna. »Und wir müssen leider jetzt aufbrechen.«

Elvira Pavic blieb allein zurück und sah ihnen nach, hielt sich dabei gewissermaßen selbst im Arm. Hanna bezweifelte, dass sie heute arbeiten konnte. Oder aber es war genau das, was sie zur Ablenkung brauchte.

Hoffentlich würde Paul Lundell noch heute den Mord gestehen.

66

»Paul Lundell sitzt im Videovernehmungszimmer mit einem der Kollegen, die ihn gefasst haben«, sagte Ove, als sie beim Revier ankamen. »Sein Anwalt sollte bald eintreffen. Offenbar hatte Lundell gestern bereits Kontakt zu ihm aufgenommen.«

»Hat er schon was gesagt?«, fragte Erik.

»Nein, aber das mit dem Anwalt könnte darauf hindeuten, dass er ein Geständnis ablegen wollte, bevor er sich zur Flucht entschloss. Gute Arbeit, ihr beiden.«

»Danke«, sagte Erik und wandte sich an Hanna. »Während wir auf den Anwalt warten, können wir ja versuchen rauszufinden, was mit den Fotos passiert ist, die Mikael gemacht hat. Was hältst du davon, wenn ich Sara Jonsson anrufe und du Oskar Holmberg?«

»Okay«, sagte Hanna und verschwand Richtung Büro.

Er selbst blieb im Flur. Sara Jonsson ging schon nach dem ersten Tuten dran.

»Haben Sie schon etwas Neues rausgefunden?«, fragte sie.

»Ich stelle hier die Fragen«, entgegnete Erik.

»Entschuldigen Sie, ich muss einfach wissen, was passiert

ist. Ich kann an nichts anderes denken. Meine Mutter hat mir verboten, mich an den Weihnachtsvorbereitungen zu beteiligen, weil ich nur Murks mache. Gestern hab ich ein ganzes Blech mit Eiskonfekt fallen lassen.«

»Sie hatten eine Kamera dabei, als Sie damals in dem verlassenen Haus waren«, sagte Erik. »Haben Sie die Bilder noch?«

Sara Jonsson antwortete erst mal nicht, schien nachzudenken. Ein Techniker ging vorbei, und Erik nickte ihm zu.

»Ich hab den Film nie entwickeln lassen«, sagte Sara Jonsson.

»Warum nicht?«

»Weil sich alles falsch anfühlte, nachdem Mikael einfach so abgehauen war. Ja, davon war ich damals überzeugt, und ich war stinkwütend auf ihn. Erst sagt er, dass er mich liebt, und dann verschwindet er ohne ein Wort.«

»Was ist mit der Kamera passiert?«

»Keine Ahnung, aber ich weiß noch, dass ich den Film nach Monaten doch entwickeln lassen wollte. Aber da war die Kamera leer. Jemand hatte ihn rausgenommen.«

»Sind Sie sicher, dass Sie einen eingelegt hatten?«

»Ja, so vergesslich bin ich garantiert nicht.«

Was hatte es zu bedeuten, dass der Film fehlte? Erik konnte nicht verhindern, dass ihm die Gedanken davonrannten. Vermutlich war Paul noch mal zurückgekommen, um sich den Film rausgeben zu lassen. Vielleicht hatte Mikael sich geweigert, ihn freiwillig herzugeben, und deshalb war er ermordet worden.

Hanna kam auf ihn zu. Erik bedankte sich und beendete das Telefonat.

»Oskar Holmberg weiß nichts über den Verbleib der Kamera«, sagte sie. »Aber er ist immer noch davon überzeugt, dass Elvira Pavic Mikael getötet hat. Sie sind in den Wald verschwunden, als Mikael von der Party gekommen war, und danach haben sie nicht wieder miteinander gesprochen.«

Ein Kollege in Uniform näherte sich ihnen und berichtete, dass Paul Lundells Anwalt nun vor Ort war. Erik und Hanna eilten zum Vernehmungszimmer. Bevor sie eintraten, klopfte er an, damit der Anwalt und Paul Lundell eventuelle Gespräche einstellten. Lundell war deutlich gestresster als bei den zurückliegenden Vernehmungen. Er hatte die Hände unter die Oberschenkel geschoben und wippte auf dem Stuhl vor und zurück, aber Erik ignorierte das. Er kümmerte sich um die Formalitäten und informierte Paul Lundell darüber, dass er verdächtigt wurde, Mikael Fransson ermordet zu haben.

»Ich habe ihn nicht getötet«, sagte Paul.

Der Anwalt legte ihm beruhigend die Hand auf den Arm.

»Fangen Sie einfach von vorn an«, sagte er. »So, wie Sie es mir erzählt haben.«

Lundell drehte das Gesicht zur Wand, hörte mit dem Wippen aber nicht auf.

»Ach, verdammt«, fluchte er. »Ich wusste, dass man mir die Schuld geben würde. Das wusste ich schon die ganze Zeit. Ich kann nicht ins Gefängnis. Das überstehe ich nicht.«

»Herr Lundell«, sagte Hanna mit sanfter Stimme. »Stimmt das, was Sie uns bei unseren früheren Gesprächen erzählt haben? Darüber, was passiert ist, als Sie zu dem verlassenen Haus gelockt und von Mikael fotografiert wurden?«

»Ja.«

»Wieso sind Sie noch einmal hingefahren?«

»Ich kam nach Hause und habe versucht, die Sache abzuhaken, aber es ging nicht. Ich hatte so unfassbare Angst, dass sie die Fotos jemandem zeigen. Ich würde meinen Job verlieren, meine Freundin, alles … Also hab ich mich wieder ins Auto gesetzt. Ich dachte, ich kann Mikael doch noch überreden, mir die Fotos zu geben.«

»Was ist passiert, als sie ankamen?«

»Ich bin in diesen schmalen Weg abgebogen, der zum Haus führt. Und da lag Mikael. Ich habe gebremst, konnte aber nicht mehr rechtzeitig anhalten. Ich bin ihm übers Bein gefahren.«

Lundells Schilderung ging in eine Fluchtirade über, dann Schweigen. Er hörte auf zu wippen.

»Bitte, erzählen Sie weiter«, forderte Erik ihn nach einer Weile auf.

»Ich bin aus dem Wagen gesprungen, hab ihn geschüttelt, aber er war tot. Er war schon tot, als ich auf den Weg abgebogen bin. Er kann nicht mehr am Leben gewesen sein.«

»Wie kommen Sie darauf?«, fragte Erik.

Irgendwie hatte er nicht den richtigen Tonfall gefunden, Lundells Kopf flog zu ihm herum.

»Er hat sich nicht bewegt. Er lag schon am Boden und bewegte sich nicht, und ich bin ihm übers Bein gefahren. Aber daran stirbt man nicht. Daran stirbt man doch nicht.«

Seine Wut ging in Weinen über.

»Ach, Scheiße«, schluchzte er. »Ich hatte ihn angefahren, ich hatte ihn angefasst. Ich hatte ein Motiv, ihn zu töten. Mir war einfach klar, dass man mir die Schuld geben würde. Deshalb hab ich's getan. Ich kann nicht ins Gefängnis gehen.«

»Was haben Sie getan?«, fragte Hanna ruhig.

»Ich habe ihn abgetastet und den Film gefunden. Ich war so erleichtert und dachte, alles würde gut, wenn er einfach verschwand. Ich hab ihn in den Kofferraum gewuchtet und bin in einen anderen Teil des Mittlandwalds gefahren. Mit einer Plane hab ich ihn so weit in den Wald geschleppt, wie ich konnte. Da war so eine Senke, da hab ich ihn reinrollen lassen.«

Lundell schlug sich die Hände vors Gesicht, es folgte die nächste Fluchtirade. Erst Minuten später fuhr er fort:

»Der Boden der Senke war weich, aber ich hatte nur eine Schneeschippe dabei. Es war wahnsinnig anstrengend. Bevor ich ging, hab ich noch einen Baumstamm auf ihn gerollt.«

Wieder schien Lundell in sich selbst zu verschwinden.

»Was haben Sie mit der Plane gemacht?«, fragte Erik, als er nicht länger auf die Fortsetzung warten wollte.

»Die hab ich wieder mitgenommen.«

»Was ist dann passiert?«, fragte Hanna.

»Ich saß im Auto, die Angst wollte einfach nicht nachlassen. Ich war noch immer davon überzeugt, dass man mir die Schuld geben würde. Wenn Mikael verschwunden war, würde die Polizei eingeschaltet. Irgendwie kam ich auf die Idee, dass meine einzige Chance darin bestand, dass die Polizei glaubte, er wäre einfach abgehauen. Ich wusste, dass seine Schwester Therese mit Kasper zusammen war, den ich schon mal beim Drogendealen erwischt hatte. Das habe ich als Druckmittel genutzt, damit Kasper mir hilft. Ich hab ihm Mikaels Handy gegeben und gesagt, er soll nach Deutschland fahren und von dort mit diesem Handy eine SMS an

Mikaels Mutter schicken. Alle wussten ja, dass er direkt nach dem Abschluss nach Deutschland wollte.«

Lundell schaute sie an.

»Ich weiß selbst, wie das alles klingt. Aber es ist die Wahrheit.«

»Wie sind Sie an Mikaels Handy gekommen?«, fragte Hanna.

»Ich bin zurück und hab es ausgebuddelt. Ich hatte es schon bemerkt, als ich ihn wegen des Films abgetastet hatte, aber da war mir noch nicht die Idee gekommen, es mitzunehmen. Ach, Scheiße. Das wird jetzt laufen wie bei meinem Vater.«

»Was meinen Sie?«, fragte Hanna.

»Ich war vier, als er das erste Mal im Knast war. Das hat ihn kaputt gemacht. Ich kann da nicht hin.«

Erik musste gar nicht zu Hanna schauen. Wenn jemand wusste, wie es war, wenn der eigene Vater im Gefängnis saß, dann wohl sie.

»Haben Sie noch jemanden bei dem Haus gesehen?«, fragte er.

»Nein, habe ich nicht. Aber auf dem Weg dorthin kam mir ein gelbes Auto entgegen.«

»Wieso wissen Sie das noch?«

»Weil man die Farbe nicht alle Tage sieht. Und weil wir fast zusammengestoßen sind. Bitte, Sie müssen mir glauben. Ich habe ihn nicht getötet.«

»Mehr hat mein Mandant nicht zu sagen«, schloss der Anwalt.

Erik seufzte und beendete die Vernehmung.

»Warten Sie hier«, sagte er zu Lundell und seinem Anwalt. »Wir müssen mit der Staatsanwältin sprechen.«

Er und Hanna verließen das Vernehmungszimmer. Er war frustriert, und das gefiel ihm gar nicht. Jetzt galt es erst mal, nach Löchern in Lundells Geständnis zu suchen, bevor sie mit weiteren Fragen zu ihm zurückkehrten.

67

Hanna verließ das Vernehmungszimmer so schnell sie konnte. Möglich, dass Lundell gelogen hatte, Mikael gar nicht schon tot auf dem Weg gelegen hatte, aber sie neigte eher dazu, ihm zu glauben. Das, was er erzählt hatte, war so detailliert, wie Lügen es selten waren. Aber wer hatte Mikael dann umgebracht?

Ove kam aus dem angrenzenden Zimmer, von dem aus er die Vernehmung verfolgt hatte. Immerhin mussten sie ihm so nichts zusammenfassen.

»Wir machen eine kurze Lagebesprechung im Büro«, sagte er.

Weil Samstag war, hatten sie den großen Raum ja für sich.

»Glaubt ihr ihm?«, fragte er, als sie um den ovalen Tisch saßen.

Hanna schaute zu Erik, sah ihm seine Zweifel an.

»Ja, leider«, sagte sie schnell und erklärte dann ihre Gründe.

»Was machen wir also? Noch mal ein ernstes Wort mit Cedergren reden?«

»Nein«, sagte Hanna. »Dieser Teil des Geständnisses passt ja zu Cedergrens Aussage. Wir müssen erst mal klären, ob jemand aus Mikaels Freundeskreis ein gelbes Auto hatte. Und dann müssen wir noch mal mit Sara Jonsson, Oskar Holmberg und Elvira Pavic sprechen. Wer wusste überhaupt, dass sie dort beim verlassenen Haus waren?«

»Macht das«, sagte Ove. »Ich rede mit der Staatsanwältin.«

»Ich rufe Elvira Pavic und Oskar Holmberg an«, sagte Hanna zu Erik. »Dann kannst du noch mal mit Sara Jonsson sprechen.«

Sie setzte sich an ihren Tisch und schaltete den Computer ein, während sie Elvira Pavics Nummer wählte. Es tutete sicher zehnmal, ehe sie sich meldete.

»Haben Sie jemandem erzählt, wo das verlassene Haus war, während Sie dort waren?«

»Nein«, sagte sie. »Und die SMS an Paul habe ja nicht ich geschrieben.«

»Hatten Sie zu der Zeit Zugang zu einem gelben Auto?«

»Nein.«

»Kennen Sie jemanden, der Zugang zu einem gelben Auto hatte?«

Es folgte nur schweres Atmen.

»Frau Pavic?«

»Ich kann nicht«, sagte sie und legte auf.

Als Hanna noch einmal anrief, ging niemand dran, also versuchte Hanna es erst mal bei Oskar Holmberg. Er antwortete sofort.

»Hatten Sie oder jemand aus Ihrem Freundeskreis ein gelbes Auto?«, fragte sie.

»Weiß ich nicht mehr.«

»Haben Sie jemandem beschrieben, wo das verlassene Haus genau lag, als Sie dort übernachteten?«

»Meiner Mutter, aber die wusste ja sowieso, wo es war. Sie hat nach ihrem letzten Schultag auch dort übernachtet.«

Plötzlich fing Oskar Holmberg zu weinen an.

»Könnten Sie mir erklären, wieso Sie so aufgelöst sind?«, bat Hanna.

»Daran ist nur diese blöde Gespenstergeschichte schuld. Eine Frau hat sich vor langer Zeit vor dem Haus erhängt, nachdem ihre Kinder verhungert waren. Ich hab ihnen erzählt, dass alle drei dort spukten und dass jemand sterben würde, wenn die Kinder sich zeigten. Und ich … ich hatte sogar eine Kinderschaufensterpuppe mitgebracht … und …«

»Herr Holmberg«, unterbrach Hanna ihn. »Mikael wurde nicht von einem Gespenst getötet. Haben Sie sonst noch jemanden kontaktiert?«

»Torsten. Er hatte mich angerufen, und dann hab ich gefragt, ob er nicht doch noch kommen will. Vermutlich hab ich ihm den Weg beschrieben.«

»Danke«, sagte Hanna und legte auf.

Elvira Pavic ging noch immer nicht wieder ans Telefon, also schickte Hanna eine SMS: *Torsten kannte ebenfalls den Weg zum Haus. Sie müssen mit mir sprechen.*

Es dauerte eine Minute, bis Elvira Pavic anrief.

»Entschuldigen Sie, mich hat das einfach gerade so überwältigt, dass ich nicht mehr konnte.«

»Was hat Sie überwältigt?«

»Die Frage nach dem Auto … und dass ich … keine Ahnung … Ich hatte so eine Angst, dass Torsten … Ich hab ihm geschrieben, als wir in diesem Haus waren. Ich wollte, dass er kapiert, dass es wirklich vorbei ist. Also hab ich geschrieben, dass ich lieber mit Mikael zusammen sein will. Ich war richtig grausam zu Torsten. Was, wenn er …«

Elvira Pavic konnte nicht weitersprechen, und Hanna gab ihr Zeit, sich zu beruhigen.

»Hatte Torsten ein gelbes Auto?«, fragte sie.

»Nein, aber seine Eltern.«

»Haben Sie uns wegen Torsten nicht gleich erzählt, dass Sie sich am letzten Schultag schon von ihm getrennt haben?«

»Ja«, flüsterte Elvira. »Entschuldigen Sie, aber ich …«

Ihre Worte gingen in Schluchzen über, und weil Erik vor ihr stand, beendete Hanna das Telefonat.

»Laut Sara Jonsson hatten Torstens Eltern ein gelbes Auto«, sagte Erik.

»Ja, und Oskar Holmberg hat ihm wohl die Wegbeschreibung zum Haus geliefert.« Hanna stand auf. »Dann sollten wir wohl noch mal mit ihm sprechen. Wenn ich mich richtig erinnere, wohnt er in Kvarnholmen. Da heute Samstag ist und die Bank geschlossen hat, sollte er ja zu Hause anzutreffen sein.«

Auf dem Weg zur Garage rief Hanna bei Ove an und berichtete.

»Torsten Berglund wohnt in der Skeppsbrogatan«, sagte Erik, als sie aufgelegt hatte.

Der Verkehr stockte bis zum Einkaufszentrum *Baronen*, das ebenfalls in der Skeppsbrogatan lag. Hanna musste an einer roten Ampel halten, um Menschen vorbeizulassen, die auf der Jagd nach den letzten Weihnachtsgeschenken waren. Als es endlich grün wurde, trat Hanna aufs Gas, und kurz darauf fuhr sie auf den Parkplatz unterhalb der Reste der vierhundert Jahre alten Stadtmauer.

Torsten öffnete ihnen in Jogginghose und Langarmshirt. Seine Bartstoppeln verrieten, dass er sich seit ein paar Tagen nicht rasiert hatte.

»Ich war krank«, sagte er als Antwort auf eine Frage, die niemand gestellt hatte. »Aber jetzt geht es langsam besser. Was wollen Sie?«

»Wir müssen mit Ihnen sprechen«, sagte Erik.

»Kann das nicht bis Montag warten?«

»Nein«, sagte Erik und machte einen Schritt auf ihn zu. »Können wir reinkommen?«

Torsten wich zurück und ließ sie herein. Kurz schien er unsicher, wohin er mit ihnen gehen sollte, brachte sie dann ins Wohnzimmer. Ein Pizzakarton stand auf dem Couchtisch, und Torsten griff danach.

»Lassen Sie ihn einfach liegen«, sagte Hanna.

Also legte Torsten den Karton zurück und setzte sich aufs Sofa. Nichts in der Wohnung ließ erkennen, dass bald Weihnachten war.

»Wo ist Ihre Familie?«, fragte Erik.

»In Skåne«, sagte Torsten Berglund. »Bei meinen Schwiegereltern. Ich fahre hinterher, sobald ich gesund bin. Worüber möchten Sie mit mir sprechen?«

»Waren Sie am letzten Schultag noch bei dem verlassenen Haus?«, fragte Hanna.

Torsten Berglund sagte nichts, starrte nur auf den Pizzakarton.

»Waren Sie am letzten Schultag noch bei dem verlassenen Haus?«, wiederholte sie.

»Ja«, murmelte er.

Hanna schaute zu Erik, der nickte.

»Dann schlage ich vor, dass wir unser Gespräch auf dem Revier fortsetzen«, sagte Hanna. »Sie werden verdächtigt, Mikael Fransson ermordet zu haben. Angesichts der Schwere dieses Verdachts haben Sie das Recht auf einen Anwalt.«

»Nein.«

»Was lehnen Sie ab?«, fragte Hanna.

»Ich möchte hierbleiben.«

»Da haben Sie leider keine Wahl.«

»Nein, ich meinte, ich will keinen Anwalt. Zumindest noch nicht. Erst möchte ich erzählen, was passiert ist. Könnte ich ein Glas Wasser bekommen?«

Torsten Berglund schaute sie fast flehend an, also ging Hanna in die Küche, die in fürchterlichem Zustand war. Überall dreckiges Geschirr, dazu ein Gestank, als wäre lange kein Müll rausgebracht worden. Hanna bekam den Eindruck, dass die Familie schon länger weg war.

»Wollen wir nicht doch lieber aufs Revier?«, fragte sie, als sie ihm das Wasserglas reichte.

»Nein«, sagte er. »Noch nicht.«

Er leerte das Glas mit wenigen Schlucken und stellte es vor sich auf den Tisch. Auf Hannas Bitte, das Gespräch aufzeichnen zu dürfen, nickte er nur. Für die Aufnahme ließ sie ihn wiederholen, dass er sie nicht aufs Revier begleiten wollte.

»Mir ging es am letzten Schultag beschissen«, sagte Torsten. »Mein Vater hatte rausgefunden, dass meine Mutter ihn betrogen hat. Ich habe den übelsten Streit aller Zeiten mitbekommen. Danach lief einfach alles aus der Spur. Ich dachte, sie hatten die perfekte Beziehung, aber da standen sie und warfen sich die schlimmsten Dinge an den Kopf.«

Torsten Berglund drehte seinen Ehering, sein Blick schien

auf etwas weit in der Ferne gerichtet. Hanna hatte den Eindruck, dass er sich sammelte. Hoffentlich für ein Geständnis. Plötzlich schaute er sie an.

»Sie hat mich auch verlassen«, sagte er. »Irgendwann tun sie das alle.«

»Meinen Sie Ihre Frau?«

»Ja.«

Torsten Berglund versank wieder in Gedanken.

»Erzählen Sie uns von Ihrem letzten Schultag«, bat Erik.

Torsten nickte, sprach aber erst nach wenigen Sekunden weiter.

»Ich hatte das Gefühl, keine Zukunft mehr zu haben. Morgens hat mein Vater gesagt, dass sie die Pension aufgeben, dabei hatte ich dort arbeiten wollen.«

Torsten Berglund seufzte, wollte weiter am Ehering drehen, doch es ging nicht.

»Während der Entlassungsfeier konnte ich das alles ausklammern«, sagte er. »Meine Eltern waren beide da, aber sie sprachen nicht miteinander. Ich bin mit zu Elvira gegangen. Sie war so wahnsinnig süß, ich dachte, wir bauen unsere eigene Zukunft auf, ich brauche meine Eltern nicht. Aber als wir bei Mikaels Familienfeier vorbeischauten, war sie plötzlich ganz abweisend zu mir, und dann hab ich mitbekommen, wie sie Mikael ansah.«

»Wie denn?«, fragte Erik.

»Als wäre sie lieber mit ihm zusammen.«

Bei der Erinnerung verzog sich Torsten Berglunds Gesicht, er schien kurz davor, in Tränen auszubrechen.

»Entschuldigen Sie«, sagte er. »Es tut so wahnsinnig weh, daran zurückzudenken.«

»Erzählen Sie einfach in Ihrem Tempo weiter«, sagte Hanna.

»Nosse hat mich und Elvira bei ihr zu Hause abgesetzt, und als wir allein waren, war alles in Ordnung. Aber sobald Mikael in der Nähe war, hat sie sich richtig verwandelt. Im Park nahm sie mich beiseite und warf mir so viel Scheiße an den Kopf. Dass ich eine Memme wäre, ein Langweiler. Dass sie nicht mehr mit mir zusammen sein wollte. Ich stand unter Schock. Also, sie war schon immer mal gemein zu mir gewesen, aber nie so. Ich hatte wirklich das Gefühl, sie hasst mich.«

»Wie ging es dann weiter?«, fragte Erik.

»Ich wusste nicht, wohin mit mir«, sagte Torsten Berglund. »Mir wurde alles zu viel, da war nur noch Chaos in meinem Kopf, also bin ich abgehauen. Ziellos rumgerannt, hab wohl gehofft, dass sie anruft und sich entschuldigt, aber als sie das nicht tat, bin ich mit dem Bus nach Hause. Anfangs war ich einfach nur wütend auf Elvira. Und enttäuscht von ihr. Dann wurde ich sauer auf die anderen, weil sich niemand bei mir gemeldet hat.«

»Hatten Sie dann im Laufe des Abends Kontakt mit einem von ihnen?«, fragte Hanna.

»Sehr spät am Abend, als ich noch immer keinen Piep gehört hatte, schrieb ich Nosse eine SMS. Da hat er mir beschrieben, wo sie waren, und gesagt, dass ich auch noch kommen könne, wenn ich wolle, aber das klang nicht gerade so, als hätte er das ernst gemeint. Da hab ich Elvira geschrieben und gefragt, was sie den anderen über mich erzählt hatte.«

Torsten Berglund bekam den Ehering endlich vom Finger, er sackte wie erleichtert in sich zusammen.

»Hat sie Ihnen geantwortet?«, fragte Erik.

»Ja. Sie hat geschrieben, ich soll mich von ihr fernhalten«, schluchzte Torsten. »Und dass sie in Mikael verliebt war. Ich bin so wütend geworden. Auf eine Art, die ich gar nicht kannte. So wütend war ich noch auf niemanden gewesen, nicht mal auf meine Eltern. Ich versuchte, wieder runterzukommen, aber es ging nicht. Meine Mutter war nicht zu Hause. Mein Vater und ich schauten irgendeinen Film. Er trank und redete so schlecht über Mama, dass ich nur noch wütender wurde. Irgendwann ging er schlafen, aber ich konnte einfach nicht. Ich bin sicher tausendmal in meinem Zimmer im Kreis gelaufen und habe mich noch nie so einsam gefühlt. Schlussendlich hab ich mich ins Auto gesetzt und bin zu dem Haus gefahren.«

»Was schwebte Ihnen vor?«

»Nichts eigentlich. Nur, dass ich mit Elvira reden musste. Damit sie verstand, wie sehr ich sie liebte.«

»Was ist passiert, als Sie beim Haus ankamen?«, fragte Hanna.

»Mikael stand draußen davor und ich …«

Hanna schaute ihn aufmunternd an. Sie wollte seine Schilderung nicht unterbrechen, indem sie etwas Falsches sagte.

»Ich bin so wahnsinnig wütend geworden, als ich ihn sah. Ich hatte das Gefühl, dass er mir Elvira genommen hatte. Als ich ihm sagte, er solle die Finger von ihr lassen, hat er gelacht. Gelacht! Da ist es mit mir durchgegangen. Ich wollte ihm dieses Scheißgrinsen aus dem Gesicht schlagen. Also hab ich ihm eine verpasst. Er ist weggerannt, und ich bin ihm nach. Und dann hab ich einen Filmriss. Ich erinnere mich an nichts mehr, bis ich über ihm saß, die Hände um seinen Hals. Heute versteh ich nicht, wie das überhaupt sein konnte. Aber damals? Mir hat praktisch der Kopf geglüht, so wütend war ich.«

Dann verfiel Torsten Berglund in Schweigen. Mehr schien er nicht zu sagen zu haben.

»Was ist dann passiert?«, fragte Erik.

»Was meinen Sie?«

»Was haben Sie gemacht, nachdem Sie Mikael erwürgt haben?«

»Ich war davon überzeugt, dass er tot war, und hab tierisch Panik bekommen. Ich wollte nur noch weg. Mir haben so die Hände gezittert, dass ich fast nicht fahren konnte, aber irgendwie hab ich's nach Hause geschafft. Da saß ich dann und hab darauf gewartet, dass mich die Polizei holt, aber die kam nicht. Als ich morgens gehört hatte, dass er abgehauen ist, war ich so wahnsinnig erleichtert. Wenn er abgehauen war, konnte er ja schlecht tot sein.«

»Und als er nie zurückkam, was dachten Sie da?«, fragte Hanna.

»Dass ich ihn vielleicht doch getötet hatte. Ja, ich hab ihn getötet. Eigentlich hab ich es immer gewusst, trotzdem verstehe ich das alles nicht. Was ist denn dann passiert?«

Hanna hätte es ihm gern erzählt, aber sie konnte nicht. Noch nicht.

»Hat Elvira ihn verbuddelt?«, fragte Torsten.

»Wie kommen Sie darauf?«

»Keine Ahnung … Nach diesem Tag haben wir es noch mal miteinander versucht, aber es war nicht wie vorher. Ich hab ihr ein bisschen die Schuld gegeben. Einfach wegen der Art, wie sie Schluss gemacht hat. Ich habe sie häufiger gefragt, was eigentlich in dem Haus passiert ist, aber dann wurde sie immer so komisch. Irgendwann hab ich gesagt, dass es einfach nicht mehr läuft mit uns. Als ich erfahren habe, dass Mikael im Mittlandwald verbuddelt worden war, dachte ich, dass sie morgens seine Leiche gefunden haben und dann weggebracht haben musste, um mich zu schützen. Weil sie es irgendwie gewusst hatte. Das sage ich nicht, weil ich eine Vorstellung davon habe, wie das genau abgelaufen sein könnte, nur weil … wenn jemand anders ihn gefunden hätte, wäre doch sicher die Polizei gerufen worden?«

Torsten Berglund schaute sie flehend an, aber Hanna konnte es ihm immer noch nicht erzählen.

»Waren Sie nach dem Abend noch mal in dem verlassenen Haus?«, fragte sie.

»Ja. Meine Frau wollte unbedingt diese Doku von Bo Tapper sehen, und ich konnte ja schlecht ablehnen, ohne das zu begründen. Danach war es echt schwer für mich. Alles kam zurück. Meine Frau wollte unbedingt wissen, was los war, aber ich konnte es ihr nicht erzählen. Sie hätte mich doch sofort gehasst. Und da bin ich wieder so wütend geworden. Auf alles, was passiert war, und darauf, dass es nun zurückkam und zum zweiten Mal alles kaputt machte. Ich bin hingefahren, um die Wut loszuwerden. Um meine Ehe zu retten. Um mich zu retten.«

»Was haben Sie genau gemacht?«

»Ich hatte einen Baseballschläger dabei und habe so viel zerschlagen, wie ich konnte. Aber geholfen hat es nicht.«

Die letzten Minuten

Die batteriebetriebene Lampe leuchtet noch, so kann Mikael das Haus verlassen, ohne über Sara zu stolpern. Sein Blick fällt auf ihre Kamera, die noch immer auf ihrer Tasche liegt. Es wäre ja blöd, wenn Sara den Film entwickelt. Er spult ihn zurück, nimmt die Rolle heraus und steckt sie in die Hosentasche. Will sie irgendwo entsorgen.

In den Wald will er nicht, also tastet er sich vorsichtig voran, um hinters Haus zu kommen. Er lehnt sich mit einer Hand gegen die Wand, während er pinkelt. Er zieht die Hose wieder hoch, kann aber plötzlich vor Müdigkeit keinen Schritt mehr gehen. Bleibt so stehen, mit einer Hand gegen die Wand gelehnt. Kurz darauf nickt er ein. Seine Hand rutscht ab, er reißt sich Splitter in die Finger. Versucht, sie rauszupulen, aber es ist zu dunkel.

Er ist auf dem Weg ins Haus, guter Hoffnung, jetzt doch endlich schlafen zu können, da hört er ein Motorengeräusch und erstarrt. Das muss ja ein Auto sein? Unten an der Straße? Das Geräusch erstirbt. Ist das Auto jetzt weitergefahren oder hat es angehalten? Mikael bleibt still stehen und lauscht, und irgendwann meint er, Schritte hören zu können.

Vorsichtig schaut er um die Hausecke. Der Lichtkegel einer Taschenlampe huscht über die Lichtung. Wenn das Kasper oder Paul ist, will er nicht entdeckt werden, aber nein, es ist keiner von ihnen, es ist Torsten.

»Hallo«, sagt Mikael und geht ihm entgegen.

Torsten leuchtet ihm direkt ins Gesicht, und Mikael reißt die Hände vors Gesicht.

»He, leuchte mal woandershin.«

Aber Torsten hört nicht auf ihn.

»Wo ist sie? Ich muss mit ihr sprechen.«

»Du bist ohne Elvira wesentlich besser dran, glaub mir.«

Mikael macht noch ein paar Schritte auf ihn zu und schiebt Torstens Hand ein Stück weg, damit er nicht länger geblendet wird.

»Das kann sie nicht mit mir machen«, jammert Torsten. »Ich muss mit ihr reden.«

»Vergiss sie«, sagt Mikael. »Fahr nach Hause und schlaf erst mal 'ne Runde.«

»Lass Elvira in Ruhe«, zischt Torsten. »Verstanden?«

»*Ich* soll Elvira in Ruhe lassen?«

Die Forderung ist so absurd, dass Mikael lachen muss. Er muss so sehr lachen, dass er gar nicht mehr aufhören kann.

»Als wir im Wald waren … da hat sie …«, setzt er an.

Aber er muss immer noch so sehr lachen, dass er nicht erzählen kann, wie sie sich ihm an den Hals geworfen hat.

»Das ist alles deine Schuld.«

Torsten boxt ihm so heftig gegen die Brust, dass Mikael fast hinfällt. Sofort erstirbt sein Lachen.

»Hör gefälligst auf mit dem Scheiß. Du bist ja total durchgeknallt. Sie war es, die …«

»Halt die Fresse!«

Torsten schlägt ihn noch mal und brüllt jetzt richtig. Mikael hat Angst, dass die anderen wach werden.

»Das ist absolut nicht meine Schuld. Wenn du das glaubst, bist du wirklich gestört. Dann ist mir schon klar, warum sie dich nicht mehr will.«

Mikael hat so die Schnauze voll. Von Torsten. Von Elvira. Von Kasper. Von seiner Schwester. Von allen hier. Er geht los, weg vom Haus. Keine Ahnung, wohin, bloß weg von hier. Unbeholfen fummelt er die kleine Taschenlampe aus der Hosentasche und bekommt sie tatsächlich an. Ihr schwaches Licht fällt auf die blaue Dieselkarre, flackert und erlischt. Er streckt die Hand nach dem Türgriff aus, aber bevor er ihn erreicht, fällt ihm wieder ein, dass das ja auch keinen Zweck hat. Das Auto ist abgeschlossen, und Nosse hat den Schlüssel versteckt.

Zwei Hände stoßen mit voller Wucht gegen seinen Rücken, und Mikael kracht schräg mit dem Handgelenk gegen die Autotür. Eine Sekunde später trifft ihn der Schmerz. Als hätte sich ein wütender Hund in ihm verbissen. Mikael fällt die Taschenlampe runter, und er umschließt mit der anderen Hand sein Handgelenk. Wenn das jetzt gebrochen ist? Dann sitzt er morgen in der Notaufnahme statt auf der Fähre.

Noch ein Stoß, diesmal rammt sein Oberarm gegen das Auto. Mikael fällt seitlich zu Boden, kann den Sturz mit einem Knie abfangen, zwingt sich wieder in den Stand. Er schmeckt Blut, muss sich wohl auf die Wange gebissen haben. Eine Faust saust auf ihn zu, also wirft er sich zur Seite. Er hat nichts, womit er sich wehren kann. Seine rechte Hand ist verletzt. Erst jetzt spürt er Angst. Was zur Hölle ist denn in Torsten gefahren?

Schrei um Hilfe!, brüllt eine Stimme in seinem Kopf, aber er bekommt keinen Ton raus. Er muss hier weg, so schnell es geht. Mit der Linken tastet er sich am Auto entlang. Als er beim Kofferraum angelangt ist, fängt er an zu rennen, aber es ist so verdammt dunkel. Soll er in den Wald rennen und sich verstecken? Nein, er will direkt zur Straße.

Mit dem rechten Arm stößt er gegen einen Baum, und der Schmerz explodiert in seiner Hand. Jetzt löst sich der Schrei, aber es ist nur ein gellendes Wimmern, und Mikael bezweifelt, dass ihn das retten wird. Eins von Nosses verdammten Laken flattert auf. Kurz darauf hört er ein heftiges Keuchen. Scheiße, ey, Torsten ist viel zu nah.

Sein Mund ist voller Blut. Er spuckt aus, zwingt seine Beine, sich schneller zu bewegen. Die Schritte kommen immer näher. Der keuchende Atem. Die Bäume sind in der Dunkelheit kaum zu erkennen, aber wenn er auf dem Kiesweg bleibt, wird er automatisch zur Straße kommen. Muss er einfach. Schon bald sollte er Asphalt unter den Füßen haben.

Aber plötzlich liegt er auf dem Rücken. Was ist passiert? Er begreift nicht, wogegen er gelaufen ist, denn ein Baum war es nicht. Er rollt auf die Seite, um sich wieder aufzurichten, doch dann ist der keuchende Atem über ihm. Hände reißen ihn zurück, umklammern seinen Hals. Er bekommt keine Luft.

Aufhören! Er will flehen, um Entschuldigung bitten, erklären, dass das alles nur ein Missverständnis ist, aber er kann weder atmen noch sprechen. Wut und Hass pressen ihn zu Boden. Dringen in ihn ein. Aus dem Zorn, der in ihm aufkeimt, versucht er, Kraft zu schöpfen, doch sie versiegt schnell, sickert in den Boden. Etwas Feuchtes trifft auf sein Gesicht. Speichel, Tränen oder Regen? Er sieht nichts mehr und spürt auch die Hände nicht länger – nur die laue Sommerluft. Es ist wohl eine dieser tropischen Nächte oder wie die heißen.

Ich habe den Schulabschluss. Ich bin frei. Er will so gern lachen, wie so oft schon an diesem Tag, doch er kann nicht. Sein Körper zuckt. Protestiert, wehrt sich gegen die Lähmung. Irgendwie gelingt es ihm, den Kopf so zu drehen, dass ein bisschen Luft an den Händen vorbeifindet. Er kämpft mit seinem Körper, zwängt die Augen auf. Es leuchtet im Wald. Jemand hockt neben einem der Bäume. Erst ist er verwirrt. Dann erinnert er sich, und jetzt erst versteht er, was er da sieht, aber es ist zu spät. Der Griff an seinem Hals ist unerbittlich. Er versucht zu treten, zu schlagen, aber weder Arme noch Beine gehorchen ihm. Nichts gehorcht mehr. Die Hände an seinem Hals löschen alles aus.

68

Die Kinder saßen vor dem Fernseher und hatten jedes eine riesige Tüte Samstagssüßigkeiten vor sich. Therese stand in der Tür, ließ den Blick von Lucas zu Wilma wandern und wusste nicht, was sie mit all dem anfangen sollte, was ihr durch den Kopf wirbelte. Wie würde es weitergehen, wenn Kasper wirklich schuldig war? Wie würden die Kinder das überstehen? Wilma hatte Lucas die Filmwahl überlassen, aber nun schielte sie sehnsüchtig zu ihrem Handy. Irgendwann wurde die Verlockung doch zu groß und sie griff danach, vermutlich um TikTok-Videos zu gucken. Therese schlich zurück in die Küche, wo ihre Mutter auf die Idee gekommen war, den Kühlschrank sauber zu machen.

»Bitte, hör doch mal auf damit«, bat Therese.

»Aber es stinkt.«

»Setz dich, dann mach ich das eben fertig.«

Doch ihre Mutter weigerte sich, die Aufgabe an Therese abzugeben, also setzte sie sich mit einer Tasse Kaffee an den Küchentisch. Gestern hatte sie ihrer Mutter erzählt, dass Kasper verhaftet worden war, aber den Kindern hatte sie noch nichts verraten. Das kam ihr zu früh vor. Wenn die

Polizei ihn wieder laufen ließ und die Kinder es wussten, wären die Folgen für sie nicht absehbar.

Für sie stand gerade nur eins fest: Unabhängig davon, wie das Urteil ausfiel, sie konnte definitiv nicht länger mit Kasper zusammenbleiben. Irgendwie musste sie sich losreißen.

Es krachte laut, und Therese sprang auf. War Kasper hier? Ihre Mutter fluchte, und da sah Therese, dass ihr ein Marmeladenglas aus der Hand gerutscht war. Das Linoleum war bedeckt von Glassplittern und Marmelade. Ihre Mutter fing an zu weinen. Lucas und Wilma kamen angerannt.

»Niemand bewegt sich«, sagte Therese.

Sie zog sich ein paar Pantoffeln an und sammelte die Scherben ein. Solche Probleme brauchte sie gerade. Probleme, die sie lösen konnte. Ihre Mutter stand noch immer schluchzend am Kühlschrank, die Kinder waren vor den Fernseher zurückgekehrt. Therese legte ihr eine Hand auf den Rücken.

»Alles wird gut, du wirst schon sehen.«

Ihre Mutter nickte, trotzdem verstärkte sich das Schluchzen.

»Er hat angerufen.«

»Wer?«

»Anders. Aber ich kann das nicht. Ich kann keinen Kontakt zu ihm haben. Er hat mir seine Nummer gegeben, wenn du mit ihm sprechen willst, kannst du das gern machen.«

Therese nahm die Hand vom Rücken ihrer Mutter, wusste nicht, was sie darauf erwidern sollte. Was hatte sie denn einem Anders aus Flen zu sagen? Rein gar nichts.

Sie holte einen Lappen und wischte die Marmelade auf. Als Nächstes saugte sie auch gleich noch einmal durch. Ihr

Handy klingelte, also reichte sie den Staubsauger an ihre Mutter weiter.

»Kannst du grad übernehmen?«

Therese ging ins Gästezimmer im Erdgeschoss. Hier schlief Wilma, wenn sie zu Besuch waren. Es war eine unterdrückte Nummer, aber sie musste drangehen, falls es die Polizei war.

»Wo seid ihr?«

»Hallo Kasper«, sagte Therese so ruhig sie konnte.

Sie musste sich auf die Bettkante setzen, weil ihr sonst die Beine versagten. Rief er aus dem Polizeigewahrsam an?

»Wo seid ihr?«, wiederholte er.

»Bei meiner Mutter.«

»Wann kommt ihr zurück?«, fragte er. »Ich bin jetzt wieder zu Hause.«

Kasper musste über eine App anrufen, die seine Nummer unterdrückte. Wenn sie gewusst hätte, dass er es war, hätte sie den Anruf gar nicht angenommen.

»Weiß ich nicht.«

»Wie, du weißt es nicht?! Ich brauche euch.«

»Dann haben sie dich gehen lassen?«

»Ja«, sagte Kasper. »Natürlich hatte ich nichts mit Mikaels Tod zu tun. Wenn du das glaubst, dann …«

»Aber du warst in Deutschland?«

»Ja. Ein Kumpel wollte hin, und ich habe spontan entschieden mitzufahren.«

Darauf sagte Therese nichts. Ihr fehlte die Kraft, seine Behauptungen infrage zu stellen.

»Ich komme nicht zurück.«

Jetzt war es raus. Wie sie das ganz praktisch lösen würden,

wusste sie nicht. Auch nicht, wie sie jetzt Weihnachten feiern würden. Nur eins war ihr vollkommen klar: Es würde ihm nicht gelingen, sie umzustimmen.

»Mach dir nichts vor«, sagte Kasper. »Das war …«

Ein Wagen hielt vorm Haus.

»Ich muss jetzt auflegen«, sagte Therese.

Kasper rief sofort noch mal an, aber sie drückte ihn weg. Schickte ihm eine Nachricht, dass die Polizei gerade eingetroffen sei, weil sie nicht wollte, dass er sich sofort ins Auto setzte und zu ihnen fuhr. Dann schaltete sie das Handy aus. Ihre Mutter öffnete gerade die Tür und ließ die beiden herein. Forderte sie auf, die Schuhe anzulassen, weil möglicherweise noch Glassplitter auf dem Boden lagen. Sie brachte sie in die Küche, Therese folgte ihnen.

Die Polizistin, Hanna Duncker, schaute sie an, und Therese nickte, weil sie annahm, dass sie wissen wollte, ob sie mit ihrer Mutter gesprochen hatte.

»Kasper Cedergren wurde freigelassen«, sagte der Polizist, Erik Lindgren.

»Aber er war doch auf der Fähre nach Deutschland«, sagte Therese.

Sie spürte den Blick ihrer Mutter auf sich. Das mit der Fähre war neu für sie, aber Therese musste sich einfach vergewissern, dass die Polizei keinen Fehler gemacht hatte. Was, wenn Kasper trotz allem Mikael ermordet hatte?

»Wir haben zwei Personen festgenommen«, sagte Hanna. »Und diesmal sind wir sicher. Beide haben gestanden.«

»Beide?«, wiederholte Therese.

»Der eine hat Mikael getötet, der andere seine Leiche mitgenommen und im Mittlandwald vergraben.«

»Wer hat ihn getötet?«, fragte ihre Mutter.

»Torsten Berglund.«

Torsten. Therese konnte es nicht glauben. In Erinnerung hatte sie ihn als großen, ein wenig schüchternen Jungen. Sie hatte ihn immer gemocht. Ihr wollte kein einziger Grund einfallen, weshalb er ihren Bruder hätte ermorden wollen.

»Warum?«, fragte sie.

»Wir können leider noch keine Details verraten«, sagte Erik.

»Und wer hat seine Leiche mitgenommen?«, fragte ihre Mutter.

»Paul Lundell.«

»Was, der Lehrer?«, entfuhr es Therese.

Die Polizistin nickte.

»Aber wieso ist Kasper dann nach Deutschland gefahren?«

Obwohl die beiden nichts sagten, konnte sie die Antwort doch an ihren Gesichtern ablesen. Kasper hatte die SMS geschickt. All die Jahre musste er gewusst haben, dass Mikael tot war, aber gesagt hatte er nichts.

69

Wilma, die Tochter, kam in die Küche und füllte ein Glas mit Wasser. Neugierig betrachtete sie dabei all die Erwachsenen, die still am Tisch saßen und darauf warteten, dass sie wieder ging. Hanna behielt Therese fest im Blick, die ihrerseits die Tochter ansah und bemüht lächelte. Schließlich ließ Wilma sie wieder allein.

»Brauchen Sie Hilfe mit Ihrem Mann?«, fragte Hanna.

Birgitta legte ihrer Tochter eine Hand auf den Arm. Schien sie anzuflehen, das Angebot anzunehmen.

»Ich weiß es nicht«, sagte Therese. »Ich glaube, er ist ein ängstlicher kleiner Hund, der bellt, aber nicht beißt. Aber vielleicht irre ich mich.«

Birgitta betrachtete sie besorgt.

»Wie soll es jetzt weitergehen?«, fragte Hanna.

»Ich weiß es nicht«, wiederholte sie. »Ich bin mir nur in einem Punkt sicher: Dass ich nicht weiter mit ihm zusammenleben kann.«

»Haben Sie Kleidung und alles Weitere mitgebracht?«

»Nur für ein paar Tage.«

»Was halten Sie davon, wenn wir am Montag zusammen

zu Ihrem Haus fahren?«, sagte Hanna. »Dann können Sie holen, was Sie brauchen. Und dann sprechen wir entweder zusammen mit Kasper oder ich übernehme das für Sie.«

»Ich komme auf jeden Fall auch mit«, sagte Erik.

Therese nickte, und dann ließen sie die beiden in der Küche zurück. Als sie am Wohnzimmer vorbeikamen, schaute Thereses Tochter vom Handy auf, während ihr Sohn weiter wie gebannt auf den Fernseher starrte. Wie viel hatten die Kinder von dem verstanden, was vor sich ging? Nicht immer waren die Eltern froh, wenn die Polizei sich einmischte, aber Hanna hatte eigentlich auch nur einen Rat: so viel zu erzählen wie möglich.

Als Hanna auf die Veranda trat, landete eine Schneeflocke auf ihrer Nase. Noch drei Tage bis Heiligabend, und zum ersten Mal freute sie sich auf die Feiertage. Die Ermittlungen waren abgeschlossen, das hing also nicht über ihr. Hoffentlich war Axel Sandsten durch die Sache mit Grönhögen ausgelastet oder auch einfach nur wegen Weihnachten, aber sie bezweifelte es. Sie wünschte Therese und ihrer Mutter, dass sie nun endlich Frieden finden würden. Mikaels sterbliche Überreste würden der Familie übergeben werden, sodass sie ihn richtig zur Ruhe betten konnten.

Torsten Berglund hatte gestanden, dass er Mikael erwürgt hatte. Paul Lundell hatte gestanden, dass er Mikaels Leichnam bei dem verlassenen Haus vorgefunden und dann in einem anderen Teil des Waldes vergraben hatte. Hoffentlich würden die beiden dafür viele Jahre im Gefängnis landen. Möglicherweise konnten sie sogar noch Anklage gegen Kasper Cedergren erheben, aber bis dahin blieb er auf freiem Fuß. Die Staatsanwältin prüfte die Lage noch.

»Zurück ins Revier?«, fragte Erik.

»Wenn ich nicht bald was zu essen bekomme, wird mir schlecht«, sagte Hanna.

»Wir können gern unterwegs irgendwo halten.«

»Bei Hasses in Färjestaden.«

Gerade hatte sie das Gefühl, dass nur ein richtig großer Hamburger drinbleiben würde.

»Hasses?«

»Der Imbiss am Hafen«, sagte Hanna. »Du wohnst doch jetzt schon ein paar Jahre hier, da solltest du die Namen der Lokalitäten kennen.«

»Es sind tatsächlich erst drei Jahre, und ich wohne in Kalmar, nicht auf Öland.«

Eine knappe Viertelstunde später konnte sie in Hasses größten Burger beißen, und sofort ließ die Übelkeit nach.

»Du weißt echt nicht, was du verpasst«, sagte sie. »Fleisch ist echt das Beste, was es gibt.«

»Nein danke«, sagte Erik und kaute fröhlich weiter auf seinem Halloumiburger herum.

Hanna biss noch einmal ab. Versuchte, langsam zu essen, aber es war unmöglich, sich zu mäßigen. Sie brauchte das hier. Nein, das Kind brauchte es.

Wie würde ihre Zukunft wohl aussehen? Sobald Hanna es Isak erzählt hatte, musste sie auch mit Rebecka sprechen. Rebecka war die einzige Person, die Hanna näher kannte, die schwanger gewesen war. Außer Ingrid natürlich – aber bei Ingrid war es schon so lange her.

»Du musst es Isak erzählen, sobald du nach Hause kommst«, sagte Erik.

»Ja, ich weiß.«

Von Anfang an hat hatte sie gewusst, dass sie das nicht aufschieben durfte, aber wissen und wagen waren nicht dasselbe.

»Ich kann den Rest der Aufgaben für heute übernehmen«, sagte Erik. »Dann setze ich dich unterwegs in Södra Näsby ab.«

Hanna wollte gerade widersprechen, weil ihr Wagen ja beim Revier stand, aber den konnte sie auch morgen noch holen, sie musste schließlich sowieso in die Stadt, um neue Weihnachtsgeschenke zu kaufen. Oder sie nahm den Wagen einfach Montag nach der Arbeit mit. Nein, morgen war besser. Montagabend hatten sich ja Isaks Eltern angekündigt. Außerdem wollte sie morgen in Kleva vorbeifahren. Sich ansehen, was vom Haus noch übrig war. Wenn sie wartete, bis sie dazu bereit war, würde sie nie hinfahren.

»Gern«, sagte sie. »Aber du musst es mich selbst erzählen lassen.«

»Mach ich.« Er grinste. »Glaub mir: Ich hatte wirklich nicht geplant, mit dir reinzugehen.«

Die Angst davor, Isak von der Schwangerschaft zu erzählen, war auf ein Minimum geschrumpft. Irgendwie würde schon alles gut werden. Musste es einfach.

Hanna saß auf dem Beifahrersitz und betrachtete die schneebedeckte Landschaft, während sie nach Södra Näsby fuhren. Noch etwas anderes hatte sich verändert, fiel ihr da mit einem Mal auf. Als sie nach Öland zurückgezogen war, hatte sie Gårdby und den gesamten östlichen Teil der Insel als möglichen Wohnort ausgeschlossen, weil sie der Vergangenheit nicht zu nahkommen wollte. Aber jetzt spielte nur noch die Zukunft eine Rolle. Isak und das Kind. Sie legte eine Hand auf ihren Bauch und lächelte.

»Es wird noch ein paar Wochen dauern, bis es anfängt zu treten«, sagte Erik.

»Ich weiß.«

Er fuhr durch Gårdby und bog Richtung Süden ab. Ihr Elternhaus schwirrte vorbei, und selbst das tat weniger weh als sonst. *Das Mörderhaus* war es genannt worden, dabei war ihr Vater gar kein Mörder gewesen. Hanna hoffte, dass die neue Familie dort ein schönes Leben führte. Irgendwie würde sich die Situation mit ihrem Bruder und Axel Sandsten auch noch lösen. Noch gab es nicht genug Beweise gegen Axel, aber immerhin wurden die Ermittlungen neu aufgerollt.

Erik hielt vor Isaks Haus.

»Bis Montag.«

»Du musst nicht zu Therese Cedergren mitkommen«, sagte Hanna. »Ich kann jemand anderes bitten.«

»Ich weiß, dass ich nicht muss, aber ich möchte. Und das wird ja nur ein paar Stunden dauern.«

»Gut. Dann machen wir das am Nachmittag. Um zehn muss ich meine Aussage zum Brand in meinem Haus machen.«

Hanna schlug die Autotür zu und schaute sich um. Der Schnee glitzerte im Sonnenschein. Es war einfach so unfassbar schön hier. Langsam steuerte sie den Hof an. War leicht irritiert, dass Erik noch wartete und nicht einfach losfuhr.

Von der Seite kam plötzlich ein Schatten auf sie zugerauscht, und im ersten Moment dachte sie, Isak wäre draußen und würde etwas reparieren. Im zweiten, dass er vielleicht eine Überraschung für sie hatte. Im dritten, dass etwas nicht stimmte. Ein Schlag traf Hanna so heftig in den Bauch, dass sie aufschrie. Beim zweiten Hieb schrie sie sogar noch lauter. Sie fiel in dem Moment zu Boden, in dem die Haustür aufflog und sich schnelle Schritte näherten.

Sie presste beide Hände gegen den Bauch. *Es waren nur Schläge*, sagte sie sich, um sich zu beruhigen, dabei wusste sie es besser. Der Schnee färbte sich bereits rot. Jemand hatte auf sie eingestochen.

Das Kind, war ihr letzter klarer Gedanke, bevor sie in die Bewusstlosigkeit abglitt.

Danksagung

Dies ist mein zehntes Buch, und manchmal habe ich tatsächlich das Gefühl, dass ich das mit dem Schreiben kann, trotzdem bleibt es immer gleich schwer. Es ist jedes Mal wie eine Entladung, eine Arbeit, die allein gar nicht zu meistern wäre. Wie immer gibt es eine Reihe von Menschen, denen ich danken möchte:

Meiner Verlegerin Åsa Selling und meinem Lektor Jesper Ims – dieses Buch wäre ohne euch nicht genauso gut geworden, so ist es einfach. Dem ganzen restlichen Team bei Romanus & Selling, denn wenn Bücher fertig geschrieben sind, sollten sie ja im besten Fall auch an die Öffentlichkeit gelangen – was sie dank euch tun.

Meiner Agentin Kaisa Palo und allen anderen bei der Ahlander Agency für eure hervorragende Arbeit, die Hanna-Duncker-Reihe ins Ausland zu verkaufen. Außerdem seid ihr sehr aufmerksame Leser:innen.

Den Polizisten Ulf Einarsson und Ulf Martinsson, die mir all meine Fragen über ihre Arbeit beantwortet haben – der Erstgenannte hat sogar das ganze Manuskript gelesen.

Meiner Cousine Jessica Mo, die das Manuskript auf eventuelle Fehler bezüglich Öland und Kalmar durchkämmt hat.

Und nicht zuletzt euch, die ihr es ebenfalls gelesen und mir Rückmeldungen gegeben habt: Björn Ekenberg, Sara Mo, Gunnel Mo, Rebecka Edgren Aldén, Pernilla Ericson und Hanna Lindberg.

Danke!

Johanna Mo
April 2022